南回归线

Tropic of Capricorn

Henry Miller

[美国]亨利·米勒 著

杨恒达 职茉莉 译

译林出版社

图书在版编目（CIP）数据

南回归线 /（美）亨利·米勒（Henry Miller）著；杨恒达，职茉莉译. -- 南京：译林出版社，2024. 11.

ISBN 978-7-5753-0307-1

Ⅰ. I712.45

中国国家版本馆 CIP 数据核字第 2024UK2340 号

著作权合同登记号　图字：10-2022-188 号

南回归线 ［美国］亨利·米勒 / 著　杨恒达　职茉莉 / 译

责任编辑　姚　燚　竺文治
装帧设计　侯海屏
校　　对　王　敏
责任印制　闻媛媛

原文出版　Harper Perennial
出版发行　译林出版社
地　　址　南京市湖南路 1 号 A 楼
邮　　箱　yilin@yilin.com
网　　址　www.yilin.com
市场热线　025-86633278
排　　版　南京展望文化发展有限公司
印　　刷　江苏苏中印刷有限公司
开　　本　880 毫米 × 1230 毫米　1/32
印　　张　10.25
插　　页　2
版　　次　2024 年 11 月第 1 版
印　　次　2024 年 11 月第 1 次印刷
书　　号　ISBN 978-7-5753-0307-1
定　　价　75.00 元

难得的是当一辈子“流氓”

冯唐

亨利·米勒是我了解的文化人物中,元气最足的。

从古到今,有力气的人不少,比如早些的写《人间喜剧》的巴尔扎克,晚些的写《追忆似水年华》的普鲁斯特,中国的写一百七十万字《上海的早晨》的周而复和写两百万字《故乡面和花朵》的刘震云。这些人突出的特点是体力好,屁大股沉,坐得住,打字快,没有肩周炎困扰,椎间盘不突出。他们的作用和写实绘画、照相机、录像机、录音机差不多,记录时代的环境和人心,有史料价值。

从古到今,偶尔也有元气的人,他们的元气可能比亨利·米勒更充沛,但是由于各种不同的原因,留下的痕迹太少,我无法全面了解。比如孔丘,抛开各种注解对《论语》做纯文本阅读,感觉应该是个俗气扑鼻、倔强不屈的可爱老头,一定是个爱唠叨的。但是,当时没有纸笔,如果让孔丘直抒胸臆,大熊猫一定是没有竹子吃,长跑运动员一定是没有鳖精喝了。耶稣对做事的热情大过对论述的热情,不写血书,只让自己的血在钉子进入自己肉体的过程中流干净。佛祖可能在文字身上吃过比在女人身上还大的亏,感觉文字妖孽浓重,贬低其作用:如果真理是明月，文字还不如指向明月的手指，剁掉也罢。晚些的某些科学家，想来也是元气充沛的人，比如爱因斯坦，热爱妇女，写的散文清澈明丽。可能是受到的数学训练太强悍，成为某种束缚，他最终没能放松些，多写些。

亨利·米勒是思想家。亨利·米勒的小说没有故事，没有情节，没有成形的人物，没有开始，没有结束，没有主题，没有悬念，有的是浓得化不开的思想和长满翅膀和手臂的想象。真正的思想者，不讲姿势，没有这些故事、悬念、人物像血肉骨骼一般的支撑，元气彪悍，赫然成形。既然不依俗理，没有系统，亨利·米勒的书可以从任何一页读起，任何一页都是杂花生树，群英乱飞，好像“陌上花开，君可徐徐归”。在一些支持者眼里，亨利·米勒的每一页小说，甚至每十个句子，都能成为一部《追忆似水年华》重量的小说的主题。外国酒店的床头柜里有放一本《圣经》的习惯，旅途奔波一天的人，冲个热水澡，读两三页，可以意定神闲。亨利·米勒的支持者说，那本《圣经》可以被任何一本亨利·米勒的代表作替代，起到的作用没有任何变化。别的思想家，是在大量阅读的基础上，站在巨人们的肩膀上，添加真正属于自己的一层砖瓦，然后号称构建了自己的体系。亨利·米勒不需要外力。一颗小石子，落在别人的心境池塘里，智识多的，涟漪大些，想法多些，否则就小些，少些。亨利·米勒自己扔给自己一颗石子，然后火山爆发了，暴风雨来了，火灾了，地震了。古希腊的著名混子们辩论哲学和法学，南北朝的名士们斗机锋，都有说死的例子，如果那些场景记录下来，可能和亨利·米勒约略相似吧。

亨利·米勒是文学大师。崇拜者说，美国文学始于亨利·米勒，终于亨利·米勒。他一旦开始唠叨，千瓶香槟酒同时开启，元气横扫千军。亨利·米勒是唯一让我感觉像是个运动员的小说家，他没头没尾的小说读到最后一页，感觉就像听到他气喘吁吁地说：“标枪扔干净了，铁饼也扔干净了，铅球也扔干净了。我喝口水，马上就回来。”

我记得第一次阅读亨利·米勒的文字，天下着雨，我倒了杯茶，亨利·米勒就已经坐在我对面了，他的文字在瞬间和我没有间隔。我忽然知道了他文字里所有的大智慧和小心思，这对于我毫无困难。他的魂魄，透过文字，在瞬间穿越千年时间和万里空间，在他绝不知晓的北京市朝阳区的一个小屋子里，纠缠我的魂魄，让我心如刀绞，然后胸中肿胀。第一次阅读这样的文字对我的重要性无与伦比，他的文字像是一碗豆汁儿和刀削面一样有实在的温度和味道，摆在我面前，伸手可及。这第一次阅读，甚至比我的初恋更重要，比我第一次抓住我的小弟弟反复拷问让他喷涌而出更重要，比我第一次在慌乱中进入女人身体看着她的眼睛、身体失去理智控制更重要。几年以后，我进了医学院，坐在解剖台前，被福尔马林浸泡得如皮球般僵硬的人类大脑摆在我面前，伸手可及。管理实验室的老大爷说，这些尸体标本都是解放初期留下来的，现在收集不容易了，还有几个是饿死的，标本非常干净。我第一次阅读亨利·米勒比我第一次解剖大脑标本，对我更重要。我渴望具备他的超能力，在我死后千年，透过我的文字，我的魂魄纠缠一个同样黑瘦的无名少年，让他心如刀绞，胸中肿胀。那时，我开始修炼我的文字，摊开四百字一页的稿纸，淡绿色，北京市电车公司印刷厂出品，钢笔在纸上移动，我看见炼丹炉里炉火通红，仙丹一样的文字珠圆玉润，这些文字长生不老。我黑瘦地坐在桌子面前，骨多肉少好像一把柴火，柴火上是炉火通红的炼丹炉。我的文字几乎和我没有关系，在瞬间，我是某种介质，就像古时候的巫师，所谓上天，透过这些介质传递某种声音。我的文字有它自己的意志，它反过来决定我的动作和思想。当文字如仙丹一样出炉时，我筋疲力尽，我感到敬畏，我心怀感激，我感到一种力量远远大过我的身体、大过我自己。当文字如垃圾一样倾泻，我筋疲力尽，我感觉身体如同灰烬，我的生命就是垃圾。

亨利·米勒一辈子,思考,写作,嫖妓。他的元气,按照诺曼·米勒的阐释,是由天才和欲望构成的,或许这二者本来就是同一事物的两面。我听人点评某个在北京混了小五十年的老诗人,其中有一句话糙理不糙:“流氓,每个有出息的人小时候都或长或短地当过,难得的是当一辈子流氓。”这个评论员说这番话的时候,充满敬仰地看着老诗人。老诗人喝得正高兴,他二十出头的女朋友怀着他的孩子坐在他的身边,老诗人偶尔拍拍他女人的身体,深情呼唤:“我的小圆屁股哟。”亨利·米勒讲起过圣弗朗西斯,说他在思考圣徒的特性。阿那依斯·宁问为什么,他对阿那依斯·宁说:“因为我觉得我是地球上最后一个圣徒。”

转向内心世界的激情

杨恒达

亨利·米勒是一位有争议的作家。他最初发表的自传性三部曲《北回归线》(1934)、《黑色的春天》(1936)、《南回归线》(1939)都是先在法国面世的。由于他的作品中存在着露骨的性描写,英语国家长期拒绝发表他的作品,所以他最初在英语国家默默无闻。英语国家的广大读者读到亨利·米勒的上述三部作品,首先还要感谢盟军在1944年以后来到巴黎。英美军队的军人及随军人员在巴黎市场上发现了亨利·米勒的书,争相传阅,并把它们偷偷带回英美等国。亨利·米勒的作品意外地比那些流行的文学精英的作品获得了更广泛的读者,但是,由于许多人仍然把亨利·米勒看作专写"淫秽作品"的作家,他的主要作品都无法在美国公开发表。后经过长期努力,美国终于在1961年对《北回归线》解禁,允许它在国内公开发表。两年以后它又得以在英国公开发表。随着对他其余作品的解禁,亨利·米勒的名字在美国乃至世界上变得家喻户晓,他被60年代反正统文化运动的参加者们奉为自由与性解放的预言家。

亨利·米勒1891年12月26日生于纽约一个德裔裁缝的家庭。亨利的祖父和外祖父都是因为逃避德国的兵役而来到纽约的，尽管像许多来到美国的德国移民一样，他们很快就被美国社会同化了，但是我们从亨利·米勒的创作与言论中，仍然可以看到德国文化的许多影响。在这方面，亨利·米勒既是一个土生土长的美国人，又同欧洲文化，尤其同德国文化有着千丝万缕的联系。他对人生与社会的哲理思考，往往显示出德国思想家的某些特点，有入木三分的洞察力与敏锐而丰富的想象力。后来，在1930年至1939年近十年中，他又长期生活在法国，对欧洲文化有了进一步的了解。所以，他对西方文化、西方现代文明的批判不仅立足于美国，而且立足于欧洲，有一定的普遍性。

亨利·米勒的父亲是一个没有多少文化修养的裁缝铺老板，后来又嗜酒成性。亨利·米勒出生后不久，全家从曼哈顿搬到东河对岸的布鲁克林，居住在工厂和小商小贩中间。成长中的亨利·米勒所处的家庭条件和社会环境都不十分优越，他也没有受过很高的正规教育。1909年他进入纽约市立学院学习，两个月后即放弃学业，然后从事过各种各样的职业：水泥公司的店员、陆军部的办事员兼不拿薪水的《华盛顿邮报》见习记者、他父亲裁缝铺的小老板、电报公司的人事部经理，以及洗碗工、报童、垃圾清理工、市内电车售票员、旅馆侍者、打字员、酒吧招待、码头工人、体校教师、广告文字撰稿人、编辑、图书管理员、统计员、机械师、慈善工作者、保险费收费员、煤气费收费员、文字校对员、精神分析师，等等，有的工作他干了甚至不到一天。丰富的生活经历为亨利·米勒的创作提供了广泛的素材，他在这些经历中的深入观察和各种深刻的感受又使他的创作不落俗套，既有坚实的生活基础，又有富于哲理的思想内容，并以创新的形式加以表现。亨利·米勒走上文学创作的道路显然比他同时代的美国作家要晚，而且成名也晚。年纪比他轻的海明威、福克纳、菲茨杰拉德等作家，在20年代都已小有名气，或已有了相当的成就，而他那时候却还在为生活奔忙。他发表第一部作品时已经四十三岁，也可谓大器晚成。在文学上成功得晚自有晚的好处，由于作家思想上已比较成熟，又有丰富的阅历，见多识广，所以更容易一上来就形成自己的风格，作品中反映的问题也往往更为尖锐，更能一针见血。

亨利·米勒大概就是这样一位作家。他曾自称为“流氓无产者的吟游诗人”，可以说，这是对他自己创作风格的最好描绘。自从发表第一部作品《北回归线》以来，他就形成了一种独特的社会批判风格，专写一些与社会格格不入的人物，通过他们来攻击西方社会，并不惜使用污秽的语言。他所写的这些人物大多是他自己在丰富的生活经历中接触过的，他所用的语言也是他所接触的那一阶层人普遍使用的语言。他通过他笔下那个表面粗野的社会来表达他对西方社会深思熟虑的看法。就这方面来讲，他虽然比大多数作家出道晚，但一出道即显示出他的优势，这不能不说是得益于他所混迹的那个社会、他所接触的三教九流，以及他所从事过的各种职业。

《南回归线》发表于 1939 年，是亨利·米勒最初在法国发表的自传性三部曲中的最后一部。三部作品的书名有一定的对应关系，“北回归线”和“南回归线”又分别叫作“夏至线”和“冬至线”，在“夏至”和“冬至”之间，是“黑色的春天”。

《南回归线》虽然在亨利·米勒第一个自传性三部曲中是最晚发表的，但它却被人称为包括“殉色三部曲”在内的亨利·米勒六卷自传式罗曼史的第一部。因为它主要叙述和描写了亨利·米勒早年在纽约的生活经历，以及与此有关的种种感想、联想、遐想与幻想。亨利·米勒写此书时身在欧洲，离开美国已多年，思乡之情溢于言表。很显然，他是一个怀旧的人，但是他从文化批判的立场出发，认为美国的文化已经开始走向没落，全部美国生活像是“杨梅大疮”，“简直比虫子四处爬的奶酪还要腐烂不堪”，“美国的所有街道都合起来形成了一个巨大的藏污纳垢之地，一个精神的污水池，在其中，一切都被吮毕排尽，只剩下一堆永久的臭屎屁屁。在这个污水池之上，劳作的精灵挥舞着魔杖；宫殿与工厂鳞次栉比地涌现，什么火药厂、化工厂、钢铁厂、疗养院、监狱、疯人院，等等，等等。整个大陆便是一场梦魇，正产生着最大多数人的最大不幸”。所以，亨利·米勒“要看到美国被摧毁，从上到下，被彻底铲除”。他“要目睹这一切的发生，纯粹是出于报复”，作为对施于他和像他一样的其他人的罪行的“一种补偿”。

那么，美国施于亨利·米勒的究竟是什么样的罪行，以致他对美国如此深恶痛绝，竟要看到它被摧毁呢？这是因为美国高度的物质文明只是让人活着，可是人性异化了，自我丧失了，这是最令亨利·米勒发疯般痛苦的事情。他说：“我终生的愿望并不是活着……而是自我表白。我理解到，我对活着从来没有一点点兴趣，只是对我现在正做的事才有兴趣，这是与生活平行、拥有生活而又超越生活的事情。我对真实的东西几乎没有丝毫兴趣，甚至对现实的东西亦无兴趣；只有我想象中存在的东西，我为了活着而每天窒息了的东西，才引起我的兴趣。”亨利·米勒在这里道出了他进行创作的基本意图，他不是为了简单地活着而创作，他是要真正拥有自我，拥有自我的精神世界，并加以表现，所以亨利·米勒的作品主要写他的精神世界。他面对使人性异化、自我丧失的美国文化，决心以强烈的反叛精神来重建自我。他的生活经历在他这种重建自我的过程中只是起了拐杖的作用，一旦引出了他的内心世界，他就让他的意识自由自在、无拘无束地流动，而将拐杖弃置一边。他描写他的精神世界，是要表现在现代大都市的荒漠中，自我所感受到的痛苦、孤独与巨大的精神压力，这往往只是一种感受、一种遐想、一种幻觉、一种愤怒的发泄，这一切构成了一个混乱而无序的世界，然而这却是当时亨利·米勒真实自我的再现。所以，作为一部自传体小说，本作品名为“南回归线”，就显示出深刻的含义了。因为“南回归线”

的英语是 Tropic of Capricorn，其中的 Capricorn 一词，从星座属相角度讲，是“摩羯星座”的意思，亨利·米勒就属于这个星座。据说，这个星座的人重感官感受，是内倾之人。且不说亨利·米勒是不是内倾之人，从小说创作的角度看，他确实是从外转向内，从对外部世界的描写转向内心世界的表现。他以直接的感观感受来表现内心世界的激情，但是在这种表面的感官感受之下，却蕴藏着社会批判的巨大精神力量。

波德莱尔曾将世界大都市中的混乱和丑陋加以艺术的再现，因而丰富了诗的表现领域。亨利·米勒则将现代世界大都市种种混乱和丑陋中个人精神世界的混乱和丑陋加以艺术的再现，因而丰富了散文的表现领域。他的几部主要作品大家都称之为自传体小说，但是更确切地说，应该称之为表现他精神世界的散文诗。

他的散文诗也写人写事，例如写他父亲长期酗酒，后来突然戒了酒，热衷于宗教，焕发出宗教热情，可由于他所崇拜的一位牧师令他伤了心，他终于陷入一种绝望的麻痹状态；写他自己童年时代在布鲁克林的那些小朋友和他后来的同事、朋友们的种种经历；写他在宇宙精灵电报公司的种种有趣经历和令人啼笑皆非的遭遇；写他同数不清的女人之间的性关系等等。但是，正如上文所说，这些不过是引出他内心世界的拐杖，而一旦引出他的内心世界，他的散文诗就充分发挥出其独特的优势，放笔写去，任意驰骋，呈现出深刻的思想、原始的冲动、神秘的幻觉、复杂的感受、丰富的联想。

在亨利·米勒自由驰骋的精神世界里，不时流露出两位德国哲学家的深刻影响。亨利·米勒在本书开头谈到不愿意离开母亲温暖的子宫，这同尼采用来说明他思想的那个古希腊神话是一个意思，也就是说，世上最好的东西是什么呢？是不要降生，一旦降临人世，那么最好的东西就得不到了。亨利·米勒来到这个世上，面对一个高度物质化的文明社会，却找不到自我，他深感这个文明社会盛极而衰的危机感。

他受斯宾格勒《西方的没落》一书的影响，认为西方社会，尤其是美国社会已不可救药，最终没落的命运不可逆转，所以他竭尽全力否定这个社会，否定建立任何秩序的可能性，而这种否定最终又变成了对他自己的肯定。但是他对自己的肯定主要是肯定自己的精神世界，就是他那么多放荡不羁的性生活，从某种程度上讲，也只是为了证明他自己的反叛精神，不向传统屈服，而他的肉体自我受到文明的根深蒂固的影响，所以他甚至有除去自己身体的念头："我出生在文明当中，我接受文明十分自然——还有什么别的好干呢？但可笑的是，没有一个别的人认真对待它。我是公众当中唯一真正文明化了的人。可至今没有我的位置。然而我读的书、我听的音乐使我确信，世界上还有其他像我一样的人。我不得不去墨西哥湾自溺而死，为的是有一个借口，好继续这种假文明的存在。我不得不像除去虱子一样除去我自己鬼魂般的身体。"这里含有尼采关于个体化原则瓦解的思想，自我只有摆脱了个体化原则，才能成为自由的自我，才能摆脱文明的束缚，这时候，按照尼采的说法，就是由日神精神转入酒神精神。在酒神状态中，痛苦的自我得到充分表现，包括原始的冲动、神秘的幻觉等等，同时自我也由于得到了充分的表现而狂喜。亨利·米勒在作品中竭力去达到尼采所提倡的那种酒神的审美状态。尼采认为最基本的酒神状态——醉，是一种音乐情绪，而且包含着性冲动，于是亨利·米勒就运用音乐、性以及一种达达主义式的感觉错乱来不断追求自我表现的狂喜。《南回归线》除了最初的一大部分和一些以空行形式出现的不规则的段落划分之外，只有两个正式的部分：插曲和尾声，都是借用了音乐术语，似乎整部作品是一首表现自我音乐情绪的完整乐曲。亨利·米勒的性冲动是同音乐密切联系的，他最初的性冲动对象就是他的钢琴女教师，那时候他才十五岁。他在作品中描写的一次次性冲动构成了一部性狂想曲，而他的性狂想曲又是他批判西方文化、重建自我的非道德化倾向的一部分。他的非道德化倾向是要回到原始冲动中去，是要追求狂喜，但也是一个极其痛苦的过程。

亨利·米勒在本书书首引用了法国中世纪道德哲学家彼得·阿伯拉尔的话来说明他写此书的目的：“我这样做，为的是让你通过比较你我的痛苦而发现，你的痛苦算不得一回事，至多不过小事一桩，从而使你更容易承受痛苦的压力。”

2012 年 8 月 2 日修订

目 录

在卵巢电车上

《我的苦难史》前言

（我不幸的故事）

男人女人们的心往往激动不已，也往往在痛苦中得到安慰，这是实例而不是言辞的作用，因为我很了解一个痛苦的目击者会做出某种语言上的安慰，所以我现在有意于写一写从我的不幸中产生的痛苦，以便让那些虽然当时不在场，却始终在本质上是个安慰者的人看一看。我这样做，为的是让你通过比较你我的痛苦而发现，你的痛苦算不得一回事，至多不过小事一桩，从而使你更容易承受痛苦的压力。

——彼得·阿伯拉尔

第一章[①]

人死原本万事空，一切混乱便就此了结。人生伊始，就除了混乱还是混乱：一种液体围绕着我，经我嘴而被吸入体内。在我下面，不断有暗淡的月光照射，那里风平浪静，生气盎然；在此之上却是嘈杂与不和谐。在一切事物中，我都迅速地看到其相反的一面，看到矛盾，看到真实与非真实之间的反讽，看到悖论。我是我自己最坏的敌人。没有什么事情是我想做却又不能做的。甚至当我还是个孩子，什么也不缺的时候，我就想死：我要放弃，因为我看到斗争是没有意义的。我感到，使一种我并不要求的存在继续下去，这证明不了什么，实现不了什么，增加不了什么，也减少不了什么。我周围的每一个人都是失败者，即使不是失败者，也都滑稽可笑。尤其是那些成功者，令我厌烦不已，直想哭。我对缺点抱同情态度，但使我如此的却不是同情心。这完全是一种否定的品质，一种一看到人类的不幸便膨胀的弱点。我助人时并不指望对人有任何好处，我助人是因为我不这样做便不能自助。要改变事情

① 原著没有划分章节，译文的章节由译者划分。——译者注，下同。

的状况，对我来说是无用的；我相信，除非是内心的改变，不然便什么也改变不了，而谁又能改变人的内心呢？时常有一个朋友皈依宗教：这是令我作呕的事情。我不需要上帝，上帝却需要我。我常对自己说，如果有一个上帝的话，我要镇静自若地去见他，啐他的脸。

最令人恼火的是，初次见面时，人们往往认为我善良、仁慈、慷慨、忠实可靠。或许我真的具有这些德行，但即使如此，也是因为我什么都不在乎：我称得起善良、仁慈、慷慨、忠实等等，是因为我没有忌妒心。我唯独从未充当忌妒的牺牲品。我从不忌妒任何人、任何事。相反，我对每一个人、每一件事只感到同情。

从一开始起，我就肯定是把自己训练得不去过分地需求任何东西。从一开始起，我就是独立的，但却是以一种谬误的方式。我不需要任何人，因为我要自由，要随兴之所至自由地作为，自由地给予。一旦有什么事期待于我或有求于我，我就退避三舍。我的独立便是采取这样的形式。我是腐败的，换句话说，从一开始就是腐败的。好像母亲喂给我的是一种毒药，虽然我早就断奶，但毒药从未离开过我的身体。甚至当她给我断奶时，我也好像是毫不在乎的；大多数孩子要造反，或做出造反的样子，但我却根本不在乎。尚在襁褓中，我便是一位哲学家。我原则上是反生命的。什么原则？无用的原则。我周围的每个人都在争取。我自己却丝毫不努力。如果我表面上做出些努力，那也只是要取悦于某个他人，实质上我什么也没做。假如你能告诉我，这为什么会是这样的，我就会否认，因为我天生有一些别扭的倾向，这是无法消除的。后来我长大了，听说他们让我从子宫里钻出来的时候遇到了不小的麻烦。对此我十分理解。为何要动弹？为何要离开一个暖洋洋的好所在？在这个舒适的福地一切都是免费向你提供的。我最早的记忆就是关于寒冷，关于沟里的冰雪、窗玻璃上的冻霜，以及厨房湿漉漉绿墙上的寒气。人们误称为温带的地方，为什么人们要生活在那里的怪气候中呢？因为人们天然就是白痴，天然就是懒鬼，天然就是懦夫。直到十岁左右，我都从不知道有“暖和的”国家，有你不必为生计忧虑的地方，在那里你不必哆哆嗦嗦却又假装这能令人精神振奋。在寒冷的地方，就有拼命操劳的人们。当他们繁衍后代的时候，他们就向年轻人宣讲关于劳作的福音——实际上，这什么也不是，只是关于惰性的教条。我的民族是地地道道的北欧日耳曼人，也就是说，是白痴。每一种曾被说明过的错误想法都是他们的。他们喋喋不休地讲究清洁，更不用说什么正直公正了。他们清洁至极，但骨子里却散发着臭气。他们从不开启通向心灵的门户，从未梦想过盲目地跃入黑暗中。饭吃完后，盘子被迅速洗干净，放入碗橱；报纸读完后，被整整齐齐叠好，放到一边的一个架子上；衣服洗完后，被熨好、叠好，塞进抽屉里。一切都为了明天，但明天从不到来。现在只是一座桥梁。在这座桥上，他们仍在呻吟，如同世界的呻吟一般，然而没有一个白痴想到过要炸掉这座桥。

我经常苦苦地搜寻谴责他们、更谴责我自己的理由。因为我在许多方面也像他们一样。有很长一段时间，我认为我已经解脱，但随着时间的推移，我明白我一无长进，甚至还更糟了一点儿，因为我比他们看得更清楚，然而却始终无力改变我的生活。回顾我的一生，我似乎觉得我从未按我自己的意志行事，总是处于他人的压力之下。人们常把我看作一个爱冒险的家伙，这真是太离谱了。我的冒险都是外因造成，落到我头上，不得已而为之。我有着傲慢而扬扬自得的北欧人的真正秉性，他们从没有丝毫的冒险意识，但是却踏遍大地，将世界翻了个个儿，到处留下了遗迹与废墟。不安的灵魂，但不是爱冒险的灵魂。这些灵魂痛苦地挣扎，不能在现在之中生活。他们都是可耻的懦夫，包括我自己在内。唯一伟大的冒险是内向的，向着自我，对此，无论时间、空间，甚或行为，都是无关紧要的。

每隔几年，我都会有一次处于做出这种发现的边缘，但是我总是以特有的方式，设法避开了这问题。如果我试着想起一个好的借口，我便只能想到环境，想到我所知道的街道和住在这些街上的人。我想不起美国的哪条街道，或者住在这样一条街上的哪个人，能引导一个人走向对自我的发现。我在全世界许多国家的街上走过，没有一处使我像在美国那样感到堕落与卑下。我想，美国的所有街道都合起来形成了一个巨大的藏污纳垢之地，一个精神的污水池，在其中，一切都被吮毕排尽，只剩下一堆永久的臭屎屉屉。在这个污水池之上，劳作的精灵挥舞着魔杖；宫殿与工厂鳞次栉比地涌现，什么火药厂、化工厂、钢铁厂、疗养院、监狱、疯人院，等等，等等。整个大陆便是一场梦魇，正产生着最大多数人的最大不幸。我是处于财富与幸福（统计学上的财富，统计学上的幸福）的最大汇集地之中的一个人，一个个别的实体，但是我从没有遇到过一个真正富有或真正幸福的人。至少我知道，我不富有，不幸福，生活不正常，不合拍。这是我唯一的安慰，唯一的欢乐，但这还不够。假如我公开表示我的反叛，假如我为此而蹲班房，假如我烂死在监狱里，倒或许更能使我的心情平静下来。假如我像疯狂的乔尔戈什那样，射杀了某个好总统麦金利①，射杀了某个像他一样从未对人有一点点伤害的微不足道的好人，这对我来说也许会更好。因为我从心底里想杀人：我要看到美国被摧毁，从上到下，被彻底铲除。我要目睹这一切的发生，纯粹是出于报复，作为对施于我和像我一样的其他人的罪行的一种补偿。那些像我一样的人从未能扯大嗓门，表达他们的仇恨、他们的反叛、他们的合理的杀戮欲。

我是一块邪恶土地上的邪恶产物。如果自我不是不朽的，那么，我写的这个"我"早就被毁掉了。对某些人来说，这也许就像一种发明，但无论我想象发生了什么，都确实真的发生了，至少对我来说是这样。历

---

① 美国第二十五任总统，1901 年被无政府主义分子乔尔戈什刺死。

史会否认这个，因为我在我们民族历史上没起什么作用，但是即使我说的一切都是错误的、褊狭的、恶意的、恶毒的，即使我是一个谎言编造者、一个下毒者，真理终究是真理，不得不被囫囵吞下。

至于发生的事情么……

一切发生的事情，在其有意义的时候，都具有矛盾的性质。直至我为其写下这一切的那个人出现之前，我都想象，在外面某个地方，在生活中，正如他们所说，存在着对一切事物的解释。当我遇见她的时候，我想，我正在抓住生活，抓住我能够咬住的某个事物，然而我完全失去了对生活的把握。我伸手去抓我要依附的东西——却一无所获，然而在伸出手去的当口，在努力去抓、去依附的时候，尽管孤立无援，我却发现了我并未寻找的东西——我自己。我明白了，我终生的愿望并不是活着——如果别人在进行着的事被称作活着的话——而是自我表白。我理解到，我对活着从来没有一点点兴趣，只是对我现在正做的事才有兴趣，这是与生活平行、拥有生活而又超越生活的事情。我对真实的东西几乎没有丝毫兴趣，甚至对现实的东西亦无兴趣；只有我想象中存在的东西，我为了活着而每天窒息了的东西，才引起我的兴趣。我今天死还是明天死，对我并不重要，也从来没有重要过，但是甚至在今天，在经过多年努力之后，我仍然不能说出我思考和感觉的东西——这使我烦恼，使我怨恨。自从儿童时代起，我就可以看到自己追踪着这个幽灵。除了这种力量、这种能力外，我别无所好，别无所求。其他的一切都是谎言——我所做所说的一切都与此无关。这是我一生中的绝大部分。

我本质上是矛盾，正如他们所说。人们认为我严肃、高尚，或者快活、鲁莽，或者真诚、认真，或者粗心大意、无所顾忌。我便是这一切的混合物——此外，我还是什么别的东西，一种没有人怀疑的东西，我自己就更不怀疑这种东西了。当我还是六七岁的男孩时，我常常坐在我祖父的工作台旁，他一边做着缝纫活，我就一边读书给他听。他在那些时候的样子我还历历在目，他将滚烫的熨斗压在大衣接缝上，一只手放在另一只手上面，站在那里，神思恍惚地望着窗外。我记得他站在那里时脸上梦一般的表情，这比我所读的书的内容、我们进行的谈话，或者我在街上玩的游戏要记得清楚得多。我常常奇怪，他梦见了什么，又是什么使他神不守舍呢？我还没有学会如何来做白日梦。在当时以及任何时候，我都是很清楚的。他的白日梦使我着迷。我知道，他同他正在做着的事没有关系，连想也没有想过我们当中的任何人；他很孤独，正因为孤独，他是自由的。我从不孤独，尤其当我一人独处时，更不孤独。我总是好像有人陪伴着，就像斗块大奶酪上的一小点儿，我想，大奶酪就是世界，虽然我从未静下心来好好思考这个问题，然而我知道，我从来不单独存在，从来没想到自己好像是大奶酪。以至于就算我有理由说自己很不幸，有理由抱怨和哭泣，我都总是幻想自己加入了一种共同的、普遍的不幸。当我哭泣时，全世界都在哭泣——我是这样想象的。我难得哭泣。通常我很快活，放声大笑，过得很愉快。我过得很愉快是因为，如我以前所说，我真的不在乎任何事情。如果事情在我这儿出了什么毛病，那么它们在哪儿都要出毛病，这一点我深信不疑。事情通常只是在人们过分关心时才出毛病，这在老早以前就给我留下深刻印象。例如，我还记得我的小朋友杰克·劳森的情况。整整一年，他卧床受病痛折磨。他是我最好的朋友，总之，人们是这样说的。哎，最初我或许还为他感到遗憾，时不时到他家去打听他的情况，但是过了一两个月以后，我对他的痛苦变得漠不关心。我对自己说，他应该死去，越快越好。我这样想，也就这样做，就是说，我很快忘记他，将他撇给他的命运。那时我大约只有十二岁，我记得我还很为我的决定感到骄傲。我也记得那次葬礼——这是多么不光彩的一件事。他们在那里，亲戚朋友们都聚集在棺材周围，全都像有病的猴子一般大哭大叫。尤其是那位母亲，她揍痛了我的屁股。她是这样一个虔信宗教的少有人物，我相信，一个基督教科学派。虽然她不相信疾病，也不相信死亡，但是她如此大哭大嚷，吵得耶稣本人都会从坟墓里爬出来，但却不是她的可爱的杰克！不，杰克冷冰冰直挺挺地躺在那里，是叫也叫不应了。他死了，这是无可怀疑的。我知道这一点，对此感到高兴。我不浪费任何眼泪在这上面。我不能说他过得更好，因为这个"他"毕竟消失了。他走了，也带走了他忍受的痛苦，以及他无意中加于别人的痛苦。阿门！我对自己说，随之，稍微有点儿歇斯底里，我放了一个响屁——就在棺材旁边。

这种过分郑重其事——我记得它在我身上只是在我初恋的日子里才有所发展。即使在那时候，我也还是不够郑重其事。要是我真的郑重其事，我就不会现在在这里写这件事了：我会因一颗破碎的心而死去，或者为此而被绞死。这是一种不好的经验，因为它教我如何为人虚伪。它教我在不想笑时笑，在不相信工作时工作，在没有理由活下去时活着。甚至在我已经忘却了她时，我还保留着那种做违心之事的伎俩。

正如我说过的，我自人生伊始便一派混乱，但有时候，我离中心、离混乱的中心已如此之近，以至于我周围的事物没有发生爆炸倒是一件很令人吃惊的事情。

人们习惯于把一切归咎于战争。我说，战争同我、同我的生活不相干。当别人都在为自己谋取舒适位置的时候，我却接受了一个又一个糟糕透顶的工作，靠它们我从来不够维持最起码的生活。我被解雇几乎同我被雇用一样快。我才华横溢，却引起人们的不信任。我去任何地方，都煽动了不和——不是因为我是理想主义者，而是因为我像探照灯一样暴露了一切事物的愚蠢与无用。此外，我不善于拍马屁。这无疑是我的特点。当我谋职时，人们可以马上识别出，我实际上并不在乎是否得到工作。当然，我往往得不到工作，但是久而久之，寻找工作本身成了一项运动，也就是说，一种消遣。我会上门提出几乎任何要求。这是一种消磨时间的方法——就我所见，不比单纯的工作更坏。我给自己当老板，我有我自己的钟点，但是不像其他老板，我只导致我自己的毁灭、我自己的破产。我不是一家公司、一个托拉斯、一个州、一个联邦政府、一项国际政策——要说的话，只能说我更像上帝。

第二章

这种情况继续着，大约从那场战争的中途直到……嗯，直到有一天我陷入困境。我真正绝望地想要一个工作的那一天终于来临了。我需要工作，刻不容缓。我马上决定，哪怕是世界上最差的工作，比如送信人之类的工作，我也要。快下班时，我走进了电报公司——北美宇宙精灵电报公司——的人事部，做好了应付一切的准备。我刚从公共图书馆来，腋下夹着一摞有关经济与形而上学的书。令我十分吃惊的是，我被拒绝了做这项工作。

拒绝我的那个家伙是一个管电话交换机的小矮人。他大概把我当成了大学生，尽管从我的申请表上可以看得很清楚，我早就离开了学校。在申请表上我甚至填上了哥伦比亚大学的博士学位，给自己增添几分光彩。很显然，这一点并未受到注意，要不然，就是这个拒绝我的小矮人怀疑这一点。我愤怒了，因为我一生中就认真了这一次，我格外感到愤怒。不仅认真，我还忍气吞声，压下了我的傲气，这种傲气在以特有方式表现出来时是很盛气凌人的。我妻子当然像往常一样，斜眼看人，冷嘲热讽。她说，我这是做做样子的。我上床睡觉时一直懊恼这件事，整夜不能入眠，愤恨不已。我有妻小要养活，这个事实并不怎么使我心烦；人们并不因为你有一个家庭要养活，就给你工作，这些我都再清楚不过了。不，使我恼火的是他们拒绝了我亨利·米勒，一个有能力的优秀个人，他只是请求得到世界上最下等的工作。这使我怒火中烧，无法自制。第二天一大早我就起床，刮好胡子，穿上最好的衣服，急匆匆去赶地铁。我径直去了电报公司的总部办公室……直奔二十五层或总裁、副总裁有他们小办公室的某个什么地方。我要求见总裁。当然，总裁不是不在城里，就是太忙而不能见我，但是我并不介意见副总裁或者他的秘书。我见到了副总裁的秘书，一个聪明而替人着想的小伙子。我给他耳朵里灌了一大堆话，表现得很机灵，不过分激烈，但是始终让他明白，我不是那么容易像皮球一样被踢出去的。

当他拿起电话找总经理的时候，我想，他只是在哄我，还是以老一套来把我从这里踢到那里，直到我自己受够了为止。不过，我一听到他谈话，便改变了看法。当我来到设在非商业区另一幢楼内的总经理办公室时，他们正在等我。我坐到舒适的皮椅子里，接受了递过来的一支大雪茄。这个人似乎马上就对事情十分关心。他要我把一切都告诉他，直至最微不足道的细节。他竖起毛茸茸的大耳朵，来抓住一点一滴信息，以便有助于他在头脑里形成对这事那事的看法。我明白，我已经有点偶然地真正成为一种工具，在为他服务。我让他哄得按他的设想来为他服务，随时都在窥测风向。随着谈话的进行，我注意到他对我越来越兴奋。终于有人对我流露出一点儿信任啦！这便是我开始干我最喜爱的行当之一时所要求的一切。因为，在寻找了多年工作以后，我自然变得很老练；我不仅知道不该说什么，而且也知道影射什么，暗示什么。一会儿，总经理助理便被叫进来，让他听听我的故事。直到这时候，我才知道这故事是什么。我明白了，海米——总经理称他为“那个小犹太”——没有权力假装他是人事部经理。显然，海米篡夺了特权。

还有一点也很清楚海米是个犹太人，犹太人在总经理那里声名狼藉，而且在同总经理作对的副总裁退利格先生那里也名声不佳。

也许“小脏犹太”海米应该为送信人员中犹太人所占的高百分比负责。也许海米实际上就是在人事部——他们称之为“落日处”——负责雇人的那个人。我猜想，现在对于总经理克兰西先生来说，是把某个彭斯先生拿下来的大好机会。他告诉我，彭斯先生现在已当了大约三十年的人事部经理，显然正在变得懒于干这项工作。

会议开了好几个小时。结束前，克兰西先生把我拽到一边，告诉我，他打算让我当劳动部门的头，但是在就职以前，他打算请我先当一名特别信使，这既是一种特殊的帮忙，又是一种学徒期，这对我是有好处的。我将领取人事部经理的薪水，但是是从一个单立的账户上付钱给我。总之，是要我从这个办公室游荡到那个办公室，来看看所有人进行的事情在如何运转。关于这个问题我得经常打一个小报告。他还提议，过上一阵子就私下到他家里去一次，聊一聊宇宙精灵电报公司在纽约市的许多分支机构的状况。换句话说，就是要我当几个月密探，然后我才可以到任。也许有一天他们还会让我当总经理，或者副总裁。这是一个诱人的机会，尽管它被裹在大量马粪中间。我说行。

几个月以后，我坐在“落日处”，像恶魔一样把人雇来，又把人开除。老天爷作证，这是一个屠场。这玩意儿从根本上讲是没有意义的，是对人力、物力、精力的浪费，是汗臭与不幸的背景之下的一部丑陋的滑稽戏。但是，正像我接受密探工作一样，我也接受了雇用人、解雇人的工作，以及与之有关的一切。我对一切都说行。如果副总裁规定，不许雇瘸子，我就不雇瘸子；如果副总裁说，四十五岁以上的送信人不必预先通知，统统解雇，我就不预先通知，把他们解雇掉。他们指示我做什么，我就做什么，但是是以一种他们必须为之而付钱的方式。什么时候出现罢工，我就袖手旁观，等着这阵风刮过去，但是我首先要保证他们为此而付出一大笔钱。整个体制都腐烂了，它违背人性，卑鄙下流，腐败到了极点，也烦琐到了极点，没有一个天才，便不可能使它变得合理而有秩序，更不用说使它具有仁爱与体贴之人情了。我面临着整个腐朽的美国劳动制度，它已经从头烂到脚了。我是多余的人，两边都不需要我，除非是利用我。事实上，在整个机构的周围，里里外外，上上下下，每个人都在被利用——总裁及其一伙被无形的强权所利用，雇员被高级职员所利用，等等，等等。从我在“落日处”的小小位置上，可以鸟瞰整个美国社会。这就像电话簿里的一页纸。按字母顺序、号码、统计资料看，它是有意义的，但是当你进一步细看时，当你单独研究各页、各个部分时，当你研究一个单独个人以及构成他的那些东西，研究他呼吸的空气、他过的生活、他冒险抓住的机会时，你就看到了如此肮脏、如此卑劣、如此下贱、如此可悲、如此绝望、如此愚蠢的东西，甚至比在一座火山里看到的东西还要可怕。你可以看到全部美国生活——经济、政治、道德、宗教、艺术、统计、病理学等各个方面。这看上去就像男人那玩意儿上长着杨梅大疮，说真的，看上去比这还糟糕，因为你再也看不到任何像这玩意儿的东西了。也许过去这玩意儿有生命，产生过什么东西，至少给人以片刻的快感、片刻的震颤，但是从我坐的地方来看它，简直比虫子四处爬的奶酪还要腐烂不堪。奇怪的是，它的恶臭竟然没有把人熏死过去……我一直用的是过去时，当然现在也一样，也许还更糟一点儿。至少我们现在正闻到它臭气冲天。

到瓦勒斯卡出现的时候，我已经雇了好几个军团的送信人了。我在“落日处”的办公室像一条没有遮盖的污水沟，臭烘烘的。我刚往里探了一下身子，就立即从四面八方闻到了这种味道。首先，我撵走的那个人在我到来的几周之后，便伤心而死。他硬挺的时间也够长了，正好等到我闯进来，他便呜呼哀哉了。事情来得如此神速，我都没有来得及感到内疚。从我到达办公室那一刻起，漫长的大混乱便开始了，从不间断。在我到达前一小时——我总是迟到——这地方就已经挤满了申请者。我得用胳膊肘开路,夺路走上楼梯,严格讲,是拼了命挤到那里去的。海米的情况不如我,因为他被束缚在隔墙那儿。我还没来得及取下帽子,就得回答十几个电话。我桌上有三部电话机,都同时响起来。甚至在我坐下来办公以前,它们就吵得我尿都憋不住了。连上厕所的时间都没有——得一直等到下午五六点钟。海米的情况不如我,因为他被束缚在电话交换机那里。他从早上八点,一直坐到下午六点,指使"名单"们跑来跑去。"名单"就是从一个营业所借到另一个营业所去干一天或一天里干几个小时的送信人。许许多多营业所当中,没有一个人员是满的;海米不得不和"名单"们下棋玩,而我却忙得像个疯子一样,来堵缺口。如果我在一天里奇迹般地填满了所有的空缺,第二天早上,会发现一切还是老样子——或者更糟。也许只有百分之二十的人手是稳定的,其余都是临时的。稳定的人手将新来的人手赶跑了。稳定的人手一星期挣四五十美元,有时候六十美元至七十五美元,有时候一星期挣一百美元之多,也就是说,他们远比职员挣得多,往往也比他们自己的经理挣得多。至于新来的人,他们发现一星期挣十美元都很难。有些人干了一小时就退出了,往往将一捆电报扔进垃圾箱或阴沟里。无论他们什么时候退出,都会要求立即付给他们报酬,而这是不可能的,因为复杂的会计制度规定,至少得过十天以后,人们才能说出一个送信人挣了多少钱。开始,我请申请者坐在我旁边,详细地向他解释一切,直说到我嗓子沙哑。不久我就学会节省力气来用于必要的盘问。首先,每两个小伙子中就有一个是天生的说谎家,如果除此之外不是一个无赖的话。他们当中许多人都被雇用又被开除了多次。有些人认为这是寻找另一份工作的绝妙方法,因为工作关系,他们有机会来到他们本不可能涉足的成百上千个办公室。幸好有个可靠的麦戈文,他看门、分发申请表格,并有照相机一般的眼力。还有我身后的那些大本子,里面有经受了考验的每一个申请者的履历。这些大本子很像一种警察局档案,画满了红色的墨迹,表明这样或那样的失职。从证明材料来判断,我的处境很麻烦。每两个名字中就有一个同偷窃、诈骗、吵架或痴呆、性反常、弱智等有关。"当心——某某人是癫痫病患者!""不要此人——他是黑鬼!""小心——某人在丹尼莫拉待过——要不就在新新监狱。"

假如我是一个墨守成规的人,那就谁也休想被雇用了。我必须迅速根据经验,而不是根据档案或我周围那些人的话来了解情况。要鉴别一个申请者,有许许多多细节要考虑。我不得不一下子把他们全接受下来,而且要快,因为在短短一天中,即使你是杰克·鲁滨逊[①]那样的快手,你也只能雇这么些,不可能再多。而无论我雇多少,怎么也是不够的。第二天一切又从头开始。我知道,有些人只干一天,但我不得不照样雇他们。这个体制从头到尾都是错的,但我无权批评它。我的职责就是雇用和开除。我处于一个飞速旋转的转盘中心,没有东西能停下来不动。我们需要的是一个技师,但是按照上级的逻辑,机械部分没有毛病,一切都好极了,只是具体事情上暂时出了点儿问题。事情暂时出了问题,就带来癫痫、偷窃、破坏、痴呆、黑鬼、犹太人、妓女,等等——有时候还有罢工与封闭工厂,因此,根据这种逻辑,你就拿一把大扫帚,去把马厩打扫干净,要不就拿大棒与枪炮,打得那些可怜的白痴明白,再不要为那种认为事情从根本上出了毛病的幻想而痛苦。时常谈论一下上帝是件好事,或者让一个小团体唱唱歌——也许甚至时常发点儿奖金也是无可非议的,这是在事情正可怕地恶化,说好话已不起作用的时候。但是总体上来说,重要的事情是不断雇用与开除;只要有兵,有弹药,我们就要冲锋,就要不断扫荡各条战壕。这期间,海米不停地吃

① 杰克·鲁滨逊(1919—1972):美国黑人棒球运动员。

泻药丸——足以把他的屁股撑破，假如他曾经有过屁股的话，但是他不再有一个屁股了，他只是想象他在上厕所，他只是想象他在坐着拉屎。实际上这个废物蛋是在发呆。有许多营业所要照料，每一个营业所都有一帮送信人，他们如果不是假设的也是虚幻的，但无论他们是真是假，确切还是不确切，海米都得从早到晚把他们差来差去，而我则堵窟窿。其实这也是凭空想象的，因此，当一名新手被派到一个营业所去，谁又能说他会今天到那里，还是明天到那里，或是永远也到不了。其中有些人在地铁里或摩天大楼底下的迷宫迷了路；有些人整天就在高架铁路线上乘来乘去，因为穿着制服是可以免费乘车的，也许他们还从未享受过整天在高架铁路线上乘来乘去的乐趣呢。其中有些人出发去斯塔滕岛，却到了卡纳西，要不就是在昏迷中由一个警察带回来。有些人忘记了他们住在哪里，彻底消失了。有些人我们雇用在纽约工作，却在一个月后出现在费城，好像这很正常，而且是天经地义的。有些人出发去目的地，却在中途决定，还是卖报纸更容易些，然后他们就会穿着我们发给他们的制服去卖报纸，直到被发现。有些人则受某种古怪的自我保护本能的驱使而径直去了观察病房。

海米早晨一到办公室，先是削铅笔；无论有多少电话打来，他都一丝不苟地削，他后来解释给我听，这是因为，如果他不是一下子马上把铅笔削好，那么就再也没有机会削了。其次是看一下窗外，了解天气如何，然后，用一支刚削好的铅笔，在他放在身边的用人名单的最上面，画一个小方框，在方框内写上天气预报。他还告诉我，这往往会成为不在犯罪现场的有用证明。如果雪有一英尺深，或者地面被雨雪覆盖，即使魔鬼本人也会因为没有更快地把“名单”们差来差去而被原谅，人事部经理亦会因为没有人在这样的天气里填补空缺而被原谅。不是吗？但是，他削完铅笔后，为什么不先去上厕所，却马上埋头于电话交换机，这对我来说是个谜。这一点，他后来也向我解释了。总之，一天以混乱、抱怨、便秘、空缺开始。它也是以响亮的臭屁、污浊的气味、错位的神经、癫痫病、脑膜炎、低收入、拖欠工资、破鞋、鸡眼与脚病、扁平足、失窃的袖珍书与钢笔、飘洒在阴沟中的电报纸、副总裁的威胁与经理们的忠告、口角与争论、大风暴冲击下的电报线、新的有效方法与被抛弃的旧方法、对好时光的期望与对口惠而实不至的奖金的祈求等等而开始的。新的送信人跳出战壕，便被机枪扫射而死；老手越挖越深，像奶酪中的耗子。无人满意，尤其是公众不满意。打电报十分钟就可以打到旧金山，但是也许要过一年，电报才能送到收报人手中——也许永远也送不到。

基督教青年会迫切希望改善美国各地劳动青年的精神面貌，在中午的时间里举行会议，我何不派一些潇洒的年轻人去听听威廉·卡内基·小亚斯台比尔特谈五分钟关于服务的问题呢！福利会的马洛里先生很想知道，我是否在某个时候能拨冗听他谈谈被假释的模范囚犯，他们很愿意做任何工作，甚至当送信人。犹太慈善组织的古根霍弗尔夫人会非常感谢我，假如我帮助她维持几个破碎家庭的话。这些家庭之所以破碎，是因为家庭中的每一个人不是意志薄弱，就是瘸子或残废。逃亡男孩之家的哈格蒂先生肯定，他完全有棒小伙给我，只要我给他们一次机会；他们全都受到过后爹后妈的虐待。纽约市长则很希望我能对持信人专门关照一下，他可以以一切作担保——可是究竟为什么他自己不给那位持信人一个工作，这倒是个谜。有人凑近我肩膀，递给我一张他刚写好的纸条——“我什么都明白，但我耳朵不好使。”路德·维尼弗莱德站在他旁边，穿着的破烂上衣是用安全别针系在一起的。路德是七分之二的纯印第安人、七分之五的美籍德国人，他是这样说的。在印第安人方面，他是一个克劳人，来自蒙大拿州的克劳人之一。他上一个工作是安装遮光帘，但是他的裤衩里没有屁股，太瘦，他羞于当着一位女士的面爬到梯子上去。他前两天刚出医院，仍然有点儿虚弱，但是他认为还不至于弱到不能送电报。

然后是费迪南·米什——我怎么会忘记他呢？他整个上午都排队等候着同我说句话。我从未回过他寄给我的信。这公正吗？他温和地问我。当然不。我模糊记得他从街心广场的宠物医院寄给我的最后一封信。他在医院里当护理员。他说他后悔辞去了他的工作，但这是由于他的父亲，他对他太严格，不给他任何娱乐或户外的乐趣。他写道："我现在二十五岁，我认为我不应该再同父亲睡在一起，你说呢？我知道，人们说你是一个大好人，我现在自立了，所以我希望……"可靠的老家伙麦戈文站在费迪南旁边，等我对他做出示意。他要把费迪南赶走——他五年前就记得他，当时他穿着制服躺在公司总部门前的人行道上，癫痫病发作。不，他妈的，我不能这样做！我要给他一个机会，这可怜的家伙。也许我会送他去中国城，那里的工作相当清闲。这时，费迪南到里屋去换制服，我又听一个孤儿给我唠唠叨叨地说他要"帮助公司成就大业"。他说，假如我给他一个机会，他就每个星期天都去教堂为我祈祷，当然另外有些星期天他还得向负责假释他的官员报告近况。他似乎没做什么坏事。他只是把人推了一下，这人头撞在地上，死了。下一个：直布罗陀的前领事。写一手好字——太好了。我请他傍晚来见我——他有些靠不住。这时，费迪南在更衣室里旧病发作。好运气！如果此事发生在地铁里，让人看到他帽子上的号码等等，那我就得吃不了兜着走了。下一个：一个独臂的家伙，因为麦戈文正请他出去，他气得发疯。"见他妈的鬼！我身强力壮，不是吗？"他大叫，为了加以证实，他用好胳膊抓起一把椅子，把它摔成碎片。我回到办公桌那里，看到一封给我的电报。我拆开一看，是乔治·布拉西尼打来的，他是 S. W. 营业所 2459 号前送信人。"我很遗憾我不得不这么快退出，但是这工作不适合我的懒散性格，我真的很爱好劳动与节俭，但是我们很多次都不能控制或克制我们个人的自尊。"

开始，我热情很高，尽管上下都有压力。我有想法，就付诸实施，不管副总裁满意不满意。每隔十天左右，我就要受一通训斥，说我太“菩萨心肠”。我口袋里从来没有钱，可是我花别人的钱很大方。只要我是老板，我就有信用。我逢人便给钱，我给外衣、内衣、书，什么多余了，我就给什么。要是我有权，我会把公司都给那些可怜的废物蛋的，省得他们来烦我。要是有人问我要一角钱，我就给他半个美元；要是有人问我要一个美元，我就给他五个。我才不管给出去多少呢，因为借花献佛比拒绝那些可怜家伙要容易。我一生中从来没有见过有这么多不幸集中在一起，我希望再也不要看见这些了。所有的人都很穷——他们一直穷，而且将永远穷。在可怕的贫穷底下，有一团火焰，通常很小，几乎看不见。但是它在那里，如果有人胆敢朝它吹口气，它就会蔓延成一场大火。我经常被劝不要太宽厚，不要太动感情，不要太慈悲。心要狠！不要讲情面！他们告诫我。对我不能给他工作的人，我就给他钱，如果我没有钱，我就给他香烟，或者给他勇气。但是我给！其效果是令人眼花缭乱的。没有人可以估量一件好事、一句好话的结果。我淹没在感激、良好祝愿、邀请及令人柔肠寸断的小礼品之中。如果我真正有权，而不是多余的人，天知道我会做出什么样的事情来呢！我可以把北美宇宙精灵电报公司作为基地，来把一切人道带给上帝；我可以同样改变南北美洲，还有加拿大自治领。我手中掌握着这个秘密：要慷慨、仁慈、耐心。我做五个人的工作，三年中几乎不睡觉。我没有一件完整的衬衣，我往往羞于向老婆借钱，或者挪用孩子的积蓄。为了早上能有车费去上班，我只能在地铁站诈骗瞎眼的卖报人。我各处欠了这么多的钱，就是工作二十年也还不清。我掏富人的腰包补给穷人，这是天经地义的事。如果我今后处在同样的位置上，我还要这样做。

我甚至创造了奇迹，阻止了雇用人员的流动，没有人敢想过这样的事。可是，他们不但不支持我的努力，反而拆我的台。按照上级的逻辑，是工资太高了，人员才不流动。所以他们就削减工资。这就好比将桶底踢穿。整座大厦在我手上坍塌了，倾覆了。他们却好像什么也没发生过一样，坚持要立即将缺口补上。为了将这打击缓和一点，他们明确表示，我甚至可以增加犹太人的百分比，可以不时雇用一个瘸子，只要他还行。我可以做这，可以做那，而所有这一切，他们以前告诉我，都是违反法规的。我怒不可遏，干脆照单全收。我还会雇用野马和大猩猩呢！只要我能唤起它们一点点必要的智能，足以送送电报就行。几天前，下班时只有五六个空缺。现在有三百、四百、五百个——他们像沙子一样流走。妙极了。我坐在那里，一个问题也不问，就大批雇用他们——黑鬼、犹太人、瘫子、瘸子、刑满释放分子、婊子、疯子、流氓、白痴，只要有两条腿，手里拿着电报，什么样的操蛋玩意儿都行。各个营业所的经理吓坏了，我却乐不可支。想着我正在制造什么样一个臭气冲天的大杂烩，我整天乐呵呵的。投诉者从全市各地蜂拥而来。业务瘫痪了，阻塞了，窒息了。一头毛驴也会比某些被我套在制服里的白痴更早到达目的地。

新的一天里有了最好的事情，这便是招收了女送信人。这改变了这儿的整个气氛。对海米来说，这尤其是天赐良缘。他把他的交换台搬来搬去，为的是能够一边把那些"名单"支使过来，支使过去，一边可以看着我。尽管工作增加，但他永远兴致勃勃。他笑眯眯地来上班，整天都笑眯眯的，如同在天堂里一般。一天结束时，我总有一张五六人的名单，值得一试。我们耍的花招就是让她们上钩，答应她们有工作，但是先要免费干一次。通常请她们吃顿饭是完全必要的，以便要她们夜里回到办公室来，让她们躺在更衣室的包锌桌面上。有时候，如果碰到她们有舒适的寓所，我们就把她们送回家，在床上干。如果她们喜欢喝点什么，海米就带瓶酒来。如果她们很好，而且真的需要钱，海米有时候就会亮出他的钞票，扔下一张五美元或十美元的票子。我想到他身上带的钱就垂涎欲滴。我从来不知道他从哪儿弄来的钱,因为他是这里收入最低的人。但他总是有钱,无论我要多少,我总能拿到手。有一次我们偶尔发了一次奖金,我就一分钱也不差地统统还清欠海米的钱——他很惊喜,那天晚上就领我到德尔蒙尼戈饭馆去,在我身上花了一大笔钱。不仅如此,第二天他还坚持要给我买礼帽、衬衣和手套。他甚至暗示,只要我愿意,我还可以到他家去搞他老婆,但是他又警告我,她眼下卵巢有点儿问题。

除了海米和麦戈文以外,我有两个漂亮的金发女郎做助理。她们经常晚上陪我们去吃饭。还有奥马拉,是我的一位老朋友,刚从菲律宾回来,我让他当了总助理。还有史蒂夫·罗梅罗,一头大公牛,我把他留在身边,以防遇到麻烦。还有奥罗克,他是公司的侦探,每天结束时他来向我报到,然后开始工作。最后,我增加了另一个人员——克龙斯基,一位年轻的医科大学生,他对我们所拥有的大量病理学病例十分感兴趣。我们是一班快乐的人马,结合在一起,都不惜一切代价来操公司。一边操公司,一边操我们可以看见的一切,只有奥罗克除外,因为他要维护某种尊严,而且他前列腺有毛病,对下身运动已兴味索然。但是奥罗克是个好人,慷慨大方,难以用语言来形容。他经常邀请我们晚上去吃饭,我们遇到麻烦,首先就想到找他帮忙。

第三章

这就是几年以后“落日处”的状况。我富于人性，富于这样那样的经验。在我清醒的时刻，我就做笔记，打算以后一旦有机会来记录我的经历时派上用场。我等待着喘口气的时间。然后碰巧有一天，因为某种胡乱的疏忽，我受到训斥，副总裁无意中甩出一句话来，令我耿耿于怀。他说，他想见到某个人来写一本关于送信人的霍拉肖·阿尔杰[1]式的书，他暗示，也许我可以来做这件工作。我愤愤不平地想，他真是个傻瓜，同时又很高兴，因为我暗中渴望要把想说的话痛痛快快写出来。我暗想——你这可怜的傻瓜，你就等着吧！我头脑里一片混乱地走出了他的办公室。我看见从我手上经过的大队人马，那些男女老少，看见他们哭泣，恳求，哀求，乞求，诅咒，啐人，骂娘，威胁。我看见他们留在公路上的足迹，看见躺着不动的货运列车，看见衣衫褴褛的父母，空空的煤箱，污水横溢的阴沟，渗着水珠的墙壁，以及在冰冷的水珠之间发疯似的飞窜的蟑螂。我看见他们跌跌撞撞走路，就像缩成一团的侏儒，

① 霍拉肖·阿尔杰(1832—1899)：19 世纪末美国最受欢迎的作家。

或者仰面倒地，癫痫大发作，嘴巴歪扭，唾沫飞溅，手舞足蹈。我看见墙壁倒塌，害虫像长了翅膀的液体一般奔涌出来，而那些高高在上的人，却坚持他们铁一般的逻辑，等待着这一阵风刮过去，等待着一切都被弥补好，等待着，心满意足地、舒舒服服地等待着，嘴上叼着大雪茄，两腿跷在桌子上，说事情暂时出了问题。我看见霍拉肖·阿尔杰式的英雄，一个有病的美国人之梦，他越爬越高，先是送信人，然后是经纪人，然后是经理，然后是主任，然后是总管，然后是副总裁，然后是总裁，然后是托拉斯巨头，然后是啤酒大王，然后是南北美洲的大亨，财神爷，神中之神，泥土中的泥土，天堂的虚妄，前前后后有着九万七千位小数的零。你妈的，我对自己说，我要给你一幅十二个小人的图画，给你没有小数、没有任何进位数的零，给你十二条踩不死的蛀虫，正在蛀空你这座腐朽大厦的基础。我会让你看看，在世界末日后的第二天，当所有的臭气都已清除掉的时候，霍拉肖·阿尔杰是个什么样子。

他们从世界各地来到我这里，得到救助。除原始人以外，几乎没有一个种族没有代表加入我的劳动大军阵营。除了阿伊努人、毛利人、巴布亚人、维达人、拉普人、祖鲁人、巴塔哥尼亚人、伊哥洛特人、霍屯督人、图瓦莱格人，除了已绝种的塔斯马尼亚人、格里马尔迪人、亚特兰蒂斯人，我有天底下几乎每一种人种的代表。有兄弟俩，现在还热衷于太阳崇拜；还有两个聂斯脱利派教徒，来自古老的亚述世界；有一对来自马耳他的马耳他孪生兄弟和一个来自尤卡坦[①]的玛雅人后代；有一些来自菲律宾的棕色小兄弟和一些来自阿比西尼亚的埃塞俄比亚人；有来自阿根廷大草原的人；有从蒙大拿来的流浪牛仔；有希腊人、列托人、波兰人、克罗地亚人、斯洛文尼亚人、罗塞尼亚人、捷克人、西班牙人、威尔士人、芬兰人、瑞典人、俄国人、丹麦人、墨西哥人、波多黎各人、古巴人、

① 地名，在墨西哥湾。

乌拉圭人、巴西人、澳大利亚人、波斯人、小日本人、中国人、爪哇人、埃及人、黄金海岸和象牙海岸的非洲人、印度人、亚美尼亚人、土耳其人、阿拉伯人、德国人、爱尔兰人、英国人、加拿大人——以及大批意大利人和大批犹太人。我只有过一个我可以想得起来的法国人，他只坚持了大约三个小时。我有过一些美洲印第安人，主要是切罗基人，但是没有过爱斯基摩人；我见过我决然想象不出来的名字，我见过从楔形文字到中国人那种老练而漂亮得出奇的书法。来向我求职的人中，有的曾经是埃及古物学者、植物学家、外科医生、金矿工人、东方语言教授、音乐家、工程师、内科医生、天文学家、文化人类学家、化学家、数学家、市长、州长、监狱长、牛仔、伐木工人、水手、偷采牡蛎者、搬运工人、铆工、牙科医生、外科医生[①]、画家、雕塑家、管子工、建筑师、毒品贩子、为人堕胎者、白奴、潜水员、烟囱修建工、农场主、服装推销员、捕猎手、灯塔管理员、皮条客、市参议员、上议员，总之是天下之大，无奇不有，他们全都穷困潦倒，来乞求一份工作，挣些烟钱、车钱，争取一个机会，万能的基督呀，仅仅是一个机会！我见识到并认识了一些圣徒，如果这个世界真的有圣徒的话；我见到并同放纵和不放纵的学者谈过话；我听过那些肠子里燃着神圣之火的人说的话，他们可以说服万能的上帝再给他们一次机会，却说服不了宇宙精灵电报公司的副总裁。我牢牢地钉在办公桌旁，我也以闪电的速度周游世界，我知道天下乌鸦一般黑——到处是饥饿、羞辱、无知、邪恶、贪婪、敲诈、诈骗、折磨、专制、人对人的不人道：枷锁、挽具、笼头、缰绳、鞭子、踢马刺。感觉越敏锐，人就越倒霉。人们穿着那些讨厌的廉价服装，让人看不起的、等而下之的服装，走在纽约街头，像海雀，像企鹅，像牛，像驯养的海豹，像有耐力的骡子，像大公驴，像蠢笨的大猩猩，像正在咬悬空诱饵的驯顺的疯子，像跳华尔兹舞的耗

① 这里的“外科医生”同上文重了，但原文如此。

子，像豚鼠，像松鼠，像兔子一般在街上闲逛。许多人都适合统治世界，适合写世界上最伟大的书。当我想起我认识的一些波斯人、印度人、阿拉伯人，当我想起他们显示的性格、他们的优雅、他们的温存、他们的智慧、他们的神圣，我就要朝世界上的白人征服者啐唾沫：那些堕落的英国佬，体面的沾沾自喜的法国佬。地球是一种了不起的有感觉的存在，一个彻头彻尾充满着人的星球，一个支支吾吾、结结巴巴地自我表白的活的星球；这不是白种人的家，也不是黑种人、黄种人或已经绝种的青种人的家，而是人的家，所有人在上帝面前都是平等的，都会有自己的机会，如果现在没有，那么一百万年以后会有的。菲律宾的棕色小弟兄们有朝一日会再次兴盛，南北美洲被杀害的印第安人有朝一日也会活过来，在现在矗立着城市、喷着火焰、传播着瘟疫的平原上驰骋。谁说了算？人！地球是人的，因为人*就是*地球，地球的火、水、空气、矿产、物质、精神，是宇宙性的，是不灭的，也是一切行星的精神，其自身的改变正是通过人，通过无穷无尽的标记和象征，通过无限的表现形式。等一下，你这堆宇宙电报屎，你这等着人来修理抽水马桶的天堂精灵；等一下，你们这些肮脏的白人征服者，你们用魔爪、用工具、用武器、用病菌玷污了地球，一个人才说了算。正义必须行使到有感觉的最后一个细胞上——*一定要行使*！没有人在侥幸做成任何事，尤其是北美宇宙屎屁屁。

当我休假的时间到来时——我已经三年没有休假了，一直在渴望着使公司成功——我休了三周而不是两周，我写了关于十二个小人物的书。我一口气写下去，每天写五千字，七千字，有时候八千字。我认为，一个人要当一个作家，就必须每天至少写五千字。我想，他必须同时说出一切——在一本书中——然后倒下。关于写作我什么也不懂。我被吓得屎都憋回去了，但是我决心要把霍拉肖·阿尔杰从北美意识中清除出去。我猜想，这是任何人写的书中最糟糕的一本。这是一部大卷本，从头到尾都是缺陷。可是这是我的第一本书，我爱上了它。如果我像纪德那样有钱，我会自费将它出版的。如果我有惠特曼的勇气，我会挨家挨户去兜售它。每一个看到它的人都说它可怕。我被力劝放弃写作的念头。我不得不像巴尔扎克那样认识到，一个人必须先写出几卷书来，然后才签他自己的名字。我不得不认识到，而且我不久也确实认识到，一个人必须放弃一切，除了写作什么也不干，他必须写呀，写呀，即使世界上每一个人都劝他不要写，即使没有人相信他，他也得写。也许一个人写作，恰恰是因为没有人相信；也许真正的秘密在于使人相信。人们说一本书不适当、有缺陷、恶劣、可怕，这是再自然不过的事了。我试图在开头做一件天才人物只会在结尾才做的事。我要在开头说最后一句话。这是荒唐而可悲的。真是一败涂地，但是却使我坚强起来。我至少懂得了失败是怎么回事，懂得了试图做大事情是怎么回事。今天，当我想起我写这本书时的环境，当我想起我设法赋予形式的大量素材，当我想起我当时希望包容的一切，我便鼓励自己，给了自己一个双 A。我为这样的事实感到骄傲：我失败得够惨的，但我一旦成功，我便会成为庞然大物。有时候，我翻阅我的笔记本，独自看着那些我想写的人的名字，我就晕头转向。每一个人都带着一个他自己的世界来到我跟前，他来了就把这世界卸在我的写字台上，他期待我拾起这个世界，把它扛在自己肩上。我没有时间来建造一个我自己的世界：我不得不像阿特拉斯①那样一动不动地定在那里，脚踩在大象背上，而大象又踩在乌龟的背上。要打听乌龟站在什么上面，那就发疯去吧。

我当时除了“事实”以外，什么也不敢去想。要深入挖掘事实底下的东西，我就得成为一个艺术家，而一个人一夜之间是成不了艺术家

① 希腊神话中提坦巨人之一，后来石化，变成一座大山，在世界尽头顶着天上的繁星。

的。首先你必须被压倒，让你的有冲突的观点被消灭掉。为了作为一个个体而再生，你必须作为人类而被消灭。你必须炭化，矿物化，从自我的最起码的一般特征做起。你必须超越怜悯，为的是从你的存在的根本上来感觉。一个人不可能以“事实”来造就一个新天地。没有“事实”——只有这个事实：人，世界上每个地方的每一个人，都在走向分类。有些人走了远道，有些人走了捷径。每个人都以他自己的方式设定他的命运，没有谁能帮助他，只能表示出仁慈、慷慨、耐心。在我的热情中，有些现在已经清楚的事情，在当时我是无法解释的。例如，我想起卡纳汉，我要写的十二个小人物之一。他是一个所谓模范送信人，他是一所名牌大学的毕业生，有着健全的理智和模范的性格。他一天工作十八至二十个小时，比任何一个送信人挣得都多。他服务的顾客们写信把他捧上了天；有人向他提供好的职位，他都以这样那样的理由谢绝了。他生活很节俭，把大部分工资都寄给他住在另一个城市的妻子和孩子们。他有两个毛病——贪杯与一心发迹。他可以一年不喝酒，但只要他喝上一滴，那就完了。他两次在华尔街发了财，然而，在他来我这儿找工作以前，最多不过在某个小镇上当了个教堂司事。他干这份差事被人解雇，就因为他突然喝了圣餐用葡萄酒，整夜敲钟不止。他诚实、真挚、认真。我绝对相信他，而我对他的信任，是为他没有一点瑕疵的工作档案所证实了的。然而，他却冷酷地枪击了妻儿，然后，枪击了自己。幸好没有一个人死去；他们都一起躺在医院里，而且都复了原。在他们把他转送到监狱去以后，我去看他妻子，为的是请她来帮助他。她断然拒绝。她说他是世界上用两条腿走路的最卑鄙、最残酷的婊子养的——她要看着他被绞死。我恳求了她两天，可她坚如磐石。我到监狱去，透过铁丝网同他谈话。我发现他已经讨得监狱当局的喜欢，已被允许享受一些特权。他一点儿也没有情绪低落。相反，他指望尽量利用他在监狱里的时间来对推销术进行“仔细研究”。他打算在释放后成为美国的最佳推销员。我几乎要说,他似乎很快活。他说不要为他担忧,他会过得很好的。他说每个人都对他好极了,他没有什么好抱怨的。我有点儿茫然地离开了他。我来到附近的海滩上,决定去游个泳。我用新的眼光来看待一切。我几乎忘记回家了,一心专注于关于这个家伙的思考之中。谁能说他不是塞翁失马,焉知非福呢!也许他离开监狱后会是一个地道的福音传教士而不是一个推销员。没有人能预言他会做什么。没有人能帮助他,因为他正在以他自己隐蔽的方式设定自己的命运。

还有另一个家伙,一个名叫古普塔尔的印度人。他不仅仅是一个为人规规矩矩的模范——他是一位圣徒。他十分爱好长笛,总是一个人在他那间可怜的小房间里吹笛。有一天他被发现光着身子,脖子被切到了耳朵根,在床上,他的身边放着他的长笛。在葬礼上,有十几个妇女掉下了动情的眼泪,包括杀死他的那个看门人的老婆。我可以写一本关于这小伙子的书,他是我遇到过的最好心、最圣洁的人,他从不得罪任何人,从不从任何人那里拿任何东西,但是他犯了一个基本的错误,就是到美国来传播和平与爱。

还有一个戴夫·奥林斯基,又一个忠诚而勤奋的送信人。他想到的只有工作。他有一个致命的弱点——他说得太多。当他来找我的时候,已经环绕地球好几圈了,为了谋生,没有他不干的事情。他懂十二种语言,很为他的语言能力感到自豪。他属于这样一种人:他们的乐善好施和热情却成了他们的祸根。他要帮助每一个人,要告诉每一个人如何获得成功。我们给他的工作他总嫌不够——他是一个工作狂。也许,当我派他去纽约东区的营业所时,我应该警告他,他将要在一个棘手的地区工作,可是他假装什么都知道,并且坚持要在那个地区工作(由于他的语言能力),我就不好再说什么了。我暗想——你很快就会受不了的。毫无疑问,他在那里工作不久就遇到了麻烦。一个粗鲁的犹太小伙子有一天从附近走进来，问他要一张空白表格。送信人戴夫当时坐在办公桌后面。他不喜欢这小伙子要空白表格的方式，就告诉他应该礼貌些。为此他挨了一个大嘴巴。他又唠叨了几句，接着就挨了重重的一下，打下的牙齿被他咽下肚子里，牙床骨被打断了三处，但他仍然不知道闭上他的嘴。这个该死的傻瓜，竟跑到警察分局去投诉。一星期以后，他正坐在一张长凳上打瞌睡，一帮无赖闯进来，把他打了个稀巴烂。他的头被打破，脑袋看上去就像一个煎蛋卷。不仅如此，他们还将保险柜洗劫一空，把它来了个底朝天。戴夫死在送往医院的半道上。他们在他袜子里找到了他藏起来的五百美元……然后是克劳森和他的老婆莱娜。他申请工作时，他们是一起来的。莱娜手上抱着一个小孩，他手上牵着两个。是某个救济机构让他们来找我的。我让他当了夜间送信人，这样他便可以有固定的薪水。几天后，我收到他的一封来信，这封信有点儿不对劲，他在信中请求我原谅他擅离职守，因为他要向他的假释主管人作汇报。然后又来一封信说，他老婆拒绝同他睡觉，因为她不想再要孩子。他请我去看他们，设法说服她同他睡觉。我到他家去——意大利居民区中的一间地下室，看上去就像一个疯人院。莱娜又怀孕了，大约已经七个月了，她快要发疯了。她喜欢睡在屋顶上，因为地下室里太热，也因为她不愿意让他再碰她。我说现在碰不碰也无所谓了，她只是看着我，咧开嘴笑。克劳森参加过战争，也许毒气把他搞得有点儿精神失常——不管怎么说，他嘴上正吐着白沫。他说，如果她不离那屋顶远远的，他就打碎她的脑袋。他暗示，她睡在那里是为了同住在顶楼的送煤工调情。听到这话，莱娜又一次不快地咧开青蛙般的嘴笑了笑。克劳森发火了，飞起一脚，踢在她屁股上。她怒冲冲地跑出去，把小家伙们也带上了。他让她永远别回来，然后他打开抽屉，操起一把柯尔特手枪。他说，他留着这把枪以防万一。他还给我看几把刀子和一根他自己做的铅头棍棒，然后他哭了起来。他说他老婆把他当傻瓜。他说他为她干活感到恶心，因为她同附近的每个人睡觉，那些小孩都不是他的，因为他想要小孩也要不了。第二天，莱娜出去买东西，他把小孩们领到屋顶上，用那根他给我看过的棍棒，把他们的脑浆都打了出来。然后他头朝下从屋顶跳下来。莱娜回来，看到了发生的一切，当时就疯了。他们不得不让她穿上拘束衣，叫来了救护车……还有讨厌鬼舒尔迪希，他因为一项他从未犯过的罪而在监狱里蹲了二十年。他差点儿被打死，所以才认了罪；然后便是单独监禁、饥饿、拷打、性反常、毒品。当他们最终释放他的时候，他已经不再是一个人类了。有一天夜里他给我描述了他在监狱里的最后三十天，描述了那种释放前的痛苦等待。我对这样的事闻所未闻，我认为人类不可能经得住这样的痛苦而活下来。他虽然取得了自由，但却被一种恐惧纠缠着，害怕他会不得不去犯罪，又被送回到监狱。他抱怨他被跟踪、盯梢，一再地跟踪。他说“他们”正在诱惑他做他不愿意做的事情。“他们”是一些探子，盯他的梢，被人收买来把他送回监狱去。夜里趁他睡着的时候，他们在他耳朵边轻轻低语。他无力反抗他们，因为他们先已对他施了催眠术。有时候，他们把毒品放在他的枕头底下，还同时放上一把左轮手枪或刀子。他们想让他杀死某个无辜的人，然后他们就可以有确凿的证据来起诉他。他变得越来越糟糕。有一天夜里，他口袋里装着一大把电报，四处奔走了几个小时之后，来到一个警察跟前，请求把他关起来。他记不清自己的姓名、地址，也记不起他在为哪一家营业所工作。他完全忘记了自己的身份。他反反复复说——“我是无辜的……我是无辜的。”他们又一次拷问他。突然他蹦起来，像疯子一般喊叫——“我坦白……我坦白。”——接着就滔滔不绝地讲起一桩又一桩罪行。他连续讲了三小时。突然，在令人痛苦的交代中，他一下子停住，迅速地环顾一下四周，就像一个人突然醒过来一样，然后，用只有疯子才能有的凶猛劲头，一下子窜到房间另一头，将自己的脑袋撞在石墙上……我简要地、仓促地叙述这些事情，因为它们从我脑海里闪过；我的记忆中充满着成千上万个这样的细节，有无数张脸，无数个姿势，无数个故事，无数次坦白交代，都交错叠合在一起，就像某座不是用石头而是用人的肉体建起的印度寺庙，它的惊人外观在旋转着。这是一座梦中的巨大建筑，完全是由现实建造的，然而又不是现实本身，而只是人类之谜被包容其中的一种容器。我的思绪又转到了诊所，我无知而又好心地把一些年轻的人送到那里去接受治疗。我想不起用任何富有灵感的形象来比喻这个地方的气氛，只能用希罗尼穆斯·博斯[①]的一幅油画来说明。画中描绘的魔术师，像牙医抽神经那样，在医治着神经错乱。我们的开业医生所有的那些骗人玩意儿都在那位温和的性虐待狂身上神化了。他依据法律上充分的有效性和法律的默许管理着这家诊所。他很像卡利加里[②]，只是他没有那顶圆锥形帽子。他自以为懂得腺体的神秘调节机制，自以为拥有中世纪君主般的权力，却忘记了他加于别人的痛苦。除了他的医疗知识外，他简直是一无所知。他着手于人体的工作，就像一个管子工着手于地下排水管的工作一般。除了他抛入人体内的毒药外，他往往诉诸他的拳脚。一切都取决于“反应”。如果病人木呆呆的，他就冲他大喊大叫，扇他的脸，掐他的胳膊，将他铐起来，踢他。如果相反，病人精力太旺盛，他还是用同样的方法，只是变得加倍狂热。他的病人有什么感觉，对他无关紧要；他成功获得的任何反应，都只是调节内分泌腺作用的法则的表现或例证。他的治疗目的是使病人适应社会，但是无论他工作有多快，无论他是否成功，社会却正在造就着越来越多不适应环境的人。其中有些人十分不适应，以至于当他使劲打他们嘴巴，以便获得大家都知道的反应时，他们作出的反应

① 希罗尼穆斯·博斯(1450—1516)：荷兰画家。

② 一部前苏联影片中的人物。

是来个海底捞月或朝下三路飞去一脚。的确,他的大多数病人诚如他所描述的,是早期罪犯。整个大陆崩塌了——现在仍在崩塌。不仅腺体需要调节,而且滚珠轴承、盔甲、骨骼结构、大脑、小脑、尾骨、喉、胰、肝、大肠、小肠、心脏、肾、睾丸、子宫、输卵管,所有该死的部件都需要调节。整个国家无法无天,充斥着暴力、炸弹、恶魔。它弥漫在空中,气候中,一望无垠的风景中,横卧着的石林中,侵蚀着岩石峡谷的泛滥河水中,十分遥远的距离中,非常干旱的荒漠中,过于茂盛的庄稼中,硕大的水果中,堂吉诃德式气质的混合物中,乱七八糟的迷信、宗派、信仰中,法律、语言的对立中,气质、原则、需求、规格的矛盾中。这个大陆充满着被掩埋的暴力,大洪水以前的怪兽尸骸,绝种的人种,被裹在厄运中的神秘。气氛有时候十分紧张,以至于灵魂出窍,像疯了一样。有如雨水一般,一切都倾盆而至——要不就根本不来。整个大陆是一座巨大的火山,火山口暂时被活动画景所掩盖,这活动画景一部分是梦幻,一部分是恐惧,一部分是绝望。从阿拉斯加到尤卡坦都是一回事。本性支配一切,本性战胜一切。到处都是同一个基本冲动,要杀戮,要蹂躏,要掠夺。从外表看,他们似乎是优秀强健的种族——健康、乐观、勇敢,可他们已败絮其中。只要有个小火花,他们就爆炸。

就像经常在俄国发生的那样,一个人怒气冲冲地跑来,突然好像被季风吹了一下清醒过来。十有八九,他是一个好人,一个人人喜爱的人。但是一旦发起火来,就什么也阻挡不了他。他就像一匹有蹒跚病的马,你能为他做的最好的事情,便是当场将他射杀。和平放出他们的能量,他们的杀戮欲。欧洲定期通过战争来放血。美国则既是和平主义的,又是有吃人习性的。外表上它似乎是一个漂亮的蜜蜂窝,所有的雄蜂都忙忙碌碌地在相互的身子上爬过来爬过去;从内部看,它是一个屠场,每一个人都在杀死他的邻居,并吮吸他的骨髓。表面上看,它像一个勇敢的男性世界;实际上它是女人经营的一个妓院,本地人拉皮条，血淋淋的外国人出卖他们的肉体。没有人知道逆境是怎么回事，大家都心满意足。这只有在电影里才有，那里面一切都是仿造的，连地狱之火也是假的。整个大陆睡死了，在这睡眠中，一场大噩梦正在发生。

没有人会比我在这噩梦中睡得更死。战争到来的时候，只是在我耳朵里灌入了模模糊糊的隆隆声。像我的同胞一样，我是和平主义的，又是吃人肉的。成百上千万人在屠杀中惨遭杀戮，就像过眼烟云般消失了，很像阿兹台克人、印加人、红种印第安人、野牛等的消失。人们假装被深深感动了，但是他们没有。他们只不过在睡梦中一阵一阵地翻来覆去。没有人倒胃口，没有人爬起来，按响火警。我第一次认识到曾有过战争的那一天，大约是在停战六个月以后。这是在第十四街一趟横穿城市的市内有轨电车上。我们的英雄之一，一个得克萨斯小伙，胸前佩着一排奖章，碰巧看见一个军官在人行道上走过。一看到这个军官他便怒发冲冠。他本人是中士，也许他完全有理由感到刺痛。不管怎么说，他一看到这军官，便怒不可遏，从座位上蹦起来，大声叫骂，政府、军队、老百姓、车上的乘客，一切的一切，都让他骂得屁滚尿流。他说如果再有一场战争，就是用二十头驴子来拉他，也不可能把他拉到战争中去。他说，他他妈的才不在乎他们用来装饰他的那些奖章哩。为了表白他的这个意思，他把奖章都扯下来，扔出车窗外。他说，如果他再和一个军官待在一条战壕里，他就会朝他背上开枪，就像开枪打一条脏狗一样。他说就是潘兴将军来了也一样，任何将军都一样。他还说了许多，使用了一些他在战场上学会的特别难听的骂人话。车上竟没有一个人开口来反驳他。他骂完的时候，我第一次感到，真的曾经有过一场战争，说话的那个人曾参加这场战争，尽管他很勇敢，但战争却把他变成了一个懦夫。如果他再杀人的话，他是完全清醒的，完全是冷血动物。没有人因为他对同类行使了职责，也就是否认他自己的神圣本能，而竟敢送他上电椅，因而一切都是正义的、公平的，因为一种罪过以上帝、国家、人道的名义洗刷了另一种罪过，愿大家都心安理得。我第二次体验到战争的现实，是有一天，前中士格里斯沃尔德，我们的夜间送信人之一，勃然大怒，把一个火车站附近的营业所砸个稀巴烂。他们把他送到我这儿来，让我解雇他，但我不忍心这样做。他的破坏干得漂亮，我更想紧紧拥抱他；我只希望，天哪，他能上到二十五层楼去，或者不管哪里，只要是总裁和副总裁的办公室所在地，把那该死的一帮统统干掉；但是以纪律的名义，也为了要把这该死的滑稽戏维持下去，我不得不做点儿什么来惩罚他，要不我就得为此受到惩罚。因此，我也不知道如何来把大事化小，就取消了他的佣金收入，让他仍然靠薪水收入。他完全误解了我的意思，搞不清楚我的立场是什么，是为他好呢，还是反对他，于是我很快就收到一封他的来信，说他准备一两天内来拜访我，让我最好当心些，因为他打算叫我皮肉受苦。他说他下了班来，如果我害怕，最好让几个彪形大汉在我身边照料我。我知道他说话的意思，当我把信放下的时候，我感到他妈的很有点儿发抖。可是，我还是一个人恭候他，感觉要是请求保护的话，就更胆小了。这是一种奇怪的经验。在他定睛看我的那一刻，他一定也明白，如果我像他在信中称呼我的那样，是一个婊子养的，一个骗人的臭伪君子，那也只是因为他就是那死样子，他也好不到哪儿去的缘故。他一定立刻就认识到，我们是同舟共济，而这条该死的船已经漏得很厉害了。当他大步走过来时，我看得出来，他正在转着这一类的念头。表面上仍然怒气冲天，仍然嘴角吐着白沫，但内心里，一切都已枯竭，一切都软绵绵、轻飘飘了。至于我自己，在我看见他进来的那一刻，我所怀的任何恐惧都消失了。独自一个人平静地待在那里，不够强壮，不能保护自己，但这却已足够使我胜过他。倒不是我要胜过他，但结果就是那样，我当然也利用了这一点。他刚一坐下，就变得像腻子一样软了。他不再是一个男人，而只是一个大孩子。他们当中一定有几百万像他这样的人，一些端着机关枪的大孩子，他们可以眼睛都不眨一下地把整团整团的人消灭掉；可是回到做工的战壕里，没有武器，没有明确的、有形的敌人，他们便像蚂蚁一般无用。一切都围绕着吃的问题。食物和房租——这就是要为之战斗的一切——然而却没有办法，没有明确的、有形的办法，去为之战斗。这就犹如看见一支装备精良的军队，能够战胜它所见到的一切，却每天都被命令退却，退却，退却，因为这便是要执行的战略任务，尽管这意味着丧失地盘，丧失武器，丧失弹药，丧失食品，丧失睡眠，丧失勇气，最终丧失生命本身。无论哪里有人在为食物和房租而战，哪里就有这样的退却在进行，在雾中，在夜间，不为任何世俗的原因，仅仅是出于战略考虑。他心力交瘁。战斗很容易，但是为食物和租金而战，就像同一支鬼魂部队作战，你所能做的一切便是退却，而且一边退却，一边还要看着你自己的弟兄们一个接一个地在雾中，在黑暗里，被悄悄地、神秘地杀死，你却无能为力。他慌作一团，不知所措，绝望得一塌糊涂，竟在我桌上抱头痛哭起来。就在他这样痛哭的时候，电话铃突然响了，是副总裁办公室打来的——从来不是副总裁本人，而总是他的办公室——他们想把这个叫格里斯沃尔德的人马上开除掉，我说：是，先生！就挂掉了电话。我什么也没跟格里斯沃尔德说，只是把他送回家，同他和他老婆小孩子一起吃了顿饭。当我离开他的时候，我对自己说，如果我不得不开除这家伙的话，有人得为此付出代价——不管怎么说，我首先要知道，命令是从哪里来的？为什么？早晨我激动地、怒冲冲地直奔副总裁办公室，我要求见副总裁本人，是你发布的命令吗？我问——为什么？还没等他有机会否认，或解释他的理由，我就把一些战争用品挂到他肩上，他不喜欢它们挂在那儿，不让挂——如果你不喜欢，威尔·退尔第利格先生，你就拿走工作，我的工作和他的工作，你可以把它们塞进你的屁眼——我就那样从他办公室走出去。我回到屠场，像往常一样做我的工作。当然，我料想我在这一天内会被炒鱿鱼，但是没有这样的事情。

不,我很惊奇地接到总经理一个电话,让我放宽心,冷静一点儿。是的,只当没这回事,不要做任何匆忙的事情,我们会调查这件事的,等等。我猜想他们是仍在调查这件事,因为格里斯沃尔德仍像往常一样继续工作着——事实上,他们甚至把他提升去做营业员,这又是一桩肮脏的买卖,因为他当营业员要比当送信人钱挣得少,不过,他算保全了面子,但无疑也更多地丧失了一点儿生气。当一个家伙只是睡梦中的英雄时,这样的事情就会发生在他身上。除非噩梦可怕到足以把你惊醒,不然你就继续退却。要么以你当法官告终,要么以你当副总裁告终。完全都是一回事,从头到尾都是一堆乱七八糟的操蛋玩意儿,一场滑稽戏,一场大失败。我知道我是在睡梦中,因为我已经醒来。当我醒来时,我就离开。我从我进来的那扇门走出去——甚至没有说:请原谅,先生!

事情都是瞬间发生的,但是首先有一个漫长的过程要经历,当事情发生的时候,你见到的只是爆炸,而一秒钟前你见到的是火花,然而一切都是按照法则发生的——有着整个宇宙的充分肯定与合作。在我能够爬上去、发生爆炸以前,这枚炸弹必须适当加以准备,妥当地安好雷管。在为上面的那些杂种把事情安排好以后,我就得被人从高位上拿下来,像足球一样被踢来踢去,被践踏,被压制,被羞辱,被戴上手铐脚镣,被弄得像一个软蛋那样无能。我的一生从来不缺少朋友,但是在这个特定的时期,他们就好像蘑菇一样从我周围冒出来。我一刻也不能一个人独自待一会儿。如果我晚上回家,想休息,有人就会在那里等着见我。有时候他们一帮人待在那里,好像我来不来都没什么区别。我交的朋友,都是这一伙瞧不起那一伙。例如斯坦利,他就瞧不起所有的人。乌尔里克也是瞧不起别人。他在欧洲待了几年以后刚回来。我们自从童年时代以来就不常见面,然后有一天,完全是碰巧,我们在街上遇到了。那在我一生中是重要的一天,因为它为我打开了一个新世界,一个我经常梦想但从来没有希望见到的世界。我清楚地记得,黄昏时分,我们站在第六大道和四十九街的拐角上。我记得这事,是因为站在曼哈顿的第六大道和四十九街的拐角上听一个人大谈伊特纳山、维苏威火山、卡普里岛、庞贝、摩洛哥、巴黎,似乎是完全没有道理的。我记得他一边谈话,一边环顾四周的样子,就像一个人还没有完全明白他必定会遭遇到什么,但模糊地意识到,他回来是犯了一个可怕的错误。他的眼睛似乎在说——这没有价值,没有任何价值。但是他没有那样说,却一遍又一遍说着:“我确信你喜欢它!我确信这正是适合你的地方。”当他离开我的时候,我感到茫然。我不能很快把握他所讲的内容。我要从头到尾详详细细地再听一遍。关于欧洲,我所读到的一切,同我朋友亲口说出来的辉煌描述相去甚远。它使我格外有奇迹感,这是因为我们都出自同一环境。他能实现这些,因为他有阔朋友——因为他知道如何攒钱。我从不认识任何一个有钱人,或是一个旅行过的人,或是一个在银行里有存款的人。我所有的朋友都像我一样,一天天飘忽不定,从来不想将来。奥马拉,是的,他旅行过,几乎周游过世界——但只是一个游民,要不就在军队里,可当兵还不如当游民哩。我的朋友乌尔里克是我所碰到的第一个可以真正说自己旅行过的人。他也懂得如何来谈论他的经验。

第四章

那次街上偶然相遇的结果是，我们此后有好几个月的时间经常见面。他常常在晚饭后来看我，我们就一块儿漫步穿过附近的公园。我有着怎样的渴望啊！关于那另一个世界的每一个最细微的细节都使我着迷。甚至现在，好多好多年以后，我已对巴黎了如指掌，但他关于巴黎的描述仍历历在目，仍然生动、逼真。有时候，在雨后，坐着出租汽车迅速穿过城市，他所描述的巴黎从我眼前飞驰而过；只是走马观花，也许是从图伊勒里宫经过，或者看一眼蒙马特高地，圣心教堂，穿过拉斐特路，在黄昏的最后一道霞光里。*不过是一个布鲁克林男孩！*这是他有时候的用语，在他为无法更恰当地表达自己而感到羞愧的时候。我也不过是一个布鲁克林男孩，也就是说，是一个最不起眼、最不重要的人。但是当我走来走去，同世界交往的时候，我难得会遇到一个人能把他见到、感受到的一切描绘得如此可爱！如此逼真！同我的老朋友乌尔里克在前景公园度过的那些夜晚，比任何别的事都更是造成我今天在这里的原因。他给我描述的大多数地方，我还得去看，其中有一些也许我永远也看不见了，但是它们温暖着我的心，栩栩如生地活在我心里，跟当时我们漫步穿过公园时他所塑造的形象一模一样。

同关于另一个世界的谈话相交织的是劳伦斯作品的主体结构。经常在公园里早已空无游人的时候，我们仍然坐在长凳上讨论劳伦斯思想的性质。现在来回顾这些讨论，我能发现我当初是如何糊涂，如何对劳伦斯的话的真正含意无知得十分可怜！假如我真的理解了，我的生活道路就有可能改变。我们中间大多数人过的大部分生活都是被淹没的。当然，就我自己的情况，我可以说，直到我离开美国之前，我都没有冒出水面。也许美国与此无关，然而事实始终是，在我到达巴黎以前，我没有睁大眼睛看清楚。也许这只是因为我抛弃了美国，抛弃了我的过去。

我的朋友克龙斯基经常挖苦我的“欣快症”。这是在我非常快活时他使用的一种狡猾方法，是要提醒我，明天我就会变得沮丧。这是实话。我总是波动很大。忧郁过一阵之后，就是一阵阵过分的欢快，一阵阵恍惚的奇想。在哪个层次上我都不是我自己。这样说似乎很怪，但我从来不是我自己。我要么没有名字，要么就是一个被无限拔高的叫作亨利·米勒的人。例如，在欢快的情绪中，我会坐在有轨电车上把整本书滔滔不绝地讲给海米听。海米只知道我是个优秀的人事部经理，从不想别的。我现在还能看到有一天夜里，当我处在我那种“欣快症”状态中，他看着我时所用的眼光。我们在布鲁克林大桥上了电车，到格林普恩特的某个公寓去，那里有几个妓女正等着接待我们。海米和往常一样，开始同我谈起他老婆的卵巢。首先，他并不确切知道卵巢是什么意思，所以我就用赤裸裸的简单方式向他解释。解释了半天，海米竟然似乎还不知道卵巢是什么，这使我突然觉得啼笑皆非，感觉就像喝醉了酒似的，我说喝醉了酒，意思是好像有一夸脱威士忌在我肚子里一般。从关于有病的卵巢的念头中，有如闪电一般，萌生出一种热带生长物，它是由最异质的各种各样残剩物构成的，在这生长物中间，心安理得地、固执地住着但丁和莎士比亚。在这同一时刻，我又突然回想起我私下的全部思想流，这是在布鲁克林大桥的中间开始的，突然被“卵巢”这个词所打断。我认识到，海米在说“卵巢”一词之前说的一切，都像沙子一样从我身上筛过。我在布鲁克林大桥中间开始的事，是我过去一而再，再而三地开始的事，通常是在步行去我父亲的店铺时，是一种仿佛在恍惚之中天天重复的行为。简单说，我开始的，是一本时间之书，是一本关于我在凶猛活动中的生活之沉闷与单调的书。有好多年我没有想到我每天从德兰西街到默里山一路上写的这本书，但是在过桥的时候，太阳正在下山，摩天大楼像发磷光的尸体一样闪烁着亮光，关于过去的回忆开始了……想起在桥上来回过，到死神那里去上班，回到太平间的家，熟记《浮士德》，从高架铁路上俯视公墓，朝公墓吐口水，每天早晨站在站台上的同一个警卫，一个低能儿，其他正读着报纸的低能儿，新起来的摩天大楼，人们在里面工作、在里面死去的新坟墓，桥下经过的船只，福尔里弗航线，奥尔巴尼航线。为什么我要去工作？我今晚干什么？我身边那只热烘烘的眼儿，我可以把手伸到她的裤裆里。逃走成为牛仔，试一试阿拉斯加，金矿，下车转一转，还不要死，再等一天，意外的好运，河流，结束它，往下，往下，像一把开塞钻，头和肩埋在泥里，腿露在外面，鱼会来咬，明天一种新生活，在哪里？任何地方。为什么又开始？哪儿都一样，死，死就是答案，但是还不要死，再等一天，意外的好运，一张新面孔，一位新朋友，成千上万个机会，你还太年轻，你是忧郁的，还不要死，再等一天，意外的好运，操，管它呢，如此等等。过桥进玻璃棚，每个人都粘在一起，蛆、蚂蚁从枯树中爬出来，它们的思想以同样的方法爬出来……也许，高高凌空于两岸之间，悬在交通之上，生死之上，每一边都是高高的坟墓，燃烧着落日回光的坟墓，悄悄流淌的河流，像时间一样流动，也许我每次经过那里，总有什么东西在使劲拽我，拼命劝我接受它，让我自己来告诉人们；不管怎么说，每次我从高高的桥上经过，我都真正是独自一人，无论什么时候遇到这样的情况，这本书就开始自动写作，尖叫着说出我从未吐露的事情，我从未说出的思想，我从未作出的谈话，我从未承认的希望、梦想、幻觉。如果这就是真正的自我，那么它是奇异的，而且它似乎从不改变，总是从上一次停顿中重新开始，以同样的情绪继续着，这种情绪我小时候就碰到过。当时我第一次一个人上街，在阴沟里污水结的冰中冻住了一只死猫，这是我第一次看到死亡，明白死亡是怎么一回事。从那一时刻起，我懂得了什么是孤独：每一样事物，每一样活的东西，每一样死的东西，都有其独立的存在。我的思想也有着一种独立的存在。突然，看着海米，想起那个陌生的词“卵巢”——现在它比我全部词汇中的任何一个词都陌生——这种冰冷的孤独感支配了我，坐在我旁边的海米是一只牛蛙，绝对是一只牛蛙而不是什么别的东西。我正头朝下从桥上跳下去，钻进原始沼泽的淤泥中，腿露在外面，等着被鱼咬上一口；就像那位撒旦一样，冲过九重天，冲过坚固的地心，头朝下，冲撞到地球的最深处，地狱的最黑暗、最厚实、最炎热的深窝里。我正走过莫哈韦沙漠，我旁边的那个人正等着夜幕降临，好扑到我身上，将我杀死。我又走在梦幻世界里，一个人在我头顶上方的绷索上走，在他头顶上，又有一个人坐在飞机上，飞机在空中用烟雾拼写字母。吊在我膀子上的那个女人怀孕了，过六七年以后，她肚子里装着的这个小家伙将能够读出空中的字母，他或她会知道，这是一支香烟，再后来可能会学会抽烟，也许一天一盒。在子宫里，每一个手指上，每一个脚趾上，都长出了指甲、趾甲；你可以就此打住，停留在一个脚指甲上，可以想象的最小的脚指甲上，为了要想象出它的样子，你会撞破你的脑袋。在分类账的一边，是人类写的书，包含着这样一种智慧与愚蠢、真与伪的大杂烩，以至于即使一个人活得像玛土撒拉[1]一样长寿,也不可能将这种杂烩清理妥当;在分类账的另一边,是脚指甲、头发、牙齿、血、卵巢一类的东西,只要你愿意,是所有数不清的,用另一种墨水、另一种文字——一种不可理解、不可破译的文字写的东西。牛蛙眼瞄准着我,就像嵌在冷冰冰的脂肪里的两颗领扣;它们嵌在原始沼泽淤泥的冰冷潮气中。每一颗领扣都是一个脱粘的卵巢,是字典里轻描淡绘的插图;每一个扣紧的卵巢在眼球冰冷的黄色脂肪中毫无光泽,产生了一种来自地下的寒冷,地狱的滑冰场里,人们都颠倒着站在冰里,腿露在外面,等待着被咬一口。在这里,但丁独自一人走着,被他的梦幻压弯了腰,在走了无数圈以后,在他的作品中渐渐走向天堂,登上天使宝座。在这里,莎士比亚以和蔼的表情陷入了无尽的狂热沉思,然后以精致的四开本和影射的方式出现。费解中的朦胧白雾被阵阵笑声一扫而光。从牛蛙眼的中心放射出具有纯粹洞察力的整齐的白色辐条,不可注解和归类,不可计算和界定,只是盲目地在千变万化中旋转。牛蛙海米是在高悬于两岸之间的通道上产生的一个卵巢蛋:为他,摩天大楼建造起来,荒野被开垦,印第安人遭屠杀,野牛遭灭绝;为他,孪生城市由布鲁克林大桥所联结,沉箱下沉,电缆架在一座座高塔上;为他,人们倒坐在空中,用烟与火写字;为他,发明了麻醉药、麻醉钳,以及能摧毁肉眼看不见的东西的贝尔塔巨炮;为他,分子被打破,揭示出原子是不以物质为转移的存在;为他,每天晚上有望远镜扫视星星,正在诞生的世界在妊娠中就被拍下照来;为他,时空的屏障遭蔑视,无论是鸟的飞行还是行星的旋转,一切运动都由自由宇宙的大祭司作出无可辩驳、无可否认的解释。然后,在桥中间,在散步中间,始终在什么中间,在书中间,谈话中间,或者做爱中间,我一再确信,我从未做过我要做的事情,由于没有做我要做的事情,我心中便

① 《旧约全书》中的人物,据说他活了九百六十九年。

滋生出这种创造,它不过是一种纠缠的植物,一种珊瑚般的生长物。它剥夺一切,包括生命本身,直至生命变成了这种被否定但又不断肯定自己的东西,制造生命,同时杀死生命。我能看到,死后一切还在进行,就像毛发长在尸体上,人们说“死”,但是毛发仍然证明着生。归根结底没有死,只有这种毛发与指甲的生。肉体死亡了,精神熄灭了,然而在死亡中,有些东西仍然活着,剥夺空间,产生时间,创造无尽的运动。通过爱,或者通过悲痛,或者通过天生一只畸形脚,都会产生这一切;原因算不了什么,事件才是一切。从一开始就是这个词……无论这个词是什么,是疾病还是创造,它都仍在蔓延;它将不断蔓延、蔓延,超越时空,比天使活得更长久,使上帝退位,使宇宙没有支撑。任何一个词都包含了所有词——为他,这个通过爱、通过悲痛,或通过无论什么原因而变得超然的人。每一个词都要溯源,而这源头已经迷失,永远不会找到,因为既无始也无终,只有在始与终当中自我表现的东西。所以,在卵巢的电车上,有着由同一材料构成的人与牛蛙的旅行,他们不比但丁更好,也不更坏,但是却无限不同,一个不确切知道任何一件事物的意义,另一个太确切知道一切事物的意义,因此在始与终当中两者都迷失与糊涂,最终卵子在格林普恩特的嘉娃街或印度街产下来,被几个微不足道的、扭动着著名软体类动物的卵巢的妓女带回到所谓的生活流中。

现在被我视为我适应时势或不适应时势的最佳证明是这一事实:我对人们正在写或谈论的事情,没有一件有真正的兴趣。只有那种物体纠缠着我,那种独立的、超然的、无意义的事物。它也许是人体的一部分,或者是歌舞剧院的一截楼梯;它也许是一个大烟囱,或者是我在阴沟里发现的一颗纽扣。不管它是什么,它使我能够开火、投降,然后签字。我周围的生命,构成我所了解的那个世界的人,我是不能给他们签字的。我肯定在他们的世界之外,就像食人者在文明社会范围之外一样。我充满着对自体的违反常情的爱——不是一种哲学爱好,而是一种强烈的，绝对强烈的饥饿，好像在每一个被丢弃的、毫无价值的事物中，都包含着我自己再生的秘密。

生活在一个新事物层出不穷的世界上，我却依恋于旧事物。在每一个事物中，都有一个细小的分子，特别值得我注意。我有显微镜一般的眼力，可以看到瑕疵，看到我认为是构成事物自身美的丑的颗粒。无论什么东西将这事物搁置一边，或者使它不适用，或者给它一个年代，都使它对我有吸引力，使我对它感到亲切。如果说这违反常情，那么这也是健康的，因为我并不注定属于这个在我周围冒出来的世界。很快我也会变得像这些我所崇拜的事物一样，成为一件被搁置一边的事物，一个无用的社会成员，然而我能够给人娱乐，给人教导，给人养分。当我有愿望的时候，当我渴望的时候，我可以从任何一个社会阶层，找出任何一个人来，让他听我说话。只要我愿意，我可以使他着迷，但是，像一个魔术师，或者巫师，只有在鬼魂附在我身上的时候才行。从本质上讲，我在别人那里感觉到一种不信任，一种不安，一种敌意，因为这种敌意是本能的，因而也是不可改变的。我应该当一个小丑，它可以提供给我最广泛的表达范围，然而我低估了这个职业。假如我成为一个小丑，或者甚至一个歌舞杂耍演员，我就会成名。人们会欣赏我，恰恰是因为他们不理解；但是他们会理解，我不必被理解。这起码也会是一种宽慰。

我始终对此感到很惊诧：只是听我说说话，人们竟然就会轻易动怒起来。也许我的话有点儿放肆，虽然我经常全力以赴地抑制自己的感情。一个句子的措词，一个不幸的形容词的选择，脱口而出的话语，有忌讳的话题的提及——一切都联合起来使我成为不受法律保护的人，成为社会的敌人。无论事情开头如何好，迟早他们会发现我的毛病。如果，比方说，我是谦虚而恭顺的，那么我就是太谦虚、太恭顺了；如果我是快乐而一时冲动的、大胆而鲁莽的，那么我就是太自由、太快乐了。

我从来不能和我碰巧与之谈话的人完全合拍。如果这是一个生死问题——那时候对我来说，一切都是生与死——或者这只是在某个熟人家度过一个愉快夜晚的问题，全都是一回事。由我发出的震撼、暗示和潜台词，这一切令人不快地冲击着气氛。也许，整个晚上他们都被我的故事逗乐，也许他们经常会被我逗得捧腹大笑，一切都似乎是好兆头，然而像命中注定一样，在晚会结束以前，必然会生出事来，某种震撼发出来后，使枝形吊灯都叮当作响，或者使某个敏感的家伙想起床底下的尿壶。甚至在笑声尚未消失的时候，你就已经开始感受到恶意了。"希望什么时候再见到你。"他们会说，但是伸出的湿漉漉的、没有生气的手，却与口中的话不相一致。

不受欢迎的人！天啊，现在我才明白了呀！没有挑选的可能，我只好接受到了手的东西，学着喜欢它。我只好学着同渣滓生活在一起，像褐鼠一样游水，要不就得淹死。如果你选择加入这一伙，你就有了免疫力。你被接受，受到欣赏，你也就必然废弃了你自己，使你自己同这一伙没什么区别。如果你同时在梦想，你可以做你的梦，但是如果你梦见什么不一样的东西，你就不是一个在美国、属于美国的美国人，而是一个非洲的霍屯督人，或者一个卡尔梅克人，或者一只黑猩猩。一旦你有"不同的"想法，你就不再是一个美国人。一旦你成为某种不同的东西，你就会发现自己是在阿拉斯加，或者复活节岛，或者冰岛。

我说这话是带着积怨，带着忌妒，带着恶意的吗？也许。也许我遗憾我未能成为一个美国人。*也许*。我现在的热情，这又是美国的了。我带着这种热情，正要产生一座巨大无比的大厦，一座摩天大楼，它无疑会在其他摩天大楼消失之后仍然长久存在，但当产生它的那个事物消失时，它也会消失。一切美国事物有一天都会消失，比希腊、罗马、埃及的事物更完全地消失。这便是将我推出温暖舒适的血流之外的想法之一，在血流中，所有的野牛，我们都曾和平地放牧。这是一种引起我无限悲痛的想法,因为不属于某一持久的事物是极端痛苦的;但是我不是一只野牛,也不想成为一只野牛。我甚至不是一只精神上的野牛。我溜出去重新加入一种更古老的意识流,一种先于野牛的种类,一种将比野牛更长久存在的种类。

所有事物,所有不同的生物与非生物,都像脉络般布满着根深蒂固的特点。我是什么东西,这东西便是根深蒂固的,因为它与众不同。我说了,这是一座摩天大楼,但是它不同于通常的美国式摩天大楼。在这座摩天大楼里,没有电梯,没有可以往外跳的第七十三层楼的窗户。如果你倦于往上爬,你就是倒霉的臭屎。在大厅里没有写着姓名房号的小格子。如果你要寻找某个人,你就得自己寻找;如果你要一杯饮料,你得到外面去买。在这幢建筑物中没有苏打水饮水槽,没有雪茄商店,没有电话亭。所有其他摩天大楼都有你要的东西。这一座摩天大楼只含有我要的东西,我喜欢的东西。在这座摩天大楼的某个地方,瓦勒斯卡有着她的存在,我鬼使神差,正要去她那里。她暂时一切都好,瓦勒斯卡,因为她就这样躺在六英尺深的地下,现在也许已经被蛆虫吃干净了。在她有肉体的时候,她是被人蛆吃干净的,这些人蛆不尊重任何有着不同色彩、不同味道的东西。

令瓦勒斯卡伤心的,是她血管里流着的黑人血液。这使她周围的每个人都感到不快。她使你意识到这一点,无论你是否愿意。我说的是黑鬼的血,以及这样一个事实:她母亲是一个妓女。当然,她母亲是白人。父亲是谁,没人知道,连瓦勒斯卡本人也不知道。

开始,一切事情都很顺当,直到有一天,一个来自副总裁办公室的好管闲事的小犹太人碰巧发现了她。他推心置腹地告诉我,说他想到我雇了一个有色人种的人当秘书,就吓坏了。他说起来就好像她会给送信人传染瘟疫。第二天我就受到训斥,就好像我犯了渎圣罪。当然,我假装说,除了她极其聪明能干以外,在她身上我没有发现任何异常的东西。最后,总裁亲自插手。他找瓦勒斯卡面谈了一会儿,用了很多外交辞令,建议在哈瓦那给她一个更好的职位。一句话没提肤色的事,只是说,她的工作很出色,他们想提升她——让她去哈瓦那。瓦勒斯卡怒气冲天地回到办公室。她在发怒时是极其动人的。她说她寸步不让。史蒂夫·罗梅罗和海米当时都在场,我们一块儿出去吃饭。在吃饭当中,我们有点儿喝醉了。瓦勒斯卡的嘴不停地在那儿讲话。在回家的路上,她告诉我,她要进行斗争;她想知道这是否会对我的工作不利。我平静地告诉她,如果她被开除,我也退出。她假装一开始不相信我的话。我说我是说话算数的,我不管发生什么事。她似乎被彻底打动了;她抓住我的两只手,轻轻握住它们,热泪滚滚而下。

这就是事情的开始。我想,正是在第二天,我悄悄塞给她一张纸条,说我对她着了迷。她坐在我对面读纸条,读完时,她正视着我的眼睛,说她不相信纸条上的话。但是,那天晚上我们又一起去吃饭,我们喝得更多,还一起跳舞,跳舞时她挑逗地紧贴着我。碰巧这个时候,我老婆正准备再堕一次胎。跳舞时我把这事告诉了瓦勒斯卡。在回家的路上她突然说——“为什么你不让我借给你一百美元呢?”第二天晚上我带她回家吃饭,我让她把那一百美元递给我老婆。我很吃惊,这两个人竟会相处得这么好。那天晚上就这样决定了:堕胎那天瓦勒斯卡到家里来,帮忙照顾小孩子。那一天来到了,我给了瓦勒斯卡一个下午的假。她离开一小时左右,我突然决定那天下午我也得请假。我就前往十四街看歌舞表演。在距离剧院还剩一个街区时,我忽然又改变主意。这是因为我想,如果发生什么事——如果老婆一命归西——我却看了一下午歌舞表演,我是要他妈的感到不舒服的。我在附近转了几圈,在便宜的拱廊商店进进出出,然后便打道回府。

事情的结果往往不可思议。为了想办法逗小孩子玩,我突然想起我祖父在我小时候给我玩的一种把戏。你用多米诺骨牌搭起高高的军舰，然后你轻轻拽桌布，上面的军舰就滑动起来，一直滑到桌子边缘，那时候你猛地一拽，多米诺骨牌就统统掉到地板上。我们三个人试着一次又一次地这样做，后来孩子困了，她就蹒跚地走到隔壁房间，睡着了。多米诺骨牌撒了一地，桌布也在地上。突然，瓦勒斯卡倚着桌子，舌头深深地伸入我的嘴里，我的手夹在她两腿中间。我把她按倒在桌上，她的两腿缠绕着我。我感觉到一块多米诺骨牌就在我脚下——我们一而再，再而三地摧毁的舰队的一部分。我想起我祖父有一天坐在长凳上，如何警告我母亲，说我太小，不要读书读得太多，他眼睛里露出忧郁的神情，一边用滚烫的熨斗熨着一件上衣湿漉漉的衣缝；我想起第一义勇骑兵团对圣胡安山的进攻；想起我经常在工作凳旁读的那本大书中特迪率领他的义勇军冲锋的图片；我想起缅因号战舰从我那间带铁栏杆窗户的小房间中的床上漂浮过去；想起海军上将杜威；想起施莱和桑普森①；我想起我那次没有去成海军造船厂，因为在半路上我父亲突然记起那天下午要去看医生，当我离开医生的诊室时，我就此没有了扁桃体，也不再相信人类……我们还没有完事，就听得门铃响，是我老婆从屠宰场回来了。我一边扣上裤子上的纽扣，一边穿过门厅去开门。她脸色煞白，看上去好像她再不能经历另一次流产了。我们让她在床上躺好，然后收起多米诺骨牌，把桌布放回桌上。就在第二天夜里，我在一个酒吧间里要去上厕所，碰巧走过两个正在玩多米诺骨牌的老家伙身边。我不得不停下片刻，拾起一张骨牌。一摸到骨牌，就立即回想起军舰，及其掉在地板上发出的哗啦声。随着军舰，我的扁桃体和对人类的信念全消失了。所以每次我走过布鲁克林大桥，向下眺望海军造船厂，我都感到好像我的肠子在掉出来。在桥上，高高悬在两岸之间，我总是感到我好像挂在一片空白之上；在那上面，一切发生过的事都使我

① 施莱和桑普森二人均为美国海军军官。

觉得好像是不真实的，而且比不真实的更糟——不必要的。这座大桥不是把我同生活、同人们、同人们的活动联结起来，却似乎把一切联系都打破了。我走向此岸还是彼岸，并无什么区别：两边都通向地狱。不知怎的，我竟会割断了我同人类之手和人类之心正在创造着的那个世界的联系。或许，我的祖父是对的，也许我在萌芽状态中就被我读的那些书搞糟了，但是，我受书支配的时代早已过去，实际上我早就不读书了，然而痕迹仍在。现在对我来说，人们就是书，我从头到尾读完它们，就将其抛到一边。我一本接一本地将内容吞下去。读得越多，我越变得不满足，没有限度，没完没了，直到在我心中开始形成一座桥，将我又同我从小被隔开的生活流联结起来。

第五章

一种可怕的孤寂感。它多年来一直笼罩着我。如果我要相信星座的话，我真该相信我完全受土星支配。我碰到的事都发生得太晚，对我来说已没有什么意义了。甚至我的出生亦如此。预定圣诞节出生，却晚生了半小时。我总是认为，我本该成为一个由于生在 12 月 25 日而命中注定要成为的那种人。海军上将杜威出生在那一天，因而就是耶稣基督……就我所知，也许还有克里希那穆提[①]。不管怎么说，这就是我本该成为的那种人。但是由于我母亲子宫紧闭，就像章鱼一样把我缠在其掌握之中。我是变了形生出来的——换句话说，体格很不好。他们说——我指的是星相学家——我慢慢会好起来的，事实上，未来应该是相当辉煌的，但是未来关我什么事？ 12 月 25 日早晨，如果我母亲在楼梯上绊一跟头，倒也许会更好，也许会使我有一个良好的开端！因此，当我尽量思索毛病出在哪里的时候，我就不断往前追溯，直至无法说明其原因，只能用出生过了时辰来加以解释。就是我母亲，虽然说话

① 克里希那穆提（1895—1986）：印度教哲学家，曾自称是佛陀转世、众生救主。

刻薄，似乎也有点儿理解这一点。“总是落在后面，就像一条牛尾巴。”——她就是这样来形容我的。可是，她将我硬留在体内，结果过了时辰，难道这是我的错吗？命运准备好让我成为如此这般的一个人；星宿都在其应有的位置上，我遵照星宿的指引，挣扎着要生出来，但是我对要生我出来的母亲无法选择。也许，在周围环境下我没有生成一个白痴算是幸运，然而，有一件事似乎很清楚——这是25日遗留给我的——我天生有着耶稣殉难的情结。更确切地说，我天生是个盲信者。*盲信者*！我记得这个我从小就被人用来指责的词，尤其是父母的指责。盲信者是什么？是一个热烈地相信并拼命按其信条行事的人。我总是相信些什么，于是就遇上了麻烦。我的手心挨揍越多，我就越坚定地相信。*我相信*——而其余的世界则不相信！如果只是一个忍受惩罚的问题，人们会继续相信，直至最后；然而世界上的事情要难办得多。你不是受到惩罚，而是被暗算，被掏空，你的立足之地没有了。我想要表达的甚至不是背叛的意思。背叛尚可理解，尚可与之斗争。不，这是一种更恶劣的东西，比背叛还不如的东西。这是一种使你弄巧成拙的怀疑主义。你永远将能量消耗在使自己取得平衡上。你被一种精神上的眩晕所支配，你站在深渊边缘摇摇欲坠，头发根根直立，简直不能相信，你脚下就是万丈深渊。这是由于过分热情，由于热望要拥抱人们，向他们表示你的爱而造成的。你越向世界伸出你的手，世界就越往后退缩。没有人需要真正的爱，真正的恨。没有人要你将手伸到他神圣的内脏中去——这只适合于献祭时的教士。在你活着的时候，在血还热着的时候，你就要假装没有血这一类东西，在肉体之下没有骨骼这一类东西。*莫踏草地*！这便是人们借以安身立命的座右铭。

如果你足够长久地在这深渊的边缘不断保持平衡，你就会变得十分内行；无论怎么推你，你总能恢复平衡。处于不断的平衡中，我发展了一种极度的快乐，可以说，一种不自然的快乐。今天世界上只有两个民族懂得这一句话的意义——犹太人与中国人。如果你碰巧两者都不是,那你就处于陌生的困境之中。你总是嘲笑不合时宜。当你实际上只是倔强与坚韧时,你却被认为残酷,没有心肝;但是如果你人笑亦笑,人哭亦哭,那么你就得准备好人死亦死,人活亦活了。这意味着你既是健全的,又是最糟糕的。也就是说,你既活着又已死去,只有当你死去的时候,你才活着。在这家公司里,世界总是呈现正常的模样,即使在最不正常的情况下亦如此。没有什么是正确的还是错误的,只是思想使然。你不再相信现实而相信思想。当你被推下深渊的时候,你的思想伴随着你,它对你毫无用处。

在某种意义上,在某种深刻的意义上讲,基督从未被推下深渊。正当他摇摇欲坠的时候,好像有一股巨大的反弹力,这股抗拒的回流出现了,阻止了他的死亡。人性的整个抗拒冲动好像盘绕成一块巨大的惰性体,从而创造出人的整数,数字一,一个不可分割的整体。有着无法解释的复活,要解释除非我们接受这一事实:人们总愿意并准备否定他们自己的命运。大地在运行,星球在运行,但不是人在运行:构成世界的一大批人是以唯一的一个整体形象出现的。

如果一个人不像基督那样殉难,如果一个人能够活下去,超越绝望感和无用感,那么另一桩难以理解的事就发生了。好像一个人实际上死了,又实际上复活了;一个人像中国人一样,过一种超常态的生活。也就是说,一个人的快乐、健康、无动于衷,均不合乎自然。悲剧意识消失了:一个人像一朵花、一块岩石、一棵树一样活着,既服从自然,又反对自然。如果你最要好的朋友死了,你甚至不费心去参加一下葬礼;如果一个人就在你眼前被有轨电车撞倒,你却无事一样,继续走你的路;如果战争爆发,你让你的朋友们上前线,而你自己却对这场战争毫无兴趣,等等,等等。生活成了一种公开的展示,如果你碰巧是一位艺术家,你就记录下这转瞬即逝的场面。孤独消除了,因为一切价值,包括你自己的价值,都遭到摧毁。只有同情盛行,然而这不是一种人的同情,一种有限的同情——这是一种洪水猛兽,一种邪恶之物。你无所顾忌,因而你可以为任何人、任何事牺牲你自己。同时,你的兴趣,你的好奇心,却以令人讨厌的速度发展着。这也是可疑的,因为它能够使你喜爱一颗领扣,也能使你喜爱一个事业。事物之间没有根本的、不可改变的区别:一切都是流变,一切都不长久。你的存在的表面在不断瓦解;但是在内部,你却变得像金刚石一样坚硬。也许正是你这个坚硬的、磁性的内核,不管人家愿不愿意,把他们都吸引到你这边来。有一件事是肯定无疑的,就是当你死而复活的时候,你属于大地,而任何属于大地的东西,都不可分割地属于你。你成了一种畸形的自然,一个没有影子的人;你将永远不会再死,而只是像你周围的现象一样消失。

我现在正在记录的东西,在我经历巨大变化的时候,是不为我所知的。我忍受的一切,从性质上讲,是为这样一个时刻作了准备。有一天傍晚,我戴上帽子,走出办公室,走出我迄今为止的私人生活,去寻找将要把我从活着的死亡中解放出来的女人。按照这个思路,我回顾了夜间漫步纽约街头的情景,在那些白夜里,我在睡梦中散步,看着我出生的城市,就像一个人看着海市蜃楼中的东西。和我一块儿走过静悄悄的街道的,经常是公司的侦探奥罗克。往往地面上铺满白雪,空气中寒风凛冽。奥罗克没完没了地谈论着偷窃、谋杀、爱情、人性、黄金时代。他有一个习惯,当他谈起一个话题时,他会突然停在街中间,把他笨重的脚插在我的双脚之间,使我动弹不得,然后,他会抓住我的上衣领子,把脸凑近我,盯着我的眼睛说话,字字句句就像手钻钻孔一般,给我留下深刻印象。我们两人凌晨四点钟站在街中间的情景,我仍历历在目:风咆哮着,雪花纷飞,奥罗克忘记了一切,只有他的故事滔滔不绝。我记得,在他讲的时候,我总是用眼角观察周围的事物,不是注意他在说的话,而是意识到我们俩正站在约克维尔,或亚伦街,或百老汇大街上。

他站在人类所创造的最杂乱无章的建筑群中，一本正经地描述他那老调重弹的凶杀故事，我总感觉他有点儿疯狂。在他谈论指印的时候，我也许正在观察他黑帽子背后一栋红砖小楼的墙帽或上楣柱；我会想到上楣柱修建的那一天，想着谁会是这个上楣柱的设计者，为什么他把它弄得这么难看。我们从东区走到哈莱姆区，再走出哈莱姆区，如果我们愿意继续往前，再走出纽约，走过密西西比河，走过大峡谷，走过莫哈韦沙漠，走过美国每一个住着男人与女人的建筑物的地方，我们所看到的每一个劣等的、蹩脚的上楣柱，都跟这一个差不多。我生活中的每一天都得坐着听别人的故事，那些老调重弹的贫穷与不幸的悲剧，爱与死的悲剧，渴望与幻灭的悲剧，这使我感到绝对疯狂。如果像发生过的那样，每天至少有五十人到我这儿来，每一个人都滔滔不绝地讲他的悲哀故事，对每个人我都得默默地“接受”，那么在这一漫长过程中的某一点，我不得不堵住耳朵，狠下心肠，这也是再自然不过的事情了。我吃上最小的一口，就足够我咀嚼消化好几天、好几周的了，可我却不得不坐在那里被淹没，不得不夜里出来听取更多的东西，不得不睡着听，梦中听。他们从全世界各地，从社会各阶层蜂拥而来，说着上千种不同的语言，朝拜不同的神，遵守不同的法律与习俗。他们当中最穷的人都有着长长大篇的故事，但是如果每一个故事都详详细细写出来，也都可以压缩成十诫的篇幅，都可以像主祷文一样记录在邮票背面。我每天都被拉长，弄得我的皮似乎可以把全世界覆盖住；当我一个人的时候，当我不必再听人说的时候，我就缩成了针尖大小。最大的快乐，然而又是少有的快乐，是一个人漫步街头……在夜深人静时漫步街头，思考着我周围的寂静。几百万人都躺在那里，对世界一无所知，只是张开大嘴，鼾声如雷。漫步在人们发明的最疯狂的建筑群中，思索着，如果每天从这些可怜的陋室或辉煌的宫殿中涌出一大批人来，渴望说出他们的不幸故事，这是为什么，有什么目的。一年中，我少说也要听取两万五千个故事；两年中，五万；四年中，十万；十年后我就彻底疯了。我认识的人已经相当于一个大城市的人口。要是他们聚在一起，这会是一个什么样的城市！他们会需要摩天大楼吗？他们会需要博物馆吗？他们会需要图书馆吗？他们也会建造阴沟、桥梁、轨道、工厂吗？他们会从炮台公园到金色海湾无限地建设一个又一个同样的包锡铁皮做的上楣柱吗？我怀疑。只有饥饿能鞭策他们。饥肠辘辘，眼神疯狂，恐惧，对生活恶化的恐惧驱使着他们。一个接一个，全都一样，全都被逼到绝境。由于饥饿的驱使和鞭策，他们建造最高的摩天大楼，最可怕的无畏战舰，制造最锋利的钢刃，最轻最薄的精细网织品，最精致的玻璃制品。同奥罗克走在一起，只听他谈论偷窃、纵火、强奸、杀人，就像听一部宏大交响乐中的一首小小的主题曲，就像一个人可以用口哨吹着巴赫的曲子，同时想着他要与之睡觉的女人。听着奥罗克的故事，我同时会想着他结束谈话，说“你有什么东西吃”的那一刻。在最可怕的谋杀中间，我会想起我们肯定要在电车沿线再过去一点儿的某个地方饱餐一顿的猪肉里脊，还想知道他们要配什么样的蔬菜，我随后是否要点儿馅饼或牛奶蛋糊布丁。我有时同我老婆睡觉的时候也是这样的情况；她在呻吟嘟哝的时候，我却也许在想着她是否把咖啡壶的底子倒掉了，因为她有着放任事情自流的坏习惯——我指的是重要事情。新鲜咖啡是重要事情——以及新鲜火腿鸡蛋。如果她再怀孕就不好了，问题有点儿严重，但是相比之下，更重要的是早上有新鲜咖啡，以及香喷喷的火腿鸡蛋。我忍受得了心碎、流产、失败的罗曼史，但是我必须肚子里有点儿东西，我需要有营养的东西，开胃的东西。我的感觉就同耶稣基督从十字架上被放下来、不被允许肉体死亡时，他可能会有的感觉一样。我相信，他钉在十字架上所受到的震惊会如此之大，以致对于人性他会患上一种完完全全的健忘症。我确信，在他伤口治愈后，他就不会对人类的苦难发出诅咒，而会津津有味地喝起一杯新鲜咖啡，吃起一片烤面包，假定条件许可的话。

无论什么人，通过过于伟大的爱，归根结底荒谬的爱，而死于苦难，他再生后便不知道爱也不知道恨，只知道享受。这种生活的快乐由于是不合乎自然地获得的，因而是一种败坏整个世界的毒药。任何东西创造出来后超出了人类正常的忍受限度，便会自食其果，造成毁灭。纽约的街道在夜间反映出耶稣的受难与死亡。地上白雪皑皑，周围一片死寂，从纽约的可怕建筑物里传出一种绝望与惨败的音乐，如此阴沉，令肉体缩成一团。石头一块块垒起来，都不是带着爱和尊敬；没有一条街道是为跳舞和欢乐铺设的。一样东西被加到另一样东西上，都是为了疯狂的争夺，以便填饱肚子。街上散发着空肚皮、饱肚皮、半饱肚皮的味道。街上散发着同爱没有关系的饥饿的味道；街上散发着贪得无厌的肚皮的味道，散发着空肚皮无用的创造物的味道。

在这无用之中，在这零的空白之中，我学着欣赏三明治，或一颗领扣。我可以带着极大的好奇心去研究一个上楣柱或墙帽，同时却假装在听一个关于人类不幸的故事。我能记得某些建筑物上刻的日期和设计这些建筑物的建筑师的名字；我能记得气温和某一拐角的风速，而站在拐角上听的故事却忘记了；我能记得我甚至在那时候记得的其他事情，我可以告诉你我当时记得的是什么东西，但是有什么用处呢？我身上有一个死去了的人，留下的一切都是他的记忆；还有一个活着的人，这人应该是我，是我自己，但是他活着，只是像一棵树活着一样，或者像一块岩石，或者像一只野兽。这个城市本身成了一座巨大的坟墓，人们拼命要在里面挣得一个体面的死，我自己的生活就像这个城市一样，也成了一座坟墓，我正以自己的死亡来建造这座坟墓。我漫步在石林中，石林的中心是混乱；有时候在这死亡中心，在混乱的真正中心，我跳舞或喝得酩酊大醉，或做爱，或同某个人交朋友，或计划一种新生活，可这全是混乱，全是石头，全都毫无希望，令人难堪。直到我碰到一种力量，强大到足以将我从这疯狂的石林中卷走以前，没有一种生活对我来说是可能的，也不可能写出一页有意义的文字。也许读到这里，人们仍然有混乱的印象，但这是从一个活的中心写下的，混乱的只是外表，就好像是一个不再同我有关系的世界的延伸。仅仅几个月之前，我还站在纽约的街道上环顾四周，就像几年前我环顾四周一样；我再次发现自己在研究建筑，在研究只有不正常的眼睛才能抓住的细节。但是，这一次就像是从火星上下来的一样。我自问：这是什么人种？这是什么意思？没有关于痛苦或关于在阴沟里被扼杀的生命的记忆，不过是在袖手旁观一个陌生的、不可理解的世界，这个世界离我如此遥远，以致我感觉自己像是来自另一个行星。有一天夜里，我从帝国大厦顶上向下观看我在底下所了解的这个城市：他们在那里，只是远景上的一些小点点，这些我与之一起爬行的人蚁，这些我与之斗争的人虱。他们都以蜗牛的速度前进，每一个人无疑都在实现自己微观世界的命运。他们徒劳地拼命建造起这座巨厦，这是他们的骄傲与自豪。在巨厦最高一层的顶篷上，他们悬挂了一串笼子，关在里面的金丝雀啭鸣着无意义的歌声。在他们雄心壮志的顶点，有这些小东西的一席之地，它们不断地拼命啭鸣。我暗想，一百年后，他们也许会把活人关在笼子里，一些快活得发疯的人，将歌唱未来世界。也许他们会培养一个啭鸣族，别人劳动时，它们啭鸣。也许在每一只笼子里都有一个诗人或一个音乐家，致使楼底下的生活不受石林的阻碍，继续流动，一种由无用构成的波动着的吱嘎作响的混乱。一千年以后，他们全都会发狂，工人和诗人都一样，一切又开始毁灭，就像一而再，再而三地发生过的那样。再过一千年，或五千年，或一万年，就在我现在站着观光的地方，一个小男孩会打开一本用一种从未听说过的语言写的书，写的是这种现在正逝去的生活，一种写这本书的人从未经历过的生活，一种有着打了折扣的形式和节奏的生活，一种有始有终的生活。小男孩合上书的时候会暗想，美国人是多么伟大的一个民族，在这块他现在居住的大陆上，曾经有过怎样奇异的生活啊！没有一个未来的种族，也许除了盲诗人族以外，将能够想象这段未来历史构成的极大混乱。

混乱！咆哮的混乱！无须专门选择一天。我生活中的任何一天——在那里的那个世界里——都适合。我的生活，我的小小的微观世界的生活，每一天都是外部混乱的反映。让我回想……七点半闹钟响。我没有从床上跳起来。我一直躺到八点半，尽量争取再多睡一会儿。睡觉——我怎么能睡？在我脑海的背景里是我已经被任命主管的那个办公室的形象。我能见到海米八点钟准时到达，交换机已经发出求援的嗡嗡声，申请者们正爬上宽宽的木制楼梯，更衣室里散发着强烈的樟脑味。为什么要起床来重复昨日的废话？我雇他们雇得快，他们退出得也快。工作挤掉了我寻欢作乐的时间，而我却没有一件干净衬衫穿。星期一我从老婆那里拿津贴——车费与中午饭钱。我总是欠她的钱，她则欠杂货商的钱，欠屠夫、房东等的钱。我都没有想到要刮一刮胡子——没有足够的时间。我穿上撕破的衬衣，吞下早餐，借了一个镍币坐地铁。如果她情绪不好，我就从地铁口卖报人那里骗钱。我上气不接下气地来到办公室，晚了一个小时，我得先打十几个电话，然后才同申请者谈话。在我打一个电话的工夫，就有另外三个电话等着我去接。我同时使用两部电话机。交换机嗡嗡作响。海米在两次电话的间歇中间削着他的铅笔。门房麦戈文站在我身边，给我一句忠告，说其中一个申请者也许是一个骗子，想用假名再偷偷溜回来。在我身后是卡片和分类记录本，其中有经过测谎仪测试过的每一位申请者的姓名。坏人用红色星号标出，其中有些人竟有六个化名。这期间，房间里就像蜂窝似的，人们七手八脚，到处散发着汗臭、脚臭，还有旧制服、樟脑、来苏水的气味及口臭。他们当中有一半人要被拒绝——不是因为我们不需要他们，而是因为即使按最差的条件，他们也不行。我办公桌前面的这个人，站在栏杆旁边，双手麻痹，视力模糊，是纽约市的前市长。他现在已七十岁，很乐意接受任何工作。他有极好的推荐信，但是我们不能接受超过四十五岁的人。四十五岁在纽约是一个极限。电话铃响，这是基督教青年会一个圆滑的书记打来的。我能不能为一个刚走进他办公室的小男孩开一个先例呢？这是一个在少年犯教养所里待了一年多的小男孩。他干了些什么？他想强奸他的妹妹。当然，他是意大利人。我的助手奥马拉正在对一个申请者进行疲劳讯问。他怀疑他是癫痫病患者。最终他成功了，取得了额外收获，小伙子就在办公室里癫痫发作。女人当中有一个昏倒了。一个漂亮女人脖子上围着阔气的毛皮，正在说服我录用她。她整个儿是个婊子，我知道，要是我录用了她，就要付出可怕的代价。她要求在住宅区的某个楼里做事——她说，因为，那儿离家近。临近午饭时间，一些老朋友开始到我这儿来。他们坐在周围看我工作，好像这是歌舞杂耍表演。医科大学生克龙斯基来了；他说我刚雇的男孩中有一个有帕金森氏疾病。我忙得连上厕所的工夫都没有。奥罗克告诉我，所有的报务员，所有的送信人，都有痔疮。近两年来他一直在做电按摩，但什么效果也没有。午饭时间到了，我们六个人坐在桌子旁边吃饭。像通常一样，某一个人要为我付饭钱。我们狼吞虎咽，然后跑回来。有更多的电话要打，更多的申请人要接见。副总裁正在大发雷霆，因为我们不能使人员保持正常。纽约以及纽约周围二十英里以内的每一张报纸都登着求援的广告。所有的学校都被游说为我们提供业余送信人。所有的慈善机构、救济团体都被动员起来。他们像苍蝇一样飞得无影无踪。他们中间有的甚至一小时都没有干满。这真是折腾人。最令人伤心的是这种事情完全没有必要，但是这不关我的事。正如吉卜林所说，我的事情是干，不然就死。我继续苦干，见了一个又一个受害者，电话铃疯了一般响，这地方的味道越来越难闻，漏洞越来越大。每一个人都是一个要求一片干面包的人。我知道他的身高、体重、肤色、宗教、教育、经验等等。所有的材料都将登记到分类记录本里，按字母顺序，然后按年代顺序归档。姓名与日期，还有指纹，如果我们有时间来登记的话。结果怎么样？结果美国人享有人类所知道的最快的通讯形式，他们可以更快地出售他们的商品，一旦你倒毙在街头，立即就会有人对你最近的亲属加以鉴定，也就是说，在一个小时之内，除非送电报的人决定扔掉工作，把整捆电报抛进垃圾桶。两千万份圣诞节的空白电报纸上都有宇宙精灵电报公司董事、总裁、副总裁祝你圣诞节与新年快乐的字样；也许电报内容都是"母病危，速回"，而办事人员则太忙，注意不到电报内容，如果你起诉，要求赔偿损失，赔偿精神损失，那么就有一个受过专门训练的法律部门来处理这样的事件，让你相信，你的母亲病危，而你同样可以圣诞节与新年快乐。当然，办事人员将被开除，而一个月以后，他又会回来要求做送信人的工作，他会被接受，安排在没有人会认出他来的码头附近做夜班，他老婆会带着小鬼们来感谢总经理，或者也许副总裁本人所给予他们的帮助与照顾。然后有一天，每一个人都会感到震惊，这个送信人抢劫了账台的钱柜，奥罗克就被要求乘夜车赶往克利夫兰或底特律，去追踪他，即使花一万美元也在所不惜。然后副总裁会发布命令，不许再雇犹太人，但是三四天后，他又会放宽一点儿，因为除犹太人以外，没有人来找工作。因为情况变得非常严峻，人员素质又他妈的如此差劲，弄得我都差不多要雇一个马戏团的侏儒，要不是他情不自禁地痛哭起来，说他自己是女的，我也许就已经雇了"它"了。更糟糕的是，瓦勒斯卡将"它"庇护起来，那天晚上把"它"带回家，在同情的借口之下，给"它"做了彻底检查，包括用右手食指对生殖器进行探测。这个侏儒变得十分色眯眯的，最后又十分提防。这是令人难堪的一天，在回家路上我撞见了我的一个朋友的妹妹，她坚持要带我去吃饭。饭后我们去看电影，在黑暗中我们互相调情，最后发展到离开电影院，回到办公室，我把她放倒在更衣室的锌面桌子上。当我午夜之后回到家的时候，瓦勒斯卡打来电话，要我立即跳进地铁，到她家去，十万火急。这得坐一小时的车，我已经疲惫不堪，可她说十万火急，我就只好上路了。我到她家的时候，见到了她的表妹，一个相当迷人的小妞。按照她自己的说法，她刚跟一个陌生人干完事，因为她厌倦了当一个处女。那么瓦勒斯卡所有那些大惊小怪到底是怎么回事呢？嘿，是这样的，在心急火燎中，她忘记采取通常的预防措施，也许现在她已经怀孕，那么怎么办呢？她们想知道我认为应该做什么。我说："什么也别做。"当时瓦勒斯卡把我领到一边，问我是否愿意同她表妹睡觉，说是可以让她适应一下，以便不会再重复那种事情。

整个事情是很荒诞的，我们都歇斯底里大笑，然后开始喝酒——她们家里有的唯一一种酒是居默尔香酒，没用多久就把我们放倒了；然后事情更荒诞了，因为她们两人开始乱抓我，谁也不愿让另一个做什么事。结果，我给她们两人都脱去衣服，把她们放在床上，而她们两人却互相搂抱着睡着了。当我在大约清晨五点钟的时候走出去时，我发现口袋里分文全无，我就试着向一个出租车司机讨五分钱，但是不行，于是我最后就脱下我的皮里子大衣给他——换了五分钱。我到家时老婆已经醒了，她怒火冲天，就因为我在外面待了这么长时间。我们激烈争辩了一会儿，最后我发火了，猛打她，她跌倒在地，开始哭泣呜咽，然后孩子醒了，听到我老婆高声叫喊，她吓坏了，开始使出吃奶的劲头尖叫。楼上的女孩跑下来，看看出了什么事情。她穿着晨衣，披头散发。她激动地走近我，我们俩本没有打算要发生什么事，但是事情却发生了。我们把我老婆放到床上，给她额头上捂了一条湿毛巾。在楼上的女孩俯身对着她的时候，我站在她身后，脱掉了她的晨衣。我把那玩意儿放进她那里，她好长时间地站在那里，说着许多安慰人的愚蠢废话。最后我爬到老婆床上，使我十分吃惊的是，她开始紧紧贴着我，一句话也没说，我们难分难解地干着,一直到天亮。我本该精疲力竭的,可是我却十分清醒,我躺在她旁边,计划着过休息日,期待见到那个穿漂亮毛皮的婊子,那天早些时候我同她谈过话。在那之后我开始想另一个女人,我的一个朋友的老婆,她总是挖苦我的无动于衷。然后我开始想一个又一个——所有那些我因这样那样的理由放过去的女人——直到最后我死死地睡过去了,梦中还遗了一回精。七点半时,闹钟按老规矩响起来,我按老规矩看了看我那件挂在椅子上的破衬衣,我自言自语说,有什么用。我翻了一个身。八点钟,电话铃响了,是海米。他说,最好快点来,因为正在进行罢工。这就是一天一天发生的事情,没有什么理由是这个样子,除非说整个国家都是荒诞的,我所说的事到处都在进行,或大或小,但到处都是一回事,因为一切都是混乱与无意义。

事情就这样一天天地进行,几乎有整整五年时间。大陆本身永远受到旋风、龙卷风、海啸、洪水、干旱、暴风雪、热浪、害虫、罢工、抢劫、暗杀、自杀……的破坏,是一种连续的热病与痛苦,一种火山爆发,一种漩涡。我像一个坐在灯塔里的人:脚下是惊涛骇浪、岩石、暗礁、沉船的碎片。我可以发出危险信号,但是我无力挡住灾难。我呼吸着危险与灾难。这种感觉往往如此强烈,以致它就像火一般从我鼻孔中猛烈喷射出来。我渴望完全摆脱它,然而又不可抗拒地受到吸引。我既暴烈又冷淡。我就像灯塔本身——屹立在惊涛骇浪之中。我脚下是坚固的岩石,在同样的岩石构架上人们建起了高耸入云的摩天大楼。我的基础深入到地下,我身体的防护盔甲是用铆了铁钉的钢铁制成。我首先是一只眼睛,一只纵横搜索的巨型探照灯,它无情地不停旋转。这只如此清醒的眼睛似乎使我的所有其他官能都处于休眠状态中;我的所有本领都被耗尽,用以努力观看、领会世界的戏剧性。

如果我渴望毁灭,这只是因为这只眼睛会被消灭。我渴望地震,渴望某种会将灯塔投入海中的自然灾变。我想要变形,变成鱼,变成海中怪兽,变成驱逐舰。我想要大地裂开,一口把一切都吞没。我想要看这座城市被深深埋在海底。我想要坐在洞穴中,在烛光下读书。我想要那只眼睛消灭,以便我可以变换一下,了解我自己的身体和我自己的愿望。我想要单独待一千年,为了沉思我的所见所闻——也为了忘却。我想要地球上某种非人为的东西,某种绝对脱离了人的东西,我对人已经厌倦了。我想要某种纯世俗、绝对无理念的东西。我想要感到血液奔流回我的静脉,哪怕以消灭作为代价。我想要把石头和光从我的体系中抖落出去。我想要黑暗的自然生殖力,深深的子宫之泉眼,寂静,要不就贪婪地啜饮黑色的死亡之水。我想要成为那只无情的眼睛照亮的那个黑夜,一个以星辰和长长的彗星点缀的黑夜。我想要成为寂静得如此可怕,如此全然不可理解,同时又十分动人的夜晚。绝不再说话、倾听和思考。既被包容而又包容。不再有怜悯,不再有温柔。完全世俗地做人,像一棵植物、一条虫或一条小溪。被分解,被剥夺光线与石头,像分子一样易变,像原子一样持久,像大地本身一样无情。

第六章

我遇见玛拉大约是在瓦勒斯卡自杀前一周。那事件之前一两个星期是一场真正的噩梦。有一系列的突然死亡以及与女人的奇怪遭遇。首先是保利娜·亚诺夫斯基，一个十六七岁的犹太小女孩，没有家，也没有亲戚朋友。她到办公室来找工作。已接近下班时间，我不忍心冷冰冰地拒绝她。因为某种理由，我心血来潮地想带她回家吃饭，如果可能的话，设法说服老婆让她住上一阵。她吸引我的地方是她对巴尔扎克的热情。回家路上她一直在同我谈论《幻灭》。电车挤得满满的，我们被紧紧地挤在一起，以至于我们谈论什么都没有区别了，因为我们两人都只想着一件事。我老婆见到我带着一个漂亮小妞站在门口，当然呆若木鸡。她以她那种冷冰冰的方式表现出礼貌和殷勤，但是我立即看出来，请求她把女孩留下来是没有用的。大概她能做的一切也就是坐着陪我们吃完饭。我们一吃完，她说了声“请原谅”，就看电影去了。女孩开始哭泣。我们仍然坐在桌子旁，盘子堆在我们面前。我走到她跟前，双臂搂住她。我真为她感到抱歉，不知对她如何是好。突然她双手搂住我的脖子，热烈地吻我。我们长时间站在那里，互相拥抱着，然后我对自己说不行，这是一种犯罪，而且，也许老婆根本就没有去看电影，也许她任何时候都会悄悄溜进来。我让那女孩振作起来，并说我们还是乘电车到什么地方去吧。我看到我孩子的存钱罐在壁炉架上，就把它拿到卫生间，悄悄把钱全掏出来。里面只有七角五分。我们坐上电车，来到海滨。最后我们找到一个没人的地方，一起躺在沙滩上。她歇斯底里般激情奔放，除了做那种事以外没有什么事好做。我想她事后会责备我，但是她没有。我们在那里躺了一会儿，她又开始谈论巴尔扎克。似乎她有抱负自己也当个作家。我问她打算干什么。她说她一点儿也不知道。当我们起身离开时，她请求我把她送到公路上，说她想去克利夫兰或去某个地方。当我离开她，让她站在一个加油站前时，已过了午夜时分。她的钱包里大约有三角五分钱。当我出发往家走时，我开始诅咒我老婆，骂她是个卑鄙的婊子养的。我但愿留在公路上无处可去的那个人是她。我知道，我回到家后，她连那个女孩的名字都不会提一下的。

我回到家，她没有睡，正等着我。我以为她又要大闹一场。但是没有，她等我是因为有奥罗克的重要口信，要我一回家就给他打电话，但是，我决定不打电话。我决定脱衣服睡觉。正当我舒舒服服躺下时，电话铃响了。是奥罗克。办公室有我一份电报——他想要知道，他是否该拆开念给我听。我说当然。电报的署名是莫妮卡。是从布法罗打来的。说她将在早晨带着她母亲的遗体到达中心车站。我谢过他，回到床上。老婆没问任何问题。我躺在那里苦苦思索该怎么办。如果我去车站接她，就意味着一切都要重新来一遍。我刚谢过我的星宿保佑我摆脱了莫妮卡，而现在她又要带着她母亲的遗体回来。眼泪与和解。不，我一定也不喜欢这个前景。假如我不露面呢？那会怎么样？周围总会有人来照料一具尸体。尤其是如果失去亲人的人是一位迷人的金发女郎，蓝眼睛里闪着火花。我很想知道，她是否会回去做她在餐馆的工作。要是她不懂希腊文和拉丁文，我就不会同她缠到一块儿去了，但是我的好奇心占了我的上风。而那时候她又那么一贫如洗，这也打动了我。要是她的手不发出油腻腻的味道，事情也许不会这么糟糕。那是美中不足之处——那双油腻腻的手。我记得我遇见她的第一个晚上，我们在公园里散步。她看上去令人陶醉，一副聪明伶俐的样子。这正是妇女开始穿短裙的时候，而她穿短裙更显优美。我常常一晚上又一晚上地去餐馆，就是为了看她走来走去，看她弯腰上菜或俯身拾起一把叉子。漂亮的大腿和迷人的眼睛加上一行关于荷马的奇妙诗句，猪肉酸菜加上一首萨福的诗文、拉丁文变位和品达的颂歌，也许饭后甜食再加上《鲁拜集》①或《西纳拉》②。但是油腻腻的手和市场对面寄宿公寓里那张邋遢的床——哟！我受不了。我越躲开她，她就变得越缠绵。写十页的情书，再加上《查拉图斯特拉如是说》的脚注，然后突然安静了，我由衷地暗自庆幸。不，我早晨不能去中心车站。我翻个身，沉睡过去。早晨我会让老婆给办公室打电话，说我病了。一个星期来我还没有生过病——它正在接近我。

中午我发现克龙斯基在办公室外面等我。他想让我同他一起吃午饭……他要我去见一个埃及姑娘。结果这个姑娘原来是个犹太人，但是她来自埃及，看上去像埃及人。她是一把好手，我们俩同时向她进攻。由于别人以为我病了，我就决定不回办公室，而去东区随便走走。克龙斯基回去掩护我。我们同姑娘握手，各走各的路。我直奔凉快的河边，几乎立刻忘记了这个女孩。我坐在一个码头边上，大腿悬在纵梁外边。一条驳船经过，装满了红砖。突然莫妮卡出现在我脑海中。正带着一具尸体到达中心车站的莫妮卡。一具离岸的尸体。纽约！显得

① 11 世纪波斯诗人欧玛尔·海亚姆所著四行诗集。

② 19 世纪末英国颓废派诗人厄内斯特·道森的名诗。

多么不谐调,多么可笑,我放声大笑起来。她怎么处理这尸体呢?她是将它寄存起来了呢,还是把它留在货场里了?她无疑在狠狠地大声诅咒我。我很想知道,如果她能想象我这样坐在码头边上,大腿悬在纵梁外边,她真的会有什么想法。尽管有微风从河上吹来,天气还是很闷热。我开始打瞌睡。当我迷糊过去时,保利娜出现在我脑海中。我想象她正举着手沿公路步行。她是一个勇敢的孩子,这是无疑的。有意思的是,她似乎不怕被人搞大肚子。也许她这样绝望,已经不在乎了。还有巴尔扎克!这也是十分不谐调的。为什么是巴尔扎克?嗨,那是她的事。无论如何她已有了足够的钱来买东西吃,直到她遇到另一个家伙。但是那样的一个孩子却在考虑成为一个作家!嘿,为什么不呢?每个人都有这样那样的幻想。莫妮卡也想要成为一个作家。每个人都在成为一个作家。一个作家!天哪,多么无用的职业!

我打了个盹……当我醒来时,下身正勃起着。太阳好像热辣辣地晒进了我的裤裆。我站起来,在饮水泉那里洗了我的脸。天气还是那样闷热。沥青像沼泽地一样软,飞蝇在叮人,垃圾在阴沟里腐烂。我在运料车之间来回走,对周围的事物视而不见。这段时间里我一直勃起着,老也下不去,但是心中又没有明确目标。只是在我回到第二大道的时候,我才突然想起一同吃午饭的那个埃及犹太女孩。我记得,她说过住在第十二街附近的俄国餐馆对面。但是我仍然不确切知道我想干什么。只是四处溜达溜达,消磨时间。然而我的双脚却把我拖向北面,走向第十四街。当我来到俄国餐馆对面时,我停了片刻,然后三级一跨地跑上楼梯。过道门开着。我爬上了几段楼梯,仔细察看门上的名字。她住在顶楼,她的名字底下还有一个男人的名字。我轻轻敲门,没人答应。我又敲得更响一点。这次我听到有人走动。然后有一个靠近门边的声音问是谁,同时门把转动起来。我把门推开,跌跌绊绊地进了漆黑一团的房间。我正好撞进她的怀抱,摸到她半敞开的晨衣底下光着的身子。她一定是刚从熟睡中起来，还不太明白谁把她抱在怀里。当她明白是我的时候，她试着挣开，但是我紧紧抱住她，开始热烈地亲吻她，同时把她按倒在靠窗的躺椅上。她咕哝着什么，意思是说门没关，但是我不打算冒任何危险，让她溜出我的怀抱。于是我作了一个小小的迂回，使她一点儿一点儿地慢慢移向门边，让她用屁股把门推上。我用空着的一只手锁上门，然后把她挪到房间中央，用空着的那只手解开我的裤扣。她睡得迷迷糊糊，干这事就像一架自动机器。我也看得出来，她很喜欢在半睡半醒中干这事。唯一的问题是，我每挺进一次，她就清醒一分。而她越清醒就越神魂不定。要想知道如何让她再睡过去而不失去好好搞一下的机会，这是很难的。我设法让她倒在躺椅上，她没有退缩，却欲火中烧起来，像鳝鱼一样扭来扭去。从我开始搞她的时候起，我想她一次也没有睁开过眼睛。我不断对自己说——"一次埃及式干法……一次埃及式干法"——为了不马上射，我故意开始想莫妮卡拉到中心车站的那具尸体，想我在公路上留给保利娜的三角五分钱。那时候，砰！一声响亮的敲门声，她立即睁开眼睛，十分恐惧地望着我。我开始迅速抽身，可使我吃惊的是，她紧紧抓住我。"不要动，"她在我耳边小声说，"等等！"又一声响亮的敲门声，然后我听到克龙斯基的声音说："是我，特尔玛……是我*伊西*。"当时我几乎大笑起来。我们又倒下，回到一种自然姿势中，她轻轻闭着眼睛，不想再醒过来。这是我一生中干得最出色的一次。我想它会永远进行下去。无论什么时候我感到有射的危险，我就停下不动，想事情——例如想如果我有假期，我喜欢在哪里度假，或者想放在衣柜抽屉里的那些衬衫，或者想卧室床脚边的地毯上的补丁。克龙斯基还站在门口——我可以听见他来回变换姿势。每次我意识到他站在那里，我就额外地给她多来几下子，她在半睡状态中作出响应，很有意思，好像她懂我用这种动作语言表达的意思。我不敢想她会在考虑些什么，要不然我就马上要射了。有时候我险些射，但是我总有救险的妙方，这就是想莫妮卡和那具在中心火车站的尸体。一想到这些，我的意思是说，想到这些事的滑稽可笑，我就像冲了一次凉水澡一般。

完事之后，她睁大眼睛望着我，好像她是第一次看到我。我没有话要对她说；我脑子里的唯一想法是尽可能快地离开。在我们梳洗时，我注意到门边地板上的一张纸条。这是克龙斯基留下的。他想要她在医院见他——他老婆刚被送去医院。我感到松了口气！这意味着我不用费什么事就可以离开了。

第二天我接到克龙斯基一个电话。他老婆死在手术台上。那天晚上我回家吃饭；我们还坐在饭桌上吃饭时，门铃响了。克龙斯基站在大门那里，看上去绝对情绪消沉。我总是难以说出吊唁的话，对他说就绝对不可能了。我听我老婆说些同情的陈词滥调，我感到比往常更讨厌她。“让我们离开这里。”我说。

我们在绝对的沉默中走了一会儿。到了公园那里，我们就走进去，直奔草地而去。雾气很重，连前面一码远的地方都看不清。当我们摸索着前行的时候，他突然呜咽起来。我停下来，把脸转开去。我认为他哭完时，才回头看他，他正带着一种古怪的微笑瞪着我。“真有趣，”他说，“接受死亡有多难哪！”我也微笑了，把我的手放到他肩膀上。“请继续，”我说，“一直说下去，不要郁积在胸中。”我们又开始散步，在草地上来来回回地走，就好像走在海底一般。雾气变得如此浓密，我几乎分辨不出他的容貌。他平静而又疯狂地谈论着。“我就知道事情会发生，”他说，“太美好了就不会长久。”她病倒前的夜里，他做了个梦，梦见自己失去了身份。“我在黑暗中踉踉跄跄，叫着我自己的名字。我记得来到一座桥那里，朝水中看的时候，我看到我自己正在溺死。我一头扎到桥底下，当我浮出水面时，我看到叶塔漂浮在桥下。她死了。”然后他突然补充说：“昨天我敲门的时候，你在那里，是吗？我知道你在那里，我没法走开。我也知道叶塔快死了，我想要同她在一起，但是我害怕一个人去。"我一句话没说，他继续说下去。"我爱过的第一个女孩也是这样死的。我当时还是个小孩，无法摆脱痛苦。每天晚上我都到公墓去，坐在她墓边。人们以为我疯了。我猜想我也是疯了。昨天，当我站在门口的时候，这一切又回到我眼前。我又在特伦顿，在墓边，我爱的那个女孩子的妹妹站在我旁边。她说不能再这样下去了，我会发疯的。我暗想，我确实疯了，为了向我自己证明这一点，我决定做出疯狂的事情来，于是我对她说，我爱的不是她，是你，我把她拉到我身边，我们躺在那里互相亲吻，最后我干了她，就在墓边。我想，这件事把我治好了，因为我再也没有回到那里去过，再也没有想她——直到昨天，当我站在门口的时候。如果我昨天抓住你，我会把你掐死。我不知道我为什么会有那种感觉，但是我好像觉得你打开了一座坟墓，你正在糟蹋我所爱女孩的尸体。那是疯了，不是吗？为什么今晚我要来见你呢？也许是因为你对我绝对无所谓……因为你不是犹太人，我可以对你说……因为你不在乎，而你是对的……你读过《天使的反叛》吗？"

我们刚走到环绕公园的自行车道。大街上的灯火在雾中晃动。我好好看了他一眼，发现他已经神经错乱。我很想知道是否能让他笑。我也害怕一旦他笑起来会收不住。于是我开始随便聊，先聊阿纳托尔·法朗士，然后聊其他作家，最后，当我感到我抓不住他时，就突然把话题转到伊沃尔金将军①，听到这话他笑了起来，这也不是一种笑，而是一种咯咯咯的声音，一种可怕的咯咯声，就像一只脑袋被放在案板上的公鸡发出来的。他笑得这样厉害，以致他不得不停住脚步，捂着肚子，眼泪从眼睛里流出来，在咯咯声之间，他发出撕碎心一般的可怕呜咽。"我知道你会为我好，"当最后的感情爆发过去之后，他脱口而出道，"我

① 陀思妥耶夫斯基长篇小说《白痴》中的人物。

总是说你是一个婊子养的好人……你就是一个杂种，只是你不知道而已……现在告诉我，你这个杂种，昨天怎么回事？你捅了她没有？我不是告诉过你，她是一把好手吗？你知道她跟谁同居吗？天哪，你没被抓住算是幸运。她正和一个俄国诗人同居——你也认识那小子。有一次在皇家咖啡馆我把你介绍给他过。最好不要让他听到风声。他会把你的脑浆打出来的……然后他会为此事写一首漂亮的诗，把它和一束玫瑰一起送给她。肯定的，我在斯台尔顿就认识他，那里是一个无政府主义者的聚居地。他老爷子是一个虚无主义者。全家都疯了。顺便说一下，你最好当心你自己。那一天我就想告诉你，可我没想到你动作这么快。你知道她也许有梅毒。我不是在吓唬你。我也是为你好才告诉你的……”

这一场感情迸发似乎真的使他安静下来。他设法以他那种犹太人的拐弯抹角方式告诉我，他喜欢我。为此他必须首先破坏我周围的一切——老婆、工作、朋友、那个“黑婊子”（他这样称呼瓦勒斯卡），等等。“我想，有一天你会成为一个伟大的作家，”他说，“不过，”他恶毒地补充说，“你首先必须吃点儿苦头。我的意思是*真正的*吃苦，因为你还不知道这个词的含义。你只认为你已经吃了苦。你必须首先恋爱。现在说那个黑婊子……你并不真的认为你爱她，是吗？你曾经好好看过她的屁股吗？我的意思是说，它是如何在扩展。五年后她看上去就会像珍妮大婶[①]那样。你们俩将会是一对大胖子，身后领着一串黑小鬼在大街上走。天哪，我宁愿看见你娶一个犹太女孩。当然，你不会欣赏她，但是她会适合你。你需要东西来稳住你。你正在分散你的精力。听着，你为什么带着所有这些你捡来的笨蛋杂种到处跑？你似乎有一种专捡不正常人的天赋。你为什么不投身到有用的事情中去呢？你不适合那

① 泛指中年黑人妇女，尤其是较肥胖者。

个工作——在某个地方你会成为大人物的，也许是一位劳工领袖……我不知道究竟是什么，但是你首先得摆脱你那个尖嘴猴腮的老婆。咄！我看她的时候，会啐她的脸。我不明白，像你这样一个人怎么会娶那样一条母狗？那是什么——是一对淌水的卵巢？听着，那就是你的毛病——你脑袋瓜里装的只有性……不，我也不是那个意思。你有脑子，你有激情，你很热心……但是你不在乎你做的事或你碰到的事。如果你不是这样一个浪漫的杂种，我几乎会发誓你是犹太人。我就不同了——我从来没有什么东西可以指望，但是你身上有——只是你太他妈的懒了，不把它表现出来。听着，有时候我听你说话时，我暗想——要是那家伙把它在纸上写下来就好了！嗨，你可以写一本书，让德莱塞那样的家伙抬不起头来。你不同于我认识的美国人；在某种程度上你不属于他们，这是一件他妈的好事。你也有点儿疯癫——我猜想你知道这一点。不过是一种好的疯癫。听着，十分钟以前，如果是别人那样同我说话，我会杀了他。我想我更喜欢你，因为你不试着给我任何同情。我很了解这一点，所以不会期待你的同情。如果你今晚说了一句假话，我真的会发疯。我知道这一点。我已经在边缘上了。当你开始谈伊沃尔金将军时，我差点儿认为我一切都完了。这就使我想到你身上有种东西……那是真正的狡猾！现在让我来告诉你一些事……如果你不马上振作起来，你就会发疯。你内心里有东西正在吞噬你。我不知道这是什么，但你不可能把它转移到我身上。我彻底了解你。我知道有东西在折磨你——不只是你老婆，也不是你的工作，甚至不是你认为你爱的那个黑婊子。有时候我认为你生错了时代。听着，我不想要你认为我崇拜你，但是你有我说的某种东西……如果你对自己再多一点点信心，你就会成为当今世界上最伟大的人物。你甚至不必当一个作家。就我所知，你可以成为一个耶稣基督。不要笑——我就是这个意思。你一点儿也不知道你自己的可能性……除了你自己的欲望，你对一切都是绝对盲目的。你不知道你要什么。你之所以不知道，是因为你从来没有停下来想一想。你正在让人们把你耗尽。你是一个他妈的傻瓜、白痴。如果我有十分之一你的能耐，我就会把世界翻个个儿。你认为那是疯了？嗯？那么，听我说……我一生中从来没有这样清醒过。我今晚来见你的时候，我想我已经准备好要自杀了。我是否自杀没有多大区别。但是不管怎么说，我看不出现在自杀有什么意义。那不会让她起死回生。我生而不幸，无论我去哪里，似乎总要把灾难带去。不过我还不想就此罢休……我要先在世上做些好事。也许你听起来觉得这很傻，但这是真的。我愿意为别人做点儿事……”

他突然停住，又用那种古怪的惨淡笑容看着我。这是一个绝望的犹太人的样子，在他身上，像他的整个民族一样，生命本能是如此强大，以致即使绝对没有什么东西可以指望，他也无力自杀。那种绝望对我相当陌生。我暗想——要是我们能换张皮就好了！嘿，我会为了无足轻重的理由杀死自己！我老是在想，他甚至会不喜欢葬礼——他自己老婆的葬礼！天知道，我们参加过的葬礼都是够令人悲伤的事情，但是事后总是有一些食物和饮料，一些好意的下流玩笑，一些衷心的捧腹大笑。也许我太小，不懂得那些悲伤的方面，虽然我十分清楚地看到他们如何号叫和哭泣。对我来说，那从来没有多大意义，因为葬礼之后，大家坐在公墓旁边的啤酒花园里，总是有一种美好的欢乐气氛，尽管大家穿着黑衣服，戴着黑纱和花环。当时作为一个小孩子，我似乎觉得他们确实在设法同死者建立某种交流。某种像是埃及式的东西，在我回想起它的时候就有这种感觉。从前我认为他们只是一帮伪君子，但他们不是。他们只是些愚蠢、健康的德国人，渴望生活。说来奇怪，死亡是他们知识范围之外的东西，因为如果你只是按照他们所说的来判断，你会想象死亡占据了他们的大量思想，但是实际上他们对它一无所知，甚至还没有，例如，犹太人知道得多。他们谈论来世的生活，但是他们从不真正相信。如果一个人因失去亲人而憔悴,他们便怀疑地看待那个人,就像你看待一个疯子那样。正如欢乐有界限一样,悲伤也有界限,这就是他们给我的印象,而在极限上,总有必须喂饱的肚皮——用林堡奶酪三明治、啤酒、居默尔香酒,如果手头有的话,还用火鸡腿。他们的眼泪流到他们的啤酒里,像小孩子一样。一分钟以后他们又喜笑颜开,笑死者性格中的某个怪癖。甚至他们使用过去时的方式都对我有一种稀奇古怪的效果。死者才被埋下去一个小时,他们说起死者来——"他总是这样好脾气"——就好像心中的那个人死了已有千年,好像他是一个历史人物,或者是一个《尼伯龙人之歌》中的人物。事实是他死了,确确实实地永远死去了,而他们,那些活着的人,现在,而且永远离开了他,他们有今天还有明天要过,有衣服要洗,有饭要做,当下一个人倒下时,还有棺材要挑选,还要为遗嘱争吵,但是一切循着日常生活的常规,专门腾出时间来悲伤哀悯是有罪的,因为上帝(如果有上帝的话)注定生活是那个样子,我们世上的人就没有什么好说的了。越过注定的苦乐界限是邪恶的。想要发疯更是大罪孽。他们有可怕的动物性调节官能。如果真是动物性的,倒是看上去很令人惊奇,可是目击这一切又很可怕。你终于会明白,这不过是德国人的麻木不仁,感觉迟钝,然而,比起犹太人的九头鸟式的悲哀来,我倒更喜欢德国人那种富有生气的胃。我实际上不可能为克龙斯基感到遗憾——我不得不为他的整个种族感到遗憾。他老婆的死只是他的灾难史中的一项,小事一桩。就如他自己说的那样,他生而不幸。他天生要看到事情出问题——因为五千年来事情一直在那个种族的血液中出问题。他们带着脸上那种深陷的绝望眼神来到世上,又将以同样的方式离开世界。他身后留下一股臭气——一种毒药,一种悲痛的呕吐。他们设法要从这个世界带走的臭气正是他们自己带到这个世界上来的臭气。当我听他说话时,我思考了所有这一切。我内心感觉这样良好,这样纯洁,以至于我们分手时,在我走上一条旁街之后,我开始吹口哨并哼起歌来。接下去,我感到渴了,渴得要命,我用我最好的爱尔兰土腔对自己说——不用说,你现在应该喝上一点儿,我的小伙儿——我一边说着,一边踉踉跄跄地进到一个酒吧里,要了一大杯冒泡的啤酒,一个厚厚的汉堡包,里面夹了许多洋葱。我又喝了一杯啤酒,接下去喝了一口白兰地。我用我那种无动于衷的方式暗想——如果这可怜的杂种头脑不够正常,不喜欢他自己老婆的葬礼,那么我来为他参加。我越是考虑这事,就越变得快活。如果说有一点点悲伤或羡慕的话,那只是因为这样一个事实:我不可能和她调换位置,这个可怜的死鬼,因为死亡是像我这样一个流浪汉绝对理解不了的东西,而把它浪费在那些十分了解它,无论如何不需要它的人身上又太可惜。我变得他妈的如此陶醉于死的念头,以至于在我醉得不省人事时,我向上帝咕哝着,请他今夜杀死我。杀死我,上帝,让我知道那是怎么回事。我拼命想象那是什么样子的,拼命忘记那死鬼,连屁都挤出来了,可还是不成。我最多只能模仿临终时的痰声,但是这一来,我差点噎过气去,那时候我他妈的吓坏了,险些把屎屙在裤子里。不管怎么说,那不是死,那只是噎住了。死更像是我们在公园里经历的事情:两个人肩并肩地在雾中走,擦过树和灌木,一言不发。它是比姓氏本身更空洞的东西,然而却正常、宁静,如果你喜欢的话,还很高贵。它不是生活的继续,而是跃入黑暗中,绝无归来的可能,甚至作为一粒灰尘归来都不可能。而那是正常、美好的,我对自己说,因为,为什么一个人要回来呢?尝一次滋味就是永远尝了滋味——生或是死。只要你不下赌注,抛硬币的结果是正面向上,还是向下,都是没关系的。当然,被自己的唾沫噎住是很难堪的——这比任何其他事都讨厌。此外,人们不总是噎死的。有时候人们在睡眠中死去,平静得像一只小羊羔。他们说,上帝来把你们召集到他的怀抱里,然而,你停止了呼吸。究竟为什么人们想要永远不停地呼吸?任何必须没完没了做的事情都会是一种折磨。我们都是可怜的人类杂种，我们应该高兴某人想出了一条出路。对于去睡觉，我们不挑什么毛病。我们生命的三分之一是让我们像喝醉酒的大耗子一样打呼噜打掉的。那又怎么样呢？那是悲剧吗？那么好吧，就说是三分之三的醉酒大耗子般的睡眠吧。天哪，如果我们有辨别能力的话，我们会因为想到这个问题而高兴得手舞足蹈。我们都可能明天死在床上，没有疼痛，没有痛苦——如果我们有意识利用我们的医药的话。我们不想死，这就是我们的麻烦。这就是为什么在我们头脑里的疯狂垃圾箱中有上帝和整个射击比赛。伊沃尔金将军！那引出了他的咯咯声……以及一些干巴巴的呜咽。我不如说林堡奶酪好了，但是伊沃尔金将军对他来说意味着某种东西……某种疯狂的东西。林堡奶酪会显得过于清醒，过于陈腐，然而，一切全都是林堡奶酪，包括伊沃尔金将军，那可怜的醉酒蠢货。伊沃尔金将军从陀思妥耶夫斯基的林堡奶酪中演变出来，打着他私人的旗号。这就是说，有某种风味，某种标签。所以当人们闻到它、尝到它时，就能认出它来。是什么东西使这个伊沃尔金将军成为林堡奶酪的呢？嘿，无论什么东西构成林堡奶酪，它就是X，因而是不可知的。那么因而呢？因而什么也不是……根本什么也不是。打住——要不然，就是跃入黑暗中，一去不返。

当我脱掉我裤衩的时候，突然想起来那杂种告诉我的话。我看着它，它的样子一如既往，纯洁无瑕。“不要告诉我你得了梅毒。”我说，把它握在手里，挤了一下，像是要看看是否有脓喷出。不，我想不会有多大危险染上梅毒的。我不是那类星宿的命。是的，淋病倒是有可能的。每个人在某个时候都会有淋病。但不是梅毒！我知道，他要是能做到的话，他就会想让我患上梅毒，只是为了让我明白什么是痛苦。但是我不可能费心去使他满足。我天生是一个沉默的幸运家伙。我张大嘴巴。这么多讨厌的林堡奶酪。我暗想，管它有没有梅毒哩，只要她想干，我就会再扯一块奶酪，然后才罢休。可是她显然不想干了，背对着我。于是我就躺在那里，竖起那硬邦邦的玩意儿顶着她，用心灵感应来干她。天哪，尽管她睡得很死，可她一定得到了感应，因为我进去时并没遇到什么麻烦，而且我不必看她那张一脸轻松的面孔。当我给她来了最后一下子的时候，我暗想——“好小伙儿，这便是林堡奶酪，现在你可以转过身去打呼噜了……”

性与死亡的赞美诗好像要永远唱下去。第二天下午，我在办公室接到老婆一个电话，说她的朋友阿琳刚被送到疯人院去。她们在加拿大的修道院上学时就是朋友，她们在那里学习音乐和手淫的艺术。她们那帮人我都一个个见过了，包括戴疝带的安托丽娜嬷嬷。她们都时常同安托丽娜嬷嬷做爱。而有着巧克力奶油蛋糕脸蛋的阿琳并非这一帮人当中第一个去疯人院的。我不是说，这是手淫把她们送到那里去的，但无疑，修道院的环境与此有关。她们还未成熟的时候就都已经搞得乱七八糟了。

第七章

下午还没过完，我的老朋友麦格雷戈就来了。他同往常一样，看上去闷闷不乐，抱怨着年纪不饶人，虽然他才刚过三十。在我讲给他听阿琳的事情时，他似乎有了一点儿生气。他说他早就知道她有点儿问题。为什么呢？因为有一天晚上他想强暴她，她就歇斯底里地哭了起来，可是她的哭还没有她说的话惊人。她说，她亵渎了圣灵，为此她不得不过节制的生活。想起这件事，他便以他那种不快的方式笑起来。“我对她说——如果你不想要，那么你就不必做……你就把它握在手里吧。天哪，我说那话的时候，我以为她会彻底发疯的。她说我是在设法玷污她的清白——她就是那样说的。同时她将它拿在手里，拼命抓紧，我他妈的都差点儿昏过去。她还是一直哭着，弹着圣灵啦，‘清白’啦的老调。我记得你有一次告诉我的话，就给她扎扎实实来了一个嘴巴子。这就像施了魔法一般，她一会儿就安静下来了，足以让我溜进去，然后真正的乐趣开始了。听着，你搞过一个疯女人吗？这是一种经验。从我进去的那一刻起，她就开始连珠炮似的说话。我无法精确地向你描述，但这就好像她不知道我正在干什么。听着，我不知道你做那种事的时候是否让一个女人吃苹果……嘿,你可以想象那会如何影响你。这一个要更糟糕一千倍。我感到心烦,都开始以为我自己也神经不正常了……现在我要说的事你几乎不会相信,但是这确是实情。你知道我们干完那事以后她做什么?她搂着我说谢谢我……等一下,这还不是全部,然后她下床跪在地上,为我的灵魂祈祷。天哪,我记得清清楚楚。'请把麦格变成一个更好的基督徒。'她说。我光着身子躺在那里,听她祈祷。我不知道我是在做梦还是怎么的。'请把麦格变成一个更好的基督徒!'你能相信吗?"

"你今晚打算做什么?"他又快活地问了一句。

"没什么特别的事。"我说。

"那你跟我来。我有一个妞儿要让你见一下……波拉。几天前的一个晚上,我在罗斯兰碰上她的。她不疯——只是有点淫狂。我想要看你同她跳舞。这将是一件难得的乐事……就只是看你们跳舞。听着,当她扭动起腰肢来的时候,你要不在裤衩里打炮,那我就是婊子养的。来吧,关上这地方。在这地方满处放屁管什么用?"

去罗斯兰以前还有许多时间要打发,于是我们就到靠近第七大道的一家小酒店去。战前这是一个法国人开的店,现在是一家几个意大利人经营的非法酒店。靠门的地方有一个小酒吧,后边有一间铺锯末地板的小房间,以及一个放音乐的投币机器。我们想要喝几杯饮料,然后吃饭。就是这个意思。只是我很了解他,我根本不相信我们会一起去罗斯兰。如果有一个招他喜欢的女人来到跟前——她不必长得漂亮或身体健康——我知道,他在这时候连我火烧眉毛都不会管我的,一个人滚他妈的了。我和他在一起的时候,唯一令我关心的事情是,我得事先吃准了他有足够的钱来付我们要的饮料。当然,我绝不让他离开我的视线,直到饮料的账付清才罢休。

最初一两杯饮料总是使他陷入回忆。当然是回忆窟窿。他的回忆使我想起他曾经讲给我听的一个故事,这故事给我留下了无法忘却的印象。它讲的是一个临死的苏格兰人。正当他要死的时候,他老婆见他挣扎着想说点儿什么,就体贴地弯腰对他说——“什么? 乔克,你想说什么?”而乔克,做了最后的努力,吃力地抬起身子说:“就是窟窿……窟窿……窟窿。”

这就是麦格雷戈从头到尾的话题。他的说话方式便是如此——废话连篇,但他想说的是关于病的问题,因为在做爱的间歇,似乎他担心得要命,更确切地说,他对他那玩意儿担心得要命。在他看来,半夜三更说“你上楼来一下,我要让你看一看我那玩意儿”,这是世界上再自然不过的事情。由于一天有十几次把它掏出来,又是察看,又是洗,又是擦,他那玩意儿当然就老是红肿发炎。他不时去看医生,让医生检查。有时医生为了使他宽慰,就给他一小瓶药膏,还让他不要喝那么多酒。这会引起没完没了的争辩,因为他会对我说:“如果药膏有用,为什么不让我喝酒呢?”或者“如果我完全不喝酒,你想我还需要用药膏吗?”当然,无论我说什么,他总是这耳朵进去,那耳朵出来。他总得担心点儿什么,而那玩意儿当然就是他担心的主要对象。有时候他担心他的头皮。他有头皮屑,这几乎每人都有,可当他那玩意儿情况良好时,他就忘了,而担心起他的头皮来。再不就是他的胸。一想到他的胸,他就会咳嗽起来。咳得好厉害啊! 就好像他已经是肺结核晚期病人了。而当他追逐女人时,他就像一只猫一样神经质,一样容易激动。他不能很快得到她。一旦他拥有她,他就已在发愁如何甩掉她了。她们都有些毛病,通常是一些鸡毛蒜皮的小毛病,可是却使他倒了胃口。

我们坐在黑洞洞的小房间里,他就对我絮叨着所有这一切。几杯老酒下肚以后,他像往常一样站起来去洗手间,半路上他扔了一个硬币在投币机器里,跳舞的人翩翩起舞,他也随之活跃起来,指着玻璃杯说:“再来一巡!”他从洗手间回来,看上去格外自鸣得意,究竟是因为他的膀胱减轻了负担呢，还是因为在过道里碰上了一个姑娘，我不得而知。总之，在他坐下来以后，他便开始变换手法——现在十分镇静，十分安详，几乎就像一位哲学家。“你知道，亨利，我们这些年里正在变老，你和我不应该像这样浪费我们的时间。如果我们想要有点儿作为，我们就该开始……”这样的话我已经听了好几年了，我知道结局会是什么。这不过是个小插曲。这时候他平静地在房间里四处张望，看看哪个婊子的模样不那么烂醉如泥。他一边谈论我们生活中的悲惨失败，一边脚下踩着舞步，眼睛里逐渐放出光芒。事情总是按老一套的程序发生。正当他说——“例如，你拿伍德拉夫来说。他绝不会有长进，因为他只是一个天生的操蛋货，卑鄙无耻，只会小偷小摸……”正在这时候，碰巧会有某个喝醉的胖女人从桌子旁走过，让他看见了，他就会马上把话停下来，说：“嗨，小家伙，坐下来同我们一起喝一杯怎样？”由于像那样的醉鬼婊子从来不是单独出动，总是成双成对的，于是她就会回答：“当然可以，我能把我的朋友也带过来吗？”麦格雷戈装得好像是世界上最殷勤的男子，他会说：“没问题，为什么不带过来呢？她叫什么名字？”然后，他会扯着我的袖子，俯身过来小声说：“别不高兴，听见吗？我们给她们来上一杯，然后就甩掉她们，明白了吗？”

一如既往，大家喝了一杯又一杯，账单上的数目越来越大，他不明白为什么要把钱浪费在两个婊子身上，所以，你先出去，亨利，假装你要去买药，几分钟后我也走……但是等我，你这婊子养的，不要像上次那样把我丢下不管了。而我也一如既往，我来到外面以后，就尽可能快地走开，暗自好笑，并感谢我的幸运星宿让我这么容易地摆脱了他。我肚子里装了这么些酒，我的腿拖着我走到哪里都无所谓了。百老汇灯火通明，像往常一样疯狂，人群稠密得就像糖浆一般。你一下子投身其中，就像一只蚂蚁，被簇拥着往前走。每个人都在走着，有些人有正当理由，有些人根本没有理由。所有这些推推搡搡，所有这些运动，都代表着行动，代表着成功，在不断进行。我停下来看看鞋，看看花哨的衬衣，新式的秋季大衣，九角八分一枚的结婚戒指等。过不多远就有一个食品商场。

每次我在吃饭时间走在这川流不息的人群中时，总有一种期望的狂热支配着我。从时代广场到第五十街不过几个街区，有人说百老汇就是真正有意义的一切，可它什么也不是，不过是一个养鸡场，而且还是一个糟糕的养鸡场。但是晚上七点钟，当每一个人都在冲向饭桌的时候，空中有一种电火花噼啪作响，你的头发就会像天线一般竖起来，如果你有接收性能，你不仅能接收到每一次电击和闪烁，你还会有统计的渴望，算算像构成银河的星星一样拥挤在空间里的躯体总量大概有多少，这些相互作用着、紧挨着的有细胞外质的躯体。不过这不是银河，而是不夜的百老汇大街，世界之巅，头顶没有天篷，脚下甚至没有裂缝或窟窿让你掉下去，让你说这是一个谎言。绝对的非个性化把你带到人们的一派胡言乱语之中，这就使你像一匹瞎眼的马一样往前跑，并在你神志不清的耳朵里喋喋不休。每一个人都莫名其妙地完全不是他自己，于是你便自动成为全人类的化身，同一千个人握手，用一千种不同的人类语言嘀嘀咕咕地说话、诅咒、喝彩、吹口哨、哼唱、独白、演说、做手势、撒尿、生育、哄骗、勾引、啜泣、物物交换、拉皮条、闹春，等等，等等。你是摩西以来的所有男人，再就是一个正在买帽子、买鸟笼、买老鼠夹子的女人。你可以躺在橱窗里等候，就像一枚十四克拉的金戒指，或者像一只人蝇顺建筑物的一边往上爬，但是没有任何东西会阻止事情的进程，甚至以闪电速度飞行的火力发射，或者安静地爬向牡蛎集中的浅海区域的双料海象，都阻止不了。百老汇我到现在已经看了它二十五年了，它是一种蔓延，这种蔓延，圣托马斯·阿奎那斯还在娘肚子里的时候就已经想象过了。它原本只是给蛇和蜥蜴，给角蟾和红鹭鸟使用的，但是，伟大的西班牙无敌舰队被击沉之后，人类便从双桅船里爬出，蜂拥而来，以一种肮脏下流的蠕动进行创造，摆动着穴一样的裂缝，这裂缝从南面的炮台，经过曼哈顿岛满是蛆虫的死亡中心，直至北面的高尔夫球场。从时代广场到第五十街，圣托马斯·阿奎那斯忘记包括进他杰作中的一切，这里都包括在内了，也就是说，汉堡包、领扣、长卷毛狗、投币机器、灰色圆顶硬礼帽、打字机色带、橙木手杖、免费厕所、卫生餐巾、薄荷泡泡糖、台球、洋葱末、波纹垫布、进入孔、口香糖、摩托车与三味水果糖、玻璃纸、橡皮带胎、磁电机、马用涂油、咳嗽糖、比沙可啶，以及两腿夹着枪管锯短的滑膛枪走向冷饮柜的阉人，他那种天生歇斯底里的阴险狡诈。饭前的气氛、广藿香、热沥青铀矿、冰冻的电、加糖的汗以及粉末状的尿，这一切的混合物驱使人狂热地怀有神志不清的期待。基督绝不会再降人世，也不会有什么法典的制定者，凶杀、偷盗、强奸也不会停止，然而……然而人们还是期待着什么，期待着极其奇异而荒诞的东西，也许是免费供应的沙拉浇汁冷盘大虾，也许是一种发明，像电灯，像电视那样，只是更加压倒一切，更加震撼心灵。一种不可想象的发明，将带来横扫一切的宁静与空白，不是死的宁静与空白，而是生的宁静与空白，就像僧人做梦，像在喜马拉雅山区、在西藏、在拉合尔、在阿申群岛、在波利尼西亚群岛、在复活节岛人们仍然梦见的那样；这是人们在大洪水以前，在有文字记载以前做的梦，是穴居人和食人生番的梦，是那些长着短尾巴的两性人的梦，是那些据说发了疯的人的梦，他们无法自卫，就因为那些不疯的人在数量上超过他们。狡猾的畜生抓住常态下的能量，然后像火箭炮、轮子那样释放能量，复杂的轮子组合引起力与速度的幻觉，有些是光，有些是力，有些是运动，狂人打电报的用语，像假牙一样安上，完美的、像麻风病人一样令人讨厌的、迎合的、软绵绵的、滑溜溜的、无意义的运动，垂直的、水平的、圆形的，在围墙里面，穿过围墙，娱乐、物物交换、犯罪；性；一切非个人孕育产生的光、运动、力量，被分送到整个窒息了的、穴一样的裂缝中，这个裂缝是要用来蒙唬野蛮人、土人、老外的，但是没有人被蒙住、唬住，这个人饿了，那个人性饥渴，大家都彼此彼此，同野蛮人、土人、老外没什么两样，除了一些鸡零狗碎的东西，什么小摆设啦，肥皂泡一般的思想啦，空洞的心灵啦，等等。在这同一个穴一般的裂缝里，成千上万陷进去但未被唬住的人从我面前走过。他们中间的一个，布莱兹·桑德拉尔[①]，后来飞往月球，又从那里回到地球，到奥里诺科河上，模仿野人，而实际上却十分正常，只是不再容易受伤害，不再是凡人，而是一首献给失眠群岛的诗构成的巨大船体。这些狂热者当中，很少有充分孵化好的，其中，我自己也还没有充分孵化好，但是我在潜移默化，已经不纯，我平静然而强烈地了解到不断漂泊运动的无聊。在吃饭前，从天窗的一条条横木中间透过来的苍穹犹如安上了一副骨头架子，漂泊不定的半球点缀着臭鸡蛋一般的核子，它们合成一体，形成网状，一只篮子里是大虾，另一只篮子里是不掺杂个人情感的个人独裁世界的萌芽。未来世界的人一身臭屎地从进入孔出来，地下生活使他们面如土色，冰冻的电像耗子一样咬瘦了他们。白天结束了，夜幕像阴沟那阴冷而又令人清醒的阴影般降临了。我这个还未充分孵化好的蛋，就像从过热的窟窿眼里滑脱出来的软东西，作了几下半途而废的扭动，但是，不是蔫得不够，软得不够，就是没有精子，滑到不着边际的地方去，因为这还不是正餐，一阵肠子的疯狂蠕动支配了上结肠、下腹部、脐带、松果体。活生生地下锅煮，大虾在冰中游泳，不给两角五分硬币，也不要求两角五分硬币，在冰水中对死亡厌倦，干脆一动不动，没有动机，生活从笼罩在孤寂中的橱窗边飘过，被尸毒蚕食的令人伤心的坏血病，上了冻的窗玻璃像刀一样锋利刺骨，干脆利落，没有剩余物。

生活从橱窗边飘过……我像大虾、十四克拉的戒指、马用涂油一

---

① 布莱兹·桑德拉尔(1887—1961)：瑞士法语诗人、随笔作家。

样，也是生活的一部分，但是很难确立这个事实，事实是，生活是商品，附带一张提货单，我想要吃的东西比我这个吃者更重要，一个吃一个，因而吃这个动词当家做了主人。在吃的行为中，主人的地位暂时受侵扰，正义暂时被击败。盘子与盘中物，通过肠部器官的巨大作用，控制了人们的注意力，统一了精神，先是催眠，然后慢慢吞入，然后咀嚼，然后吸收。精神方面的存在像泡沫一般消失了，绝对未留下它经过的证据或痕迹，它消失了，用数学的语言说，它甚至比空间的一点消失得更彻底。那种明天也许会回来的狂热同生活的关系，就像温度计里的水银同热的关系一样。狂热不会把生活变成热量，这应该是已经证明了的，因而狂热便奉献了肉丸和意大利面条。成千上万人咀嚼时你也咀嚼，每一次咀嚼都是一个凶杀行为，造成了一种必然的社会倾向，你带着这种倾向往窗外看，看到甚至人类也会被正当地屠杀、致残、饿死，受折磨之苦，因为一边咀嚼的时候，你穿着衣服坐在椅子上，用餐巾擦嘴，仅仅这样的优势，就使你能够理解最聪明的人从来未能理解的事情，即不可能有任何其他的生活方式，而那些聪明人却往往不屑于使用椅子、衣服或餐巾。于是人们每天在规定时间匆匆忙忙走过一条叫作百老汇的街道，这道穴一样的裂缝，寻求这，寻求那，确立这，确立那，这正是数学家、逻辑学家、物理学家、天文学家等等的方法。证据是事实，而除了那些确立事实的人所赋予事实的东西之外，事实没有任何意义。

吞下肉丸，小心翼翼地把纸巾扔在地板上，打了几个饱嗝，不知道原因和去处，我来到外面街上二十四克拉钻石般的照人光彩中，同一帮去看戏的人在一起。这一次，我跟随一个拿着手风琴的盲人，走过了几条街。我不时坐在门前的台阶上听一曲咏叹调。听歌剧的时候，音乐没有意义；在这条街上，它却有着真正的疯狂性，强烈地震撼人心。陪伴盲人的那个女人手里拿着一只锡杯;他像这只锡杯,像威尔第[①]的音乐,像大都会歌剧院一般,也是生活的一部分。每个人、每件事都是生活的一部分,但当他们被加到一块儿的时候,却莫名其妙地不是生活了。我自问,什么时候是生活?为什么现在不是?盲人继续往前走,我坐在台阶上不动弹。肉丸是腐烂的,咖啡是劣质的,黄油臭了。我看到的一切都是腐烂、劣质、发臭的。这条街就像一股臭味;下一条街,再下一条街,再下下一条街,全都一样。在拐角处,盲人又停下来,演奏了《回山区老家》。我在口袋里发现一块口香糖——我嚼起来。我为嚼而嚼。绝对没有什么比做些什么事更好的了,除非是做决定,而这是不可能的。台阶上很舒服,没有人来烦我。我是世界的一部分,生活的一部分,就像他们所说的那样,我有所属,我无所属。

① 朱塞佩·威尔第(1813—1901):意大利著名歌剧作曲家。

第八章

我出神地在台阶上坐了一个小时左右。我得出了一个结论,每当我有一会儿时间来独自思考时,总是得出同样的结论。我不是必须马上回家,开始写作,就是必须出走,开始一种全新的生活。着手写一本书的想法吓坏了我:有这么多东西要讲,我都无从入手。出走,一切从头再来的想法也同样吓人:这意味着像一个黑鬼一样工作,从而能勉强维持生活。对一个像我这样脾气的人来说,世界就是这副样子,绝对没有希望,没有出路。即使我能写我想要写的书,也没有人会接受它——我太了解我的国人了。即使我能重新开始也没有用,因为我根本不想工作,不想成为一个有用的社会成员。我坐在那里凝视马路对面的房子。像街上所有其他房子一样,它显得丑陋而无意义,而且由于这样专心致志的凝视,它突然变得荒诞不经。用那种特别方式来建立一个藏身之地的想法,我觉得是绝对疯狂的。我感到这城市本身就是一种最大的疯狂,它周围的一切:阴沟、高架铁路、投币机器、报纸、电话、警察、球形门把、低档旅馆、电影、手纸,一切。这一切没有也行,地球照转不误。我看着从我身边擦身而过的人们,想了解是否碰巧他们当中会有一个人同意我的看法。假如我拦住其中一位,就问他一个简单的问题;假如我突然对他说:“你为什么继续像你现在这样生活?”他也许会叫警察。我自问——任何人都像我这样同自己说话吗?我自问是否自己出了什么毛病?我唯一能得出的结论是:我与众不同。这是一个非常严重的问题,不管你怎么来看。亨利,我自言自语,慢慢从台阶上起来,伸个懒腰,掸一掸裤子,吐掉口香糖,亨利,我自言自语,你还年轻,你只是一只童子鸡,如果你让他们用丸子把你打倒,那你就是一个白痴,因为你比他们任何人都好,只不过你须要摆脱你对人性的错误看法。你必须明白,亨利,我的小伙子,你是在同凶手,同食人生番打交道,他们只不过打扮了一下,剃了胡子,喷了香水,可他们还是凶手,还是食人生番。你现在最好去做的事,亨利,是去弄一块巧克力,当你坐在冷饮柜旁边的时候,你要小心谨慎,忘记人类命运的事情,因为你还会给自己找到一个好行当的,而一个好行当就能使你轻装上阵,在你嘴里留下一股好味道,要不然就会引起消化不良、头皮屑、口臭、脑炎。当我一面在自我安慰的时候,一个家伙走到我跟前来讨一个一角钱硬币,我却给了他一个两角五分硬币,暗想,如果我考虑周全一点儿的话,我会要浇汁猪排而不要那劣质肉丸的,但是现在无所谓了,反正都是食物,食物产生能量,能量使世界运转。我没有去弄巧克力,不停地走啊,走啊,很快我就来到了我一直打算要去的地方,这就是去罗斯兰的售票窗口前。现在,亨利,我自言自语,如果你运气好,你的老伙伴麦格雷戈会在这里,因为你溜掉,他会骂你个狗血淋头,然后他会借给你五美元。如果你爬楼梯时不出声,也许你也会看见那个淫狂女子,你就可以干了。轻轻进去,亨利,小心谨慎!我按着指点,非常警觉地走进去,整一下帽子,当然还撒了一泡尿,然后慢慢地重新下楼,打量一下那些坐出租汽车的女孩,她们都穿着透明的衣服,涂脂抹粉,喷着香水,显得放肆而机灵,但也许已烦得要命,腿也迈不开了。我来回走动的时候,在想象中干了她们每一个人。这地方到处是专有生理名词和动词，所以我才完全有理由肯定在这里能找到我的老朋友麦格雷戈。我不再考虑世界是什么状况，这有多好！我之所以提到这一点，是因为，正当我在研究一个好水灵的屁股时，我的老毛病又犯了。我几乎又出了神。我在想，天啊，也许我应该打道回府，开始写书。一个可怕的想法！有一次我整个晚上坐在椅子上，一无所见，一无所闻。在我醒来以前，我一定已经写了厚厚的一本书。最好不要坐下。最好不停地盘算。亨利，你应该做的是什么时候带许多钱到这里来，看看你能尽兴到什么程度。我意思是带一两百美元来，像流水一般花出去，对一切都说“行”。那个线条清晰、样子很高傲的妞儿，只要多给她两个钱，我敢打赌，她会像鳝鱼一样蠕动。假如她说——二十美元！你就可以说没问题！假如你说——嘿，我有一辆车在楼下……让我们去大西洋城玩两天。亨利，你没有车也没有二十美元。不要坐下……别停下。

我站在舞池的栏杆旁，看他们翩翩起舞。这是无害的娱乐……是严肃的事。在舞池的每一端都有一块牌子，写着“禁止不合礼仪的舞姿”。也好。在场地的每一端竖这样一块牌子没有害处。在庞培，他们也许会挂起一个男性生殖器。我们这是美国方式，但都是同一个意思。我绝不能再考虑庞培了，不然我又要坐在这里写一本书了。别停下，亨利。心里想着音乐。我不断拼命想象，如果我有钱买一沓舞票，我会过得多痛快，但是我越拼命，越往后溜。最后，我站在齐膝深的熔岩里，毒气窒息着我。杀死庞培人的不是熔岩，而是促使火山喷发的毒气。所以岩浆淹没他们时，他们的姿势都这样奇怪，好像没穿裤衩一般。如果纽约像这样突然被淹没——这将造就一个怎样的博物馆啊！我的朋友麦格雷戈站在水斗旁擦他的那玩意儿……东区专门为人堕胎的家伙被当场抓获……修女们躺在床上互相手淫……拍卖商手里拿着一只闹钟……女接线生在电话交换台旁说脏话……J. P. 摩根之流[①]坐在马桶上平静地擦屁股……穿橡皮裤子的家伙正在搞逼供……脱衣舞女郎正在演最后一场脱衣舞……

站在齐膝深的熔岩中，我的眼睛被精子糊住了。J. P. 摩根之流在平静地擦屁股，而女接线生们则在交换台上接线，穿橡皮裤子的家伙在进行拷问，我的朋友麦格雷戈在擦掉那玩意儿上的细菌，把它弄干净，放在显微镜下检查。每个人都没穿裤子，包括那些不穿裤子、没有胡须、没有唇须的脱衣舞演员，只有一小块东西遮住了她们光彩耀人的小眼儿。安托丽娜嬷嬷躺在修道院的床上，肚子扎得紧紧的，手臂交叉着，正等待着复活，等待着，等待着没有疝气、没有性交、没有罪孽、没有邪恶的生活，同时一点一点地啃着一些动物饼干、一只辣椒、一些特级橄榄、一些猪杂碎肉冻。在东区，哈莱姆、布朗克斯、卡纳西、布朗克斯维尔的犹太小孩把活动小门打开又关上，手忙脚乱，转动香肠灌填机，堵住下水道，为挣现金而拼命干活，要是稍不专心就得滚蛋。我口袋里要是有一千一百张票子，还有一辆劳斯莱斯在楼下等着我，我就会像神仙一般，分别去干每一个人，不论年龄、性别、种族、宗教、国籍、出身、教养。像我这样一个人没治了，我就是我，世界就是世界。世界分成三个部分，其中两个部分是肉丸和意大利面条，另一个部分是巨大的杨梅大疮。那个线条清晰、样子高傲的妞也许是一只冷冰冰的雌火鸡，一个金玉其外、败絮其中的臭窟窿眼儿。超越了绝望和幻灭，就不会有更糟糕的事，你的无聊会得到补偿。没有什么比机械时代的机械眼睛咔哒咔哒照下的明快欢乐更讨厌、更空虚了。生活在一只黑匣子里成熟，一张负片在酸的作用下，产生出一个瞬息间的虚无影像。在这瞬息间的虚无最靠外的边缘上，我的朋友麦格雷戈来了，他站在我旁边，同他在一

① 指摩根父子，美国金融家、工业巨头。

起的是他讲的那个叫作波拉的淫狂女子。她走起路来扭动腰肢，站住时亭亭玉立，放荡而潇洒，集男女两性之优点于一身。她的所有动作都从腰部发出，总是保持平衡，总是准备好流动，飘逸，缠绕，搂抱，眼睛滴溜溜乱转，脚尖来回晃动，身上的肉就像微风吹过湖面，微微起着涟漪。这是性幻觉的具体体现，这个海上女妖在那个疯子的怀抱里蠕动。我看着他们俩在舞池里抽风似的一英寸一英寸扭动，就像发情的章鱼一般扭动。在晃动的触须之间，音乐闪闪发光，现在闯进来一股精液与玫瑰香水的瀑布，形成一个黏糊糊的喷管，一根没有腿而直立的柱子，重又像粉笔一样倒下，使腿的上部晶莹发亮，一匹斑马站在金色果汁软糖化成的池子里，一条腿上有条纹，另一条腿已溶化。一条金色的果汁软糖章鱼，有橡皮铰链和溶化的蹄子，它的性已被取消，拧成了一个结。在海底，牡蛎正患着舞蹈症，有一些牙关紧闭，还有一些有双重关节的膝盖。音乐被撒上了耗子药，撒上了响尾蛇的毒汁，撒上了栀子的恶臭、神圣的牦牛唾液、麝鼠的臭汗、麻风病人的甜蜜怀念。这音乐是腹泻，是一摊汽油，和蟑螂、臭狗屎合在一起，污浊不堪。喋喋不休的调子是麻风病人的泡沫与流涎，是私通的黑鬼被犹太人干出来的虚汗。整个美国都处在长号的嘈杂声中，处在派驻洛马角、波塔基特、哈特拉斯角、拉布拉多半岛、卡纳西以及中途一些地方的臭河马的那种破碎嘶叫声中。章鱼像一个橡皮玩意儿似的在跳着舞——名不见经传的斯普伊顿·杜依维尔的伦巴。小妖精劳拉正在跳伦巴，她的性感像鱼鳞般一片片撒下，像牛尾般纠缠不休。在长号的肚子里躺着美国的灵魂，心满意足地放着响屁。没有东西白白浪费掉——哪怕是最轻的一声屁。在金色甜蜜的幸福梦中，在浸透了尿与汽油的舞蹈中，美洲大陆的伟大灵魂像章鱼一般游得飞快，所有的帆都张开，舱盖关闭，马达像大型发电机般轰鸣。照相机咔嚓一声拍下来的伟大而生气勃勃的灵魂，在热烈的发情期中，像鱼一样冷血，像黏液一样滑腻，混杂在海底的人们的灵魂,眼睁睁地巴望,在欲火中煎熬。星期六晚上的舞蹈,在垃圾桶里腐烂的罗马甜瓜的舞蹈,刚擤的浓鼻涕和搽在痛处的黏药膏的舞蹈,投币机器和发明这些机器的怪兽们的舞蹈,左轮手枪和使用左轮手枪的软蛋们的舞蹈,铁头棍棒与把脑浆打得稀烂的利器的舞蹈。磁力世界、不发火花的火花、完好机械的轻声震颤、转盘上的快速赛跑、与票面价值相等的美元,以及枯死、残缺的森林等等的舞蹈。灵魂跳着空虚舞蹈的星期六晚上,每一个跳舞者都是金钱[①]梦舞蹈症中的一个功能单位。小妖精劳拉舞动着她的窟窿;她的玫瑰花瓣般甜蜜的嘴唇,牙齿是滚珠轴承离合器;她的圆滚滚的带插座的屁股。他们一英寸一英寸地,一毫米一毫米地,把那具正在交媾的尸体推来搡去。然后砰的一声!像拉开关一样,音乐戛然停止,跳舞的人随之分开,手脚一动不动,就像沉到杯子底部的茶叶。现在空气中弥漫着说话声,慢吞吞地嗞嗞作响,就像鱼在铁板上烤的声音。这些空虚灵魂的废渣满处飞扬,就像在高高的树枝上的猴子一般喋喋不休。弥漫着说话声的空气从排气孔排出去,又在睡梦中经过带波纹的烟囱转回来,像羚羊一般跑得飞快,像斑马一样花纹斑斑,一会儿如软体动物似的静静躺着,一会儿吐出火焰。小妖精劳拉像塑像一般冰凉,她的阴部已经腐蚀,她的头发音乐般地狂喜。劳拉快要睡着了,她默不作声地站着,她的话就像花粉从雾中飘过。彼特拉克的劳拉坐在出租汽车里,每一个词都从计程器里回响出来,然后不起作用,然后麻木不仁。蛇怪劳拉完全是由石棉制成的,一嘴泡泡糖,走到火刑柱那里。“棒极了”是她挂在嘴上的话语。海贝笨重的、带凹槽的唇状物。劳拉的嘴唇,失去了天国之爱的嘴唇。在偏向运动的雾气中隐隐约约飘然而过。游离拉布拉多海岸的贝壳状嘴唇,释放出最后一堆喃喃作响的残渣,往东翻滚着泥浆潮,朝星空散发着碘的迷雾。

---

① 原文 ringworm 意为“金钱癣”,作者用这个词意在一语双关。

迷人的劳拉,最后一位彼特拉克,在朦胧中睡去。世界不是灰色的,而是缺乏欲望的光泽,那种断断续续的睡眠,像竹子一般一节一节,带着背对着你睡觉的那种清白。

这在一团漆黑当中,在狂乱的子虚乌有的空空如也的一无所有当中,留下了一种十足沮丧的无望感,就像绝望到了极点,那只是快乐的死亡幼蛆同生命之间极其微小的差距。物极必反,绝望到极点,狂喜重又开始,而且越来越发展,生命重新兴旺发达,成为平庸的摩天大楼,高高耸立,拽着我的头和牙齿,令人讨厌地发出空洞的快乐的嚎叫,尚未出生的活泼的死亡之蛆正等候着腐烂变质。

星期天早上电话把我吵醒。这是我的朋友马克西·施纳第格,他告诉我,我们的朋友卢克·罗尔斯顿死了。马克西用一种真正悲伤的声调说话,这把我惹恼了。他说卢克是这样一个了不起的家伙,这也使我听着不顺耳,因为虽然卢克还可以,但不过如此,恰恰不是所谓的那种了不起的家伙。卢克是一个天生女里女气的男人,最后,在我同他熟了以后,我发现他是一个讨厌的家伙。我在电话里把这话告诉了马克西;我可以从他答应的方式上分辨出,他不十分喜欢我说的话。他说卢克始终是我的朋友。这是够正确的,但还不够。真情实况是,我真的很高兴卢克及时蹬了腿,也就是说,我可以忘记我欠他的一百五十美元了。事实上,在我挂上电话听筒的时候,我实在感到很高兴。不必偿还那笔债务,这是卸掉了一副沉重的担子。至于卢克的死,那一点儿也没有使我不安。相反,这会使我能有机会去拜访他的妹妹洛蒂,我总想要把她放倒,但因为这样那样的理由,还从来未能做到。现在我可以看到自己在大白天到那里,向她表示我的哀悼。她的丈夫会在办公室里,不会有什么干扰。我看见自己用胳膊搂住她,安慰她;同一个悲哀中的女人玩玩真是妙不可言。我可以看见她在我把她往睡榻那边移动时,睁大了眼睛——她有美丽的大眼睛,灰颜色的。她是那种一边假装在谈论音乐或诸如此类的东西,一边同你干的女人。她不喜欢赤裸裸的现实,也就是说,赤裸裸的事实。同时,她又会存有足够的心眼,塞一条毛巾在身子底下,免得把睡榻弄脏了。我彻底了解她。我知道,在她身上得手的最佳时机是现在,在她正对亲爱的死者卢克流露强烈情感的时候——顺便说一下,她并不以为他了不起。很不幸,今天是星期天,她丈夫肯定在家。我回到床上,躺在那里,先是想卢克,以及他为我所做的一切,然后想她,洛蒂。她名字叫洛蒂——佐默斯——我总觉得这是一个漂亮的名字。它完全适合于她。卢克很生硬,有一张骷髅般的脸。他无可挑剔,很少说话,她却正好相反——温柔,圆滑,说话慢条斯理,字斟句酌,动作慢悠悠的,会有效使用她的眼睛。人们从来不把他们当成兄妹。由于想她,我来了情绪,就想跟老婆玩玩。可这杂种,拿出她那清教徒的面孔,假装吓坏了。她喜欢卢克。她不会说他是个了不起的家伙,因为这不是她的方式,但她坚持说,他真诚可靠,是一个真正的朋友,等等。我有这么多真诚可靠的真正的朋友,所以这话对我来说狗屁不如。最后,我们关于卢克争论得不可开交,她遭到了一阵歇斯底里的攻击,就呜呜咽咽地哭了起来——请注意,是在床上。这使我感到肚子饿。想到在早饭前哭泣,就叫我觉得可笑。我下楼去,给自己准备了一顿丰盛的早餐,我一边吃,一边暗自好笑,笑卢克,笑他突然死去便一笔勾销了的那一百五十美元,笑洛蒂以及那时刻到来时她会望着我的那种样子……最后,最最荒唐的是,我想到了马克西,马克西·施纳第格,卢克忠实的朋友,拿着一只大花圈站在墓边,也许在棺材往墓穴里放的时候,他还抓了一把土撒在上面。不知怎么的,这用话说出来似乎太蠢了。我不知道为什么这显得如此可笑,但它确实可笑。马克西是一个笨蛋。我容忍他,只是因为他偶尔还可以接触一下,然后就是他的妹妹丽塔。我曾偶尔让他请我去他家,我假装对他精神错乱的弟弟感兴趣。我总能吃上一顿好饭，而那位智力低下的弟弟确实很好玩，他看上去像一只黑猩猩，说起话来也像。马克西头脑太简单，一点儿也不怀疑我另有企图，他以为我真的对他弟弟有兴趣哩。

这是一个美丽的星期日，我像往常一样，口袋里大约有一个两角五分钱的硬币。我一路往前走，不知道该到哪里借点儿钱。弄点儿钱倒并不难，但事情是要弄到钱就走，不要被人烦死。我可以想到就在附近的十几个家伙，他们会一声不吭地把钱给你，可这却意味着接下去聊个没完——聊艺术、宗教、政治。我还有另一个办法可以用，这办法我在紧急关头已用过多次，就是到电报营业所去，假装做一番友好的视察，然后，在最后关头，暗示他们在抽屉里好好找一找，看有没有一两块钱，第二天就归还。这也得搭上时间，甚至要寒暄一番。冷静而精心地再三考虑之后，我决定，最好赌一下我在哈莱姆区的小朋友柯利。如果柯利没有钱，他会从他母亲的钱包里偷到。我知道我可以依靠他。当然，他会要陪我，但我在傍晚过去之前总可以找到甩掉他的办法。他只是一个孩子，我不必太顾及他的情绪。

我喜欢柯利的地方在于，他虽只是一个十七岁的孩子，但他绝对没有道德感，没有顾忌，没有羞耻。他十四岁的时候到我这儿来找工作当送信人。他的父母当时在南美洲，他们用船把他送到纽约，由一个姨妈照看，这个姨妈几乎立刻就勾引了他。他从来没上过学，因为父母老是在旅行；他们是流浪艺人，干的是“杂交与苦力”的活，他是这么说的。父亲进过好几次监狱。顺便说一下，他不是他真正的父亲。总之，柯利来找我时，纯粹是个孩子，他需要帮助，需要一个朋友，而不是什么别的东西。起初，我以为能为他做点儿什么。每个人都马上喜欢上了他，尤其是女人们。他成为办公室的宠儿，但是，不久我就明白，他不可救药，起码他也有着一个聪明罪犯的内在素质。然而我喜欢他，我继续为他做事，但他不在我眼跟前时，我从不信任他。我想，我喜欢他，尤其是因为他绝对没有荣誉感。他会为我做世界上的任何事情,而同时又会出卖我。我不能为此而责备他……这使我感到好玩。由于他对此直言不讳,因而就更使我感到好玩。他只是忍不住要这样做。例如,他的索菲姨妈。他说她诱奸了他。这倒很有可能,但奇怪的是,他竟在他们俩一起读《圣经》的时候让自己被勾引。他虽然年纪小,但他似乎很明白,他的索菲姨妈在那种方面需要他。所以他让自己被勾引,他是这么说的。然后,在我认识他一段时间以后,他提议帮我去接近他的索菲姨妈。他竟甚至敲诈她。在他急需钱花时,他就到姨妈那儿去,将她的钱骗到手——狡猾地威胁说要把事情抖出去。当然,一脸天真无邪的样子。他看上去十分像一个天使,水汪汪的大眼睛,显得如此坦率真诚。如此乐于为你做事——几乎像一条忠实的狗,然而够狡猾的。一旦他得到你的好感,他就会让你满足他各种各样异想天开的要求。此外,他极其聪明。一只狐狸的狡诈的聪明和——一只豺狼的完全的冷酷无情。

因此,当我那天下午知道,他一直在泡瓦勒斯卡,我一点儿也不感到吃惊。在瓦勒斯卡之后,他又玩她表妹,这女孩已经被糟蹋过,她需要一个她可以依靠的男性。而从她那里,最后又转到那个在瓦勒斯卡家筑起自己美好小巢的矮小女孩那里。这小矮人使他感兴趣是因为她有一只完全正常的眼儿。他原本没有打算同她干什么事,因为,据他说,她是一个令人反感的同性恋者,可是有一天,他碰巧赶上她在洗澡,于是事情就开始了。他承认,他越来越受不了了,因为三个人都对他紧追不舍。他最喜欢那个表妹,因为她有些钱,很乐意与他分享。瓦勒斯卡太谨慎小心,而且她身上味道太大。事实上,他越来越讨厌女人。他说这是他索菲姨妈的过错。她给了他一个不好的开端。他一边这么说着,一边忙着翻衣柜抽屉。老爷子是个下流的婊子养的,应该被绞死,他说着,手上没有马上找到任何东西。他给我看一把珍珠色枪把的左轮手枪……它会击倒什么?用枪干掉老爷子就太便宜他了……他想把他炸了。我想要弄清楚为什么他这么恨那老人,结果我明白了,这孩子迷恋他的母亲,他一想到那个老家伙到她床上去就受不了。你的意思不是说你吃你老爷子的醋吧?我问他。是的,他是吃醋。如果我要知道实情的话,那就是,他不会介意同他母亲睡觉的。为什么不呢?这就是他允许他的索菲姨妈勾引他的原因……他一直都在想他的母亲。但是你翻她钱包的时候,不感觉不自在吗?我问。他笑了。这不是她的钱,他说,是他的。他们对我干了些什么?他们总是把我寄养出去。他们教我的第一件事就是如何骗人。这种养孩子的方法简直难以容忍……

家里一分钱也没有。柯利想到的办法是和我一起到他工作的那个营业所去,我缠住经理说话,他就翻遍衣柜,把零散的零钱全部清理出来。或者,如果我不怕冒险的话,他将洗劫现金抽屉。他们绝不会怀疑我们,他说。我问他以前是否干过这个。当然……十几次,就在经理的鼻子底下。对此有何反应?无疑……他们开除了几个职员。你为什么不向你索菲姨妈借呢?我提议。那太容易了,只是那意味着用肉体来哄她,他不想再哄她了。她臭烘烘的,索菲姨妈。你这是什么意思,她臭烘烘的?就是……她不按时洗澡。嘿,她有什么毛病?没有,只是宗教上的原因。而且变得越来越胖,越来越油腻腻的。但她不还是喜欢被哄吗?不是吗?她比以往更迷狂。这令人讨厌。就像同一头大母猪一块儿上床。你母亲对她有什么想法?她?她对她恼火得要命。她认为索菲正在勾引那老头。嘿,也许她会呢!不过,老头吃了别的野食。有一天夜里我在电影院当场抓住他,他正和一个小妞黏糊在一块儿。她是亚斯托旅馆的指甲修剪师。他也许想从她那儿搜刮点儿钱花花。这是他搞女人的唯一理由。他是一个肮脏下流的婊子养的,我要看他有一天被送上电椅!如果你不当心的话,有一天你自己也会被送上电椅。谁?我?不会是我!我太聪明了。你是够聪明的,但是你嘴巴不严。我要是你的话，我的嘴巴就会更严一点儿的。你知道，我加上一句，为的是让他额外吃惊一下，奥罗克了解你；如果你同奥罗克闹翻，你就全完了……如果他这么了解的话，那他为什么不说出点儿什么来呢？我不信你的话。

我比较详细地向他解释，世界上尽可能不给别人制造麻烦的人没几个，而奥罗克便是其中之一。我说，奥罗克有着侦探的本能，只是因为他喜欢了解周围的事情；人们的性格在他脑袋里分好类，永久性存了档，就像敌人的地形存放在军事领导人的头脑里一样。人们认为，奥罗克到处探听，因为为公司做这种肮脏的勾当而得到特别的乐趣。不是这样的。奥罗克是一个天生的人性研究者。无疑，由于他看待世界的独特方式，他毫不费力地了解事物。现在来谈你……我不怀疑他知道有关你的一切。我承认，我从未问过他，但是我根据他不时提出的问题，猜想情况是这样的。也许他只是放任你去干。有一天夜里他会碰巧遇上你，也许他会让你在什么地方中途下车，同他一块吃点儿东西。他会晴空霹雳似的对你说——你记得，柯利，你在 SA 营业所工作时，那次有个犹太职员因为盗用现金而被开除吗？我想，那天夜里你在加班，不是吗？一桩有趣的案子。你知道，他们从来没有发现那个职员究竟是否偷了钱。当然，他们不得不开除他，因为他失职，但是我们不能绝对肯定……然后他也许会眯起眼睛端详你，突然改变话题。他也许会告诉你一个小故事，讲他认识的一个贼，自以为很聪明，可以逃之夭夭。他会用那故事来影射你，直到你如坐针毡。到那时候，你就会想溜，但是正当你拔腿要走的时候，他会突然想起另一桩十分有趣的小案子，他会请你再稍等一小会儿，同时又要了另一份饭后甜食。他会一下子连着三四个小时这样子进行下去，绝不做出一点点明白的暗示，但是一直在仔细研究你，最后，当你认为你自由了，正当你同他握手，并轻松地舒了一口气的时候，他会一步跨到你面前，把他方方正正的大脚插在你两脚之间，揪着你的衣领，一直看到你心里，他会用一种轻柔的迷人声音说——现在看着这里，年轻人，你不认为你最好还是全盘招供吗？如果你认为他只是在设法吓唬你，你可以假装无辜，然后走开，那你就错了。因为在那时刻，在他要求你全盘招供的时候，他是当真的，世上没有什么东西可以阻止他。当事情到了那种时候，我建议你还是彻底交代，一分钱也不要差。他不会要求我开除你，他不会用监狱来威胁你——他只会平静地建议你每星期留出一点儿钱来交给他。没有人会比他更聪明。他也许甚至不会告诉我。不，他处理这些事情非常巧妙，你明白。

“假定，”柯利突然说，“我告诉他，我偷钱是为了帮助你摆脱困境，那会怎么样呢？”他歇斯底里地笑起来。

“我认为奥罗克不会相信，”我镇静地说，“当然，你可以试一试，如果你认为这会帮助你证明自己清白的话。不过我宁肯认为，这不会有什么好结果。奥罗克了解我……他知道我不会让你去做那样的事情。”

“但是你确实让我做了！”

“我没有让你去做。你做了，我并不知道。这是很不一样的。而且，你能证明我从你那里接受钱吗？你控告我这个以朋友态度待人的人唆使你去做那样的事，不是显得有点儿可笑吗？谁会相信你呢？奥罗克不会。此外，他还没有抓住你。为什么事先担心呢？也许你在他盯上你以前就可以一点一点地把钱还回去哩。还的时候不要留下姓名。”

到这时候，柯利完全精疲力竭了。柜子里有一点儿他老爷子留着的烧酒，我提议我们喝上几口，振作振作。我们喝烧酒时，我突然想起来，马克西说过，他要去卢克家吊唁。现在去正好能碰上马克西。他会充满伤感，我可以给他编个老一套的荒诞故事，我可以说，我之所以在电话上像吃了生米饭一般，是因为我很烦，因为我不知道到哪里去弄我迫切需要的十美元。同时，我也许能同洛蒂约会。想到这个，我便笑了起来。但愿卢克能看到,他同我交的是什么样的朋友!最难办的事情是到棺材跟前,看一眼卢克,表示哀悼。不能笑啊!

我把想法告诉了柯利。他笑得那么开心,笑得眼泪都从他脸上滚下来了。顺便说一下,这使我相信,在我借钱的时候,把柯利留在楼下更为安全。不管怎么说,这事就这样决定了。

我进门的时候,他们正坐下吃饭,看上去很悲伤,就像我能尽量让自己显示出来的那样。马克西在那里,我的突然出现几乎让他大吃一惊。洛蒂已经走了。这倒帮了我的忙,让我能保持那副伤心的样子。我请求同卢克单独待几分钟,但是马克西坚持要陪我。我想,其他人就免了,因为他们一下午都在领吊唁者到棺材跟前去。他们是德国人,真正的德国人是不喜欢有人来打断他们吃饭的。当我望着卢克,脸上仍然带着那种我尽量做出来的悲伤表情的时候,我意识到马克西的眼睛好奇地盯着我。我抬起眼睛,以我通常的方式冲他微笑。他对此显得很窘。"听着,马克西,"我说,"你肯定他们不会听到我们说话吗?"他显得更加窘困,更加悲痛,但是肯定地点了点头。"事情是这样的,马克西……我到这里来的目的是要见你……借几块钱花。我知道这不太好,但你可以想象,我绝望到何等地步才会做这样的事情。"我把这些话吐出来的时候,他庄重地摇着脑袋,他的嘴形成了一个大O,好像他正在设法把鬼吓唬走似的。"听着,马克西,"我很快接下去说,尽量把声音压低,显得悲伤而又低沉,"这不是给我讲大道理的时候。如果你想要为我做点儿事,那你现在就借给我十美元,马上……在我望着卢克的时候,你就悄悄把它塞到我这儿来。你知道,我确实喜欢卢克。我在电话上说的一切并不是我的真实意思。你碰得不巧。老婆正在大吵大闹。我们搞得一团糟,马克西,我指望你能为我做点儿事。如果你能够,你就跟我一块儿走,我会把更多的事告诉你……"正像我料想的那样,马克西不能跟我一块儿走。他不想在这样的时刻抛开他们……"那么,现在就把钱给我,"我近乎粗暴无礼地说,"明天我会把全部事情都解释给你听。我跟你一起在市中心吃饭。"

"听着,亨利,"马克西说,一边在口袋里摸索着,想到在那样的时刻竟让人看到他手里有一沓钞票,他感到很窘迫,"听着,"他说,"我并不介意给你钱,但是你不能用另一种方式来找到我吗?这不是因为卢克……这是……"他哼哼哈哈起来,实在不知道他要说什么。

"看在基督的分上,"我轻声低语,俯身更挨近卢克,以便如果有人走进来看到我们,也绝不会怀疑我在干什么……"看在基督的分上,现在不要争论……把钱递给我,就什么事也没有了……我绝望了,你听到我的话了吗?"马克西手忙脚乱,慌里慌张,要是他不把那整沓钞票从口袋里掏出来,就不可能把其中一张抽出来。我尊敬地俯身挨近棺材,在那沓从他口袋里露出一小角的钞票最上面摸了一张。我无法分辨这是一张一美元的票子,还是一张十美元面值的票子。我没有停下来察看,而是尽可能快地把它藏好,然后便直起腰来。我抓住马克西的手臂,回到厨房,全家人正在肃穆而又胃口大开地吃饭。他们让我留下来吃点儿东西,我不便拒绝,但是我还是尽可能找到最好的理由来婉言谢绝,然后逃之夭夭,我的脸因为歇斯底里的大笑而扭歪了。

在拐角的灯柱旁,柯利正等着我。到这时候,我再也忍不住了。我抓住柯利的手臂,拽着他在街上狂奔。我开始大笑。我一生中很少这样笑过。我都以为它再停不下来了呢。每次我张开嘴,开始解释这事情,就引发一场大笑。最后我吓坏了。我以为也许我会笑死。在我设法安静下来一点儿之后,在一阵长长的沉默当中,柯利突然说:"你弄到手了吗?"这引发了又一阵大笑,比以前更为凶猛。我只得靠着一根栏杆,捧住我的肚皮。我肚皮很痛,不过是一种叫人痛快的疼痛。

看到我从马克西那沓钞票里摸来的这张票子,比什么都让我感到欣慰。这是一张二十美元面值的票子!它立刻使我有了自制力。同时，它也使我有点儿恼火。一想到马克西这白痴的口袋里有更多的钞票，也许更多二十美元、十美元、五美元一张的票子，我就恼火。如果他像建议的那样和我一块儿出来，如果我好好看一看那沓钞票，我就不会后悔狠敲他这一下了。我不知道为什么我会有这些感觉，但我感到恼火。我立即就想尽可能快地甩掉柯利——五美元就可以把他打发了——然后就狂欢纵乐一场。我特别想要的是一只下流透顶的窟窿眼儿，连一点点体面都不要的臭窟窿眼儿。到哪里去找这样的臭窟窿眼儿呢？……就要那个样子的。行，先甩掉柯利。当然，这要伤柯利的感情。他是想跟着我的。他假装不要那五美元，但是当他看到我想要把它收回时，他飞快地把它藏好了。

第九章

又到夜里了，纽约城极其荒芜、冷漠、呆板的夜晚，在这里没有和平，没有藏身之地，没有亲密关系。千军万马似的乌合之众处于冷冰冰的巨大孤独中，霓虹灯广告发出凛冽的无用火光，完美得毫无意义的女性通过完美而越过了性的边境，变成了负号，变成了红色，像电，像男性的中性能量，像没有方位的天体，像和平纲领，像广播中传达的爱。在白色的中性能量当中，口袋里有钱；无意义、无生殖力地走过刷了墙粉的街道，穿过那灯红酒绿；在濒临疯狂的十足孤独中大声思考；属于一座城市，一座大城市；属于世界上最大城市的最后时刻而感觉不到它的存在，这就使你自己也变成一座城市，一个无生命的石头世界，无用的灯光世界，没有理智的动作世界，无法估量、无法计算的物的世界，一切负的东西的暗中完美的世界。穿过夜间的人群，在钱中行走，由钱来保护，由钱来唱催眠曲，被钱搞得迟钝，人群本身是钱，呼吸是钱，任何地方任何最细小的东西，没有一样不是钱，钱，到处是钱，但还是不够，然后是没有钱，或一点点钱，或钱少钱多，但终究是钱，总是钱，不管你有钱或没钱，是钱在数钱，钱在制造钱，但是是什么使钱制造钱呢？

又是舞厅，钱的节奏，广播上传来的爱，人群的那种非个人化的、世俗的接触。一种一直凉到脚底心的绝望，一种厌倦，一种自暴自弃。在最高度的机械完美当中跳没有欢乐的舞蹈，如此绝望地孑然一身，因为你是人类而近乎非人。如果月球上有生命，就会有比这更加接近完美、更加没有欢乐的证据。如果离开太阳就是到月球的冷漠无知中去，那么我们就已经达到了目的，生命不过是太阳发出的寒冷的月光。这就是空洞的原子中冰冷生命的舞蹈，我们越跳越冷。

所以我们跳舞，按照冰冷的狂乱节奏，按照短波和长波，在一无所有的杯子里面跳舞，每一厘米的欲望都汇集到美元和美分。我们坐出租汽车从一个完美女性驶向另一个完美女性，寻找易遭攻击的缺点，但她们以月亮的始终如一而无可挑剔，没有缺陷，不受侵蚀。这是爱的逻辑的冷冰冰、白乎乎的处女膜，一连串的退潮，加在绝对空虚上的装饰品。在这处女的完美逻辑的装饰品上，我跳着白色绝望的灵魂之舞，最后的白人发射出最后的情感，绝望的大猩猩用戴着手套的爪子捶打胸膛。我就是感觉自己的翅膀在长大的大猩猩，一只在缎子般空白中央的轻浮大猩猩；夜晚也像电动植物一样生长，将白热的花蕾吐入黑天鹅绒般的空间。我就是夜晚的黑色空间，花蕾在其中痛苦地绽开，一只海星在月亮的冰冻露水上游泳。我是一种新的疯病的细菌，一种穿着理智语言外衣的奇想，一声像灵魂的肉中刺一样埋藏起来的抽泣。我跳着天使般大猩猩的十分清醒、可爱的舞蹈。这些是我的兄弟姐妹，他们精神错乱，他们不是天仙。我们在一无所有的杯子的空空如也中跳舞。我们属于同一块肉，但是像星星一样分开。

这时候，我对一切都了如指掌，我明白，按照这个逻辑，世界没有救了，这城市本身就是疯狂的最高形式。每一个部分，无论是有机的还是无机的，都是这同一种疯狂的表现。我感到荒唐的谦卑的伟大，不是作为夸大狂，而是作为人类的孢子，作为膨胀到饱和程度不再吸水的生命海绵。我不再注视我搂在怀里的女人的眼睛，我头、胳膊、腿并用，从眼睛里游过去，我看到在眼窝后面有一片未被勘察过的区域，未来的世界，在这里没有任何一种逻辑，只有安静的事件萌芽，日、夜、昨日、明天都打不断它的萌芽。习惯于将注意力集中在空间点上的眼光，现在集中在时间点上；眼睛随意地前顾后盼。眼睛是自己的"我"，这种眼睛已不复存在；这种无私的眼睛既不揭露也不启发。它沿地平线旅行，一个无休止的、无知的旅行家。为了设法保留失去的肉体，我像这城市一样，长了逻辑，完美的解剖学中的一个小数点数字。我长得超越了我自己的死亡，精神上欢快而强硬。我被分成无数个昨天，无数个明天，只停留在事情的高潮中，一堵有许多窗户的墙，但是房子已经没有了。如果我要重返现在，我就必须砸碎墙和窗户，失去的肉体的最后外壳。这就是我不再注视眼睛或透视眼睛的原因，但是由于意志能变戏法，我头、胳膊、腿并用，从眼睛里游过去，去勘察视觉的曲线。我看我的周围，就像生养我的母亲曾经绕过时间之角看到的东西一般。我打碎了诞生所造成的墙壁，而航线是圆形的，破坏不了的，即使作为肚脐，也破坏不了。没有形式，没有形象，没有建筑，只有纯粹疯狂的同一中心的飞行。我是梦的实在性之箭。我以飞行来检验这种实在性。我由于跌落地上而化为乌有。

就这样，当我知道一切的时候，时间在消逝，没有空间的真正时间，由于我知道了一切，我在无私的梦的拱顶之下崩溃了。

在这些时间当中，在梦的间隙当中，生命徒然试图扩张，但是这城市的疯狂逻辑的支架靠不住。作为一个有血有肉的个人，我每天都在建造这座没有血肉的城市，累得趴下。这座城市的完美是梦的一切逻辑与死亡的总和。我正在拼命抗拒海洋一般的死亡，在其中，我自己的死亡只不过是一滴蒸发的水。要提高我自己的个人生活，哪怕只超出这个下沉的死亡之海一英寸的几分之一，我都必须拥有比耶稣更伟大的信仰，比最伟大的先知更精明的智慧。我必须有能力、有耐心来归纳不包含在我们时代语言中的东西，因为现在可以理解的东西是无意义的。我的眼睛是无用的，因为它们只反映已知事物的形象。我的整个身体必须变成一道永恒的光线，以越来越快的速度移动，绝不停下，绝不回头看，绝不退却。这城市像癌一样成长；我必须像太阳一样成长。这个城市越来越深地蛀入到红色中去；这是一只贪得无厌的老白虱，最终必然死于食物不足。我要将这只正在吃掉我的老白虱饿死。我要作为一座城市而死去，为的是重新成为一个人，因此我闭上耳朵、眼睛、嘴巴。

在我真正重新成为一个人以前，我也许将作为一个公园而存在，一种自然公园，人们到这里来休息，来消磨时光。他们说什么，做什么，无关紧要，因为他们只带来他们的疲劳、烦恼、无望。我将成为白虱和红血球之间的缓冲地带。我将成为一个排气孔，排出因努力使不完美的东西完美而积累起来的毒气。我将成为存在于自然界也出现于梦境中的法则与秩序。我将成为完美的梦魇当中的自然公园，狂乱活动当中的平静而摆脱不掉的梦，逻辑的白色台球桌上的胡乱击球。我既不知道如何哭泣，也不知道如何抗议，但是我将始终在那里，在绝对的沉默中接受与恢复。我将一言不发，直至成为人的时刻重新到来。我将不作任何努力来保留，不作任何努力来摧毁。我将不作判断，不作批评。那些丰衣足食的人将到我这里来反省，来沉思；那些缺吃少穿的人将像他们活着的时候一样，死在混乱中，绝望中，对救赎真理的无知中。如果有人对我说，你必须有宗教虔诚，我将不作回答。如果有人对我说，我现在没有时间，因为有只窟窿眼儿在等着我，我将不作回答。或者，即使有一场革命的酝酿，我也不会作回答的。在拐角处总会有一只窟窿眼儿或一场革命，但是生养我的母亲转过了许多拐角，不作任何回答，最后她把自己里面的东西倒出来：我就是回答。

由于这样一种疯狂的完美癖，自然没有人会期待一种向野生动物公园的演变，甚至我自己也不曾期待过，但是，一边陪伴着死亡，一边生活在天赐的恩典和自然的困惑当中，真是善莫大焉！当生命走向死的完美，就是成为一点点呼吸空间，一片绿草地，一些新鲜空气，一潭水池，也是善莫大焉。最后还要默默地接待人们，拥抱人们，因为当他们还在发疯似的冲过去，转过拐角的时候，是没有什么回答可以向他们作出的。

我现在想的是很久很久以前一个夏日下午的一场石头大战。当时我同卡罗琳姨妈一起住在狱门桥附近。我和表弟吉恩在公园里玩的时候，被一伙男孩围在中间。我们不知道为哪一方而战，但我们在河边的石堆中是打得十分认真的。我们必须比其他男孩显示出更多的勇气，因为我们被怀疑是胆小鬼。于是，我们就这样打死了我们那伙对手中的一个。正当他们朝我们冲过来时，我的表弟吉恩用好大一块石头朝为首的家伙扔过去，击中了他的肚子。我几乎同时扔出我的石头，击中他的太阳穴，他倒了下去，就永远躺下了，双目紧闭。几分钟以后，警察来了，发现男孩已经咽气。他只有八九岁，和我们同样年纪。如果他们抓住我们，会拿我们怎么处置，就不得而知了。不管怎么样，为了不引起怀疑，我们就急忙回家；半路上把身上弄弄整洁，梳理了一下头发。我们进家门时的样子就像我们离开时一样无可挑剔。卡罗琳姨妈像往常一样，给我们两大片酸酸的黑面包，上面抹着新鲜黄油和一些糖，我们就坐在厨房的餐桌旁，像天使一般笑眯眯地听她说话。这一天热极了，她认为我们最好待在家里，待在前面的大屋子里，那里百叶窗全放下了，我们可以和我们的小朋友乔依·凯塞尔鲍姆一起玩弹子游戏。乔依有智力较差的名声，通常都是我们赢他，但那天下午，吉恩和我达成某种默契，让他赢走了我们所有的一切。乔依高兴极了，以至他后来带我们到他的地下室去，让他妹妹撩起裙子，给我们看那底下是什么玩意儿。他们叫她威茜，我记得，她马上迷恋上我了。我来自城市的另一个地区，对他们来说那么遥远，几乎就像来自另一个国家。他们似乎还认为我的说话方式都跟他们不一样。其他顽皮小孩子往往付钱来让威茜撩起裙子，而她为我们这样做，则是出于爱。不久以后，我们说服她不再为其他男孩这样做——我们爱她，她要规规矩矩。

那年夏天结束时，我离开了表弟，此后二十多年没有再见到他。到了真正见面时，他给我印象最深的是他那副天真无邪的样子——跟石头大战那天一样的表情。当我同他讲起那场大战的时候，我更加吃惊地发现，他竟然忘记是我们打死了那个男孩；他还记得那个男孩的死，但他讲起它来就好像他和我在此事中都没有份。当我提到威茜的名字时，他已经记不清她了。你不记得隔壁的地下室吗？……乔依·凯塞尔鲍姆？听到这儿，他脸上掠过一丝微笑。他认为我记得这样的事情真是不简单。他已经结婚了，当了父亲，在一家制造高档管乐器箱的工厂工作。他认为能记得那么遥远的过去发生的事真是不简单。

那天晚上离开他时，我感到十分沮丧。就好像他试图抹去我一生中的一个宝贵部分，因而也抹去了他自己。他似乎更喜欢他收集的热带鱼，而不是平凡的过去。至于我，我记得一切，那个夏天发生的一切，尤其是石头大战的那一天。事实上，有时候我感到，他母亲那天下午递给我的那一大片酸酸的黑面包的味道，在我嘴里比我实际上正吃着的食物味道更强烈。看到威茜的小花蕾，几乎比我手上直接触摸的感觉更强烈。那男孩在我们把他打倒以后躺在那里的样子，比世界大战的历史更远为印象深刻得多。事实上，那整个漫长的夏天就好像亚瑟王传奇中的一段叙事诗。我常常想知道，这个特别的夏天有什么东西使它在我的记忆中如此栩栩如生。我只要闭上一会儿眼睛，就可以使它的每一天都历历在目。那个男孩的死当然没有引起我的痛苦——过了还不到一个礼拜它就给遗忘了。威茜撩起裙子，站在黑幽幽的地下室里的情景,也很容易就消失了。说来奇怪,卡罗琳姨妈每天递给我的那厚厚的一片黑面包,却比那时期的任何其他形象具有更大的神通。我对此惊奇不已……惊奇不已。也许是因为,每次她递给我那片面包的时候,总是带着一种我以前从不了解的温柔和同情。我的卡罗琳姨妈是一个相貌十分平平的女人。她脸上有麻子,但这是一张慈祥的、讨人喜欢的脸,即使有麻子也无妨。她身材魁梧强壮,声音却非常细小动听。她跟我讲话时,似乎比跟她自己的儿子讲话时更关心体贴。我愿意老和她待在一起;如果允许的话,我宁愿挑选她来当我自己的母亲。我清楚地记得,我母亲来看我时,如何感到很气恼,因为我如此满意我的新生活。她甚至说我忘恩负义,这句话我从来没有忘记,因为那时候我第一次明白,忘恩负义也许对一个人来说是必要的,有好处的。如果我现在闭上眼睛想,想那面包片,我几乎马上就会想到,在那座房子里,我从来不知道什么叫被责骂。我想,如果我告诉我的卡罗琳姨妈,我在那块地里打死一个男孩,告诉她事情发生的经过,她会用胳膊搂着我,原谅我的——马上原谅。这也许就是那个夏天对我来说如此宝贵的原因。那是一个包含着心照不宣的、完完全全的赦罪的夏天。这也是我不能忘记威茜的原因。她充满着自然的善,这个同我相爱,而且不责骂人的小孩。她是异性中第一个崇拜我的与众不同的人。在威茜之后,情况就完全不一样了。就因为我是我,我既被爱也被恨,而威茜却做出努力来理解我。在她看来,我来自一个陌生的国家,说的是另一种语言,就这些事实,使她更加接近我。当她把我介绍给她的小朋友时,她那眼睛放光的样子是我永远也不会忘记的。她的眼睛看上去充满着爱与赞美。有时候,我们三个人会在傍晚走到河边,坐在河岸上,我们就谈论起一些小孩子们不在大人跟前时谈论的话。我现在知道得很清楚,我们那时候谈的话,比我们父母谈的更清醒,更深刻。为了每天给我们一片厚面包,父母不得不受到重罚。最坏的处罚,是他们变得同我们疏远了。因为随着他们喂我们的每一片面包,我们不仅变得对他们更加冷漠,而且越来越凌驾于他们之上。在我们的忘恩负义中,是我们的力量与美。我们不忠诚,但我们是无罪的。那个我看见他倒在那里咽气的男孩,一动不动地躺着,没有发出一丝一毫的声响或啜泣,杀死那个男孩几乎就像一场干干净净、健健康康的演出。另一方面,为食物而进行的斗争是肮脏下流的,当我们站在父母面前时,我们感到他们脏兮兮地来到我们跟前,为此我们绝不会原谅他们。下午时那片厚厚的面包,正因为它不是挣来的,所以我们吃起来很香。面包再也不会有这样的味道,也再不会有人这样给你面包。打死人的那一天,面包格外好吃。其中有一点点后来再没有过的恐怖味道。我们把它接到手中,也接过了卡罗琳姨妈心照不宣然而完完全全的赦罪。

在黑面包的问题上,有某种东西我一直在设法弄清楚——某种使人模模糊糊感到好吃、害怕、解放的东西,某种同最初的发现相联系的东西。我想起另一片酸酸的黑面包,那是在更早的一个时期,当时我和小朋友斯坦利经常洗劫冰箱。那是偷来的面包,因而比以爱心递给你的面包更加有滋味。但是正当我吃着黑面包、边走边聊的时候,带有启示性质的事情发生了。这就像一种皈依上帝的状态,一种完全无知的状态,一种自我克制的状态。这些时刻传递给我的任何东西,我都原封不动地保留着,不用害怕我会失去已获得的知识。这也许就是这样一个事实:这不是我们平常所认为的那种事实。它几乎是像接受一条真理,虽然真理一词对它来说似乎太精确了一点。津津有味地吃酸黑面包,其中很重要的一条是,这种事总是发生在家以外的地方,不在父母的眼皮底下。我们害怕父母,但从不尊敬他们。我们自己单独在一起时,我们的想象就无拘无束。事实对我们来说没有什么重要性;我们对问题的要求就是它得给我们驰骋的机会。我现在回想起来,使我惊奇不已的是,我们相互间的理解有多好,我们多么尖锐地看透了每一个人的基本性格，无论大人小孩。例如，我们在七岁的年纪就十分确切地知道，这个家伙最后会蹲监狱，那个家伙会成为一个苦力，还有一个家伙会成为饭桶，等等。我们的判断是绝对正确的，例如，比我们父母的判断正确得多，比所谓心理学家的判断更正确。阿尔菲·贝查结果成为一个彻底的叫花子；乔尼·盖哈特去了监狱；鲍勃·昆斯特成了一个干重活的人。正确无误的预言。我们接受的知识只会阻挡我们的视野。从我们上学那天起，我们就什么也没学会；相反，我们被搞得迟钝不堪，裹在语言与抽象的云里雾中。

有酸黑面包的时候，世界是它本质上的样子，一个由魔法统治的原始世界，一个恐惧在其中起着最重要作用的世界。能激起最大恐惧的男孩就是头儿，只要他能维持他的权力，他就受到尊敬。还有一些其他的孩子是造反派，他们受到赞美，但从来没有成为头儿。大多数人都是那些无畏者手中的黏土；有一些可以依靠，多数靠不住。气氛十分紧张——无法预言明天会有什么事。这种松散的、原始的社会核心，产生出强烈的胃口，强烈的情绪，强烈的好奇心。没有什么是想当然的；每一天都要求有一种新的力量检验，一种新的力量感，或失败感。因此，直到九十岁的年纪，我们都有着真正的生活趣味——我们就是我们自己。也就是说，我们够幸运的，未被父母宠坏，夜里我们可以自由地在街上游逛，亲眼去发现事物。

我现在带着某些遗憾和渴望想念着的事情是，早先童年时代这种极有限的生活却好像无限的宇宙，而随后的生活，成年人的生活，则是一个不断缩小的王国。从一个人被放到学校里去的那一刻开始，这个人便迷失了，人们会有脖子上套着绞索的感觉。面包的味道没有了，生活的趣味也没有了。得到面包变得比吃面包更重要。一切都要盘算，一切都有一个价码。

我的表弟吉恩成了一个绝对无足轻重的人；斯坦利成了一个一流

的失败者。除了这两个我十分喜爱的孩子以外，还有一个乔依，他后来成了一个邮递员。当我想起生活把他们变成了什么样的人时，我就会哭泣。作为男孩，他们是完美的。斯坦利最不完美，因为他更冲动。斯坦利时常暴跳如雷，不知道你如何能同他一天天相处，而乔依和吉恩则是善的本身；他们是朋友，是按这个词的古老意义来理解的朋友。在我外出到乡下去的时候，我经常想起乔依，因为他是一个所谓的乡下小孩。这首先意味着他比我们认识的男孩子更忠实，更真诚，更体贴。我现在可以看到乔依来见我；他总是张开双臂跑过来，准备拥抱我，总是被他为我的参与而设计的冒险搞得上气不接下气，总是装满了他为我的到来而攒起来的各种礼物。乔依招待我就像古代的君主招待他们的宾客一般。我看一眼任何一样东西，这样东西便是我的了。我们有无数事情要相互告知，没有一件事情是沉闷乏味的。我们各自世界的差异是巨大的。虽然我也属于这个城市，但当我拜访我的表弟吉恩时，我才了解到一个更大的城市，一个严格意义上的纽约城，在其中，我的世故是微不足道的。斯坦利从来没有离开他的居住区去远足过，但是斯坦利来自大洋彼岸的一个陌生国度波兰，我们之间远隔千山万水。他说另一种语言，这个事实也增加了我们对他的崇拜。每个人都被一个与众不同的光环所环绕，被一种完好无损地保留下来的明确身份所环绕。由于进入生活，这些不同的特征消失了，我们大家都变得多少有点儿相似，当然，最不像我们自己。正是这种独特自我的丧失，这种也许并不重要的个性的丧失，使我黯然神伤，使黑面包鲜明突出。奇妙的酸黑面包形成了我们的个别自我；就像圣餐面包人人有份，但是每个人只是按照他独特的皈依上帝的状态来接受圣餐的。现在我们吃着同样的面包，却没有圣餐的恩惠，没有皈依上帝。我们吃面包来填饱肚子，而我们的心却是冰冷的，空虚的。我们是分开的，但不是个别的。

关于酸黑面包还有一件事，这就是，我们经常一边吃面包，一边吃生葱。我记得在傍晚前,手里拿着三明治,同斯坦利一起站在我家正对面的兽医诊所门前。似乎麦基尼医生总是选择傍晚前来阉割一匹公马,这是在大庭广众面前进行的手术,总是聚集了一小群人。我记得烙铁的气味和马腿的颤抖、麦基尼医生的山羊胡子、生葱的味道以及阴沟里的气味,因为就在我们身后,他们正在铺设煤气管道。这完全是一场嗅觉表演,而正如阿伯拉尔[①]惟妙惟肖地描绘的那样,手术实际上不痛。我们不知道手术的理由,常常在手术后进行长时间的讨论,往往以争吵告终。我们俩都不喜欢麦基尼医生;他身上有一股碘仿味和臭马尿味。有时候他诊室前面的街沟里淌满了血,冬天时血结成冰,使他那边的人行道有一种古怪的样子。时常有一辆两轮大车驶过来,一辆没有遮掩的车,散发着可怕的臭味,他们把死马扔到车上。确切地说,尸体是用一根长链子吊到车上去的,链子发出吱吱咯咯的声音,就像抛锚一般。患气胀病的死马的气味很难闻,我们那条街上满是臭味。然后还有酸味从我家房子后面的锡工厂传来——像现代进步的味道一样。几乎令人不能忍受的死马味,比起燃烧的化学品的味道来,还要好上一千倍。看到太阳穴上有个枪眼的死马,看到它的脑袋躺在血泊中,它的屁股眼里满是痉挛地排泄出来的最后排泄物,也比看到一群穿着蓝围裙的人从锡工厂的拱形大门里走出来,看到他们推着一辆装着一捆捆新制成的锡的手推车强。对我们来说,幸好锡工厂对面有一家面包房。面包房的后门,其实这只是一个铁栅栏,我们可以从那里看面包师傅工作,闻一闻那甜蜜的、不可抗拒的面包、蛋糕的香味。我说,要是那煤气管道铺在那里,那就会是另一种味道的大杂烩——翻起来的泥土味、烂铁

---

① 彼得·阿伯拉尔(1079—1142):法语称皮埃尔·阿伯拉尔,法国逻辑学家、道德哲学家和神学家,著有《辩证法》、《我的苦难史》等作品。曾因与巴黎圣母院主教的侄女海洛伊斯的爱情而惨遭阉割的私刑。

管味、阴沟气味，以及意大利劳工靠在翻起的土堆上吃的洋葱三明治的味道。当然，也还有其他味道，只不过不太明显；例如，西尔弗斯坦裁缝铺的味道，那里总有大量熨烫工作在进行。这是一种热烘烘的恶臭，你要理解这种味道，最好想象一下，西尔弗斯坦，他本人就是臭烘烘的干巴犹太人，正在把他的顾客们留在裤子里的臭屁抖落出去。隔壁是两个信教的笨蛋老处女开的糖果与文具店；那里有太妃糖、西班牙花生、枣味胶糖、"甜烟丝"香烟等等几乎令人作呕的甜味。文具店就像一个美丽的洞穴，总是冷冷的，总是摆满各种有趣的物品；冷饮柜就在那里，它发出另一种截然不同的味道。一块厚实的大理石板横放着，在夏季时节，石板变得酸溜溜的，而它又令人愉快地把酸味同碳酸水嘶嘶地倒进冰淇淋杯里时发出的那种叫人心里痒痒的、干巴巴的味道混合在一起。

第十章

长大以后，各方面都有了精细的改进，原来那些味道没有了，只是有另一种显然难忘的、显然令人愉快的味道——窟窿眼儿的味道——取代了它们。尤其是同女人玩过之后留在手指上的那种味道，因为也许以前没有注意到，可这种味道甚至比窟窿眼儿本身的味道更可爱，因为它带着已成为过去时的香水味，但是，这种表明你已长大的味道，同童年时代的那些味道相比，只是一种微弱的味道。这种味道在你大脑的想象中几乎同在现实中消失得一样快。对于所爱过的女人，人们会记得她们的许多事情，但是却很难记得她们那眼儿的味道——全然不会。另一方面，湿头发的味道，一个女人的湿头发味道，却更加强烈持久得多——为什么呢？我不知道。甚至现在，在差不多四十年之后，我还能记得我蒂丽姑妈洗头以后的头发味道。她总是在热得要命的厨房里洗头。通常是在星期六傍晚前，为参加舞会做准备，而舞会又意味着另一件怪事——会出现一位佩戴十分漂亮的黄色条纹装饰的骑兵中士，一位非常英俊的中士，甚至在我眼里，也是太彬彬有礼，太有男子气概，太聪明伶俐了，像我蒂丽姑妈这样的低能儿根本配不上他。但不管怎么说，她坐在厨房餐桌旁的小凳上用一条毛巾擦干头发。她旁边放着一盏罩着熏黑的玻璃罩的油灯，灯旁边是两把烫发钳。我一看到这些就充满莫名其妙的厌恶。她总是使用一面支在桌上的小镜子；我现在可以看到她一边挤鼻子上的黑头粉刺，一边对自己做怪脸。她是一个难看的女人，没什么本事，黏黏糊糊，龇着两颗大獠牙，只要她一笑，嘴唇往后一掀，就露出一副马脸。她就是洗完澡以后，也散发着一股汗味，但是她头发的味道——那种味道我永远不会忘记，因为不知怎么的，这味道同我对她的恨和轻蔑联系在一起。这种味道，在头发干起来的时候，就像从沼泽地底下发出来的味道一样。有两种味道——一种是湿头发的味道，另一种是她扔到炉子里，燃烧成火焰的同一种头发的味道。她总是梳下来一些打了结的头发卷，它们还带着她油腻肮脏的头皮上的汗与头皮屑。我常站在旁边看她，很想知道舞会会是什么样子，很想知道她在舞会上做些什么。在她全部打扮完毕的时候，她会问我她看上去是否漂亮，我是否爱她，当然，我会告诉她：是的。但是然后在厨房旁边门厅内的厕所里，我会坐在窗台上燃烧的蜡烛发出的摇曳烛光中，对自己说，她看上去疯了。在她走了以后，我会拿起烫发钳，闻它们的味道，把它们捏紧。它们令人讨厌而又使人着迷——像蜘蛛。这厨房里的一切都使我着迷。我虽然对它很熟，但我从来没有征服它。它既如此公开，又如此秘密。我在这里洗澡，在大铁皮盆里，在星期六。在这里，三姐妹洗澡并打扮自己。在这里，我祖父站在水斗边洗上半身，然后把他的鞋递给我，让我把它们擦亮。在这里，我冬天里站在窗前，注视着窗外纷飞的大雪，我阴郁地、茫然地注视着，就好像我在子宫里一般，听着水的奔流，而我母亲则坐在马桶上。秘密的谈话都在厨房里进行，他们从这里吓人的、令人憎恶的集会出来，总是脸拉得长长的，一副庄严的面孔，要不就是眼睛哭得红红的。他们为什么跑到厨房去，我不知道，但是常常有这样的情况：正当他们站着开秘密会议，为一个遗嘱争吵不休，或决定如何打发某个穷亲戚的时候，门突然打开，来了一个客人，于是气氛立即就改变了。我的意思是说，极大地改变了，就好像他们如释重负，因为在某种外力的干预下，他们不用再继续一个没完没了的秘密会议，免去了这种令人讨厌的事情。我现在记得，看到门打开，一个不速之客的脸探进来，我的心会高兴得蹦起来。马上会有人给我一只玻璃大罐，让我到街角的酒馆去打酒。我跑到那里，在通往住家的入口旁有一扇小窗子，我从小窗子把玻璃罐递进去，然后等着，直到装满冒泡啤酒的玻璃罐递回到我手中。像这样跑到街角去打一罐啤酒，是一场绝对大规模的远征。首先是就在我们楼底下的理发店，斯坦利的父亲在那里开业。经常有这样的情况：正当我冲出去买什么东西的时候，我会看到斯坦利的父亲正用磨剃头刀的皮带啪啪地抽他。一看到这情况，我就热血沸腾。斯坦利是我最好的朋友，而他父亲不过是一个波兰酒鬼。然而，有一天傍晚，正当我拿着玻璃罐冲出去的时候，我十分高兴地看到另一个波兰人用一把剃刀攻击斯坦利的老爹。我看到他老爹脖子上淌着血，脸色煞白，正倒退着往门边来。他倒在店铺门前的人行道上，一边挣扎，一边呻吟。我记得我看了他一两分钟，对此感到心满意足，高高兴兴地走开了。斯坦利在父亲打架时溜出来，陪我走到酒馆门口。他也很高兴，尽管他有点儿害怕。我们回来时，救护车已经停在门前，他们把他放在担架上抬着他，他的脸和脖子上盖着一条床单。有时候，碰巧卡洛尔神父最得意的唱诗班男童在我一个人舞拳弄脚的时候从家门前走过，这是一件头等重要的事情。这男孩比我们任何一个都大。他是一个同性恋，一个酝酿中的同性恋者。就是他从我们面前走过，也常常把我们惹火。他刚一被玷污，消息就从四面八方传开，在他到达拐角以前，就被一帮男孩围了起来，这些男孩都比他小得多，他们嘲笑他，模仿他，一直把他弄得哭了起来。然后我们会像一群狼一样扑到他身上，把他拽倒在地，把衣服从他背上扯掉。这是不光彩的行为，但是它使我们感觉良好。还没有人知道同性恋者是什么玩意儿，但是不管是什么玩意儿，我们反对它。我们以同样的方法反对中国人。有一个中国人经常从街那头的洗衣店经过这里，他也像卡洛尔神父教堂里的那个同性恋一样，不得不受到围攻。他的模样跟教科书上看到的苦力图片十分相像。他穿着一件黑色羊驼毛盘扣上衣，一双没有后跟的拖鞋，留着一根长辫子。通常他都是手插在袖筒里走路。我记得最清楚的是他走路的样子，一种偷偷摸摸、装腔作势、女里女气的走路样子，我们感到十分陌生，而且感受到威胁。我们怕他怕得要命，我们也恨他，因为他对我们的嘲弄完全无动于衷。我们认为他太无知了，不可能注意到我们的侮辱。然后有一天，我们去洗衣店，他让我们吃了一惊。开始他递给我们那包洗好的衣服，然后他伸手到柜台底下，从大袋子里抓出一把荔枝。他笑着从柜台后面出来开门。他还是笑着抓住阿尔菲·贝查，扯他的耳朵；他依次抓住我们每一个人，扯我们的耳朵，仍然笑着，然后他做了一个恶狠狠的鬼脸，像猫一样飞快地跑到柜台后面，操起一把长长的、样子难看的刀子，冲我们挥舞。我们拼命逃离这个地方。当我们到达街角回头看时，我们见他手里拿着一把熨斗站在门口，样子十分镇静，十分心平气和。这次事情之后，再没有任何人愿到洗衣店去了；我们不得不每星期给小路易斯·庇罗沙一个硬币，让他为我们取洗好的衣服。路易斯的父亲在街角有一个水果摊。他常常递给我们一些烂香蕉，作为他喜欢我们的标志。斯坦利尤其喜欢烂香蕉，因为他姑妈常做油炸香蕉给他吃。炸香蕉在斯坦利家被看作精美食品。有一次斯坦利过生日，家人为他举行了一次聚会，所有邻居都受到邀请。一切都进行得很顺利，直到后来端来了一盘炸香蕉。不知怎的，没有人要碰那香蕉，因为这是只有斯坦利父母那样的波兰人才知道的菜。人们讨厌吃炸香蕉。在窘困之中，某个最小的聪明小孩建议把炸香蕉给疯维利·曼。维利比我们谁的年龄都大，但不能说话。他只会说“别要！别要！”他对什么都说“别要！别要！”所以给他香蕉的时候，他也说“别要！”他伸出双手去取香蕉，但是他的弟弟乔治在场，他们拿烂香蕉来骗他的疯哥哥，使他感到受了侮辱。于是乔治跟人打了起来，而维利看到弟弟遭到攻击，也尖叫着“别要！别要！”打了起来。他不仅打其他男孩，也打女孩，搞成了一场大混战。最后，斯坦利的老爷子听到吵闹声，手里拿着一根磨刀皮带，从理发店上楼来。他抓住维利·曼的颈背，开始抽打他。这当口，他弟弟乔治溜出去叫曼老先生。这曼老先生也是个酒鬼，穿着衬衣就来了，看到可怜的维利挨醉鬼剃头师傅的打，就用一副老拳去揍他，揍得很凶。维利这时候被放开，在地上爬来爬去，吞吃着掉在地上的炸香蕉。他一看到香蕉，就像一只雌山羊一样迅速把它们吃掉。老先生看到他趴在地上像山羊一般嚼香蕉，怒不可遏，就拾起皮带，拼命去追维利。现在维利开始号叫——别要！别要！——突然，每个人都笑了起来。这使曼先生消了气，变得温和起来了。最后他坐下来，斯坦利的姑妈给他拿来一杯葡萄酒。听到吵闹声，其他一些邻居也来了，于是拿来了更多的葡萄酒，然后是啤酒，然后是烧酒，大家很快就高高兴兴，又是喝又是吹口哨，甚至小孩们都喝醉了，然后疯维利也喝醉了，他又像雌山羊一样趴在地上，大叫“别要！别要！”阿尔菲·贝查虽然只有八岁，却喝得烂醉如泥，他咬了维利的屁股，维利也咬他，然后我们大家都互相咬起来，父母们站在一边快活地又笑又叫，大家非常非常高兴，于是拿来了更多的炸香蕉，这一次每个人都吃起来，然后大家谈天说地，喝干了一杯又一杯。疯维利·曼想要为我们唱歌，但是他只能唱“别要！别要！”生日聚会是一次巨大的成功，有一星期多的时间，大家不谈别的，只谈这次聚会，谈斯坦利的家人是多么好的波兰人。炸香蕉也是一大成功，有一段时间，很难再从路易斯·庇罗沙的父亲那里得到任何烂香蕉，因为香蕉供不应求。然后发生了另外一件事，它在整个近邻地区投下了阴影——

乔·盖哈特败于乔依·西尔弗斯坦之手。乔依·西尔弗斯坦是裁缝的儿子;他是一个十五六岁的小伙,样子很文静,很勤奋,其他大小孩都避着他,因为他是犹太人。有一天他去菲尔莫尔街送一条裤子,同样年纪的乔·盖哈特朝他打招呼。乔·盖哈特自以为了不起。他们说了几句话以后,乔·盖哈特就把裤子从小西尔弗斯坦手里抢走,扔在水沟里。没有人想到小西尔弗斯坦会用拳头来回答这样一个侮辱,所以当他打乔·盖哈特,并且在他下巴上打个正着的时候,每个人都大吃一惊,尤其是乔·盖哈特本人。打架打了大约二十分钟,最后乔·盖哈特躺在人行道上爬不起来了。于是,小西尔弗斯坦捡起那条裤子,平静而自豪地走回到他父亲的铺子去。谁也没同他说一句话。这件事被视为一场灾祸。有谁听说过犹太人打非犹太人的?这是不可想象的事情,然而它却发生了,而且当着每一个人的面。我们一夜又一夜地坐在人行道边上,从每一个角度来讨论这件事,但是没有任何解决办法,直到……直到乔·盖哈特的弟弟乔尼被激怒起来,决定自己来解决这个问题。乔尼虽然比他哥哥年纪小,个子也小,但他像一只小美洲狮一般健壮,一般不可战胜。他是住在周围棚屋里的爱尔兰人的典型。他找小西尔弗斯坦算账的办法是在有一天晚上等他从铺子里出来,把他绊倒。到了那天晚上他绊倒他的时候,他手里藏着两块事先准备好的大石块,可怜的西尔弗斯坦跌倒在地,他就扑到他身上,用两块大石块砸西尔弗斯坦的太阳穴。他吃惊地发现,西尔弗斯坦没有反抗;甚至当他爬起来,给西尔弗斯坦机会站起来的时候,他也没有动弹。这时乔尼吓坏了,逃之夭夭。他一定是被彻底吓坏了,因为他再也没有回来过;唯一有关他的消息便是他在西部的某个地方被人找到,送到少年犯教养所去了。他母亲是个邋遢而快乐的爱尔兰婊子,她说他罪有应得,希望上帝不要再让她看到他。小西尔弗斯坦恢复过来以后,再也不是原来的样子了;人们说他的大脑被打出了毛病,他傻了,而乔·盖哈特却出了名。好像是他去看望了躺在床上的小西尔弗斯坦，对他深表歉意。这又是一件前所未闻的事情。这是如此奇怪，如此非同寻常的事情，以至乔·盖哈特被视为一个游侠骑士。没有人赞成乔尼的行为方式，然而也没有人会想到去向小西尔弗斯坦道歉。这是这样一种高贵典雅的行为，以至乔·盖哈特被看作是一个真正的绅士——左邻右舍中第一个，也是唯一的一个绅士。这一个在我们中间从未被使用过的词，现在挂在每个人的嘴上，当一个绅士被视为一种荣誉。我记得，这个被打败的乔·盖哈特像这样，突然变成了绅士，给我留下了深刻印象。几年以后，当我搬到另一个地段居住，遇到了法国小孩克罗德·德·洛兰的时候，我已经准备好理解并接受"一个绅士"。这个克罗德，我以前从未见到过这样的男孩，在以前那个地段，他没准儿会被看作一个软蛋；因为首先他说话太好听，太正确，太有礼貌了，其次他太体贴人，太文雅，太殷勤。然后，在同他一块儿玩的时候，他母亲或父亲走过，他会突然说起法语来，使我们大吃一惊。我们听到过德语，让德语侵入到我们当中还马马虎虎，但是法语！嘿！说法语，甚至就是听懂法语，都是彻底老外，彻底贵族化，彻底腐朽，彻底高不可攀，而克罗德是我们当中的一员，哪方面都像我们一样好，甚至还更好一点，我们不得不私下承认，但是有一个污点——他的法语！它使我们反感。他没有权利住在我们的地段，没有权利像他现在这样有本事，有男子风度。经常有这样的情况：他母亲把他叫回家，我们同他说了再见，这时候我们就聚集在一块儿，来来回回地讨论洛兰一家。我们很想知道，例如，他们吃什么，因为他们是法国人，他们一定和我们的习惯不一样。还从来没有人踏进过克罗德·德·洛兰的家门——这是另一件可疑的、令人反感的事实。为什么？他们在隐藏什么？然而，当他们在街上从我们身边经过时，他们又总是十分真诚，总是微笑，总是说英语，而且是最棒的英语。他们往往使我们感到十分自我羞愧——他们更优越，那是实际情况，而且还有另一件令人费解的事情——别的男孩都是你直截了当地问他什么，他就直截了当地回答什么，而克罗德·德·洛兰却从来不是直截了当地回答问题。他在回答前总是十分迷人地笑笑，十分沉着镇静，使用我们望尘莫及的讽刺和嘲笑。他是我们的眼中钉，肉中刺，这个克罗德·德·洛兰，当他终于从这个地段搬走的时候，我们都松了一口气。至于我自己，也许过了十年或十五年以后，我才考虑这个男孩和他古怪的典雅举止。到那时候，我才感到自己犯了一个大错误。因为突然有一天，我想起来，克罗德·德·洛兰曾在某一场合来到我跟前，显然是要赢得我的友谊，而我却对他很傲慢。在我想起这件事的时候，我突然明白了克罗德·德·洛兰一定在我身上看到了与众不同的东西，他向我伸出友谊之手是看得起我。但是在那些日子里，我有那样一种行为准则，就是要合群。如果我成为克罗德·德·洛兰的知心朋友，我就是背叛了其他男孩。随这样一种友谊而来的，无论是什么样的好处，都同我无缘；我是大伙儿中的一员，疏远克罗德·德·洛兰这样的人是我的责任。我必须说，在隔了更长一段时间之后——在我在法国待了几个月之后，我又一次想起了这件事。法语中 raisonnable 一词，对我来说获得了全新的意义。有一天，我偶然听到这个词，我就想起克罗德·德·洛兰在他家门前街上的主动表示。我清晰记得他用了 reasonable① 一词。他也许是要求我“懂道理”，当时这个词从来没有从我口中吐出来过，因为我的词汇中不需要它。这个词像“绅士”一样，很少有人说，即使说也都十分谨慎小心。这是一个会使别人嘲笑你的词。有许多那样的词——例如，really。我认识的人当中没有人使用过 really 这个词——直到来了杰克·劳森。他使用这个词是因为他父母是英国人，虽然我们拿他开玩笑，但我们原谅他说这个词。really 这个词使我立即想起住在原来那个

① 英语中与 raisonnable 相应的词。

地段的小卡尔·拉格纳。卡尔·拉格纳是一个政治家的独生子,他们住在相当豪华的菲尔莫尔小街上。他们住的一幢红砖小楼靠近那条街的末端,总是收拾得漂漂亮亮的。我记得这幢房子是因为我上学路上经过它的时候,常常注意到门上的铜把手擦得有多亮。事实上,别人家没有门上有铜把手的。总之,小卡尔·拉格纳是家长不许他们同其他小孩交往的那些孩子之一。事实上,他很少露面。我们看到他同他父亲走在一起,通常是在星期天。如果他父亲不是周围地区的一个强有力的人物,卡尔会被人用石头砸死。他的星期日装束真叫人受不了。他不仅穿长裤和漆皮鞋,而且炫耀着一顶圆顶礼帽和一根手杖。一个男孩在六岁的年纪会让人这样来打扮他,一定是个笨蛋——那是一致的看法。有人说他有病,好像那是他穿古怪服装的理由。奇怪的是,我一次也没听到他说话。他如此高雅,如此讲究,以至于他也许想象,在大庭广众面前说话是欠缺风度的。无论如何,我常在星期天上午等着他,就为了看他同他父亲一起经过。我注视他时带着那样一种强烈的好奇心,就跟我注视消防队员清洗消防站里的消防车时一样。有时候,在回家路上他会拿着一小盒冰淇淋,是最小的那种包装,也许刚够他吃,作为饭后甜食。"饭后甜食"是又一个我们莫名其妙地熟悉起来的词,我们贬义地使用它来谈论小卡尔·拉格纳及其家人之流。我们可以花几个小时来琢磨这些人吃的 dessert 究竟是什么玩意儿,我们的乐趣主要在于来回摆弄这个新发现的词 dessert。这个词也许是从拉格纳家私运出来的。一定也是在这个时候,桑托斯·杜蒙特①名声大振。在我们听起来,桑托斯·杜蒙特这个名字有点奇怪。我们对他的功绩不是很感兴趣,只是对他的名字有兴趣。对我们大多数人来说,它散发着

① 桑托斯·杜蒙特(1873—1932):巴西航空发展的先驱者,最初的飞行器的发明者与飞行家。

糖、古巴种植园、奇怪的古巴旗子的味道。角上有一颗星的古巴旗子总是很受那些积攒小卡片的人的尊重，这些小卡片放在“甜烟丝”香烟盒里，上面绘有不同国家的旗子或舞台上的女主角或有名的拳击手。桑托斯·杜蒙特那时候听起来，有点儿令人愉快的外国味儿，与通常的外国人或外国东西，如中国洗衣店、克罗德·德·洛兰高傲的法国家庭等，截然不同。桑托斯·杜蒙特是一个魔术般的词，暗示着两撇线条平滑的漂亮小胡子，一顶墨西哥阔边帽，踢马刺，某种快活、精美、幽默的东西，充满着狂热的幻想。有时候它带来咖啡豆和草帽的香味，或者，因为它这样带有完全的异国情调，这样充满幻想，就会让我们扯得很远，竟关心起霍屯督人的生活。因为我们当中有一些年纪大的孩子正在开始读书，他们会按钟点给我们讲幻想故事，这是他们从《阿以莎》①、维达②的《在两面旗帜下》之类的书中捡来的一些材料。真正的知识趣味，在我心中十分明确地同我十岁左右搬去的那个新地段拐角处的空地相联系。在这里，当秋天来临时，我们带来几小罐生土豆，站在烤着土豆片和生土豆的篝火前面，随后就有一种新型的讨论，不同于我以前所知道的总是来自书本的讨论。有人刚读了一本冒险书，或者一本科学书，马上整条街就由于引入了一个至今无人知晓的主题而活跃起来。也许是这些孩子之一刚发现有日本潮流这样的事情，他就会设法向我们解释日本潮流是怎样产生的，它的目的是什么。这是我们学习事物的唯一方法——好像是靠着栅栏，一边烤着土豆片和生土豆。这些知识沉积得很深——事实上如此之深，以至后来与同一种更精确的知识冲突时，很难把较早的知识排除出去。就是以这样的方式，有一天一个较大的男孩向我们解释说，埃及人知道血液循环，于是我们就以为这是

① 英国作家亨利·瑞德·哈格德爵士(1856—1925)于1905年发表的一部传奇小说。
② 维达(1839—1908)：英国女小说家，以写传奇小说闻名。

理所当然的事情，以至后来很难一下子接受关于英国人哈维发现了血液循环的故事。现在我也并不感到奇怪，当时我们的谈话大多是关于遥远的地方，例如中国、秘鲁、埃及、非洲、冰岛、格陵兰。我们谈论鬼，谈论上帝，谈论灵魂的轮回，谈论地狱，谈论天文学，谈论不熟悉的鸟和鱼，谈论宝石的形成，谈论橡胶园，谈论拷问方法，谈论阿兹台克人和印加人，谈论海上生活，谈论火山和地震，谈论全球各地的葬礼和婚礼，谈论语言，谈论美洲印第安人的起源，谈论正在绝种的野牛，谈论怪病，谈论吃人肉，谈论巫术，谈论月球旅行以及月球上是什么样子，谈论杀人凶手和拦路强盗，谈论《圣经》里的奇迹，谈论陶器的制造，谈论各种各样家里和学校里从未提起过的话题，这些话题对我们极其重要，因为我们渴望得到这些知识。世界充满着奇迹与神秘，只有当我们颤抖着站在那块空地上的时候，我们才开始严肃地谈论，并感到需要进行既愉快又吓人的交流。

生活的奇迹与神秘——这在我们成为负责任的社会成员时被扼杀了！直到我们被推出去工作以前，世界对我们来说都是很小的，我们生活在它的边缘上，好像是在未知世界的边界上。一个小小的希腊世界就深刻到足够提供一切变异、一切冒险、一切思考。它也不是那么十分小，因为它保留着最无限的潜力。我扩大我的世界，却一无所获；相反，我失去了许多。我想要变得越来越孩子气，向相反的方向超越童年。我要同正常的发展路线完全背道而驰，进入一个超婴儿的存在王国，一个绝对疯狂混乱的王国，但却不同于周围这个世界的那种疯狂混乱。我是一个成年人，一个父亲，一个负责任的社会成员。我挣我每天的面包。我使自己适应了一个从来不属于我的世界。我要冲破这个扩大的世界，重新站到一个未知世界的边界上。这个未知世界将使这个苍白、片面的世界黯然失色。我要超越父亲的责任，而走向无政府主义者的不负责任，这种人不可能被强迫，被哄骗，被收买，被背叛。我要让蒙面夜骑奥伯龙[①]当我的向导，他张开他的黑翅膀，同时消灭了过去的美与恐怖，我要迅速而坚韧不拔地逃向永久的黎明，不给后悔、遗憾、悔改留下余地。我要胜过有害于世界的创造发明者，为的是要重新站在一个无法通过的深渊面前，甚至最强有力的翅膀也无法使我飞越这个深渊。即使我必须变成一个只居住着痴心妄想者的野生自然公园，我也绝不停下来，待在这负责任的成年生活有条不紊的昏庸之中。我必须这样做，来纪念与上帝赐给我的那种生活完全无法比拟的另一种生活，纪念一个被屈服者的相互认同所扼杀和窒息了的小孩子的生活。父母亲创造的一切我都不认为是我自己的。我要回到一个比古希腊更小的世界，回到一个我伸手总能触摸到的世界，我时时刻刻所知道、所看见、所认识的世界。对我来说，任何其他世界都是无意义的、陌生的、敌对的。在重新越过我小时候认识的第一个光明世界时，我希望不要待在那里，而要使劲回到一个更光明的世界，我一定是从那里逃出来的。这个世界什么样，我不知道，我也不相信我会找到它，然而这是我的世界，别的东西没有一样引起我的兴趣。

我第一眼看到这个光明的新世界，对它的最初理解，是由于碰见了罗依·汉密尔顿。当时我二十一岁，那也许是我一生中最糟糕的一年。我十分绝望，因而决定离家谋生。我想的是加利福尼亚，说的是加利福尼亚，我计划去那里开始一种新生活。我如此强烈地梦想着这个新的希望之乡，以至于后来，当我从加利福尼亚回来的时候，我几乎不记得我见到的加利福尼亚，我想起的、谈起的，只有我在梦中认识的那个加利福尼亚。就在告别前，我遇到了汉密尔顿。他是我老朋友麦格雷戈的说不清的同父异母兄弟；他们只是在最近才互相认识，因为罗依一生中的大部分时间生活在加利福尼亚，他的印象一直是，他的真正父亲是

---

① 中世纪欧洲民间传说中的仙王。

汉密尔顿先生，而不是麦格雷戈先生。事实上，正是为了搞清楚他的父亲身份之谜，他才到东海岸来的。同麦格雷戈住在一起，显然并没有使他更接近于谜的解开。在认识了他曾断定为他的生父的那个人之后，他似乎比以往更加为难了。他后来向我承认，他为难是因为在两个人身上都跟他自己的想象没有一点儿相似之处。也许正是这个决定把谁看作父亲的恼人问题促进了他自己性格的发展。我这样说，是因为刚一被介绍认识他，我就立刻感到，我在一个从来不了解的那类人面前。由于麦格雷戈对他的描述，我已经准备好去见一个相当“古怪的”人，“古怪的”在麦格雷戈嘴里，意思是有点儿疯癫。他确实古怪，但是十分清醒，立即就使我感到很兴奋。我第一次同一个来到词义背后、抓住事物本质的人谈话。我感到我在同一个哲学家谈话，不是一个我在书本上遇到的那类哲学家，而是一个不断进行哲理探讨的人——而且是对他所解释的哲理有过体验的人。那就是说，他根本没有理论，除非是深入到事物的本质中去，并且，按照每一个新的启示，来如此这般地过他的生活，以便在揭示给他的真理和这些真理在实践中的例证之间，只有最小限度的不一致。当然，他的言行在他周围那些人眼里是古怪的，然而，他的言行在西海岸那些了解他的人眼里并不古怪，在那里，按他自己的说法，他如鱼得水。他在那里显然被视为上等人，人们毕恭毕敬，甚至带着畏惧聆听他的说话。

我发现他处于一场斗争之中，我只是在多年以后才懂得这种斗争。那时候，我不明白他为什么如此重视找到他真正的父亲；事实上，我还常常以此来开玩笑，因为在我看来，有没有父亲是无所谓的，母亲也是一样。在罗依·汉密尔顿身上，我看到了一个人具有讽刺意味的斗争，他已经解放了自己，却还在寻求确立一种可靠的身世关系。这种关系是他绝对不需要的。关于真假父亲的这种冲突，悖论式地使他成为一个超父亲。他是一个教师，为人师表；他只要一张开嘴，我就明白我在倾听一种学问，它截然不同于我至今同这个词相联系的任何东西。把他看成一个神秘主义者而不予理睬，这是很容易的，他无疑是一个神秘主义者，但他是我碰到的第一个也知道如何脚踏实地的神秘主义者。他是一个知道如何发明实用物品的神秘主义者，在这些实用物品中有石油工业极其需要的钻机，他后来还为此发了大财，但是，由于他那古怪的形而上学的谈话，当时没有人十分注意到他非常实用的发明。这被看作他的又一个疯狂想法。

他不断谈论他自己，谈论他同周围世界的关系，他的这种品质给人造成一种不好的印象，好像他只是一个自吹自擂的自我中心主义者。甚至有人说，似乎他更关心的是麦格雷戈先生作为父亲的真实身份，而不是父亲麦格雷戈先生。这话就其涉及的范围而言，是够真实的。它的意思是说，他对他新发现的父亲没有真正的爱，只是从他发现的真情实况中得到一种强烈的个人满足，他是在以他通常的自我夸张方式利用这种发现。当然，这是非常真实的，因为麦格雷戈先生本人无限小于作为失散父亲象征的麦格雷戈先生，但是麦格雷戈们对象征一无所知，就是对他们解释，他们也绝不会理解的。他们正在做出一种矛盾的努力，既要拥抱长期失散的儿子，同时又把他降到一个可以理解的水平上，他们在这个水平上可以不把他当作"长期失散的"，而是仅仅作为儿子；而稍有一点点理智的人都明白，他的儿子根本就不是儿子，而是一种精神上的父亲，类似于基督，我可以说，他正在最英勇地努力把他已经十分明确摆脱的东西作为有血有肉的东西来接受。

因此，这个我最热烈崇拜的怪人会选择我作为他的知己，使我感到吃惊和荣幸。对比之下，我的方式就不对头了：书卷气、知识分子气、世俗气，但是我几乎立即抛弃了我性格的这一方面，让自己沐浴在温暖、直接的灵光中，这灵光是深刻的，是创造物的天然直觉。来到他的面前，给我一种脱去衣服，或者说得更确切一些，剥去皮的感觉，因为他所要求于谈话对方的远远不止是单纯的赤裸。在同我谈话的时候，他是在向一个我只是模模糊糊怀疑其存在的我说话，这个我，例如，在我正读着一本书，突然明白我一直在做梦时，就会冒出来。很少的书有这种能力，能使我陷入神思恍惚中，在这种完全神智清醒的神思恍惚中，人们不知不觉地做出了最深刻的决定。罗依·汉密尔顿的谈话就带有这种性质。它使我空前警觉，超自然地警觉，同时又不破坏梦的结构。换句话说，他是在诉诸自我的萌芽，诉诸最终会超越直率个性以及虚伪个性的那种存在，让我真正成为孤身一人，为的是设计出我自己特有的命运。

我们的谈话就像一种秘密的语言，在谈话当中，别人都睡着了，或者像鬼魂一样消失了。对我的朋友麦格雷戈来说，这种谈话莫名其妙，令人生气；他比任何其他人都了解我，但是他在我身上从来没有发现任何同我现在呈现给他的性格相一致的东西。他把罗依·汉密尔顿说成一种坏影响，这又说得十分正确，因为我同他同父异母兄弟的这次意外相遇，比任何其他事情都更加造成了我们的疏远。汉密尔顿打开了我的视野，给了我新的价值观，虽然我后来将失去他传给我的眼力，但是我绝不会再像他到来以前那样看世界，看我的朋友。汉密尔顿深刻地改变了我，只有一本稀有的书，一种稀有的个性，一种稀有的经验，才能这样来改变一个人。我一生中第一次懂得了经历一种必不可少的友谊是怎么回事，却又不会因为这种经历而感到被奴役或者有依附感。在我们分开之后，我从来没有感到需要他实际上在我跟前；他完全献出自己，我拥有他而不被他拥有。这是第一次对友谊的纯洁完美体验，从来未被任何其他朋友重复过。汉密尔顿是友谊本身，而不是一个朋友。他是人格化的象征，因而也是十分令人满意且今后对我来说却不再必要的象征。他本人彻底了解这一点。也许，正是没有父亲这一事实，推动他沿着自我发现的道路前进，这是投身到世界当中去的最后过程，因而也就实现了血缘关系的无用性。当然,他当时处于完全的自我实现当中,不需要任何人,尤其是他在麦格雷戈先生身上徒然寻找的肉体父亲。他到东部来,找出他真正的父亲,这一定有点儿对他进行最后考验的性质,因为当他说再见,当他拒绝承认麦格雷戈,也拒绝承认汉密尔顿先生的时候,他就像一个清除了一切杂质的人。我从未看见过一个人像罗依·汉密尔顿说再见时那样,看上去如此孤单,如此完全孑然一身,如此生气勃勃,如此相信未来。我也从未看见过他给麦格雷戈家留下的那种混乱与误解。就好像他在他们当中死去,复活,正在作为一个全新的、不认识的人向他们告别。我现在可以看见他们站在通道上,两手空空,有点儿愚蠢、无助的样子,他们哭着,但不知道为何而哭,除非是因为他们被剥夺了他们从未拥有的东西。我就喜欢像这样想起这件事。他们都不知所措,若有所失,模糊地、十分模糊地意识到,一次了不起的机会莫名其妙地提供给他们,而他们却没有力量或想象力来抓住它。这就是那愚蠢、空洞地颤抖着的手暗示给我的东西;这是一种目睹比我可以想象的任何东西都更痛苦的姿态。它给我一种感觉,感到在面对真理的时候,这个世界有着可怕的不足。它使我感到血缘关系的愚蠢,感到非精神的爱的愚蠢。

第十一章

我迅速地回顾,看见自己又在加利福尼亚。我孤身一人,像丘拉维斯塔橙子林中的奴隶一样工作。我得到自己应得的东西了吗?我想没有。我是一个非常可怜、非常孤独、非常不幸的人。我似乎失去了一切。事实上,我几乎不是一个人——我更接近于一只动物。我整天就站在或走在拴在我的雪橇上的两头公驴后面。我没有思想,没有梦想,没有欲望。我彻底健康,彻底空虚。我是一种非实体。我是如此彻底生气勃勃,彻底健康,以至于我就像挂在加利福尼亚树上甘美而又带欺骗性的水果。再多一线阳光,我就会腐烂。"成熟以前就已腐烂!"

正在这明亮的加利福尼亚阳光中腐烂的真是我吗?我的一切,我至今所是的一切都没留下吗?让我想一下……有亚利桑那。我现在记得,当我踏上亚利桑那的土地时,已经是夜里了。只有足够的光线来看最后一眼正消失的方山。我走过一个小镇的主要街道,这个镇的名字我记不清了。我在这个镇上,在这条街上干什么?嘿,我爱上了亚利桑那,我徒然用两只肉眼寻找的一个心灵中的亚利桑那。在火车上,仍然是我从纽约带来的亚利桑那同我在一起——甚至在我们越过了州界以后。不是有一座横跨峡谷的桥把我从沉思冥想中惊醒过来吗？我以前从未见过这样一座桥，一座几千年前由地壳激变时的岩浆喷发而天然形成的桥。我看见有一个人从桥上走过，一个样子像印第安人的人，他正骑着一匹马，有一只长长的鞍囊悬挂在马镫子旁边。一座天然的千年之桥，在落日时的清澈空气中，看上去就像可以想象的最年轻、最崭新的桥。在那座如此结实、如此耐久的桥上，天哪，只有一人一马经过，再没有别的东西，那么，这就是亚利桑那，亚利桑那不是一种想象的虚构，而是乔装打扮成一人骑马的想象本身。这甚至超过了想象本身，因为没有一点点模棱两可的味道，而是清楚完全地将事物本身隔离开，这事物本身就是梦和骑在马背上的梦者本人。当火车停下时，我放下脚，我的脚在梦中踩了一个窟窿；我到了列在时间表上的那个亚利桑那小镇，它只是任何有钱人都可以参观的地理上的亚利桑那。我提着旅行袋沿主要街道行走，看到汉堡包和房地产办公室。我感到受了可怕的欺骗，竟哭了起来。现在天黑了，我站在一条街的尽头，那里是沙漠开始的地方，我像傻瓜一样哭泣。这个哭着的是哪一个我？为什么这是那个新的我，那个在布鲁克林开始萌芽，现在在无垠的沙漠中注定要死的我呢？喂，罗依·汉密尔顿，我需要你！我需要你一会儿工夫，只是一小片刻，在我崩溃的时候，我需要你，因为我不十分乐意做我现在已做了的事情。我记得，你不是告诉我不必作这次旅行，但如果我必须去那就去的吗？为什么你没有说服我不去呢？啊，说服从来不是他的方法，而求教从来不是我的方法。所以我到了这里，垮在沙漠里，那座现实的桥在我身后，不现实的东西在我面前，只有基督知道我如此为难，如此不知所措，以至如果我可以遁入大地消失的话，我就会这样做的。

我迅速地回顾，看到另一个同家人生活在一起、平静地等死的人——我的父亲。如果我追溯到很远很远，想起莫杰、康塞尔依、洪堡等街道，尤其是洪堡街，我就会更好地理解发生在他身上的事。这些街所在的地段离我们居住的地段不远，但是洪堡街不一样，它更富有魅力，更神秘。我小时候只去过一次洪堡街，我已不记得那次去的理由，无非是去看望卧病在一所德国医院里的某个亲戚。但是这条街本身给我留下了一个最持久的印象，我一点儿也不知道为什么。它在我记忆中仍然是我看见过的最神秘、最有希望的街。也许我们准备要去的时候，我母亲像往常一样，许诺给我一件很了不起的东西，作为我陪她去的奖励。我总是被许诺一些东西，但从来没有实现过。也许那时候，当我到达洪堡街，惊奇地看着这个新世界时，我完全忘记了许诺给我的东西，这条街本身成了奖赏。我记得它很宽，在街的两边，有高高的门前台阶，那样的台阶我以前从未见过。我还记得，这些怪房子当中有一幢的一层楼，是一个裁缝铺，窗户里有一个半身像，脖子上挂着一根皮尺。我知道，我在这景象面前大受感动。地上有雪，但是阳光很好，我清晰地记得，被冻成冰的垃圾桶底部如何有一小摊融雪留下的水。整条街似乎都在明媚的冬天阳光下融化。高高台阶的栏杆扶手上，积雪形成了如此漂亮的白色软垫，现在开始下滑、融解，露出当时很时兴的褐色砂石，像打了一块块黑色的补丁。牙医和内科医生的玻璃小招牌藏在窗户的边角上，在中午的阳光里闪闪发亮，使我第一次感到，这些诊室也许不像我知道的那样，是折磨人的拷问室。我以小孩子的方式想象，在这个地段，尤其在这条街上，人们更友好，更豪爽，当然也极其有钱。虽然我只是一个小孩子，但我一定也大大舒展了一番，因为我第一次看到一条似乎没有恐怖的街道。这是这样一条街：宽敞，豪华，光明，柔和。后来当我开始读陀思妥耶夫斯基的作品时，我就把这种柔和同圣彼得堡的融雪联系在一起。甚至这里的教堂也有着不同的建筑风格，它们有着半东方的色彩，既壮观又温暖，这使我既惊恐又着迷。在这条宽敞的街道上，我看到房子都盖在人行道上很靠后的地方，宁静而高贵，没有夹杂商店、工厂、兽医的马厩等来破坏气氛。我看到一条只有住宅的街道,我充满惊奇和赞美。我记得这一切,无疑我大受其影响,但这一切中没有一样足以说明,只要一提起洪堡街就会在我心中唤起的那种奇怪的力量和吸引力。几年以后,我又在夜间回去看这条街,我甚至比第一次看到它的时候更加激动。这条街的外观当然变了,但这是夜间,夜间总是没有白天残酷。我再次体验到那种宽敞感、那种豪华感所带来的奇妙愉悦,那条街上的豪华感现在有点儿消退了,但仍然给人以回味,仍然以隐隐约约的方式显示出来,就像那次褐色砂石栏杆从融雪中显示出来的一样;然而,最与众不同的,是那种正要有所发现的近乎激起情欲的感觉。我再次强烈意识到我母亲的存在,意识到她的皮大衣那鼓鼓囊囊的大袖子,想到她多年前如何残酷地拽着我飞快地走过那条街,想到我如何固执地要看那一切陌生的新事物,以饱眼福。在第二次去那条街的时候,我似乎朦朦胧胧地想起我童年时代的另一个人物,那个老管家,他们管她叫一个外国名字:基金太太。我记不起她得了什么病,但我似乎确实记得我们到医院去看她,她在那里奄奄一息,这个医院一定是在洪堡街附近,这条不是奄奄一息,而是在冬天中午的融雪中容光焕发的街。那么我母亲许诺给我,而我后来再也没能回想起来的东西究竟是什么呢?像她那样能许诺任何东西,也许那天,在一阵心不在焉当中,她许诺了十分荒谬的东西,尽管我是一个小孩子,十分容易轻信别人,但我也不会完全轻信她的这种许诺;然而,如果她许诺给我月亮,虽然我知道这是不可能的,我还是会拼命给予她的许诺一点点信任。我拼命需要许诺给我的一切,如果在反思之后我明白了这是不可能的,那我还是要以我自己的方式,设法摸索一种使这些许诺可以实现的方法。人们没有一点点兑现许诺的意图,竟然就做出许诺,这在我看来是不可想象的事情。甚至在我十分残酷地受了欺骗的时候,我仍然相信;我认为许诺之所以没有兑现是因为非同寻常的、完全超出了另一个人的能力的事情参与进来,才把许诺化为乌有。

这个信念问题，这种从来未被兑现的许诺，使我想起我的父亲，他在最需要帮助时遭到抛弃。到他生病的时候为止，我的父母亲都没有表示出任何宗教倾向。虽然总是向别人提倡教会，但他们自己却在结婚以后从来没有踏入过教堂。那些过于严格地定期上教堂的人，在他们眼里似乎有点儿傻。他们说"如此这般地笃信宗教"，那种样子足以流露出他们对这样的人的嘲笑、轻蔑，甚至怜悯。如果有时候，因为我们孩子们，教区牧师意外地到家里来，他们对他就像对一个出于礼貌不得不尊重，然而却没有一点儿共同之处的人那样，事实上，他们有点儿怀疑他是介于傻瓜和江湖郎中之间的那类人的代表。例如，对我们，他们会说他是"一个可爱的人"，但是当他们的老朋友来了，一聊就不着边际起来，这时候，人们会听到一种截然不同的评语，通常还伴随着一阵阵响亮的嘲笑声和捣蛋的模仿。

我父亲由于过于突然戒酒而病得很厉害。整个一生，他都是一个快活的老好人。他的肚皮不大不小，他的脸颊圆润，像胡萝卜一样红彤彤的，他的举止从容不迫，懒懒散散，他似乎命中注定要健健康康地活到高龄，但是在这种平稳、快活的外表之下，事情十分不妙。他的情况很糟糕，债台高筑，他的一些老朋友们已经开始在抛弃他了。我母亲的态度最使他担忧。她把事情看得一团漆黑，而且一点儿也不隐瞒自己的看法。她时常歇斯底里大发作，扑到他身上又打又掐，用最恶毒的语言骂他，砸碎盘子，威胁要永远离家出走。结果，他有一天早晨爬起来，决心再也不沾一滴酒。没有人相信他是当真的；家里其他人也发誓过戒酒，他们管戒酒叫上水车，但他们很快就从水车上下来了。家里人在各种时候都试过，但没有一个成功地彻底戒了酒的，而我父亲则不然。他从哪里，又是如何获得力量来坚持他的决定，只有上帝知道。我似乎觉得这是不可思议的，因为如果我处于他的地位，我自己也会喝死的。可是，他却没有。这是他一生中第一次对任何事情显示出决心。我的母亲感到十分吃惊,她就是这么一个白痴,竟然拿他开玩笑,讥讽他至今一直如此薄弱的意志力。他仍坚持不懈。他的酒肉朋友很快就不见踪影了。总之,他不久就发现自己几乎完全孤立了。这一定触到了他的痛处,因为没过几个星期,他就病得死去活来,于是去做了一次会诊。他恢复了一点儿,足以起床,来回走走,但仍然是个重病号。他被猜想患了胃溃疡,虽然没有人十分有把握他到底哪里不舒服,但是,大家都知道,他这样突然发誓戒酒,是犯了一个错误。要回到一种有节制的生活方式中去,无论如何已为时太晚。他的胃如此之弱,竟连一盘汤也盛不下。几个月后,他就剩下了一把骨头,而且十分苍老,看上去就像从坟墓里爬出来的拉撒路[①]。

有一天,母亲把我拉到一边,眼泪汪汪地求我到家庭医生那里去,了解我父亲的真实病情。劳施大夫多年来一直是家庭内科医生。他是一个典型的老派"德国佬",在多年开业以后已相当疲惫,有许多怪癖,然而还是不能完全忍痛舍弃他的病人。以他愚蠢的条顿方式,他试图吓退不太严重的病人,好像要证明他们是健康的。当你走进他诊室的时候,他甚至不费神看你一眼,不断地写,或者不断地做他正在做的任何事情,同时敷衍了事地以侮辱人的方式,向你开火似的提出任意的问题。他的行为如此无礼,如此挑剔,以至于他好像期待他的病人不仅随身带来他们患的病,也带来他们患病的证据,这也许听起来可笑。他使人感到自己不仅肉体上有毛病,而且精神上也有毛病。"你就想象一下吧!"这是他最喜欢说的一句话,他说这话时斜眼看人,带着恶狠狠的嘲弄。我很了解他,也打心底里讨厌他,于是我有备而来,也就是说,准备好了我父亲的实验室大便分析。如果大夫要求进一步的证据,我的大衣口袋里还有父亲的小便分析。

---

① 《圣经》中提到的乞丐。

我小时候，劳施大夫有点儿喜欢我，但是自从我那天到他那儿去看淋病，他就不再信任我。当我把脑袋探到他门里的时候，他总是露出一副愠怒的面孔。有其父必有其子，这是他的座右铭，因此，当他不但没有给我想要的信息，反而因为我们的生活方式而同时教训起我和我父亲时，我一点儿也不感到惊奇。“你们不能违背自然。”他扭歪着脸，庄严地说。他说话时眼睛不看我，只管在他的大本子里作些无用的记号。我悄悄走到他桌子旁，不出声地在他旁边站了一会儿，然后，当他带着他平常那种愤愤不平的怒容抬头往上看时，我说——“我不是到这里来听道德教诲的……我想知道我父亲有什么问题。”听到这话，他跳了起来，显出他最严厉的样子，说：“你父亲没有机会康复了，不到六个月他就会死掉。”他说话的样子跟他那类愚蠢、蛮横的德国佬一模一样。我说：“谢谢了，这就是我要知道的一切。”说着就朝门口走去。这时候，他似乎感到自己犯了一个大错误，就迈着沉重的大步追上我。他把手放到我肩上，试图哼哼哈哈地改变刚才的说法。他说：“我的意思不是说他绝对肯定会死。”如此等等。我打开房门，打断了他的话，以最大的音量冲他吼叫，以便让在他接待室里的病人都能听到——“我想你是他妈的狗臭屁，我希望你早点儿死掉，再见！”

到家以后，我稍微修改了一下医生的结论，说我父亲的情况十分严重，但是如果他好好注意，他会好起来的。看来这使老爷子振作了许多。他主动开始吃牛奶加烤面包片的饮食，无论这是不是最好的东西，肯定对他没有害处。他保持一种半伤病员的状态大约有一年时间，随着时间的推移，他内心越来越平静，在表面上他也决心不让任何东西来打扰他心灵的宁静，不让任何东西，哪怕天塌下来也罢。由于他更加有力气了，他就开始每天到附近的公墓去散步。在那里，他会坐在阳光下的一张长凳上，看老人们在坟墓周围闲逛。接近坟墓不但没有使他精神萎靡不振，反而使他显得很高兴。他似乎已经同最终死亡的念头妥协了，无疑，这是他至今为止一直拒绝正视的一个事实。他经常拿着他在公墓里摘的鲜花回家，脸上流露出宁静、纯真的欢乐，他会坐在扶手椅里描述那天早晨他同一个人的谈话，这个人是其他那些常去公墓、为自己健康状况发愁的人当中的一员。一段时间以后，他显然真正喜欢上了他的与世隔绝，或者更确切地说，不仅喜欢，而且深深得益于这种经验，这是我母亲的智力无法理解的。他变懒了，这是她的看法。有时候她甚至说得更加极端，一讲起他来就用食指敲自己的脑袋，但她不公开说任何事情，因为我的妹妹无疑脑袋有点儿毛病。

然后有一天，有一个每天给儿子上坟的老寡妇，照我母亲的说法是"她笃信宗教"，她殷勤地介绍我父亲认识了属于附近一所教堂的一位牧师。这是他老人家一生中的一件大事。他突然容光焕发，由于缺乏滋养而几乎萎缩的心灵海绵般惊人地膨胀起来，以至于他变得都认不出了。使老爷子发生这样巨大变化的人自己一点儿也没有什么特别；他是一个公理会牧师，属于我们毗邻地区一个不起眼的小教区。他的一个优点是把他的宗教留在不显眼的地位上。老爷子很快就陷入了一种孩子气的偶像崇拜；他谈论的只有这位他视为朋友的牧师。因为他一生中从未看过一眼《圣经》，至于其他书，他也从未看过一本，所以就是听他在吃饭前作一段祷告也会令人惊诧不已的。他用一种奇怪的方式来进行这个小小的仪式，很像一个吃补药的人那样。如果他建议我读《圣经》的某一章，他会非常严肃地加上一句——"这对你有好处。"这是他发现的一种新药，一种骗人的药，它保证可治百病，人们没病也可以吃，因为无论什么情况下，它肯定不会有害处。他参加教堂举行的所有礼拜和集会，有时候，例如在外出散步的时候，他会在牧师家歇歇脚，同他小叙一阵。如果牧师说，总统是个好人，应该再当选，老爷子就会对每个人精确重复牧师说过的话，敦促他们为总统的再次当选投票。牧师说的一切都是正确的、公正的，没有人可以反驳他。这对老爷子来说无疑是一种教育。如果牧师在布道中提到金字塔，老爷子立即会开始了解什么是金字塔。他会谈起金字塔来就好像每个人都是由于他才开始了解这件东西的。牧师说，金字塔是人类最高的荣耀之一，因此，不了解金字塔就是可耻的无知，近乎有罪。幸好牧师没有细说罪恶的问题；他是现代型的布道者，他靠唤起他的羔羊们的好奇心来使他们信服，而不是靠诉诸他们的良心。他的布道更像夜校的业余课程，所以对老爷子来说，就十分有趣，十分有刺激性。教区全体男性教徒时常被邀请去参加一个小型宴会，宴会的目的是要表明，这位好牧师像他们大家一样，只是一个普通人，偶尔也会香喷喷地美餐上一顿，甚至还会喝上一杯啤酒；而且，人们还注意到，他甚至唱的不是宗教赞美诗，而是欢快的通俗小调。根据这种快乐的举动推断，他有时也会喜欢操屁股玩玩——当然，总是适可而止。这就是使老爷子支离破碎的灵魂感到滋润的词——"适可而止"。这就如同在黄道圈中发现了一个新宫。虽然他已经病得不可能再尝试回复到一种哪怕适中的生活方式中去，但这仍然对他的心灵有好处。因此，有一天晚上，当不断戒酒又不断喝酒的耐德叔叔到家里来的时候，老爷子给他上了一课关于适可而止的好处。那段时间，耐德叔叔正在戒酒，所以当老爷子被自己的话所感动，突然走到餐具柜跟前，拿起一只盛酒的细颈玻璃瓶来时，每个人都大吃一惊。耐德叔叔发誓戒酒的时候，没有人敢请他喝酒；冒险做这样的事情，就是严重违背了相互间的忠诚。但是老爷子以这样一种信念来做这件事，没有人敢出来冒犯他。结果耐德叔叔喝了一小杯酒回家去了，那天晚上没有再跑到酒馆去喝酒。这是一个非常事件，几天之后还在被人议论纷纷。事实上，耐德叔叔从那天起，行为就有点儿古怪。他第二天似乎去了酒店，买了一瓶雪利酒灌到一只盛酒的细颈玻璃瓶里。他把玻璃瓶放在餐具柜上，就像他看见老爷子做的那样。他不是一口气把它干光，而是满足于一次喝一满杯——"就一点点儿"，他是这么说的。他的行为如此引人注目，我的婶婶都不敢相信她的眼睛了，有一天她到我们家来，同老爷子作了一番长谈。她尤其请他邀请牧师哪天晚上到家做客，以便耐德叔叔有机会直接受他仁慈的感化。总之，耐德不久便浪子回头，像老爷子一样，似乎在这种经验之下越活越精神了。情况一直很好，直到出去野餐的那一天。很不幸，那一天非常热，随着娱乐、兴奋、狂欢，耐德叔叔口渴得要命。直到他已经喝得酩酊大醉，才有人注意到他不断地、一次又一次地往啤酒桶那儿跑。那时候已经太晚了。一旦到了那种状况，他便无法控制了，甚至牧师也无济于事。耐德突然悄悄离开野餐聚会，横冲直撞了三天三夜。要不是他在沙滩上跟人动拳头，也许他还要这样走下去。夜间的巡警发现他不省人事地躺在沙滩上。他被送到医院，发现是脑震荡，从此再也没有恢复过来。老爷子从葬礼上回来时，眼中没有眼泪，他说——“耐德不知道什么是节制。这是他自己的过错。不管怎么说，他现在过得更好……”

就好像为了向牧师证明，他不是像耐德叔叔那样的材料做成的，他更加勤奋地尽他的教会义务。他让自己被提升到“长者”的地位，他对“长者”要尽的职责极其自豪，因为有这个地位，他被允许星期天做礼拜时帮着收集募捐款。想到我的老爷子手里捧着募捐箱在一所公理会教堂的过道上行走，想到他拿着这只募捐箱肃然起敬地站在圣坛跟前，而牧师则在为捐款者祝福，这对我来说，几乎是难以相信的事情，我都不知道说什么好。对比之下，我喜欢想我小时候的他，我会在一个星期六的中午，在渡口遇见他。在渡口入口附近，当时有三个酒馆，一到星期六中午就挤满了人，他们在免费午餐柜台上歇一下，吃点儿东西，喝上一大杯啤酒。我现在对三十岁的他仍历历在目，一个健康和蔼的家伙，对每个人都笑眯眯的，说些俏皮话来打发时光。我看见他胳膊支撑在柜台上，草帽歪到了后脑勺上，他举起左手，把冒泡的啤酒吞下肚子。我的视线当时大约和他沉重的金链子在同一水平线上，它横跨在他的背心上；我记得他在仲夏时节穿的黑白格子西装，这使他在酒吧的其他人当中显得与众不同，那些人都不够幸运，不是天生的裁缝。我记得他如何把手伸到免费午餐柜台上的玻璃大碗里，递给我几个椒盐卷饼，同时还说，我应该到附近的布鲁克林时报的橱窗里看一眼记分牌。也许，当我跑出酒馆去看看谁在赢钱的时候，有一帮骑自行车的人紧挨着人行道经过，他们严格遵守规定，在专门留给他们用的狭长地带或沥青路面上骑着。也许渡船正进入码头，我会停下一会儿看那些穿制服的人拽那些挂着链条的大木轮。当大门打开，木板放下的时候，一大群乌合之众就会冲过棚子，朝点缀了最近街角的酒馆跑去。那是些老爷子知道"适可而止"意义的日子，当时他喝酒是因为他真的渴了，而在渡口喝下一大杯啤酒是男人的特权。麦尔维尔说得好："用合宜的食物来喂各种事物——更确切地说，如果食物可以弄到手的话。你灵魂的食物是光和空间，那就用光和空间来喂它；但是肉体的食物是香槟和牡蛎，那就用香槟和牡蛎来喂它；因此，如果快乐的复活是值得的，那就应该有一次复活。"是的，我似乎觉得，老爷子的心灵还没有枯萎，它受到光和空间的无限限制，而他的肉体，不管有没有复活，正以一切合宜的、可以搞到手的东西为食——如果没有香槟和牡蛎，起码也有上好的淡啤酒和椒盐卷饼。那时候他的身体还没有被宣布患了不治之症，他的生活方式、他的无信仰，也没有受到谴责。他也还没有被秃鹫所包围，包围他的只是他的好伙伴，像他一样的普通凡人，他们既不向上也不向下看，而是一直往前看，眼睛始终盯着地平线，满足于看那里的景象。

现在，他成了一条破船，却使自己成为教堂的长者，他弯腰驼背，白发苍苍地站在圣坛跟前，而牧师则在为那些微不足道的募捐祈神赐福。这些募捐来的钱将用于建一条新的保龄球道。也许他必须体验灵魂的诞生，用公理会教堂提供的那些光与空间来喂养这海绵般的生长物，但是这对于一个知道肉体渴望的那种食物滋味的人来说，是多么可怜的替代物啊！那种食物没有良心上的极度痛苦，甚至使他海绵般的灵魂也充满着光与空间。这光与空间是荒唐的，但是光芒四射，是世俗的人生。我再次想起他那匀称的小“肚皮”，那条粗粗的金链子就横跨在肚皮上，我想，随着他肚子的死亡，幸存下来的便只有那灵魂的海绵了——他自己死亡肉体的一种附属品。我想起那个牧师，他像一种非人类的食海绵动物，像挂有人的精神头皮的棚屋主人一般，把我父亲吞掉。我想起随之而来的东西，一种海绵中的悲剧，因为虽然他许诺光与空间，但他刚一离开我父亲的生活，整个空中楼阁就立刻倒塌。

这一切都是以最普通的生活方式发生的。有一天晚上，在人们的例行集会之后，老爷子带着一副伤心的面容回到家。那天晚上他们得知，牧师要向他们告别。他在新罗谢尔区接受了一个更为有利的位置。尽管他很不愿意抛弃他的羊群，但他还是决定接受这个位置。他当然是在再三考虑之后才接受的——换句话说，作为一种职责。无疑，这意味着更好的收入，但是这无法同他将要承担的重大责任相比。他们在新罗谢尔需要他，他服从他良心的声音。老爷子叙述这一切的时候，用的是牧师使用的那种动听语言，但是十分明显，老爷子受到了伤害。他不明白为什么新罗谢尔找不到另一个牧师。他说，用高薪来诱惑牧师是不公平的。*我们这里需要他*，他沮丧地说。他如此悲伤，使我几乎想哭出来。他补充说，他打算找牧师谈心；如果有人能说服他留下来，那么这个人就是他。在随后几天里，他当然尽了最大努力，无疑这使牧师十分狼狈。看到他在这些谈话后回来时脸上茫然若失的样子，是很令人痛苦的。他的表情，就跟一个试图抓住一根救命稻草的溺水者的表情一样。当然，牧师已拿定主意。甚至老爷子在他面前情不自禁地哭起来，他也没有被打动，从而改变主意。这便是转折点。从那个时刻起，老爷子经历了急剧的变化。他似乎变得很痛苦，并且爱发牢骚。他不仅忘记在餐桌上做感恩祷告，而且再也不去教堂了。他恢复了去公墓,坐在长凳上晒太阳的老习惯。他变得难以相处,然后变得很忧郁,最后在他脸上渐渐出现了一种永恒的悲伤表情,一种包含着幻灭、绝望、无用的悲伤。他再也不提那人的名字,不提教堂,不提他曾经结交的那些长者。如果他碰巧在街上遇见他们,他就问他们一声好,也不停下来同他们握手。他勤奋地读报纸,从背面读到正面,不作评论。甚至广告他也读,每一个都读,好像要设法填满一个始终在他眼前的窟窿。我再也没有听到他笑过。最多他只会给我们一种疲惫而无望的微笑,一种转瞬即逝的微笑,留给我们一种生命之火已经熄灭的景象。他像死火山一样,已经死了,没有任何复活的希望。就是给他一个新的胃,或是给他一个强健的新肠道,也不可能使他恢复生气。他已经超越了香槟酒和牡蛎的诱惑,超越了对光和空间的需要。他就像把脑袋埋在沙子里,屁眼里发出嘘嘘声的渡渡鸟一样。他在莫里斯安乐椅里睡着时,下巴掉下来,就像一个松开的合叶;他一向鼾声如雷,但他现在打呼噜比什么时候都响,像一个真正全无知觉的人。他的鼾声事实上非常像死亡前的喉鸣,只是不断被有间歇的、拖长的嘘嘘声所打断,就像在花生摊上吹的那种哨子声。他打呼噜的时候就好像在把整个宇宙砍成碎片,以便我们这些继承他的人好有足够的引火木材来维持一生。这是我听到过的最可怕、最迷人的打鼾:鼾声如雷,可怕而怪诞;有些时候,它就像手风琴掉到地上,有些时候又像青蛙在沼泽地里呱呱地叫;在拖长的嘘嘘之声后,有时候是一声可怕的喘息,好像他正在断气,然后打鼾又恢复到正常的一起一落,就像在不断地砍啊劈的,仿佛他光着膀子,手中拿着斧子,站在这个世界像疯了一般大量积累起来的所有小摆设面前。他脸上的那种木乃伊般的表情,使这些行为带有一点儿疯狂的色彩。脸上只有突出的两片大嘴唇活灵活现,它们就像在安静的大洋面上小睡的一条鲨鱼的鳃。他极乐地在大海的怀抱中打鼾,从不受一场梦或一杯酒的干扰,从不是一阵一阵,从不为一种不满足的欲望所折磨；当他闭上眼睛倒下的时候，世界之光熄灭了，他孑然一身，就像在出生前一样，一个正在把自己咬成碎片的宇宙。他坐在莫里斯安乐椅里，就像约拿[1]坐在鲸鱼的肚子里一样，安全可靠地待在一个黑窟窿的最后避难所里，无所期待，无所想望，没有死亡，但却被活埋，被囫囵吞下，那突出的大嘴唇随着那虚无的白色呼吸的涨落而轻轻掀动。他在睡乡寻找该隐和亚伯[2]，但是没有碰到一个活人，听到一句话，见到一块招牌。他和鲸鱼一块潜水，擦过冰冷黑暗的海底；他高速游过好几弗隆[3]，仅仅以海底动物的柔软触须作为向导。他是烟囱顶上冉冉升起的烟，是遮蔽月亮的大量云层，是构成海洋深处光滑油地毡的厚黏质。他比死人还死，因为他虽然活着，但他空虚，没有任何复活的希望，因为他超越了光与空间的界限，安全可靠地蛰居于一无所有的黑窟窿之中。他更应该被忌妒而不是被怜悯，因为他的睡眠不是一种暂停或间歇，而是睡眠本身。因为睡眠是深海，因此，睡眠永远在加深，在睡着的睡眠中越来越深，在最深的睡眠中深海的睡眠，在最深的深度中充分地睡着了，最深的、睡着的睡眠是香甜的睡眠。他曾睡着了，他正睡着，他将睡着。睡觉。睡觉。*父亲，睡吧，我求你了，因为我们醒着的人正在恐怖中煎熬……*

随着世界在空洞鼾声最后的翅膀拍击中消逝，我看到房门打开，格鲁弗·瓦特勒斯进来了。"基督与你同在！"他一边说，一边拖着他的畸形脚往前走。他现在完全是个年轻人了，他找到了上帝。上帝只有一个，而格鲁弗·瓦特勒斯找到了他，所以，再没有什么东西好说，只是一切都必须用格鲁弗·瓦特勒斯新的上帝语言重新说过。这种上帝专为

① 《圣经》中的先知。

② 《圣经》中亚当和夏娃的儿子。

③ 长度单位，等于八分之一英里。

格鲁弗·瓦特勒斯发明的智慧新语言大大吸引了我，首先因为我一直把格鲁弗看成一个无望的笨蛋，其次因为我注意到，在他灵巧的手指上不再有抽烟留下的斑痕。我们小时候，格鲁弗住在我们隔壁。他经常来找我练习二重奏。他虽然只有十四五岁，却抽烟抽得很凶。他母亲对此没有办法，因为格鲁弗是一个天才，天才就得有一点儿自由，尤其是他还十分不幸，天生有一只畸形脚。格鲁弗是那种在污泥里茁壮成长的天才。他不仅手指上有尼古丁斑痕，而且他还有肮脏的黑指甲，在练了几小时琴以后，指甲就会劈开，格鲁弗不得不用牙齿强行把劈开的指甲撕下来。格鲁弗常常把指甲和留在牙齿上的烟草末一块儿吐出来。这令人感到痛快而带有刺激性。香烟在钢琴上烧出了几个窟窿，我母亲还挑剔地说，香烟把琴键弄得黑不溜秋。当格鲁弗告别时，客厅里就像殡仪馆的里屋一样臭烘烘的。它散发着熄灭的烟味，汗味，脏衬衣味，格鲁弗骂起人来的那种不干不净的味儿，韦伯、柏辽兹、李斯特等人的曲调余音留下的那种燥热味。它还散发着格鲁弗流脓的耳朵与蛀牙的味儿，散发着他母亲因饮食过度而发出的臭味，以及他母亲哭哭啼啼的味道。他自己的家是一个马厩，极其相称于他的天赋，但是我们家的客厅却像殡仪馆老板办公室的等候室一样。格鲁弗是个蠢蛋，甚至不知道还要用脚垫子擦脚。冬天的时候，他的鼻子就像阴沟一样淌着鼻涕。他太全神贯注于音乐了，都没有想过要擦一下鼻子。凉凉的鼻涕淌下来，一直淌到嘴唇上，一条长长的白舌头把鼻涕吸了进去。在韦伯、柏辽兹、李斯特等人令人肠胃不舒服的音乐中，它加入了一种辣酱油，使那些虚无的菜肴美味可口。格鲁弗嘴里吐出来的话，两句当中就有一句是骂人话，他最喜欢说的一句话是——“我就弄不好这操蛋的玩意儿！”有时候他恼火极了，会举起拳头，疯子般地拼命敲打钢琴。这就是他的歪路子天才。事实上，他母亲往往十分重视这些发作；这些发作使她相信他身上有些了不起的东西。其他人只是说，格鲁弗叫人受不了，但是，由于他的畸形脚，他的许多事都得到人们的原谅。格鲁弗也够狡猾的，知道如何利用这只有毛病的脚；无论什么时候当他迫切需要什么东西时，他都会显示出脚上的疼痛。只有这架钢琴似乎不理会这只残废脚，所以钢琴就成了被诅咒、挨踢、挨捶的对象，他要把它捣成碎片。反过来讲，如果他竞技状态好，他就会连着好几个小时待在钢琴旁，事实上，你甭想把他拽走。在这样的时候，他母亲会站在屋前的草地上，拦住邻居，想从他们嘴里挤出几句称赞的话来。她会如此出神地听她儿子的"神圣"演奏，以至忘记去做晚饭。工作在下水道的父亲常常饥肠辘辘回到家里，脾气很不好。有时候，他会直接上楼来到客厅，把格鲁弗猛地从琴凳上拉下来。他自己也是脏话连篇，当他用脏话骂起他天才儿子的时候，就没有格鲁弗说话的份了。照老头的看法，格鲁弗只是发现一堆噪音的婊子养的懒货。他时常威胁要把这操蛋的钢琴扔出窗外——连同格鲁弗一起。在这种大吵大闹当中，如果格鲁弗的母亲敢插手干预，他就会给她一拳，让她去把尿撒撒干净。当然，他也有吃瘪的时候，他会这样问格鲁弗：你究竟叮叮咚咚弹些什么？如果格鲁弗说，例如，"嗨，悲怆奏鸣曲。"老家伙就会说——"那究竟是什么意思？嘿，以基督的名义，他们就不能用明明白白的英语来表示吗？"老头的无知比他的野蛮更让格鲁弗受不了。他打心眼儿里为他父亲感到羞愧，他父亲不在他跟前的时候，他就会无情地嘲笑他。他长大一点儿以后，常常暗示，要不是那老家伙是这样一个卑鄙的杂种，他便不会天生是畸形脚的。他说，老头一定是在母亲怀孕时踢了她的肚子。这所谓的踢肚子，一定以多种方式影响了格鲁弗，因为当他完全长成一个年轻人的时候，就像我刚才所说的那样，他突然如此热衷于上帝，以至于你在他面前擤鼻子都首先要征得上帝的同意。

格鲁弗皈依宗教就在我父亲泄气之后，这就是我想起格鲁弗的原因。人们有好些年没有见到瓦特勒斯一家了，然后，就在可怕的鼾声中，格鲁弗昂首阔步地出现了，他一边准备要把我们从邪恶中拯救出来，一边到处向人们祝福，并请上帝作证。我首先在他身上注意到的，是他个人外表的变化；他已经在耶稣的血中洗干净了。确实，他洁白无瑕，几乎有一股香气从他身上散发出来。他的语言也净化了，不再说粗话，只有祝福和祈祷的话。他同我们进行的不是一种谈话，而是一种独白，独白中即使有问题，也都是他自己来回答。当你请他坐下，他坐到椅子上的时候，他就以长耳大野兔的那种机智说上帝献出了他所爱的唯一儿子，为的是我们能享有永恒的生命。我们真的需要这种永恒的生命——还是我们仅仅执迷于肉欲的欢乐，不知道救赎地死去呢？无疑，他从来没有想到过，向一对老年人——其中一个正在酣睡打鼾——提起"肉欲的欢乐"有多么不合适。他如此活跃，如此兴高采烈地沐浴在最初的神恩中，以至于一定忘记了我的妹妹是个疯子。因为他甚至没有询问她怎么样，就开始以这种新发现的宗教废话，向她高谈阔论起来。她对此全然无动于衷，因为，我要说，她的神经不很正常，如果他同她谈论菠菜末儿，对她来说也是同样意思。像"肉欲的欢乐"这样的话，她觉得意思就像是打着红阳伞的美丽的一天。我看她坐在椅子边上敲她脑袋的样子，就知道她只是在等待他喘口气的时机，来告诉他，教区牧师——她的教区牧师，是个圣公会会员——刚从欧洲回来，他们准备在教堂的地下室举办一次义卖集市，她将在那里摆个摊，卖从五分一角商店弄来的小垫布。事实上，他刚停下一会儿，她就滔滔不绝起来——什么威尼斯的运河啦，阿尔卑斯山上的雪啦，布鲁塞尔的狗拉拖车啦，慕尼黑极妙的肝泥香肠啦。我的妹妹不仅笃信宗教，而且完全是个疯子。格鲁弗悄悄插进来，谈起他看到了新的天堂，新的人间……因为第一个天堂和第一个人间已经消失，他说，用一种歇斯底里的滑音咕哝着，为的是要卸掉精神包袱似的说出神谕般的信息：上帝在人间建立了新的耶路撒冷。他，曾经满口脏话，被畸形脚毁了的格鲁弗·瓦特勒斯，在那里找到了好人的宁静与沉着。“再也不会有死亡……”他开始喊叫，当时我妹妹正侧身向前，非常天真地问他是否喜欢玩保龄球，因为牧师刚在教堂的地下室安装了一条非常漂亮的新保龄球道，她知道他会很高兴见到格鲁弗的，因为他是一个谦和的人，对穷人那么好。格鲁弗说，玩保龄球是一种罪孽，而且他也不属于任何教堂，因为教堂都是不信神的；他甚至放弃了弹钢琴，因为上帝需要他做更高尚的事情。“胜者将继承一切，”他补充说，“我将成为他的上帝，而他将成为我的儿子。”他又停下来，在一块漂亮的白手绢里擤鼻子，我妹妹抓住这机会提醒他，他以前总是淌鼻涕，从来不擦。格鲁弗非常庄严地听着她的话，然后说，他已经被治好了许多坏毛病。这时候，老爷子醒过来，看见格鲁弗活生生地坐在他旁边，十分吃惊，有好一会儿他似乎拿不准格鲁弗是疾病造成的梦中现象呢，还是幻觉，但是一看到干净的手绢，他便立刻清醒起来。“哦，是你啊！”他喊道，“瓦特勒斯家的男孩，是吧？那么，你究竟在这里干什么呢？”

“我以上苍的名义而来，”格鲁弗泰然自若地说，“我已被十字架上的蒙难所净化，我以基督的名义来到这里，使你们得到拯救，走在灵光中，得到力量和荣耀。”

老爷子一副茫然的样子。“哟，你是怎么回事？”他说，给了格鲁弗一个虚弱而又带安慰的微笑。我母亲刚从厨房进来，站在格鲁弗的椅子后面。她用嘴做了个鬼脸，设法让老爷子知道，格鲁弗疯了。甚至我的妹妹似乎也明白，他有点儿毛病，尤其是因为他拒绝到保龄球场去，她可爱的牧师专门为格鲁弗之类的年轻人安装了这个球场。

格鲁弗有什么毛病？什么也没有，只是他的脚牢牢地扎根在圣城耶路撒冷城墙的第五根基上，完全由缠丝玛瑙构成的第五根基，他从那里俯瞰一条从上帝的宝座间流出来的生命水之河。看到这条生命之河，格鲁弗感觉就像有上千只跳蚤在咬他的下结肠。直到他至少绕地球跑了七圈以后，他还是不能静静地坐下来，安之若素地观察人们的盲目与冷漠。他生气勃勃，已得到净化，虽然在迟钝、懒惰的理智者眼里，他“疯”了，但在我眼里，他这样生活似乎比起以前来无限好。他是一个讨厌的家伙，但是于你无害。如果你长时间听他谈话，你自己也多少会得到净化，尽管你也许不相信他的话。格鲁弗欢快的新语言总是使我想笑，通过放纵的大笑，清除掉我周围迟钝的理智在我身上积累起来的杂质。他像庞塞·德莱昂[①]曾经希望的那样生气勃勃；只有为数不多的人这样有活力。由于他异常活泼，因此，如果你当着他的面大笑，他一点儿也不介意。甚至你偷走他仅有的一点点财物，他也不会在乎。他活生生而又无实在意义，这是多么接近神性啊！因而这就是疯狂。

由于他的脚牢牢地扎根于新耶路撒冷的城墙，格鲁弗体验了一种无比的欢乐。也许，如果他不天生一只畸形脚，他便不会体会这难以置信的欢乐。也许格鲁弗还在娘肚子里的时候，他父亲踢他母亲的肚子反倒踢好了。也许，正是踢在肚子上的这一脚，使格鲁弗翱翔，使他彻底地存在，彻底地清醒；甚至在睡梦中，他也在传递上帝的信息。他劳动得越艰苦，就越不疲惫。他不再有担忧，不再有遗憾，不再有恼人的回忆。除了对上帝以外，他不知道有任何职责，任何义务，而上帝指望他什么呢？什么也没有，什么也没有……除非是对上帝的赞美。上帝只要求格鲁弗·瓦特勒斯活生生地在肉体中显现。上帝只要求他越来越活生生。在充分活生生的时候，格鲁弗就是一个声音，而这声音则是一股洪水，使一切死亡的东西都进入混乱状态，而这混乱状态又反过来成为世界之嘴，在嘴的正中央是动词 to be。一开始就有这个词，这个词与上帝同在，这个词就是上帝。所以上帝就是这个奇怪的不定式，这就是存在的一切——难道还不够吗？对格鲁弗来说，这已经绰绰有余了：

① 庞塞·德莱昂(1460—1521)：西班牙探险家。

这就是一切。从这个动词出发,他走哪条路,有什么区别呢?离开这个动词,就是离开中心,就是要建一座通天塔。也许上帝故意让格鲁弗·瓦特勒斯残废,为的是让他留在中央,同这个动词在一起。上帝用一根看不见的绳子把格鲁弗·瓦特勒斯拴在他扎透世界心脏的柱子上,格鲁弗成为每天下金蛋的肥鹅……

我为什么要写格鲁弗·瓦特勒斯呢?因为我碰到成千上万的人,没有人像格鲁弗那样活生生。他们大多数更加明智,他们当中许多人才华横溢,其中有些人甚至很有名气,但是没有人像格鲁弗那样活生生,那样没有目的。格鲁弗是不可穷尽的。他就像一小点儿镭,即使埋在山底下,也不会失去释放能量的能力。我以前见过许多所谓精力充沛的人——美国不是充斥着这种人吗?——但是,凡以人类形象出现的,却没有一个储存着大量能量。是什么东西造成了这不可穷尽的大量能量的储存呢?是一种启发。是的,它就发生在一眨眼之间,这是任何重要事物发生的唯一途径。一夜之间,格鲁弗预想的一切价值都被抛弃了。就像那样,他突然在别人运动的时候停止运动。他踩住刹车,却让马达不停转动。如果说,他曾经像其他人一样,认为有必要到某个地方去,那么他现在知道了,某个地方就是任何地方,所以就在这里,为什么还要挪动呢?为什么不停好车,让马达不停转动呢?同时,地球本身在转动,格鲁弗知道地球在转动,也知道他在同它一起转动。地球正在去任何地方吗?格鲁弗无疑问了自己这个问题,而且一定很满意地知道,地球不去任何地方。那么谁说过我们要到某个地方去呢?格鲁弗会向这人那人打听,他们要去哪儿,怪事情是,虽然他们都在走向他们各自的目的地,但是他们没有一个人停下来反思一下,所有人必然走向的唯一目的地都同样是坟墓。这使格鲁弗困惑,因为没有人能使他相信,死亡不是一种必然,而任何人都能使任何其他人相信,任何其他目的地都是一种非必然。相信了死亡的绝对必然性之后,格鲁弗豁然开朗，空前活跃起来。他在一生中第一次开始生活，同时，畸形脚完全从他的意识中消失了。这件事想起来也怪，因为畸形脚就像死亡一样，是另一个不可回避的事实。然而畸形脚从思想中消失了，更重要的是，同畸形脚相关联的一切都消失了。同样，由于接受了死亡，死亡也从格鲁弗的思想中消失了。抓住死亡这一种必然之后，所有的非必然都不见了。世界的其余部分现在正拖着畸形脚的非必然向前跛行，只有格鲁弗自由自在，不受任何阻碍。格鲁弗·瓦特勒斯是必然性的人格化。他也许会有错，但是他是必然的。如果一个人不得不拖着一只畸形脚跛行，正确又有什么好处呢？只有为数不多的人懂得这条真理，他们的名字成为十分伟大的名字。格鲁弗·瓦特勒斯也许绝不会为人所知，但他同样十分伟大。这也许就是我写到他的原因——即这样一个事实：我有充分的辨别力，能明白格鲁弗已经达到了伟大的程度，尽管没有其他人会承认这一点。当时，我只认为格鲁弗是一个无害的狂热者，是的，有一点儿"发疯"，就像我母亲暗示的那样，但是每一个抓住关于必然性的真理的人都有一点儿发疯，只有这些人才对世界有所建树。其他人，其他伟人，在这里那里摧毁一点东西，但是我说起的这些少数人，其中包括格鲁弗·瓦特勒斯，能够摧毁一切，为的是真理能够生存。通常这些人都天生有障碍，也就是说，天生有畸形脚，而奇怪且具有讽刺意味的是，人们记得的只有这畸形脚。如果格鲁弗这样的人没有了他的畸形脚，世人就说他"发疯了"。这就是关于非必然性的逻辑，它的结果是不幸。格鲁弗是我一生中遇到的唯一真正快乐的存在，因此这是我正在建立的一座小小纪念碑，为了纪念他，纪念他快乐的必然性。可惜的是，他不得不用基督来作为支柱，但是只要一个人抓住真理，靠真理生活，那么，他如何得到真理，又有什么关系呢？

第十二章

插　曲

“混乱”是一个我们发明出来表示一种无法理解的秩序的词。我喜欢细想事物成形的这个时期，因为这种秩序，如果被理解的话，一定是令人眼花缭乱的。首先是海米、牛蛙海米，还有他老婆的卵巢，它已烂掉好长时间了。海米被完全裹在他老婆腐烂的卵巢里。这是日常话题；它现在优先于泻药丸和长舌苔的舌头。海米贩卖“性谚语”，他就是这样说的。他说的一切不是从卵巢开始，就是导向卵巢。他不顾一切地仍然和老婆做爱——长时间像蛇一般的交媾，交媾中他还会在完事前抽上三两支香烟。他会努力向我解释，烂卵巢流出来的脓如何使她热烈。她始终是一把好手，而现在她比任何时候都好。一旦卵巢摘除，就说不清她会是什么样子。她似乎也明白这一点，因此，去他妈的！每天晚上，盘子收走以后，他们就在他们的小公寓里把衣服脱得光光的，像两条蛇一样躺在一起。他多次试着向我描述——她做爱的方式。里面就像一只牡蛎，有时候感觉好像他就在她的子宫里，子宫是这么柔软酥松，这使他极度兴奋。他们常常剪刀式地躺着，向上看着天花板。为了憋住不射，他就想办公室，想令他烦恼的事情，想大便不通畅对他的折磨。在高潮之间，他会让他的心思集中在另一个人身上，以便让她重新开始跟他做爱。他常常设法在一边做爱时一边还能望出窗外。他变得如此精于此道，以至于他能在他窗户底下的大街上脱下一个女人的衣服，然后把她弄到床上；不仅如此，实际上还能让她同他老婆调换位置，连续作业。有时候他会那样一直干下去，干两三个小时，都不带射的。为什么要浪费呢？他会说。

而史蒂夫·罗梅罗则不然，要他抑制住这个，可叫他受不了。史蒂夫壮得像头牛，他随便地到处散布他的种子。我们时常坐在离办公室不远的街角上一家炒杂碎店里交换看法。这里有一种古怪的气氛。也许是因为没有酒。也许是由于他们菜里那种滑稽的小黑蘑菇，总之，很容易就扯到这个话题上了。到史蒂夫来见我们的时候，他已经做完体育锻炼，洗完澡，用力擦过身子。他里里外外都干干净净。几乎是一个男人的完美标本。当然，他不十分聪明，但却是个好人，一个伙伴。海米却相反，他就像一只癞蛤蟆。他似乎是直接从他在泥巴里混了一天的沼泽地里来到餐桌上。脏话从他嘴里甜丝丝地滚滚而来。事实上，在他看来，你不能称之为脏话，因为还没有任何其他成分你可以用来与它相比。这完全是一种液体，一种黏糊糊、稠糊糊的东西，完全由性构成。当他看他的食物时，他视之为潜在的精子；如果天气暖和，他就会说这很适合于寻欢作乐；如果他乘电车，他事先就知道，电车有节奏的运动会刺激他的胃口，会让他慢慢地“自动”硬起来，他就是这么说的。为什么是“自动”，我从来也不明白，但那就是他的表达方式。他喜欢和我们一块儿出去，因为我们总是很有把握碰到一些像样的事情。如果他一个人的话，他就不会总是那么顺当。和我们在一起，他可以换一种肉吃吃——按他的说法，是非犹太女人。他喜欢非犹太女人。他说，味道更加香甜，也更容易发笑……有时候就在事情进行当中。他唯一不能忍受的是黑女人[1]。看到我同瓦勒斯卡一起走来走去，他感到吃惊和厌恶。有一次，他问我是否她没有那种格外强烈的味道。我告诉他我喜欢那样——强烈而有味，周围还带许多肉汁。他听到这话几乎脸都红了。令人吃惊的是，他对某些事物是那么敏感，例如，对食物。他对食物过分讲究，也许这是一种民族特征。他个人也是干干净净的。看到他干净的袖口上有一个小污点就叫他受不了。他不断地刷去身上的尘土，不断拿出小镜子来照照，看有没有食物塞在他的牙缝里。如果他发现一点儿碎渣子，他就会把脸藏在餐巾后面，用他那带珍珠把的牙签把它剔出来。当然他看不到卵巢。他也闻不到卵巢的味儿，因为他老婆也是个干干净净的婊子。她整天冲洗身子，准备着晚上的房事。她那么重视她的卵巢，真是悲剧。

直到她被送到医院去那天为止，她都是一架定期做爱的机器。一想到再也不能做爱了，她吓得丧失了理智。海米当然告诉她，无论怎么样，对他来说没有区别。像蛇一样缠着她，嘴里叼着烟，又有女孩子在下面大街上经过，他很难想象一个不能再做爱的女人。他相信手术会成功。成功！也就是说，她会干起来比以前更好。他常常那样告诉她，一边躺着仰望天花板。“你知道我会永远爱你，”他会说，“请你挪过来一点儿，就一点点……对，就这样……行。我刚才说什么来着？噢，对了……嘿，怎么啦，你为什么担心那样的事呢？我当然会忠实于你的。听着，就往外一点点……对，行了……棒极了。”他常常在炒杂碎店里给我们讲这些。史蒂夫会拼命大笑。史蒂夫不可能做那样的事。他太老实了——尤其是对女人。这就是他从来没有运气的原因。例如小柯利——史蒂夫恨柯利——总是得到他想要的东西……他天生是个说谎家，一个天生的骗子。海米也不十分喜欢柯利。他说他不老实，当然是

① 原文是 dark meat，将女人比喻成食物。

说他在钱财方面不老实。在钱财方面海米很谨慎。他尤其不喜欢柯利谈论他姨妈的方式。按海米的看法,他竟然捅他亲生母亲的妹妹,真是糟糕透顶,最后还把她说得一无是处,这太让海米受不了了。如果一个女人不是婊子,人们就应该对她有一点儿尊敬。如果她是婊子,那就不一样了。婊子不是女人。婊子是婊子。这是海米的观点。

然而,他不喜欢柯利的真正原因,是无论什么时候他们一块儿出去,柯利总是得到最佳选择,而且不仅如此,柯利得到最佳选择通常都是花海米的钱。甚至柯利要钱的方式也令海米生气——就像是勒索,他说。他认为这部分是由于我的过错,因为我对这小子太宽厚了。"他没有道德品质。"海米会说。"那么你呢?你的道德品质呢?"我会问。"哦,我!妈拉巴子,我太老了,不需要什么道德品质,而柯利只是一个小孩。"

"你忌妒他,这就是原因。"史蒂夫会说。

"我?我忌妒他?"他会设法用一声讥笑把这种想法压下去。像这样一种刺激,使他感到不快。"听着,"他转向我说,"我曾经对你忌妒吗?我不是总把女孩子让给你,只要你要求我这样做吗?S. U. 营业所的那个红头发小妞怎么样?……你记得……就是那个大奶头的小妞。那不是把一只漂亮的屁股让给朋友吗?我让了,不是吗?我让给你,就因为你说你喜欢大奶头,但是我不会让给柯利的。他是个小骗子。"

事实上,柯利非常勤奋地搬弄着女人的屁股。根据我的推测,他一次就操纵五六个。例如,有瓦勒斯卡——他和她搞得很紧。她他妈的很高兴有人毫不害臊地和她玩,如果和她表妹,然后又和那矮小女孩一块儿分享他,她也没有一点儿异议。她最喜欢的是在浴缸里干,这样妙极了,可是后来让矮小女孩知道了这件事。于是就闹得不可开交,最后总算在客厅的地板上摆平了。听柯利说,除了爬到吊灯上去,他什么样的事都干过了。除此之外,他总能得到大量的零花钱。瓦勒斯卡很慷慨大方，而那表妹是个柔弱女子。如果她挨近一个硬家伙，她就像面团一样随你捏。解开的裤裆就足以使她神不守舍。柯利让她做的事几乎是带羞辱性的。他羞辱她，感到津津有味。我几乎不能为此责备他，她穿着上街穿的服装，是那样一个一本正经、自命不凡的婊子。她在街上的举止，几乎会使你发誓她没有窟窿眼儿。当然，在他同她单独在一起时，他就让她为她的傲慢方式付出代价。他冷酷地干那事。有时候，他会让她手脚趴在地上，像推手推车一样，把她满房间推着爬来爬去。要不他就用狗的姿势跟她干那事，她一边哼哼，一边蠕动，他却无动于衷地点燃一支香烟，把烟吹到她两腿之间。有一次他跟她那样干的时候，玩了一个下流的小把戏。他把她搞得已经忘乎所以了，然后，他脱出身来，套上裤子。阿伯克龙比表妹一着急，放了一个大屁。至少，这是柯利这样讲给我听的。他无疑是个无耻的说谎家，也许在他的奇谈中没有一句真话，但是不能否认，他玩这样的把戏很有天分。至于阿伯克龙比小姐和她那种自高自大的纳拉甘西特①方式，嗯，同那样一只窟窿眼儿在一起，人们总是可以怎么糟糕怎么想象。相比之下，海米就是一个纯粹主义者了。在某种程度上，海米和他施过割礼的胖老二是两回事。当他所谓自动硬起来的时候，他确实意味着他是不负责任的。他的意思是说，自然在顽强表现自己——通过他的，海米·劳布舍尔的施过割礼的胖老二。他老婆的窟窿眼儿也是同样情况。那是她夹在两腿之间的玩意儿，像一件装饰品。它是劳布舍尔太太的一部分，但不是劳布舍尔太太本人。你大概明白我的意思。

好，所有这一切都是为了渐渐引出当时流行的关于普遍性混乱的话题。这就如同住在做爱乡。例如，楼上的女孩……她时常下楼来，在我老婆举行朗诵会的时候，帮着照看小孩。她显然是个傻瓜，所以我开

① 美国罗得岛州南部城镇，旅游胜地。

始一点儿都没有注意她，但是像所有其他女人一样，她也有一只窟窿眼儿，一种非个人的个人窟窿眼儿，她无意识地意识到的窟窿。她越经常下来，就越以她那种无意识的方式变得有意识。有一天晚上，她在浴室里待了很长很长时间以后，我开始怀疑出了什么问题。我决定从钥匙孔里看一眼，亲眼看看是怎么回事。嘿，看哪，她要不是站在镜子面前抚摸、爱抚她的下身才怪哩！她几乎是在同它说话。我激动得不得了，一开始就不知道干什么好了。我回到大房间，关掉电灯，躺在睡榻上等她出来。我解开裤裆，设法从睡榻上给她施催眠术。“来吧，你这婊子。”我不断地自言自语，她一定立即捕捉到了信息，因为她马上就打开门，在黑暗中摸索着寻找睡榻。我一言不发，一动不动。她终于站在我的睡榻旁。她也一言不发。她只是悄悄站着，当我的手顺着她的大腿轻轻往上摸的时候，她把一只脚移动了一下，让她的下半身再张开一点儿。正如我所说，两个人一言不发。只有一对安静的疯子，就像掘墓人一样，在黑暗中拼命干活。这是一个做爱的天堂，我知道，如果有必要，我会欣然地、心甘情愿地干得发起疯来。她也许是我见过的最出色的妞儿。她从不开口说话——那一天夜里没有，第二天夜里也没有，任何夜里都没有。她就那样在黑暗中悄悄溜下来，一闻到我一个人在那里，就会把她的那玩意儿糊到我身上。我现在回想起来，这还是一座黑幽幽的地下迷宫，那里有长沙发、安乐角、橡皮牙、丁香花、软卧榻、鸭绒、桑叶等等。我常常像一条独栖的小虫般小心翼翼地钻进去，将自己埋在一条绝对安静的小缝里，这样柔软，这样悠闲，我躺着就像牡蛎养殖场里的海豚。稍一颤动，我就会在普尔曼式火车卧车厢里看报，要不就在一条死胡同里，那里有长着苔藓的鹅卵石，有自动开关的柳条小门。有时候就像玩滑雪冲浪游戏，一个波涛把你一下子冲到底下，然后是一片喷雾状的海洋里的阴虱，咬得你隐隐作痛，海草疯狂摇摆，小鱼的鱼鳃拍打着我，就像口琴上的音栓。在这巨大的黑窟窿里，有一架柔和伤感的风琴,演奏着凶残的黑色音乐。在她给自己定成高调,在她把汁液的龙头拧到最大流量的时候,形成一种青紫色,一种像暮色般深深的桑葚颜色,侏儒和呆小病患者在月经来潮时就喜欢这种暮色。这使我想起咀嚼鲜花的食人者,想起乱砍乱杀的班图人①,想起在杜鹃花坛上发情的独角野兽。一切都是无名的,未系统阐明的,约翰·多伊和他的老婆埃米·多伊:在我们上面是煤气罐,在我们底下是海洋世界。我说,她明明白白是疯了。是的,绝对疯了,虽然她还到处游荡。也许就是这,使她的窟窿眼儿如此令人惊异地具有普遍特点。这一百万窟窿眼儿中的一个,一颗规则的安的列斯②之珠,就像迪克·奥斯本读约瑟夫·康拉德作品时发现的那样。她躺在广袤的性的太平洋中,一座闪着银光的礁石,周围由人海葵、人星鱼、人石珊瑚包围着。白天见到她,看她慢慢发疯,就像是夜晚来到时诱捕一只鼬鼠。我不得不做的一切,就是裤裆敞开着等在黑暗之中。她就像在卡菲尔人③中间突然复活的奥菲利亚。她记不得任何一种语言的任何一个词,尤其记不得英语。她是一个失去了记忆的聋哑人,而随着记忆的丧失,她也丧失了她的电冰箱,她的烫发钳,她的镊子和手提包。她甚至比一条鱼更加赤条条,除了她两腿之间的那一簇毛。她甚至比一条鱼还要滑,因为鱼毕竟有鳞,而她没有。有时候都不知道究竟是我在她里面,还是她在我里面。这是公开的交战,一种最新式的古代摔跤比赛,由每一个人咬他自己的屁股。蝾螈之间的爱情,大开着的排气阀。没有性,没有杂酚皂液的爱情。潜伏的爱情,就像林木线④以上的狼獾所进行的那样。一边是北冰洋,另一边是墨西哥湾。虽然我们没有公开提到,但金刚总是和我们在

① 居住在非洲中部和南部一带的黑人。

② 指安的列斯群岛,西印度群岛的一部分。

③ 南非班图人的一支。

④ 指山区或高纬度地区树木生长的上限。

一起，睡在泰坦尼克号残骸上的金刚，这艘在百万富翁和七鳃鳗闪着磷光的尸骨之间的巨轮。没有一种逻辑可以把金刚赶走。它是支撑灵魂的短暂痛苦的巨大支架。它是长着一英里长的毛腿毛胳膊的结婚蛋糕。它是不再有新闻的旋转银幕。它是从不发射的左轮手枪的枪口，是以截断的淋病双球菌装备起来的麻风病患者。

就是在这疝的真空中，我通过生殖器进行了我所有平心静气的思考。首先有二项式定理，这个术语总是使我迷惑不解。我把它放在放大镜下，研究它，从 X 到 Z。还有逻各斯，在某种程度上，我原来总把它等同于呼吸新鲜空气。我发现正相反，它是一种纠缠不休的郁积，是一架在谷仓早就装满、犹太人早就被赶出埃及以后，仍在不停地磨玉米的机器。还有布塞弗勒斯[①]，它也许比我整个词汇中的任何一个词都令我着迷。只要在我左右为难的时候，我就会把它踩掉，当然，同它一起踩掉的还有亚历山大和他的所有皇家扈从。什么样的一匹马啊！生在印度洋，是它的血统中的最后一匹马，从来没有交配过，除了在美索不达米亚的冒险中同亚马孙女王有过。还有苏格兰开局让棋法！一个同下棋无关的令人惊异的表达。它总是以一个踩高跷的人的外形来到我跟前，芬克与瓦格纳尔的未节略版词典的第两千四百九十八页。开局让棋法是机械腿在黑暗中的一种跃进。一种无目的的跃进——*因此是开局让棋法*！一旦你掌握了它，就十分简单明了。然后还有安德洛墨达[②]和蛇发女怪梅杜萨，以及有着主神血统的卡斯托尔与波吕克斯，这一对神话中的双生子，永远固定在昙花一现的星尘团中。还有冥思苦想，一个明显同性有关的词，然而它暗示的思想内涵却使我不安。总是“午夜

---

① 公元前 4 世纪先后征服希腊、埃及和波斯，并侵入印度，建立亚历山大帝国的亚历山大大帝的战马名。

② 安德洛墨达以及下面提到的梅杜萨、卡斯托尔与波吕克斯均为希腊神话人物。

冥思苦想”，午夜有着不祥的意味。然后是花挂毯。某人在某个时候“在花挂毯后面”被刺。我看到一块以石棉板制成的圣坛布，上面有一条令人伤心的裂缝，诸如凯撒本人可能会撕裂的那种裂缝。

这是非常从容的思考，可以说，是旧石器时代人们所一味从事的那种思考。事物既不是荒诞的，也不是可以解释的。这是一种拼板玩具，在你感到厌倦的时候，你就可以用双脚把它蹬开。任何东西都可以心安理得地搁置一边，甚至喜马拉雅山。这正好是同穆罕默德的思考截然相反的那一种。它绝对没有任何目的，因而是愉快的。你在长时间做爱过程中建起的大厦，一眨眼之间便会倾覆。作数的是做爱，而不是建筑物。这就像大洪水期间生活在方舟上一般，一切都提供给你了，小到一把螺丝刀。当要求于你的一切便是消磨时间的时候，有什么必要去杀人、强奸，或乱伦呢？大雨下啊，下啊，但是在方舟里面，一切都干燥温暖，一切都成双配对，在藏食品的地方有精制的威斯特伐利亚熏腿、新鲜鸡蛋、橄榄、腌葱头、辣酱油及其他精美食品。上帝选择了我，挪亚，来建立一个新的天和新的地。他给了我一条结实的船，缝隙全无，船上很干燥。他还教给我在狂风暴雨的海上航行的知识。也许雨停了以后还会有其他种类的知识要获得，但是眼下只要有一种航海知识便足够了。剩下的是第二大道皇家咖啡馆的象棋，只是我不得不想象一个对手，一个聪明的犹太人，他能跟我一块儿下棋下到雨停。但是，正如我以前所说，我没有时间厌烦；我有我的老朋友逻各斯，布塞弗勒斯，花挂毯，冥思苦想，等等。为什么还要下棋？

像那样连着几天几夜被锁起来，我开始明白，非手淫的思考具有缓和疼痛、治疗和令人愉快的功效。无结果的思考把你带到一切地方；所有其他的思考都是在轨道上进行的，无论一段路有多长，最终总是有车站或机车库。最终总是有一盏让你“停下”的红灯。但是在生殖器开始思考的时候，就没有“停下”，没有障碍：这是一个永久的假日，新鲜的鱼饵和总是咬鱼线的鱼。这使我想起另一只窟窿眼儿，大约叫韦罗妮卡，她总是让我想入非非。同韦罗妮卡在一起，总有一场门厅里的搏斗。在舞池里你会以为她要把她的卵巢作为永久的礼物给你，但是她一吸进新鲜空气，就会开始思考，想她的帽子，想她的钱包，想她那不睡觉等着她的姨妈，想她忘记寄出的信，想她将要失去的工作——各种各样疯狂的、同手头做着的事情毫无关系的思考。就好像她突然把大脑同窟窿眼儿接通了电流——可以想象到的最机警最精明的窟窿眼儿。也就是说，这几乎可以说是一只形而上学的窟窿眼儿。这是一只发现问题的窟窿眼儿，不仅如此，而且它也是一种特殊的思考，有一个节拍器在打着拍子。对于这种被置换的有节奏的冥思苦想来说，一种特殊的朦胧之光是必要的。它必须刚好暗到适合于蝙蝠的程度，然而又亮到这样的程度：如果你碰巧掉了一颗纽扣，纽扣滚到了门厅的地板上，这时，光线要足以使你找到纽扣。你能明白我的意思。一种模糊然而过细的精确，一种看上去像心不在焉的钢铁般的意识。同时又飘忽不定，变化无常，以至你确定不了这是鱼还是家禽。*我抓在手里的是什么？是好还是特好？*回答总是很容易做出。如果你抓住她的奶子，她就会像鹦鹉一样发出粗厉的叫声；如果你触摸她裙子底下，她会像鳝鱼一样蠕动；如果你抓她抓得太紧，她会像白鼬一样咬人。她流连不去，拖延又拖延。为什么？她想要什么？一两个小时以后她会罢休吗？没有百万分之一的可能。她就像想飞但腿被夹在钢铁夹子里的鸽子一般。她假装她没有腿，但是如果你着手去放开她，就会有弄你一身毛的危险。

因为她有这样一只神奇的屁股，因为这屁股他妈的如此难以接近，我常常把她看作"笨人难过的桥"①。每一个小学生都知道，"笨人难过

① 指欧几里得《几何原本》第一卷第五命题：等腰三角形底角相等。此系初学者一时不易理解的定理。

的桥"只有两头由一个盲人领着的白毛驴才可以过。我不知道为什么是这样子,但这就是欧儿里得定下的规则。他的知识如此丰富,这家伙,以至有一天——我猜想他纯粹为了寻开心——他修建了一座没有一个活着的凡人可能通过的桥。他称之为"笨人难过的桥",因为他是一对漂亮的白毛驴的主人。他如此依恋于这些毛驴,以至他不会让任何人占有它们。因而他呼唤出一场梦幻,在其中,作为盲人的他,有一天将领着毛驴走过那座桥,进入毛驴的快乐猎场。嘿,韦罗妮卡有着十分相同的处境。她很看重她漂亮的白屁股,因而她无论如何不愿意同它分开。当升入天堂的那一天到来的时候,她还要带上它一起去哩。至于她的窟窿眼儿,顺便说一下,她从来没有提到过它——至于她的窟窿眼儿,我说,嘿,那是要随身携带的附件。在门厅的朦胧光线中,她没有公开提到她的两个问题,却又在某种程度上使你很不舒服地意识到它们。也就是说,她以魔术师的方式使你意识到。你将看一眼或摸一下,结果反而被欺骗,反而弄明白了你原本没有看见,没有摸着。这是一种非常微妙的性代数,午夜的冥思苦想,它将在第二天给你赢来一个优或一个良,但是再没有别的东西了。你通过考试,得到文凭,然后你就无拘无束。同时,你用屁股坐下,用窟窿眼儿小便。在教科书和实验室之间有一个中间地带,你永远也不可以进入,因为它被称为做爱。你可以闲荡鬼混,但绝不可以做爱。光线从来不被完全隔断,阳光却也从来不涌进来。明暗程度总是足以区分一只蝙蝠。正是这种忽隐忽现的可怕光线使精神集中,好像要注意寻找钱包、铅笔、纽扣、钥匙等等。你不可能真正进行思考,因为你的精神已经很集中。它处于准备就绪的状态中,就像剧院里的一个空座位,坐这个座位的人已经在上面留下了他的夜礼帽。

韦罗妮卡有一只会说话的窟窿眼儿,我说,这是很糟糕的事情,因为它的唯一功能似乎就是说话说得一个人不想再干了。而伊夫琳则有一只笑嘻嘻的窟窿眼儿。她也住在楼上，只是住在另一所房子里。她总是在吃饭的时候匆匆走进来，讲给我们听一个新的笑话。第一流的喜剧女演员，我一生中遇到的唯一真正有趣的女人。一切都是玩笑，包括做爱在内。我能够描述它的唯一方式是，当她，伊夫琳，激动起来，变得烦躁不安时，她就用她的窟窿眼儿进行一段口技表演。你正要让那玩意儿溜进去的时候，夹在她两腿之间的木偶会突然发出一阵狂笑。同时，它会伸出手来抓你，顽皮地使劲拉你一下，按你一下。它也会唱歌，这只窟窿眼儿木偶。事实上，它的举止就像一只训练有素的海豹。

没有什么事情比在马戏场里做爱更困难的了。一直进行训练有素的海豹表演，使她更难接近，如果用铁条把她捆起来，还不至于如此。她可以压倒世界上最"自动"硬起来的男人那玩意儿。用笑来压倒它。同时，它并不像人们可能会想象的那样十分丢人。这窟窿眼儿的笑有某种惹人喜爱的东西。整个世界似乎像一部色情电影一般展现，这电影的悲剧主题是阳痿。你可以把自己想象为一条狗，或一只鼬鼠，或一只白兔。爱情是某种附带拥有的东西，比方说，一盘鱼子酱，或蜡制天芥菜。你可以在你身上看到那位口技艺人正谈论着鱼子酱或天芥菜，但是真正的角色始终是一只鼬鼠或白兔。伊夫琳一直躺在白菜地里，向先到者奉献上一片鲜绿的叶子，但是如果你动弹一下去啃吃它的话，白菜地会哄然大笑，一种欢快、水淋淋的阴道里的笑声，这是耶稣·H.基督和伊曼纽尔·普西福特·康德[1]绝梦想不到的那种笑声，因为如果他们梦想到的话，世界就不会是今天的模样，而且，也不会有康德，不会有全能的基督。女性很少笑，但是当她们笑的时候，就是火山爆发。当女性笑的时候，男性最好还是赶快躲到防龙卷风的掩体中去。什么东

---

① 德国哲学家康德的全名应该是伊曼纽尔·康德，作者故意在中间加了些东西。文中其他地方也有类似情况。

西也经受不住那种从窟窿眼儿里发出的笑声，就是钢筋水泥也经受不住。女性的笑神经一旦触动，就会笑倒鬣狗、豺狼，或野猫。例如，人们时常在暴民的私刑聚会上听到这声音。它意味着真相已经暴露，一切都在进行。它意味着她将亲自搜寻——留神你的蛋子不要被人割掉！它意味着，如果害虫到来，她将先到，带着有刺的皮带，这皮带将活剥你的皮。它意味着她不仅和张三李四睡觉，而且和霍乱、脑膜炎、麻风睡觉。它意味着她将像一匹发情的母马一般躺在圣坛上，来者不拒，包括圣灵。它意味着熟练掌握对数知识的可怜男性花费五千年、一万年、两万年建立起来的东西，她一夜之间就将它摧毁。她把它摧毁，还要在上面撒泡尿，一旦她真的笑起来，谁也阻止不了。当我说韦罗妮卡①的笑可以压倒能想象到的最"自动"硬起来的男人那玩意儿时，我是故意这么说的；她将压倒自动的勃起，还你一个像烧红的枪管通条一般的没有感情的勃起。你也许不会同韦罗妮卡走得很远，但是带着她不得不给你的东西，你却能走遍天下，这是不会有错的。一旦你来到可以听得见她的范围之内，就好像你吃了过量的斑蝥。地球上没有任何东西能平息它，除非你用大锤砸它。

事情一直就这样进行着，尽管我说的每一句话都是谎言。这是个人周游非个人世界。一个手里拿着把小泥铲的男人正挖一条穿过地球的隧道，以便到达地球的另一面。他想要从隧道里过去，最终找到库莱布拉隧道，这是错觉的短暂和谐时期极佳的例子。当然，挖掘是没完没了的。我可以希望的最好事情，是待在地球的正中心，那里周围压力最强，最均匀。我希望永远待在那里。这给我一种绑在地狱车轮上受旋转之苦的感觉，这是一种拯救，不可完全忽视。另一方面，我是崇尚本能的那一类形而上学家。我不可能固定待在任何地方，就是在地球正

① 这里似乎应该是伊夫琳，而不是韦罗妮卡，疑是作者笔误。

中心也不可能。找到并享受形而上学的做爱是绝对必要的，为此我将不得不登上一处全新的台地，一座由甜苜蓿和精细琢磨过的独石柱组成的台地，那里有老鹰和秃鹫自由地飞翔。

有时候傍晚坐在公园里，尤其是满地废纸、食品的公园，我会看见一个人经过，一个似乎要去西藏的人，我会睁圆了眼睛注视她，希望她会突然开始飞行，因为如果她那样做，如果她开始飞行，我知道我也将能飞行，这意味着挖掘与打滚的结束。有时候，也许因为黄昏或其他干扰，她好像真的绕着一个拐角不断飞行。这就是说，她会突然从地面上被提升到几英尺高的空间里，就像一架负荷过重的飞机；正是这种不自觉的突然提升，无论它是真的还是想象出来的，都无所谓，但它却给我以希望，给我以勇气，让我圆睁着眼睛盯着这个地方。

有一些麦克风里面在呼唤"继续下去，不要停，坚持到底"，以及诸如此类的废话，但是为什么？为了达到什么目的？往哪儿去？从哪儿来？我会定上闹钟，为的是在某一时刻起床走动，但是为什么起床走动呢？为什么竟然要起床？我用我手中的小泥铲像苦工船上的奴隶一般干活，不怀有任何得到报酬的希望。我将继续前进，挖出人类曾挖掘过的最深的窟窿。另一方面，如果我真的要到地球另一面去，那么扔掉泥铲，登上飞往中国的飞机，不是简单得多吗？但是身体服从思想。对身体来说最简单的事情，对于思想来说总不是那么简单。尤其困难、麻烦的时刻，是在这两者开始背道而驰的时候。

用泥铲干活是至福；它使思想完全自由，而且这两者又绝无丝毫分开的危险。如果那只雌性动物突然快乐地呻吟起来，如果那只雌性动物突然快活地歇斯底里大发作起来，嘴巴像旧鞋带那样乱动，胸口呼哧呼哧，肋骨吱嘎作响，如果那个女鸡奸者突然因快乐和过度激愤而垮倒在地，正好在这个时候，一秒钟也不差，期望中的台地将在眼前起伏，就像一条船从雾中出现。可以做的事情就只是将星条旗插到上面去，并以山姆大叔以及一切神圣者的名义要求它的主权。这些不幸事件如此经常发生，以至不可能不相信一个被称之为做爱的王国的存在，因为这是可以给这个王国的唯一名称，然而它又不仅仅是做爱，通过做爱，人们只是开始接近它。每个人都在此时彼时将旗子插在这块领土上，然而没有人能永远拥有它的主权。它一夜之间便消失——有时候是一眨眼的工夫。这是非人之国，它散发着乱七八糟的无形死亡的臭气。如果宣布停战，你们就会在这一地带相遇、握手或交换烟草，但是停战从来不会维持很久。唯一似乎有永久性的东西是"介于"思想间的"地带"。在这里，子弹横飞，尸体堆积，然后就会下雨，最终除了恶臭以外什么也留不下。

完全是用一种比喻的方法来谈论说不出口的东西。说不出口的东西就是纯粹的做爱与纯粹的窟窿眼儿；它只许在精装版中提到，否则世界就会崩溃。我从痛苦的经验中懂得，把世界凝聚在一起的东西是性交。但是，做爱，这真实的事情，窟窿眼儿，这真实的事物，似乎包含着某种性质不明的因素，这因素远比硝化甘油危险。为了搞清楚什么是真实的事物，你必须查看一下英国圣公会批准的西尔斯-罗巴克公司①的产品目录。在第二十三页你会发现一张普里阿普斯②的画像，他正在他的牛肉熏香肠的一端耍弄一把开塞钻；他无意中站在帕台农神庙的阴影中；他赤身裸体，只戴着下体弹力护身，上面有一排排小孔，这是俄勒冈和萨斯喀彻温的"摇喊"教派成员借来用在这儿的。长途电话正在打着，要求知道他们是该卖空还是买空。他说干你的那玩意儿去吧，挂断了电话。在背景上，伦勃朗③正在研究我主耶稣基督的人体解剖，如

① 美国和全世界最大的杂货零售商。

② 希腊神话中的男性生殖之神，也是果园、酿酒和牧羊的保护神。

③ 伦勃朗（1606—1669）：荷兰画家，擅长肖像画、风景画、风俗画、宗教画等，代表作品有《木匠家庭》、《夜巡》、《三棵树》等。

果你记得的话，耶稣是被犹太人钉在十字架上的，然后被送到阿比西尼亚用铁圈和其他物品捣碎。天气似乎像往常一样晴朗，比较温暖，只有一缕轻雾从爱奥尼亚人那里升起；这是被早期僧人阉割掉的海神睾丸出的汗，要不也许是五旬节瘟疫时期的摩尼教徒阉割了这睾丸。长条的马肉正挂在外面晾干，到处都是苍蝇，就像荷马在古时候描述的那样。近旁有一台麦克康米克打谷机，一台收割和捆扎的机器，带有三十六匹马力的引擎，却没有排气阀。收割已完成，工人们正在远处田野里数工钱。这是古希腊世界中第一天性交时的曙光，现在由于蔡司兄弟[1]和其他有耐心的工业狂人而被忠实地用彩照为我们复制下来，但这已不再是当时在场的荷马时代的人们所看到的样子。谁也不知道普里阿普斯神被降到下三滥的地步，在他的牛肉熏香肠的一端要弄开塞钻的时候是什么模样。像那样站在帕台农神庙的阴影里，他一定梦想起遥远的窟窿眼儿；他一定不再意识到开塞钻和打谷收割机；他内心一定变得十分沉默，最终一定连做梦的愿望都没有了。这是我的想法，当然，如果我错了，我很乐意被纠正。我发现他这样站在升起的雾中，他突然听到奉告祈祷钟声隆隆地响，嗨，瞧啊，他眼前出现美丽的绿色沼泽地，在那里，乔克托人[2]和纳瓦霍人[3]正尽情欢乐，头顶上的天空中有白色的秃鹰，它们的翎颔上有金盏花的花饰。他还看见一块巨大的石板，上面写着基督的身子、押沙龙的身子，以及邪恶，也就是淫欲。他看见浸透蛙血的海绵，奥古斯丁缝进自己皮肤的眼睛，以及不足以遮掩邪恶的小背心。他在以前的时刻看见过这些东西，当时纳瓦霍人正和乔克托人尽情欢乐。他如此惊奇，以至突然从他两腿之间，从他在睡梦中失去

---

① 德国生产光学仪器的工业家。

② 北美印第安人部落。

③ 美国印第安居民集团中人数最多的一支。

的长长的会思考的芦苇①中发出一种声音。这是从深渊中发出的最有灵感、最刺耳、最尖锐、最兴高采烈、最凶猛的一种狂笑声。他用这样一种神圣的典雅风度,通过他胯下的东西唱起歌来,以至白色的秃鹰从天空中飞下来,将巨大的紫色屎蛋拉遍了绿色沼泽地。我主基督从他的石床上爬起来,虽然身上留有铁圈的痕迹,但他却像一只山羊一般起舞。农夫们戴着铁链从埃及走出来,紧随其后的是尚武的伊哥洛特人和吃蜗牛的桑给巴尔人。

这就是古希腊世界中第一天性交时各种事情的模样。从那以后,事情起了翻天覆地的变化。通过你的香肠来唱歌不再是有礼貌的了,甚至也不允许秃鹰到处拉紫色的屎蛋。这一切都属于粪便学、末世学,属于全世界范围。这是禁止的。禁止的。因此做爱乡就变得越来越往后退缩;它变得像神话一般,所以我不得不像神话一般地说话。我说得极其津津有味,也十分圆滑。我将叮当作响的铙钹、大号、白色金盏花、夹竹桃、杜鹃花放到一边,举起荆棘和手铐!基督死了,他被铁圈打死。农夫们在埃及的沙子中变白,手腕松松地戴着手铐。秃鹫已经吃掉了每一块腐肉。一切都很宁静,一百万只金色的耗子正在啃吃着看不见的奶酪。月亮升起来了,尼罗河对着她河边的残迹沉思。大地默默地打着嗝,星星颤动着,哀诉着,河水在岸边匆匆流过。就像这样……有发笑的窟窿眼儿;有说话的窟窿眼儿;有形状像小鹅笛的疯狂而歇斯底里的窟窿眼儿;有记录坑道深浅的能测震的窟窿眼儿;有吃人肉的窟窿眼儿,像鲸鱼般张开血盆大口,生吞人肉;还有性受虐狂的窟窿眼儿,像牡蛎般闭合起来,里面藏着坚硬的贝壳,也许还有一两颗珍珠;有激情洋溢的窟窿眼儿,男人一接近时便翩翩起舞,狂喜得从里到外全湿透;有豪猪的窟窿眼儿,在圣诞节时松开它们身上的刺,挥舞小旗;有电报

① 此语出自法国哲学家帕斯卡(1623—1662):人是"会思考的芦苇"。

的窟窿眼儿,使用莫尔斯电码[①],让思想中充满了点和划;有政治的窟窿眼儿,浸透着意识形态,甚至否认有绝经期;有植物的窟窿眼儿,没有反应,除非你将它们连根拔起;有宗教的窟窿眼儿,气味就像基督复临安息日会教友,满是珠子、虫子、蛤壳、羊屎,有时还有干面包屑;有哺乳动物的窟窿眼儿,用水獭皮做衬里,在漫长的冬季里长眠;有巡航的窟窿眼儿,装备得像游艇,适合于隐居者和癫痫病人;有冰河时期的窟窿眼儿,你就是在里面扔下几颗流星也不会引起火花;有蔑视范畴或种类的具有各种特点的窟窿眼儿,你一生只会碰到一次,但会使你烧灼,给你留下烙印;有纯粹由欢乐构成的窟窿眼儿,既无名称也无先例,这些是最好的窟窿眼儿,但是它们已飞向何处?

然后有一只独一无二的窟窿眼儿,我们将称之为超窟窿眼儿,因为它根本不属于这块国土,而属于我们很久以前就被邀请飞往的那个光明之国。在那里,露水晶莹,高高的芦苇随风摇摆。正是在那里,居住着伟大的私通之父,父亲埃皮斯[②],用牛角冲开他的天国之路的神牛,他把被阉割了的是非之神赶下台。从埃皮斯产生了独角兽类,古书上写到的那种可笑野兽,它们那有学问的额头被加长,变成一只亮晶晶的那玩意儿;从独角兽以后,经过几个渐进阶段,便产生了奥斯瓦尔德·斯宾格勒[③]谈到的晚期城市人。从这种可悲的死玩意儿上,产生了有高速电梯和观赏塔的巨大摩天大楼。我们是性计算的最后一个小数点;世界像一只草窝里的臭鸡蛋一般旋转。现在来讲用铝翅膀飞到那遥远的地方,私通之父埃皮斯居住的那光明之国。一切都像加了油的钟一般往前走;世界上有上百万只钟滴滴答答地走过钟面上的每一分钟,从外

① 用点和划表示字母的一种电码。

② 古埃及人崇奉的神牛。

③ 奥斯瓦尔德·斯宾格勒(1880—1936):德国哲学家,著有《西方的没落》等作品。

观上表示时间的消逝。我们比闪电式计算器，比星光，比魔术师所能想象的跑得更快。每一秒钟都是一个时间宇宙，而每一个时间宇宙都不过是在高速宇宙进化中打了一小会儿盹。当速度停下来时，我们都已到达那里，一如既往地准时，幸福得无以名状。我们将抛弃我们的翅膀、我们的钟，以及我们倚靠的壁炉架。我们将轻松愉快地升起，像一根血柱，将不会有任何记忆把我们再拉下来。这次我呼唤超窟窿眼儿的王国，因为它蔑视速度、计算或形象。那玩意儿本身也没有一种已知的尺寸或重量。只有持久不变地干的感觉，只有飞快的逃亡者，安静地抽雪茄的梦魇。小尼莫带着硬了七天的那玩意儿和慷慨夫人遗传的一对神奇的、因无处发泄而胀得疼痛的睾丸到处走。这是星期天早晨在常青公墓附近的拐角。

这是星期天早晨，我幸福地躺在我的钢筋水泥床上，对世界不闻不问。拐角那边就是公墓，也就是说——*性交的世界*。我的睾丸因为正在进行的做爱而疼痛，但是这完全是在我的窗下进行的，在海米筑起他交媾之巢的林荫大道上。我正在想着一个女人，其余的都烂醉如泥。我说我正在想她，但是事实是我正经历一颗星辰的死亡。我像一颗有病的星星一般躺在那里，等待星光熄灭。多年以前，我躺在这同一张床上，我等待着，等待着出生。什么事也没有发生。只是我母亲，有着路德派教友的那种狂热，浇了一桶水在我身上。我母亲是个可怜的低能儿，她以为我懒。她不知道我陷入了星星的漫游，不知道我正在宇宙最远一端的边缘上被碾熄成漆黑一团的粉末。她以为我纯粹是因为懒才粘在床上不起来的。她给我当头一桶凉水；我蠕动颤抖了一下，但继续躺在我的钢筋水泥床上。我不能动了。我是一颗燃烧尽的流星，漂流在织女星附近的某个地方。

现在我在同一张床上，我身上的光拒绝熄灭。许多男男女女正在墓地里寻欢作乐。他们正在性交，上帝保佑他们，而我却独自一人在做爱乡。我似乎觉得我听到一台大机器当啷作响，整行铸排机的小支柱正从性榨干机里通过。海米和他的淫狂老婆正和我躺在同一水平线上，只不过他们是在河对面。这河叫作死亡之河，它有一种苦味。我多次蹚水过河，河水没到我的臀部，但是不知怎么的，我既没有失去活力，也没有变得不朽。我的内部仍然在熊熊燃烧，虽然从外部看，我像一颗行星一般暗淡。我从这张床上爬起来跳舞，不是一次，而是上百次，上千次。每次我离开时，我都相信我在地形不明的地方跳了骷髅舞。也许我把我的物质太多地浪费在痛苦上；也许我有着疯狂的想法，认为我会成为人类的第一朵冶金之花；也许我渗透着这样的想法：我既是一只准猩猩，又是一位超神。在这张钢筋水泥床上，我记得一切，一切都像水晶一样清澈。绝没有任何动物，只有成千上万的人类，同时都在说话。对他们说出的每一句话，我都立即有一个回答；有时候他们的话还未说出口，我的回答已经有了。有大量杀戮，但是没有血。凶杀做得干净利索，而且总是在沉默中做的，但是，即使每个人都被杀死，也还是会有谈话，这谈话将既是错综复杂的，又很容易理解。因为是我创造了它！我了解它，这就是为什么它从来不使我发疯的原因。我进行只会在二十年以后举行的谈话，那时候我将遇到合适的人，让我们说，当合适的时间来到时，我将创造出那样一种人。所有这些谈话都是在像床垫一样附属于我的床的空地上进行的。有一次我给它起了个名字，这块地形不明的地方：我称之为乌比古奇，但是不知为什么，乌比古奇从来没有使我满意过，它太理智，太充满意义了。最好还是仍旧叫它"地形不明的地方"，这就是我打算要做的事情。人们认为空白就是一无所有，但实际上并非如此。空白是一种不和谐的满，是灵魂在其中进行勘察的拥挤的幽灵世界。我记得我小时候站在空地上，好像我是一个非常活泼的灵魂，赤条条地穿着一双鞋。我的身体被人偷走了，因为我并不特别需要它。那时候我可以有肉体而存在，也可以无肉体而存在。

如果我杀死一只小鸟，把它放在火上烤了吃掉，这不是因为我饿，而是因为我要了解廷巴克图[①]或火地岛[②]。我不得不站在空地上，吃死鸟，为的是要创造一个愿望，向往我后来将单独居住的光明之国，向往怀旧的人们。我期待着这个地方的最终事物，但是我不幸受到欺骗。我在一种完全的死亡状态中，尽可能走得很远很远，然后遵循一种法则，我猜想一定是创造法则，我突然燃烧起来，开始无穷无尽的生活，就像一颗星光不会熄灭的星星。从这里开始了真正的吃人肉的远游，这对我意义如此重大；不再从篝火中捡起死的土豆片，只有活的人肉，又鲜又嫩的人肉，像新鲜的血淋淋的肝脏一样的秘密，像在冰上保存的肿瘤一样的秘密。我学会了不等我的牺牲品死亡，在他还在同我谈话时就吃掉他。经常在我一顿饭没有吃完就走开去的时候，我发现这不过是一个老朋友少了一条胳膊或一条腿。我有时候把他留在那里站着——一个满是臭烘烘肠子的躯干。

---

① 历史名城，在撒哈拉沙漠南缘。

② 在南美洲南部，东部属阿根廷，西部属智利。

第十三章

在这个城市里，在这个世界上的唯一城市里，百老汇是哪儿也比不上的地方，我常常来来回回地走，注视着泛光灯照亮的火腿和其他美味。我是一个彻头彻尾的鸟类。我独一无二地生活在动形词当中，这种词我只有在拉丁文中才理解。在我从《黑色的书》中读到她以前很久，我一直和希尔达同居，她是我梦中的巨大菜花。我们一起反对婚姻上有贵贱之分的弊病，反对一些有权威性的东西。我们居住在本能的躯壳中，为神经节的记忆所滋养。绝不是只有一个宇宙，而是有百万、亿万个宇宙，把它们全放在一起，不过针头大小。这是在心灵的荒野中带植物性质的睡眠。单单是过去，就包含了永恒。在我梦中的动植物群当中，我会听到长途电话响。面目丑陋的人，癫痫病患者，把电文摞在我桌上。汉斯·卡斯托普有时候会打电话来，我们一起犯一些无辜的罪。或者，如果这是一个晴朗而寒冷的日子，我会骑上我那来自波希米亚地区开姆尼茨的普列斯托牌自行车，在室内赛车场跑上一圈。

最好的是那骷髅舞。我将首先在水池那边把我的所有部位都洗了，换好衬衣，刮胡子，扑粉，梳头，穿上我的舞鞋。感到里里外外异常轻松,我会在人群里钻进钻出一会儿,来获得合适的人类节奏、肉体的重量和本体,然后我就径直朝舞池走去,抓住一大块令人眼花缭乱的肉,开始进行秋天般的快速旋转。这就像我有一天夜里走进多毛的希腊人家里,猛然撞到她身上。她似乎是深蓝色的,却又像白垩一样白,她是永恒的。不是只有来往的流动,而是有无尽的急流,刺激情欲的体内动荡。她像水银一般,同时有着令人愉快的体重。她有埋在熔岩之中的农牧之神的那种大理石般的凝视。我想,从外围漫游回来的时间已经到来。我朝中心动了一下,却发现我脚下的地面在移动。大地迅速地在我不知所措的脚下滑动。我再次离开大地的束缚,看哪,我手里净是流星花。我伸出熊熊燃烧的双手去抓她,但她却比沙子还要容易流失。我想起我最喜欢的梦魇,但她不像使我盗汗、使我语无伦次的任何东西。我在狂乱中开始像马一样腾跃、嘶叫。我买来青蛙,使它们同癞蛤蟆相配。我想到最容易做的事情就是死,但是我什么也没做。我站着,四肢僵化起来。这是如此神奇,如此有疗效,如此实用,以至我大笑起来,震动了五脏六腑,就像一只疯狂发情的鬣狗。也许我会变成一块罗塞塔碑①!我只是站着等待。春天来了,秋天来了,然后冬天来了。我自动更新了我的保险契约。我吃草,吃落叶树的树根。我连着好几天坐着看同一部电影。我时常刷牙。如果你用自动武器朝我开枪,子弹就会掠过,在墙上跳飞,发出一种奇怪的嗒嗒声。有一次在一条黑暗的街上,我被暴徒打倒,感到有一把刀刺穿了我。我感觉就好像沐浴在针尖中。说来奇怪,刀子没有在我皮肤上留下任何窟窿。这种体验是如此新奇,以至我回到家,把刀子插入我身体的所有部位。更多的针尖浴。我坐下,拔出所有的刀子,我又惊奇地发现,没有血的痕迹,没有窟

① 1799 年在尼罗河口的罗塞塔城郊发现的埃及古碑,上刻埃及象形文字、俗体文和希腊文三种文字。

窿,没有痛苦。我正要咬我胳膊的时候,电话铃响了。这是长途电话。我从来不知道是谁打来的电话,因为没有人到电话跟前去,然而,骷髅舞……

生活在橱窗边飘过。我躺在那里,就像一只泛光灯照亮的火腿,等着斧子落下来。事实上,没有什么好怕的,因为一切都整整齐齐地切成一小片一小片的,包在玻璃纸里面。突然,城市里所有的灯光全熄灭了,汽笛发出警报。城市被裹在毒气中,炸弹正在爆炸,残缺的尸体在空中乱飞。到处都有电,有血、碎片和高音喇叭。空中的人充满快乐;那些底下的人在尖声吼叫。当毒气和火焰吞掉了所有的肉体以后,骷髅舞开始了。我从现在已经黑洞洞的橱窗往外看。这比罗马之劫还要好一点儿,因为还有更多的东西可以摧毁。

我很想知道,为什么骷髅跳舞跳得这样销魂?这是世界的末日吗?这就是人们经常预示要来临的死亡之舞吗?看到上百万具骷髅在雪中跳舞,而城市却在坍塌,这是一幅可怕的景象,还会有任何东西再长出来吗?婴儿还会从子宫里生出来吗?还会有食品和酒吗?无疑,有空中人。他们会下来掠夺,但是还有霍乱和痢疾,天上那些胜利者会像其余的人一样死亡。我有可靠的感觉,我将是地球上最后一个人。在一切都过去之后,我将从橱窗里出来,镇定自若地走在废墟中间。我自己将拥有整个地球。

长途电话!它要告诉我,我不是全然孤单的。那么毁灭还没有完成?这是令人沮丧的。人甚至不能够摧毁自己;他只能摧毁别人。我感到厌恶。多么恶毒的残废人!多么残酷的欺骗!所以,周围还有更多的人类,他们将收拾残局,重新开始。上帝会再次下凡,承担罪责。他们将演奏音乐,建造石头建筑物,把一切都写到书里。呸!多么盲目的固执,多么笨拙的野心!

我又躺在床上了。古希腊世界,性交的黎明——海米!总是在同一水平上的海米·劳布舍尔,向下望着河那边的大街。婚筵停了一会儿,蛤肉油煎饼被端上来。请你挪过来一点儿,就一点点,他说。对,就这样,行!我听到青蛙在我窗户外边的沼泽地里呱呱地叫着。靠死人的营养滋养的墓地大青蛙。它们都堆在一起性交;它们带着性的欢乐呱呱地叫。

我现在明白海米是怎样被怀上,怎样被生出来的。牛蛙海米!他母亲在那一堆青蛙底下,海米那时只是一个胚胎,藏在她的液囊里。那是在性交的早期年代,那时候没有昆斯伯里侯爵规则[①]来妨碍行动。只有干和被干——争先恐后。自古希腊人以来便一直如此——在泥里瞎干,然后很快地下仔,然后死亡。人们在不同层次上干,但总是在沼泽地里,而生下来的小仔总是注定有相同的结局。房屋会倒塌,床却坚如磐石:天地间的性的圣坛。

我用梦幻玷污了床。直挺挺地躺在钢筋混凝土床上,我的灵魂出窍,在小小的空中滑车上到处漫游,就像百货公司里用来找零钱的那种玩意儿。我作了思想上的改变和远游;我是一个大脑之乡的流浪汉。我对一切都看得一清二楚,因为一切都是用水晶做成;在每一个出口都用大写字母写着 ANNIHILATION(消灭)。对被消灭的恐惧使我凝固;身体本身变成了一块钢筋混凝土。它由一次最得体的永久性勃起所装饰。某些秘传教派的虔诚信徒所热切向往的真空状态,我已经达到。我不存在了。我甚至不是一种个人的勃起。

大约就在这时候,我用萨姆森·拉卡瓦纳的假名,开始了我的破坏。我的犯罪本能占了上风。我至今只是一个游魂,一个异教徒恶灵,而现在我成了一个凭附肉体的鬼。我取了这个自己喜欢的名字,只须按本能行事。例如,在香港,我登记为书商。我带着一只装满墨西哥币

---

① 对现代拳击运动影响最大的一套规则。

的皮钱包，虔诚地造访所有那些需要进一步教育的中国人。在旅馆里，我打电话召唤女郎，就像你打电话要威士忌加苏打水一样。早晨我研究藏文，为的是准备去拉萨旅行。我已经说意第绪语说得很流利，还有希伯来语。我能同时数两行数字。骗中国人太容易了，于是我厌恶地回到马尼拉。在那里我照料一位里科先生，我教他卖书不交管理费的艺术。所有利润都来自海上运费，但是只要这样维持下去，就足以保证我过奢侈生活了。

呼吸已经成了像呼吸作用一样的一种把戏。事物不仅是二元的，而且是多元的。我已经成了一只由反映空白的镜子组成的笼子。但是空白一旦真正被断定，我就无拘无束了，所谓创作，只是一种填补窟窿的工作。滑车便利地带着我从这里到那里，在大真空的每一边口袋里，我都扔进去一吨诗歌，去消灭关于消灭的念头。我前面有无垠的远景。我开始生活在远景中，像在巨大望远镜镜头上看到的一个微小的斑点。没有可以休息的夜晚。这是照在无生命行星的干旱表面上的永恒星光。不时可以看到像大理石一样黑黝黝的一个湖，我在其中看到自己走在星光的光辉中。星星悬挂得如此之低，如此令人眼花缭乱，好像宇宙正要诞生。使这种印象更强烈的，是我独自一人；不仅没有动物，没有树木，没有其他生物，甚至也没有一片草叶，没有一根枯草根。在那紫色的炽光中连一点儿影子也没有，运动本身好像也不存在了。这就像纯意识的光焰，思想变成了上帝。而上帝，据我所知，第一次脸刮得光光的。我也脸刮得光光的，没有缺点，连一根毛须根都不剩。我看见自己的形象在大理石般黑黝黝的湖中，由星星装点着。星星，星星……像一拳击在鼻梁正中，一切记忆全迅速消失了。我是萨姆森，我是拉卡瓦纳，我像一个在全意识的狂喜中的人一样奄奄待毙。

现在我在这里，坐在我的小独木舟里在河上顺流而下。你想让我做的任何事情，我都会为你去做——免费。这就是做爱乡，这里没有动物，没有树木，没有星星，没有问题。这里精子占最高统治地位。没有任何事情是事先决定的，未来绝对是不确定的，过去不存在。每出生一百万人，九十九万九千九百九十九人注定要死亡，绝不再生，但是使一个家运转起来的那一个人却有把握拥有永恒的生命。生命被挤入一颗种子，这就是一颗灵魂。一切都有灵魂，包括矿物、植物、湖泊、山峦、岩石；一切都有感觉能力，甚至在意识的最低阶段。

一旦理解了这个事实，就不可能再有绝望。在梯阶的最下部，在精子那里，有着和在顶部、在上帝那里同样的极乐状态。上帝是走向全意识的所有精子的总和。在底部和顶部之间，没有停顿，没有中途站。在山里的某个地方发源的河流，一直奔流到大海。在这条通向上帝的河上，独木舟像无畏战舰一样有用。从一开始起，就是一路回家。

顺河流而下……像钩虫一样缓慢地，但是小得足以通过每一个弯道，而且像鳝鱼一样滑。你叫什么名字？某个人喊道。我的名字？嘿，就叫我上帝——胚胎上帝；我继续航行。有人想要给我买顶帽子。你戴多大号的？低能儿！他喊道。多大号？嘿，X号！（为什么他们总对我喊叫？我不会是聋了吧？）帽子在另一个大瀑布的地方丢失了。丢失就丢失了吧——那帽子。上帝需要一顶帽子吗？上帝只需要成为上帝，越来越上帝。所有这一切航行，所有这些隐藏的危险，消逝的时间，风景，风景衬托下的人，亿万叫作人的东西，像芥末籽一般。甚至在胚胎中，上帝也没有记忆。意识的背景由无限细小的神经节构成，一层毛发，像羊毛一样柔软。山羊孤零零站在喜马拉雅山中间；他不问他是如何到达顶峰的。他静静地在美丽的假相中间吃草；时间一到，他就下来。他把嘴挨近地面，搜寻山峰提供的稀少营养。在这种奇怪的、山羊形状的胚胎状态中，公山羊上帝在山峰当中冷漠的极乐世界里反刍。高高的山顶滋养了分离的萌芽，有一天会使他完全疏远人的灵魂，使他成为一位永远独自隐居在不可想象的真空中的父亲，孤寂，如岩石一般。但是首先是贵贱通婚的弊病,现在我们必须来谈谈这些弊病……

有一种无可救药的悲惨状态——因为它的起源迷失在朦胧之中。例如,布卢明代尔公司能造成这种状态。所有百货公司都是疾病与一无所有的象征,但布卢明代尔公司是我特殊的疾病,是我不可治愈的莫名病痛。在布卢明代尔公司的混乱中有一种秩序,但是我认为这种秩序是绝对的发疯;如果我把一根针,放在显微镜下面,那么这就是我会在针头上发现的秩序。这是偶然孕育的一系列偶然事件的秩序。这种秩序尤其有一种气味——这就是布卢明代尔公司的气味,它使我心中充满恐惧。在布卢明代尔公司,我完全垮了:我一滴一滴地滴到地上,一大堆乱七八糟、不可收拾的内脏、骨头、软骨。有一种味道,不是腐败的味道,而是贵贱通婚的味道。人类,这位不幸的炼金术士,以上百万的形式,把毫无共同之处的物质焊接到一起。因为在他的心思中,有一只肿瘤,正在贪得无厌地一点点吃掉他;小独木舟正在极乐中载他顺流而下,为的是要建造一艘更大、更安全的船,上面可以为每一个人留下地方,而他却离开了独木舟。他辛辛苦苦,走得这么远,以至都忘记了他为什么要离开小独木舟。大平底船上装满了小摆饰,船变成了一座静止的大楼,建在地铁的上面,里面弥漫着油毡的味道。把隐藏在布卢明代尔公司有间隙的混合物中的所有意义收集到一块儿,放到针头上,那你就是放下了一个宇宙,在那里巨大星座在其中运行而没有丝毫碰撞的危险。正是这显微镜底下的混乱,导致我的贵贱通婚的毛病。在街上,我开始随意把马刺伤,或者在这里那里提起衣服下摆,寻找一个信箱,或者把邮票贴在嘴上、眼睛上、窟窿眼儿上。要不我突然决定爬上一座高楼,像一只苍蝇,一旦爬到屋顶,我就用真的翅膀飞起来,我飞啊飞,一眨眼工夫飞过威霍肯、霍博肯、哈肯萨克、卡纳西、伯根海滨这类城镇。一旦你真正生有一只鸟鼻子,飞行就是世上最容易的事;诀窍是,要以轻飘的身子飞行,把你那一堆骨头、内脏、血液、软骨留在布卢明代尔公司；只以你永远不变的自我飞行，这自我，如果你停下片刻来思考的话，总是配备着翅膀。这样的大白天飞行，比每一个人一味爱好的普通夜间飞行有优势。你可以不时停下来，像踩刹车一样迅速果断；不难找到你的另一个自我，因为你一停下，你就是你的另一个自我，也就是说，所谓整个自我。只不过，布卢明代尔经验将证明，这大吹大擂的整个自我很容易土崩瓦解；因为某种奇怪的理由，油毡的味道总会使我土崩瓦解，倒在地上。这是粘在我身上的所有不自然事物的味道，也就是说，这些事物是勉强地聚集在一起的。

只是在第三顿饭以后，祖先的假联姻传下的新婚礼物才开始一个一个地散落，真正的自我之石，快乐之石，从灵魂的污泥中挺然而出。随着夜幕降临，针头的宇宙开始扩展。它从无限小的核子，以矿物或星团形成的方式，有机地扩展。它吃掉周围的混乱，就像耗子打洞，钻进干酪一般。一切混乱都可以集中在一个针头上，但是一开始极小的自我，可以从空间的任何一点，逐步发展成一个宇宙。这不是书本谈论的自我，而是千年来转让给有姓名有生辰年月的人的永恒自我，始于蛆虫终于蛆虫的自我，这就是被称作世界的干酪中的蛆虫。正像最轻的一阵微风可以吹动一大片森林，由于来自内心的难以理解的冲动，岩石般的自我会开始长大，在这种成长中，没有任何东西可以压倒它。这就像杰克·弗洛斯特①在工作，整个世界就是一块窗玻璃。没有一点儿辛劳，没有声音，没有斗争，没有休息；自我的成长无情地、无悔地、不懈地进行着。菜单上只有两项：自我与非自我。还有一种与之相抵偿的永恒。在这与时间空间无关的永恒中，有一些诸如暖流到来之类的插曲。自我的形式瓦解了，但是自我像气候一样继续存在。在夜间，飘忽不定的自我采取了最易变的形式；错误从舷窗渗入，漫游者的门被拉开了门

① 杰克·弗洛斯特(1784—1877)：英国宪章运动中的人物。

栓。身上留着的这扇门,如果向世界敞开,那它就通向消灭。这是每一个寓言中魔法师从中走出来的门;没有人读到过他是从同一扇门回家的。如果朝里开,就有无数的门,都像是活板门:看不见地平线,没有两点间的直线,没有河流,没有地图,没有门票。每一张床都只为夜间歇一下脚而用,无论是歇五分钟还是歇一万年。门上没有门把,它们已永远磨损掉了。最重要的是注意——看不到的尽头。也就是说,所有这些夜间的歇脚都像对一个神话的失败勘察。人们可以摸索,测定方位,观察转瞬即逝的现象;人们甚至可以无拘无束,但是扎不了根。正当一个人开始感到"已被确立"的时候,整个地面坍陷,脚下的土地浮动,星座从它们的支撑物上被摇落下来,整个已知的宇宙,包括不朽的自我,开始默默地、不祥地向一个未知的、看不见的目的地移动,颤抖着,然而宁静而漠不关心。所有的门似乎都同时打开;压力如此之大,以至发生了内爆,猛地一下子,骨骼炸得粉碎。但丁在地狱中经历的一定就是某种这样的巨大崩溃;他触到的不是底部,而是一种核心,一种绝对的中心,时间本身就从这儿算起。在这里,神的喜剧①开始了。

所有这一切都是为了说明,大约十二或十四年以前,在走过阿马里洛舞厅旋转门的时候,伟大的事件发生了。做爱乡,一个时间而不是空间的王国,我想起来的这个插曲,对我来说就等于是但丁详细描述的炼狱。当我把手放在旋转门的铜把上,准备离开阿马里洛舞厅的时候,我原先曾经是和将要是的一切都崩溃了。我绝无虚言;我在时间中诞生,现在时间消逝了,被一股更强大的潮流所携走。就像我原先从子宫里被挤出来一样,现在我被撇到某种无时间的矢量中,成长过程在这里被搁置起来。我进入了效果世界。没有恐惧,只有厄运感。我的脊柱错了位;我面对着一个不可改变的新世界的尾骨。骨骼一下子炸得粉碎,

① 指意大利诗人但丁的《神曲》,"神曲"按原文直译应为"神的喜剧"。

留下永恒的自我像一只压扁的虱子一样无用。

如果我不从这一点开始的话，那么这是因为没有开始。如果我不马上飞到光明天地的话，那是因为翅膀完全无用。这是零点，月亮处于最低点……

为什么我会想起马克西·施纳第格，我不知道，除非是因为陀思妥耶夫斯基。那天夜里我坐下来第一次读陀思妥耶夫斯基，这是我一生中最重要的一件大事，甚至比我的初恋还重要。这是第一次对我来说有意义的有意识行为，是深思熟虑的；它改变了世界的整个面貌。在一口气读了许多页以后抬头看钟时，是否钟真的停了，我已记不清了。但是世界突然停顿了片刻，这我知道。这是我第一次瞥见一个人的灵魂，或者我应该干脆说，陀思妥耶夫斯基是将灵魂披露给我的第一个人？也许在这之前，我不知不觉地有点儿古怪，但是自从我沉浸到陀思妥耶夫斯基作品中去的那一刻起，我的古怪便是确定无疑的，不可挽回的，又是心满意足的。普通的、清醒的日常世界对我来说不复存在。我曾有过的任何写作抱负或愿望也被打消——在未来很长一段时间内。我就像在壕沟中，在炮火下待了太久的那些人一样。普通的人类痛苦，普通的人类忌妒，普通的人类抱负——对我来说，狗屁不如。

当我想起我同马克西及他妹妹丽塔的关系时，我非常清楚地看到了我的状况。那时候，我和马克西都对体育感兴趣。我们常常一块儿去游泳，我们游了许多许多次，这我记得很清楚。我们经常整天整夜在海滩上度过。马克西的妹妹，我原先只见过一两次；无论什么时候，只要我提起她的名字，马克西就会相当发狂似的谈论起别的事情来。这使我很生气，因为我同马克西在一起实在已经烦死了，只是因为他很乐意借钱给我，并替我买我需要的东西，我才容忍他。每次我们出发去海滩，我都暗暗希望他妹妹会意外地出现。但是没有，他总是设法把她留在我够不着的地方。嘿，有一天我们在更衣处换衣服，他给我看他的精囊有多紧，我突然对他说——“听着，马克西，你的两个蛋没问题，高级，一流，没有什么好担心的，可丽塔究竟一直在哪里？你为什么不在哪天把她带来，让我好好看一看她那眼儿……是的，眼儿，你知道我是什么意思。”马克西是一个来自敖德萨的犹太人，以前从未听说过“眼儿”这个词。听到我的话，他深为震惊，而同时又被这个新词所吸引。他带几分茫然地对我说——“天啊，亨利，你不应该对我说那样一件东西！”“为什么不呢？”我回答，“她有一只窟窿眼儿，你的妹妹，不是吗？”我正要再说些别的话，他却可怕地大笑起来。这暂时缓和了局势，但马克西打心眼里不喜欢这个念头。这使他整天烦恼，虽然他从来没有再提到我们的谈话。没有，那天他十分沉默。他能够想到的唯一报复形式，是敦促我远远游出安全区域，希望把我搞得精疲力竭，让我淹死。我清楚地看透了他的心思，因而我以十倍的力量拼命，我要是就因为他妹妹像所有其他女人一样有只窟窿眼儿，就让自己淹死，才他妈的怪哩。

此事发生在法洛克卫。在我们穿好衣服，吃了一顿饭之后，我突然决定，我要一个人待着，因此，非常突然，我在街角同他握了手，说再见。嘿，我一个人了！几乎马上我就感到在世界上孤零零的，一个人只有在极端痛苦中才会感到如此孤单。我想，是在我剔牙齿的时候，这股孤寂浪潮像龙卷风一样袭击了我。我站在街角，全身摸了几下，看看我有没有被什么东西击中。这是难以解释的，同时又十分奇妙，十分令人振奋，可以说，就像一种双重补药。我说我在法洛克卫，我的意思是说，我正站在大地的尽头，在一个叫作“桑索斯”的地方，如果真有这样一个地方的话。无疑，应该有这样一个词来表达一个根本没有的地方。如果丽塔来的话，我想我也不会认识她。我已经成了一个绝对的陌生人，站在我自己的人们中间。我觉得他们，我的人们，看上去疯了，他们的脸刚被太阳晒得黝黑，他们穿着法兰绒裤子和边上绣有花样的袜子。他们像我一样，一直在游泳，因为这是一种健康愉快的娱乐，现在，他们也像我一样，晒够了太阳，填饱了肚子，还因疲劳而有一点点笨重。直到这种孤寂袭击我以前，我也有一点儿疲劳，但是，正当我站在那里同世界完全隔绝的时候，我突然惊醒了。我像触了电一般，一动也不敢动，害怕我会像一头野牛一样冲锋，或者开始爬一幢大楼的墙，再不就跳舞和尖叫。我忽然明白，这一切都是因为我真正是陀思妥耶夫斯基的兄弟；也许我是全美洲唯一懂得他写这些书的意义的人。不仅如此，我还感到，我有一天会亲自写的所有的书正在我心中萌芽：它们正像成熟的昆虫卵袋一样在里面绽开。由于直到此时此刻我什么也没写过，只写过长得可怕的信，谈论一切存在的东西和一切不存在的东西，所以我很难理解，我应该开始，应该写下第一个词，*第一个真正的词*，这个时刻必须到来。而现在就是这个时刻。这就是我逐渐认识到的东西。

刚才我用了“桑索斯”一词。我不知道是否有一个桑索斯，我真的一点儿也不关心，但是世界上必须有一个地方，也许在希腊群岛，你在那里会来到已知世界的尽头，你是彻底孤单的，但你没有因此被吓倒，你很高兴，因为在这正在消逝的地方，你可以感觉到古老祖先的世界，它永远年轻，崭新，富饶。你站在那里，无论这地方在哪里，都像一只新孵出来的小鸡站在蛋壳旁。这个地方就是桑索斯，或者，在我的情况中，就是法洛克卫。

我在那里！天黑了，起风了，街上冷冷清清。最后下起了倾盆大雨。天哪，我遭殃了。当雨落下来的时候，我正凝视天空，雨点噼噼啪啪打在我脸上，我突然快活地大吼起来。我笑了又笑，笑了又笑，就像一个疯子。我也不知道我在笑什么。我什么也不想，只是极为高兴，只是因为发现自己绝对孤单而快活得发疯。如果当时当地，有一只水淋淋的漂亮眼儿放在大盘子上递给我，如果世界上所有的眼儿都拿来给我，让我做出选择，我也不会为此所动的。我拥有任何一只眼儿都不可能给我的东西。大约就在那个时候，我浑身湿透，但仍然兴高采烈，我想起了世界上最不相干的东西——车费！天哪，马克西这个杂种一分钱没给我留下就走掉了。我在那里同我那含苞欲放的美好古代世界在一起，牛仔裤袋里一分钱也没有。小陀思妥耶夫斯基先生现在只好开始到处走来走去，盯着看友好的脸和不友好的脸，看看自己是否能想办法搞到一角钱。他从法洛克卫的一头走到另一头，但是似乎没有人想到要在雨中递给他几个车票钱。我一边乞讨着，笨重而呆滞地走来走去，一边开始想起橱窗装饰师马克西，想起我第一次发现他的时候，他如何站在橱窗里，给一个人体模型穿衣服。几分钟以后，又从那儿想到了陀思妥耶夫斯基，然后世界突然停顿，再然后，他妹妹丽塔温暖的、天鹅绒般柔软光滑的肉体，就像在夜间开放的一朵大玫瑰。

这事相当奇怪……在我想起丽塔，想起她那秘密的、非同一般的眼儿之后几分钟，我已坐在开往纽约的火车上了，我打了个盹儿，胯下没精打采地硬起来，妙哉！更奇怪的是，当我下了火车，从火车站走出去一两个街区的时候，我在拐角碰到的竟是丽塔本人。好像她得到心灵感应的消息，知道我脑子里想的事情似的，她也很兴奋。很快我们就肩并肩地坐在一家杂碎店的火车座里，举止就像一对发情的野兔。在舞池里我们几乎一动不动。我们被紧紧挤在一起，就这样待着，任凭他们在我们周围推啊搡的。我本可以把她带回我家里的，因为我当时一个人，但是不，我有一个想法，要把她送回到她自己家里，让她站在门厅里，就在马克西的鼻子底下干她。我真的这样做了。在玩的当中，我又想起橱窗里的人体模型，想起我下午说出“眼儿”那词时他大笑的样子。我正要放声大笑的时候，我感到她来了高潮，一种你在犹太女人那里常遇到的长时间高潮。我把手放到她的屁股底下，指尖就好像摸着衣服的衬里一样光滑柔软；当她开始颤抖时，我把她从地面上举起来，看她歇斯底里发作的样子，我以为她会完全发疯哩。她在空中一定有了四五次那样的高潮，然后我把她放到地上，让她躺倒在门厅里。她的帽子滚到一个角落里，包包也挤开了，几枚硬币掉出来。我特别提到这些，是因为在我把那玩意儿彻底交给她以前，我脑子里还想着装几枚硬币，好做回家的车费。总之，我在更衣处对马克西说了我想要看一看他妹妹的眼儿，现在不过过了几个小时，它就正好对着我。就是她以前被干过的话，也是干得不得当，这是肯定的。我自己也从来没有像现在躺在门厅地板上那样，处于一种十分冷静而泰然自若的符合科学规律的心境中，就在马克西的鼻子底下，浇灌着他妹妹丽塔那秘密的、神圣的、非同一般的眼儿。我本可以无限期地抑制着不打炮——难以相信我有多么超然，然而又彻底意识到她的每一个颤抖和震摇。但是有人必须因为让我在雨中走来走去乞讨一角钱而付出代价；有人必须为我心中所有那些未写之书的萌芽所产生的狂喜付出代价；有人必须证实这只秘密的、隐而不露的窟窿眼儿的真实性。好几个星期，好几个月以来，这只窟窿眼儿一直困扰着我。谁能比我更有资格呢？我在高潮之间想得这么厉害，这么迅速，以至我决定把事情结束掉，就让她翻转身子。她开始有点儿畏缩不前，但是随之差点儿发起疯来。她急促而含糊不清地说着什么，我真的随之兴奋起来，我就感觉来了，从脊柱顶上传出的长时间令人极度痛苦的喷射，以至我感到好像有什么东西垮了。我们两个人都精疲力竭地倒下，像狗一样喘气，然而，同时，我心里还记着在周围摸几枚硬币。这并不必要，因为她已经借给我几个美元，但我要补上我在法洛克卫缺少的车费。甚至到那时候，天哪，事情还没有完。不久我就感到她在摸来摸去，我眼冒金星。我所知道的下一件事就是她的脚缠着我的脖子，然后我又爬到她身上，她像鳝鱼一样缠住我蠕动，真是快要了我的命。然后她又来了，一次长时间令人极度痛苦的高潮，嘴里呜呜咽咽，说着急促而含糊不清的话，令人产生幻觉。最后我不得不让她停止。什么样的一个眼儿啊！我原先只不过要求看它一眼的！

马克西谈论敖德萨，使我想起我小时候失去的东西。虽然我对敖德萨从未有过一幅清晰的画面，但它的气味就像布鲁克林的那个小地段一样，它对我意义如此之大，可我却很早就不得不离开它。每次我看到一幅不用透视法的意大利油画，我就十分确定地感觉到它；例如，如果这是一幅关于送葬行列的画，那么这就正是我小时候知道的那种经验，一种有强烈直接性的经验。如果这是一幅关于大街的画，那么，坐在窗户里边的女人就正坐在街上，而不是在街的上方，或离开了这条街。发生的每一件事都立即被每一个人知道，就像在原始社会的人当中那样。人们感到即将发生凶杀，偶然性支配一切。

就像在意大利原始绘画中缺乏这种透视法一样，我小时候不得不离开的那个老地段中，也只有平面，一切都在这些平面中发生，通过这些平面，一切都好像是由渗透作用一层一层传递过去。边界都是明明白白界定的，但却不能通行。我当时还是小男孩，住在靠近南北交界的地方。我就在北边一点点的地方，和一条叫作北第二街的大道只有几步之遥。它对我来说就是南北之间的真正界线。实际上的界线是格兰德街，它通往百老汇渡口，但是这条街对我来说毫无意义，只是它已经开始住满了犹太人。不，北第二街是一条神秘的街，是两个世界的边界。所以，我生活在两条界线之间，一条真正的界线，一条想象的界线——我整个一生都是这样生活。在格兰德街和北第二街之间有一条小街，叫菲尔莫尔街，只有一个街区的长度。这条小街在我们住的那幢属于我祖父的房子的斜对面。这是我一生中见过的最迷人的街。对于一个男孩、一个情人、一个疯子、一个酒鬼、一个骗子、一个色狼、一个恶棍、一个天文学家、一个音乐家、一个诗人、一个裁缝、一个鞋匠、一个政治家来说，它都是一条理想的街。实际上，这就是它本来模样的那种街，包含着人类的各种代表，每一个人对他自己来说都是一个世界，都和谐地又不和谐地生活在一起，但是都在一起，一种紧密的组合，一种高密度的人类孢子，如果这条街本身不崩溃，它就崩溃不了。

至少，它似乎就是这个样子。威廉斯堡桥一开通，随之而来的就是来自纽约德兰西街的犹太人的侵入。这造成了我们那个小世界，那条叫作菲尔莫尔的小街的瓦解，那条街本身就像它的名称一样，是一条有价值、有尊严、有光明、有惊喜的街，然而，犹太人来了，他们像飞蛾一样，开始吃我们生活的组织结构，直到一无所剩，到处都是他们带来的那种飞蛾般的存在。很快这街就散发出难闻的味道，真正的人都搬走了，房屋破破烂烂起来，甚至门前的台阶也像涂料一样不见了。很快，这条街看上去就像一张脏嘴，所有突出的牙齿全不见了，只有这里那里裂着的漆黑的丑陋残根，嘴唇腐烂着，腭也不见了。很快，沟里的垃圾有齐膝深，安全出口堆满了鼓鼓囊囊的被褥，满是蟑螂和血迹。很快，犹太清洁食品的招牌就出现在商店的橱窗上，到处都是家禽、大马哈鱼、酸菜、大面包。很快，建筑物之间的每一个通道上、台阶上、小院里、商店门前，到处都是婴儿车。随着这些变化，英语也消失了，人们听到的只有意第绪语，只有这种啪啪啪、嘶嘶嘶、扼住脖子出不来声的语言，在这种语言里，上帝和烂蔬菜的发音差不多，意思差不多。

我们属于犹太人入侵以后最早搬走的家庭之列。一年里我回老地段两三次，过生日、圣诞节或感恩节。每次回去，我都发现少了一点儿我喜欢和珍爱的东西。这就像一场噩梦，越来越糟糕。我的亲戚们仍然住着的房子像是行将成为废墟的旧要塞；他们被困在要塞的侧翼之一里面，维持一种孤岛的生活，他们自己的样子开始变得驯顺、惊恐、卑微，他们甚至开始在他们的犹太人邻居中做出区分，从中找出一些相当人道、相当正派、清洁、仁慈、富有同情心、大慈大悲等等等等的人。对我来说，这是令人极其伤心的。我恨不得拿起机关枪，把整个地段的人统统扫倒，无论是什么人。

大约就在犹太人侵入的前后，当局决定把北第二街的名字更改为都市大道。这条大道曾经是非犹太人去公墓的路，现在成了一条所谓的交通动脉，成了两个犹太人区之间的纽带。在纽约那一边，河边地区由于摩天大楼的建造，正被迅速改造。在我们布鲁克林这一边，仓库林立，通往各座新桥梁的引桥造就了许多购物区、公共厕所、台球房、文具店、冰淇淋馆、餐馆、服装店、当铺，等等。总之，一切都成为大都市的，这个词在这里意味着可憎恶的东西。

我们住在旧地段一天，就一天不提都市大道。尽管官方改变了名称，我们还总是说北第二街。也许是在八九年以后，当我在一个冬日里，站在街角，面对河流，第一次注意到大都会人寿保险大厦的高高塔楼时，我才明白，北第二街不再存在了。我的世界中的想象边界改变了。我的轻骑兵现在远远走过了公墓，远远走过了那几条河，远远走过了纽约市或纽约州，走出了整个美国。在加利福尼亚洛马角，我放眼远望海阔天空的太平洋，我在那里感到有某种东西，使我的脸永远扭歪着朝向另一个方向。我记得有一天晚上和我的老朋友斯坦利回到旧地段。斯坦利刚离开军队。我们伤感地、若有所思地走过一条条街道。一个欧洲人几乎不可能知道这种感觉是什么样的。甚至在一个城市现代化以后，在欧洲的情况是，它总还留有旧城的痕迹。在美国，虽然也有痕迹，但是这些痕迹被抹去，从意识中被消灭掉，受到新城市的践踏、淹没和废弃。新城市一天一天成为一只飞蛾，吃掉生活的组织结构，最终什么也不留下，只留下一个大窟窿。我和斯坦利，我们从这个可怕的窟窿里走过。就是一场战争也不会带来这种荒芜与破坏。通过战争，一个城市可以被夷为平地，所有的人口全部被消灭，但是重新出现的一切会跟以前很相像。死亡是起肥沃作用的，对土地对精神都一样。在美国，破坏就是彻底消灭。没有再生，只有癌一样的生长物，新的有毒组织一层复一层，每一层都比原先那层更丑。

我们正走过这巨大的窟窿。这是一个冬天的夜晚，清澈，凛冽，闪闪发光。当我们从南面朝边界线走去时，我们向所有那些旧的遗迹或曾经有过的东西，有过我们自己的东西的地点致敬。当我们走近北第二街，在菲尔莫尔街和北第二街之间——只隔几码之遥，然而却是地球上这样一个富裕、完美的地区——的时候，我停在奥梅利欧太太的棚屋前面，抬头望着那座房子，在那里我懂得了真正拥有一种存在是什么样子。现在一切都缩小到微缩型大小，包括边界线那边的那个世界，那个对我来说如此神秘，宏大得如此可怕，如此明确界定的世界。出神地站在那里，我突然想起一个我过去一再做、现在仍时常做的梦，我希望终生都做这个梦。这是关于越过边界线的梦。就像在所有的梦中一样，值得注意的东西是现实的逼真性，是人在现实中的这个事实，而不是做梦。越过边界线，我是一个陌生人，绝对孤单，甚至语言也改变了。实际上，我始终被视为陌生人，外国人。我手上有无限的时间，我绝对满足于满街闲逛。街只有一条，我必须说——是我住过的那条街的延续。我最终来到火车调车场上面的一座铁桥上。我到达桥上的时候，总是黄昏，虽然这儿离边界线只有很短的距离。我从这里往下看网状的铁轨、货运站、煤水车、存车棚，当我往下注视这一大堆奇怪的运动体的时候，一个变形过程发生了，就像在梦中一般。看到变形和毁形，我意识到这就是我经常梦到的那个古老的梦。我有一种疯狂的恐惧，怕我会醒过来，我的确知道，我不久就将醒过来，就在我准备从巨大的开放空间走进那座拥有我最珍视事物的房子里去的那一刻。正当我要走向这座房子的时候，我站立的那块地方周围变得模糊起来，它开始瓦解、消失。空间像地毯一般朝我席卷而来，将我吞噬，当然，同时也吞噬了那座我从未成功跨入的房子。

从我所知道的最令人愉快的梦，到一本叫作《创造进化论》的书的核心内容，绝对没有过渡阶段。我来到亨利·柏格森写的这本书当中，就像梦见边界线那边的那个世界一样自然。在这本书中，我再一次十分孤单，再一次成为一个外国人，再一次成为一个站在铁桥上观察里里外外独特变形的年龄不明的人。如果这本书没有正好在这个时候落到我手里,我也许会发疯的。它到来的时刻,正好另一个大世界在我手上崩溃。如杲我从来没有理解这本书里写的某件事,如果我只记住了一个词:创造,那便足矣!这个词是我的法宝。用它我能够公然反对整个世界,尤其是我的朋友们。

有时候,人们必须同自己的朋友决裂,为的是理解友谊的意义。这样说似乎很荒唐,但是这本书的发现相当于一件武器的发现,一件工具的发现,我可以用来甩掉我周围所有那些不再对我有意义的朋友。这本书成为我的朋友,因为它教导我,我不需要朋友。它给我勇气,让我独一无二;它使我能够欣赏孤独。我从来没有理解这本书;有时候我认为我正要理解,但是我从来没有真正理解过。不理解,对我来说更为重要。我手里有了这本书,大声向我的朋友们朗读,向他们提问,向他们解释,这使我清楚地理解到,我没有朋友,我在世界上是孤独的。因为我和我的朋友们都不理解话的意思,所以有一件事变得很清楚,那就是存在不理解的方法,一个人的不理解和另一个人的不理解之间的差别创造了一个有着坚实土地的世界,这甚至比理解间的差别更为坚实。我从前以为自己理解的一切崩溃了,我落得一身清白。我的朋友们就不一样了,他们更为牢固地扎根于他们为自己挖掘的理解之沟中。他们舒适地在他们的理解之床上死去,成为有用的世界公民。我可怜他们,然而这种怜悯转瞬即逝。我一个一个抛弃他们,不感到丝毫遗憾。

那么,这本书里究竟有什么东西能对我意义如此重大却又始终模糊不清呢?我回到创造这个词上。我确信,全部奥秘在于理解这个词的意义。我现在想起这本书,想起我探讨这本书的方法时,我就想到一个刚刚进入奥秘的人。伴随着进入任何奥秘而来的迷惑与再探究,是人们可能拥有的最奇妙的经验。人们终生绞尽脑汁吸收、归类、综合的一切,必须拆开,重新安排。心灵震颤的日子!当然,这种事情的进行,不是一天，而是几个星期，几个月。你在街上偶遇一个朋友，一个你几个星期没有见到的朋友，你感到他成了一个绝对的陌生人。你透露给他一点儿你的新立场新观点，如果他不赞同，你就放弃他——永远。这就像清理战场：所有那些残废了、在无望中痛苦挣扎的人，你用棍棒迅速来一下子，就统统打发了。你继续前进，走向新的战场、新的胜利或失败。但是你前进！当你前进时，世界带着可怕的精确性与你一起前进。你找出新的活动场地，新的人类样本，你耐心地教导他们，用新的象征装备他们。有时候你会选择你以前绝不会看一眼的那些人；如果他们对你的启示一无所知，那你就在你够得着的地方试一试每一个人，每一件事。

第十四章

正是以这种方式，我坐到父亲店铺的旧衣翻新室里，向在那里工作的犹太人大声朗读。我对他们读这部新《圣经》里的词句，保罗当初同门徒谈话时一定也是这种样子。当然，在我这里又增加了语言上的不便，这些可怜的犹太人不能读英语。我主要针对裁剪师本切克，他有犹太法学博士的头脑。打开书以后，我会随意挑出一段，以一种几乎就像洋泾浜英语一样粗糙的变调英语读给他们听。然后我会试图解释，选择他们熟悉的事物作为例子和比拟。我很吃惊的是，他们理解得有多么好，我要说，他们比一个大学教授、一个文人，或任何一个受过教育的人都理解得好得多。当然，他们理解的东西最终同柏格森的书本身没有关系，但是这不就是这样一本书的目的吗？我对一本书意义的理解是，书本身从眼前消失，它被生嚼、消化，被结合到血肉系统中，而这血肉系统又反过来创造新的精神，给世界以新面貌。这是我们读本书时所分享的伟大圣餐宴，它的杰出部分是论“混乱”的那一章，它彻头彻尾地打动了我，赋予我这样一种惊人的秩序感，以至如果有一颗彗星突然撞击地球，震垮了一切，把一切都翻了个个儿，把一切里面的东西都翻到外面来，我也能在一眨眼之间使自己适应新的秩序。就像对死亡一样，我对混乱也不再有任何恐惧或幻想。迷宫是我快乐的猎场，我往迷宫里钻得越深，我就越有方向。

我下班后腋下夹着《创造进化论》，在布鲁克林大桥上了高架铁路，开始了往公墓那边去的回家历程。有时候，我是在拥挤的街道上步行了好长一段以后，在犹太人的中心德兰西街上车的。我在地下的地铁站上了高架铁路线，就像一条肠虫从肠子里经过。每次我加入到在站台上满处乱转的人群中去，我都知道我是那里最独一无二的个人。我就像另一个行星上的旁观者一样观看我周围发生的事情。我的语言，我的世界，在我胳膊底下。我是一项伟大秘密的卫士；如果我准备张开嘴谈话，我就会堵塞交通。我必须说的东西，我一生的每一个夜晚在上下班路上抑制住未说出来的东西，是绝对的重磅炸弹。我还不准备扔我这颗炸弹。我沉思默想着，有说服力地一点儿一点儿准备好。再过五年，也许再过十年，我将彻底消灭这些敌人。如果火车在拐弯时猛地倾斜，我就对自己说，*好！出轨吧，消灭他们！*我从未想到，如果火车出轨，会危及我自己。我们像沙丁鱼一样挤在一起，压在我身上的热烘烘的肉转移了我的思想。我意识到有两条腿把我的腿夹在中间。我低下眼睛看坐在我面前的那个女孩，我直视她的眼睛，我把我的膝盖更往里挤向她的大腿根。她变得不安，在座位上烦躁起来，最后她转向旁边的女孩，抱怨我在骚扰她。周围的人们怀着敌意看我。我无动于衷地望着窗外，假装什么也没听见。即使我愿意，我也不可能移开我的腿。不过这女孩用猛推和蠕动，还是一点儿一点儿把她的腿挪开，不再同我的腿纠缠在一起。这时，我发现自己又同她身边的女孩处于同样的局面，就是她对之抱怨我的那个女孩。我几乎马上就感到一种同情的接触，然后，使我吃惊的是，我听到她对那一个女孩说，这些事情是没有办法的，这其实不是那男人的错，而是把我们像羊一样塞到一块儿的公司的错。我再次感觉到她的大腿抵着我的腿发出的颤抖，一种温暖的、富有人情味儿的挤压，像紧握某个人的手一样。我用空着的那只手设法打开我的书。我的目的有两个：首先我要让她看见我读的是哪一类书，其次我要能使用腿的语言而不引人注目。这很有成效。到车厢内空了一点儿的时候，我能够在她旁边坐下来，同她交谈——当然是谈这本书。她是一个妖娆的犹太女孩，一双大眼睛水汪汪的，还带有一种出于淫荡的坦率。到下车以后，我们已经手挽手走在大街上，往她家而去。我几乎已在旧地段的边缘上了。一切对我来说，都很熟悉，然而又格外陌生。我已多年没有走过这些街了，现在我同一个来自犹太人区的犹太女孩走在一起，一个漂亮的女孩子，带有很重的犹太人口音。走在她旁边，我显得不谐调。我可以感觉到人们在背后瞪着我们。我是闯入者，是异教徒，到这个地段来是为了找一只漂亮的水淋淋的窟窿眼儿玩玩。而她则不然，似乎为她的征服而自豪；她拿我在她的朋友面前炫耀。这就是我在火车上碰到的家伙，一个有教养的异教徒，一个讲究的异教徒！我几乎可以听到她在这样想。慢慢走着的时候，我观察了地形，观察了所有有用的细节，这将决定我饭后是否来找她出去。我没有想请她去吃饭。这是一个在什么时候、什么地方见面以及如何见面的问题，因为她直至走到门跟前，才露出口风，说她已经有丈夫，是一个巡回推销员，她必须得小心才是。我同意回来，某时某刻，在糖果店前面的拐角上等她。如果我要带一个朋友来的话，她也带她的女朋友来。不，我决定单独见她。一言为定。她紧握了一下我的手，冲进一个肮脏的门厅。我很快回到高架铁路车站，匆匆回家，狼吞虎咽地吃了饭。

这是一个夏天的夜晚，一切都敞开着。坐车回去会她时，整个过去万花筒般地涌现。这一次我把书留在家里。我现在是冲着窟窿眼儿去的，脑子里一点儿也没有想到这本书。我又回到边界线的这一边，每一个飕飕飞过的车站使我的世界越变越小。当我到达目的地的时候，我几乎成了一个小孩子。我是一个被发生的变形吓坏了的小孩子。我，一个住在第十四区的人，发生了什么事，要在这个车站跳下来，去寻找一个犹太女人呢？假如我真的干她，那又怎么样呢？我得跟那样一个女孩说什么好呢？当我需要的东西是爱情时，做爱又算得了什么呢？是的，我像突然遭到了龙卷风的袭击……乌娜，我爱过的那个女孩，她就住在这儿附近，长着蓝色大眼睛和亚麻色头发的乌娜，只要看她一眼就会使我发抖的乌娜，我害怕吻她，甚至只是触摸她的手的乌娜。乌娜在哪里？是的，突然之间，出现了这个迫切的问题：乌娜在哪里？我顿时十分气馁，十分迷惘、凄凉，处于最可怕的痛苦和绝望中。我怎么会不再想她的？为什么？发生了什么事？什么时候发生的？我原先一年四季，日日夜夜，像疯子一样想念她，然后，竟然没有注意到，她就那样，像一分钱硬币从你口袋的窟窿里掉出去一样，从我的脑海中消失了。难以置信，荒谬，发疯。嗨，我必须做的一切就是请她嫁给我，向她求婚——这就够了。如果我那样做，她会马上同意的。她爱我，她不顾一切地爱我。嗨，是的，我现在记得，记得我们最后一次见面时，她如何望着我。我要说再见，因为那天晚上，我要离开每一个人，前往加利福尼亚开始一种新生活，然而我绝没有过新生活的任何打算。我打算请她嫁给我，但是我编好的故事，像麻醉品一般，那么自然地从我嘴上说出来，连我自己都相信了它，于是我说了再见，离去了，她站在那里，眼睛追随着我，我感到她的眼睛都把我望穿了。我听到她心里在号哭，但是我却像一部自动机器，不停地走啊，走啊，最后拐过街角，于是一切就结束了。再见！就像那样，像在昏迷中，而我的本意是要说到我这里来！到我这里来，因为我再也不能没有你而生活！

我这么虚弱，这么摇摇晃晃，几乎连高架铁路的台阶都走不下去。现在我知道发生了什么——我越过了边界线！我一直随身带着的这部《圣经》是要教导我，使我开始一种新的生活方式。我所认识的世界不存在了，它死了，完了，被清理掉了。我曾经是过的一切，也随之被清理掉了。我是一具被注入新生命的尸体。我生气勃勃，闪闪发光，热衷于新发现，但是在内里，一切仍然是呆滞的，仍然是废渣一堆。我哭了起来——就在高架铁路的台阶上。我像小孩子一样大声哭诉。现在我渐渐完全搞清楚了：你在世界上是孤独的！你是孤独的……孤独的……孤独的。孤独是很痛苦的……很痛苦，很痛苦，很痛苦，很痛苦的。它没完没了，深不可测，这就是世上每一个人的命运，但尤其是我的命运……尤其是我的命运。又一次变形。一切又摇晃倾斜起来。我又在梦中，梦见边界线那一边的痛苦、谵妄、快感、狂乱的梦。我站在那块空地中央，但是我的家却看不见。我没有家。梦是海市蜃楼。在空地中间绝没有一座房子。这就是我之所以从未能够进入房子的原因。我的家不在这个世界上，而在来世。我是一个没有家，没有朋友，没有妻子的人；我是一只属于尚不存在的现实的怪兽。啊，但是它是存在的，它将存在，我确信。我现在低着头，走得飞快，一边还喃喃自语。我把幽会的事忘得一干二净，甚至没有注意到是否从她身边走过。也许我走过了。也许我正看着她，却没有认出她来。也许她也没有认出我来。我疯了，痛苦得发疯，苦恼得发疯。我绝望了，但是我不迷惘。不，有一个我所属于的现实。它很远很远，非常遥远。我可以低着头，从现在一直走到世界末日，也不会发现她。但是它在那里，我确信。我杀气腾腾地望着人们。如果我能够扔一颗炸弹，把这整个地段炸成碎片，我一定会扔的。我会很高兴看到他们残缺不全，尖叫着，被撕成碎片，被消灭，血肉横飞。我要消灭整个地球。我不是它的一部分。它彻头彻尾地疯了。整个儿疯了。这是一块巨大的臭奶酪，蛆虫在里面溃烂。操他妈的！把它炸飞！杀，杀，杀！把他们全杀死，无论是犹太人还是非犹太人，年轻人还是老人，好人还是坏人……

我变轻了，像羽毛一样轻，我的步子迈得更加坚定，更加自若，更加平稳。这是多么漂亮的一个夜晚啊！星星如此明亮，如此清澈，如此遥远地闪闪发光。它们恰恰不是嘲笑我，而是提醒我所有这一切的无用。你是谁，年轻人？竟在谈论地球，谈论把事物炸成碎片。年轻人，我们一直挂在这里，挂了有亿万年。我们什么都见过，一切，但我们仍然每晚宁静地发出亮光，照亮道路，还照亮心灵。看看你周围，年轻人，看看一切有多么宁静美好。你看，甚至阴沟里的垃圾在这星光下看上去，也很美丽。捡起那片菜叶，轻轻拿在你手中。我弯腰捡起沟里的那片菜叶。我觉得它的样子是崭新的，本身就是一个完整的宇宙。我撕下一小块，仔细察看。仍然是一个宇宙。仍然有说不出的美丽与神秘。我几乎羞于把它扔回沟里。我弯下腰，轻轻把它同其他垃圾放在一起。我变得非常体贴，非常非常镇静。我爱世界上每一个人。我知道在此时此刻的某个地方，有一个女人正等待着我，只要我非常镇静、非常温柔、非常缓慢地前去，就会来到她跟前。她也许将站在街角，当我进入她的视线，她就认出我来——立刻。我相信这一点，我敢断言！我相信，一切都是公正的，神注定的。我的家？哼，这就是世界——整个世界！我四海为家，只是我以前不知道。但我现在知道了。不再有任何边界线。从来就没有一条边界线，是我一手制造了这条线。我慢慢地在极乐状态中走过一条条街道。可爱的街道。在那里，每一个人走过，每一个人痛苦而不显露。当我站住，靠着灯柱点燃我的香烟时，灯柱也给人友好的感觉。这不是一根铁家伙——这是人类心智的创造，有某种形状，用人类之手将它拧弯，成形，用人类的气息将它焊接，用人类的手脚将它安装。我转过身，用我的手在铁柱表面摩擦。它像是要同我说话。这是一根有人性的灯柱。它像菜叶，像破袜子，像垫子，像厨房中的水池一样，*应该放在一个地方*。一切都以某种方式居于某个地方，就像我们的精神同上帝在一起一样。世界按其可见的、错综复杂的本质来说，是一张我们的爱的地图。不是上帝，而是*生活*才是爱。爱，爱，爱。在它的最最中间,走着一个年轻人,我自己,他不是别人,就是戈特利布·莱贝雷希特·米勒[①]。

戈特利布·莱贝雷希特·米勒!这是一个失去其身份的人的名字。没有人能说出他是谁,他从哪里来,或者他发生了什么事。在电影里,我最初熟悉了这个人,他被假定在战争里遇到了意外事故。但是,当我在银幕上认出自己的时候,由于知道自己从未参加过战争,所以我明白,作者发明了这一小段虚构,为的是不要暴露我。我经常忘记哪一个是真正的我。我经常在梦中喝健忘药水,它就是这样叫法。我绝望而又孤独凄凉地游荡,寻找着属于我的身体,属于我的名字。有时候,在梦和现实之间只有最细最细的一条界线。有时候,在一个人正同我谈话时,我会脱下鞋,像一棵随潮水漂浮的植物,开始我无根自我的航行。在这种状况中,我完全能够实现普通的生活要求——找到一个老婆、当上父亲、养家糊口、招待朋友、读书、付税、服兵役,等等,等等。在这种状况中,有必要的话,我能够为了我的家庭,为了保卫我的国家,或者为了无论什么事冷酷地进行杀戮。我是普通的、平凡的公民,有一个随叫随应的名字,护照里还有一个我的号码。我对我的命运彻底不负责任。

然后有一天,没有丝毫的前兆,我醒过来,看看我周围,一点儿也不理解在我周围进行的事情,既不理解我自己的行为,也不理解我邻居们的行为,更不理解为什么政府之间要交战或媾和,无论是哪一种情况。在这样的时刻,我再生了,以我真正的名字诞生和受洗:戈特利布·莱贝雷希特·米勒!我以我真正的名字所做的一切,都被视为疯狂。人

① 这个名字的第一部分“戈特利布”(Gottlieb)在德文中是“上帝之爱”的意思,第二部分“莱贝雷希特”(Leberecht)在德文中含有“生活权利”的意思。

们在我背后偷偷使着眼色，有时甚至当着我的面这样做。我被迫同朋友、家庭、所爱的人决裂。我不得不撤退，因而，我就像在梦中一样自然而然地发现自己再次随潮水漂浮，通常是沿着一条公路移动，我的脸朝向落日。现在我的所有官能都警觉起来。我是最温和、最讨好、最狡猾的动物——同时我又是一个所谓的圣人。我懂得如何照料自己。我懂得如何避免工作，如何避免纠缠不清的关系，如何避免怜悯、同情、大胆，以及所有其他陷阱。我待在应待的地方，或者同一个人一起待着，一旦我得到了需要的东西，马上就走。我没有目标：无目的的闲逛已经够了。我像鸟一样自由，像走钢丝的人一样确信。吗哪[①]从天上掉下来；我只须伸出手去接住。我到处都把最快乐的感觉留在身后，好像在接受雪片般落下的礼物时，我是真正在施惠于他人。甚至我的脏衬衣也由爱恋我的双手去洗干净。因为每一个人都爱恋一个堂堂正正生活的人！戈特利布！这是多么漂亮的名字！戈特利布！我一遍又一遍地对自己说。戈特利布·莱贝雷希特·米勒！

在这种状况中，我总是遇到小偷、恶棍和凶手，他们对我多么仁慈，多么彬彬有礼！好像他们是我的兄弟。不是吗？嗯？我没有为每一桩罪恶感到内疚，并为此而受痛苦吗？不正是因为我的罪恶，我才同我的同胞密切联系在一起吗？每当我从别人眼里看到一道与我相识的眼光，我就意识到这种秘密的联系。只有公正的人，眼睛才从来不发亮；只有公正的人，才从来不知道人类伙伴关系的秘密；只有公正的人，才对人类犯罪，公正的人才是真正的洪水猛兽；只有公正的人，才要求看我们的指纹，甚至当我们活生生地站在他们面前时，他们还会向我们证明我们已经死亡；只有公正的人，才把随便什么名字，把各种假名，强加到我们头上，才登记假日期，把我们活埋。我宁愿要小偷、恶棍、凶手，

① 《圣经》中所说古以色列人经过旷野时获得的神赐食物。

除非我能找到一个像我自己这种精神状况、我自己这种品质的人。

我从来没有找到这样一个人！我从来没有找到一个像我一样慷慨、一样仁慈、一样宽容、一样无忧无虑、一样粗心大意、一样本质清白的人。我原谅自己犯下的每一桩罪行。我以人性的名义这样做。我知道人性意味着什么，尽管人性有强有弱。我为知道这些而痛苦，也为此而扬扬得意。如果我有机会成为上帝，我会拒绝这种机会。如果我有机会成为一颗明星，我会拒绝这种机会。生活提供的最奇妙机遇是成为人。它包含整个宇宙，包括对死亡的了解，这是上帝都不喜欢了解的。

在此书写作的出发点上，我是重新给我自己洗礼的人。现在已过去多年，其间已发生了那么多的事情，因而很难回到那一时刻，很难追溯戈特利布·莱贝雷希特·米勒的历程。不过，也许我可以提供线索，比方说，我现在是的这个人诞生于一道伤口。那伤口一直伤到心里。按照一切人为的逻辑，我应该已经死了。我事实上已被所有曾经认识我的人当作已经死了；我在他们当中走来走去就像鬼魂一般。他们谈到我的时候用过去时，他们可怜我，给我越来越深地往下掘土，然而我记得我如何常常一如既往地嘲笑他们，如何同其他女人做爱，如何欣赏我的食物和饮料，以及我像恶魔似的纠缠着的软床。某样东西已经杀死了我，然而我却活着。但是我是没有记忆、没有名字地活着；我同希望也同悔恨和遗憾无缘。我没有过去，也许也不会有将来；我被活埋在真空里，这就是那道我受伤的伤口。*我就是伤口本身。*

我有一个朋友，时常同我谈论各各他[①]的奇迹，对此我一点儿也听不懂。但是我确实多少懂得我那奇迹般的伤口。在世人眼里，我死于这个伤口，但我从伤口里再生，重新受洗。我多少懂得我受伤所经历的

---

① 耶稣被钉死在十字架上的地方。

奇迹,这个伤口随着我的死亡而治愈了。我谈到它,就好像谈论很久以前的事,但是它始终同我在一起。一切都是很久以前的,似乎看不见,就像永远沉到地平线以下的星座。

使我着迷的是,像我那样死亡、被埋葬的任何东西,竟能复活,而且不止一次,而是无数次;不仅如此,而且每一次我消失,我都前所未有地更深入扎进真空,以便随着每一次复活,奇迹会越变越大。而且清白无瑕！再生者总是同一个人,随着每一次再生,越来越成为他自己。他每次只是在蜕皮,随着蜕皮,他也蜕去了他的罪恶。上帝所爱的人是堂堂正正生活的人。上帝所爱的人是有一百万层皮的洋葱。蜕下第一层皮是痛苦难言的,蜕第二层痛苦就少一点儿,第三层更少,直到最后,痛苦变得令人愉快,越来越令人愉快,变成一种欢乐,一种狂喜。然后就既没有欢乐,也没有痛苦,只有在光明面前屈服的黑暗。由于黑暗消失,伤口从它的隐藏处显现出来:这伤口就是人类,就是人类之爱,它沐浴在光亮中。失去的身份恢复了。人类从他敞开的伤口中,从他长时间随身携带的坟墓中走出来。

我的记忆就是坟墓。我现在看到她埋在这座坟墓中,这个我爱她比爱所有其他人,比爱世界,比爱上帝,比爱我自己的血肉都更加强烈的女人。我看见她在那爱的血腥伤口中溃烂,她如此接近于我,以致我都分不清是她还是伤口本身。我看见她挣扎着解脱自己,使自己摆脱爱的痛苦,而她每挣扎一次,都又重新陷入到伤口中,她无助,窒息,在血污中翻滚。我看到她可怕的眼神,引人哀怜的无言痛苦,一副困兽的样子。我看到她张开她的双腿来分娩,每一次性高潮都是一声极其痛苦的呻吟。我听到墙壁倒塌,朝我们压过来,房屋起火。我听到他们在街上喊我们,召唤去工作,召唤拿起武器,但是我们被钉牢在地板上,耗子吃着我们的肉;爱的坟墓和子宫埋葬了我们,黑夜装满了我们的肠子,星星在黑黝黝的无底湖泊上空闪烁。我失去了词的记忆,甚至记不起她的名字，我曾经像一个偏执狂者一样发音说她的名字。我忘记了她的模样，忘记了她摸上去什么样，味道是什么样，干起来什么样，只是一味地越来越深入到深不可测的大洞穴的黑夜中。我跟随她来到她灵魂的停尸房，来到她还没有从嘴里吐出来的气息那里。我不屈不挠地寻找她。任何地方都没有写她的名字。我甚至深入到圣坛那里，仍然一无所获。我将自己裹在这中空的虚无之壳周围，就像一条带火圈的大蟒蛇；我静静躺了六个世纪，没有呼吸，因为世界大事过滤到底部，形成一张黏性的黏液之床。我看见星座在宇宙天篷中的巨大窟窿周围盘旋；我看到遥远的行星和那颗将要生我下来的黑星星。我看到天龙摆脱了达摩与羯磨，看到新的人类在未来的卵黄中烦躁。我一直看到最后的标志与象征，但是我不能辨别她的脸。我只能看到晶莹透亮的眼睛，看到丰满、光彩照人的大乳房，好像我在乳房后边，在她灿烂幻象的放电现象中游泳。

她是怎样超越了意识的所有支配呢？依据什么吓人的法律，她这样伸展在世界的表面，揭露一切，又隐蔽她自己呢？她迎着太阳藏起来，像月食中的月亮；她是一面水银剥落的镜子，这镜子既照不出形象，也造成不了恐怖。一眼望到她的眼底，望到她湿乎乎半透明的肉，我看到由一切构成物，一切关系，一切瞬息即逝的东西构成的大脑结构。我看到大脑里的大脑，无限转动的无限机器，“希望”一词在唾液上旋转，烧烤，滴着脂肪，不停地在第三只眼睛的眼窝里转动。我听到她以不再为人所知的语言含糊地说着梦话，闷住的尖叫在缝隙里回荡，我听到喘息、呻吟、快乐的叹息、鞭子抽打的嗖嗖声。我听到她叫我的名字，这名字我自己还从未说出来过，我听到她诅咒，听到她狂叫。我听到放大了一千倍的一切，就像关在一架风琴肚子里的小矮人。我捕捉到世界的呼吸，它被压抑着，就像被固定在声音的十字路口一般。

我们就这样一起走路，一起睡觉，一起吃饭，我们是连体双胞胎，爱神把我们结合在一起,只有死神才能把我们分开。

我们手挽手,在瓶颈上倒着走路。她几乎从头到脚穿一身黑,只是偶尔有几块紫色。她没有穿内衣裤,只有一块浸透着恶魔香水的黑天鹅绒。我们黎明时分上床,正当天色变暗时起床。我们住在拉着窗帘的黑洞里,我们从黑盘子里吃东西,我们读黑色的书。我们从我们生活的黑洞里望出去,望到世界的黑洞里。太阳被永远涂黑了,好像要帮助我们不停地进行自相残杀。我们把火星当太阳,把土星当月亮:我们永远生活在地下世界的天顶。地球停止转动,在我们头顶上天空中的窟窿里,悬挂着那颗从不闪烁的黑星星。我们不时发出一阵阵大笑,疯狂的、青蛙叫似的大笑,这使邻居们听了发抖。我们不时唱歌,发出谵妄的、走调的、完全的震音。我们被锁在整个漫长的心灵黑夜之中,这是一段无法测量的时间,以日食月食的方式开始和结束,我们在我们的自我周围旋转,像幽灵似的卫星。我们陶醉于我们自己的形象,当我们互相望着眼睛的时候,我们就看到了自己的形象。那么我们在别人眼里什么模样呢?就像兽类在植物眼里的模样,像星星在兽类眼里的模样。或者,如果魔鬼让人类插翅高飞的话,就像上帝在人类眼里的模样。由于这一切,她在固定不变、留恋不去的漫漫长夜中容光焕发,兴高采烈,一种超黑色的欢欣从她身上流出,就像密特拉①的公牛不断流出的神种之流。她是双管的,像一支猎枪,一头女性的公牛,子宫里有一个乙炔火把。她热切地盯着大酒杯,翻着眼白,嘴唇上满是唾液。在隐蔽的性窟窿中,她像训练有素的老鼠一般跳着华尔兹,她的嘴巴像蛇的嘴一样张开着,她的皮肤在长倒刺的羽毛中起鸡皮疙瘩。她有独角兽那样贪得无厌的淫欲,有使埃及人躺倒的渴望。甚至将没有光泽的黑星星显

① 在印度—伊朗神话中是光明之神,太阳神传令他杀公牛献祭,他勉强从命。公牛一死,立即变成月亮,神种从公牛身上的阴茎中流出来而生成地上万物。

现出来的天上那个窟窿，也被吞没在她的狂怒中。

我们粘在顶篷上生活，日常生活热烘烘的臭味蒸发上来，使我们窒息。我们生活在酷暑中，人肉的灼热升上来，加热了我们被锁在其中的蛇形圈。我们根深蒂固地生活在深渊的最深处，我们的皮肤被尘世激情的烟火熏成了灰色雪茄的颜色。像我们的刽子手的长矛上挑着的两颗脑袋，我们缓慢地在底下世界的人头和肩膀上空盘旋不去。坚实的大地上的生活，对于被砍了头、永远在生殖器部分粘连的我们来说，有什么意义呢？我们是天堂的孪生蛇，在凉热中像混乱本身一样清醒。生活是一根固定的失眠之杆周围的永久性黑色性交。生活就是天蝎座会合火星，会合水星，会合金星，会合土星，会合冥王星，会合天王星，会合水银、鸦片酊、镭、铋。大会合是在每个星期六夜里，狮子座和天龙座在兄妹宫私通。大大不幸的是，一道阳光偷偷从窗帘缝溜进来。还有该死的木星，双鱼宫之王，也许是他闪了一下仁慈的眼睛。

说起来很难，这是因为我记得太多。我记得每一件事，但是像坐在口技艺人膝上与他唱双簧的木偶。我似乎觉得，在整个漫长而不间断的房事中，我是坐在她膝上（哪怕是在她站着的时候），说出她教我的台词。我想，她一定控制了上帝的堵漏人员头目，能让那颗黑星星透过顶篷中的窟窿发光，她一定命令他降下永久的夜幕，同时也降下一切爬行着的折磨，无声无息地在黑暗中爬来爬去，以致心思就变成了一把飞快转动的钻子，狂热地钻到黑色的虚无中。我是只想像她一样不停地谈话呢，还是我已经成了这样一个训练有素的木偶，以致能截住她还没到嘴边的思想呢？嘴唇漂漂亮亮地张开了，由于一股稠稠的暗红色血浆而显得滑溜溜的；我注视着嘴唇以最大的魅力一开一闭，无论是嘶嘶地发出一条毒蛇的怨恨，还是像斑鸠一样咕咕作声。这总是一些特写镜头，就像电影剧照那样，所以我知道每一道小缝，每一个毛孔，而当哈喇子歇斯底里地大流特流起来时，我就注视唾液形成的雾气与泡沫，好像我正坐在尼亚加拉大瀑布下的摇椅里。我学会了如何做得就好像我是她机体的一部分;我胜过口技艺人的木偶,因为我能够不用被绳子猛烈牵动着行事。我不时即兴做些类似的事情,往往使她十分高兴;当然,她会假装没有注意到这些中断,但是她高兴的时候,我总能从她打扮自己的样子中分辨出来。她有变形的天赋;她变得如此之快,如此之巧妙,就像魔鬼亲临一般。除了豹和美洲虎以外,她最擅长于变鸟类:野苍鹭、朱鹭、火烈鸟、发情的天鹅。她有一种突然猛扑的方法,好像她已确定了现成的尸体位置,正好俯冲到肠子上,一下子扑到那些美味食品上——心脏、肝,或卵巢——一眨眼工夫又赶快离去了。如果有人确定了她的位置,她会像石头一样静静地躺在树底下,眼睛不完全闭上,但是一动不动,像蜥蜴一样凝视着。戳她一下,她会变成一朵玫瑰,一朵深黑色的玫瑰,有着最光滑柔软的花瓣和压倒群芳的芬芳。很令人惊奇的是,我如此神奇地学会了接受提示;无论变形多么迅速,我总是在她怀里、鸟的怀里、野兽的怀里、蛇的怀里、玫瑰的怀里,等等;怀里的怀里,嘴唇的嘴唇,尖对尖,羽毛对羽毛,鸡蛋里的黄,牡蛎里的珍珠,蟹爪、精子和斑蝥的气息。生活是天蝎座会合火星,会合金星、土星、天王星,等等;爱是下颌的结膜炎,抓住这,抓住那,抓,抓,欲念的曼陀罗[①]轮的下颌的离合。吃饭时间到了,我已经能听到她在剥鸡蛋壳,在鸡蛋里面,吱吱,吱吱,快乐地预告下一顿饭将来临。我吃起来像一个偏执狂者:一个吃三顿早饭的人,有着梦中的好胃口,在那里长时间地暴食。我吃着的时候,她满足地呜呜叫,这是女淫妖吞下她小仔时发出的捕食肉类的有节奏喘息。多么快乐的爱之夜!唾液、精子、梦中的交媾、括约肌炎,全合而为一:加尔各答黑牢中的淫狂。

在那颗黑星星悬挂的地方,一种泛伊斯兰教的寂静,就像在风平浪

① 印度教密宗与佛教所用的象征性图形。

静的洞穴世界里一样。在那里，如果我敢于坐在那上面的话，有着精神错乱的幽灵般的静穆，这是被几个世界不停的屠杀所麻痹、所耗尽的人的世界。在那里，一张血迹斑斑的膜，包罗万象；狂人与疯子的英雄世界，他们用血熄灭了天堂之光。在黑暗中，我们的鸽与鹰的生活多么平静！牙齿或生殖器埋在其中的肉，丰富的香喷喷的血，没有刀剪的痕迹，没有弹片的疤痕，没有毒气的灼伤，没有烫伤的肺。除了顶篷上的那个令人产生幻觉的窟窿，这是一种几乎完美的子宫生活。但是这窟窿在那里——像膀胱里的小缝——没有一种填料能永远堵住它，没有一次小便能笑眯眯地完成。痛痛快快撒泡尿，当然，怎么忘记了钟楼里的租金，"另一个"世界不自然的寂静、危急、恐怖、毁灭呢？吃饱一肚子的东西，当然，明天又吃饱一肚子，明天，明天，明天——但最后，那会怎样呢？最后？最后是什么？换一个口技艺人，换一个人的怀里，换一个轴线，拱顶上的又一道裂缝……什么？什么？我将告诉你——坐在她怀里，因那颗黑星星静止的、带尖齿的光而发呆，你那互动的不安所具有的心灵感应的敏锐将你截去角，装上圈嚼子，拴上套，诱入圈套。我将告诉你，我什么也不想，在我们居住的细胞之外的东西，什么也不想，甚至不会想到一块白桌布上的一粒面包屑。我纯粹在我们变形虫生活的范围内思考，就像伊曼纽尔·普西福特·康德给予我们的纯思考，只有口技艺人的木偶才能复制。我想出每一种科学理论，每一种艺术理论，每一个扭曲的拯救体系的每一点每一滴真理。我计算每一件事物都十分精确，还要加上神秘的小数，就像一个醉鬼在六天赛跑结束时交出来的最好东西，但是一切都是为别人将来有一天会过上的另一种生活而计算的——也许。我们在瓶子的颈部，她和我，如他们所说，但是瓶颈已经折断，瓶子只是一种虚构。

第十五章

我记得我第二次遇见她时,她如何告诉我,她没有想到会再次见到我。下一次我见到她,她说她以为我是一个有吸毒瘾的人;再下一次,她把我称为神,然后她试着自杀,然后我也试,她又试,不行,这一切只有使我们更加亲密,亲密到这样的程度:我们互相渗透,交换个性、名字、身份、宗教、父母兄弟。甚至她的身体也经历了剧变,不是一次,而是多次。起初,她身体庞大,像天鹅绒般柔软光滑,像美洲虎,其蹲伏、跳跃、扑食等姿势,都有着猫科动物那柔滑的、容易使人误解的力量,然后她变得消瘦、单薄、脆弱,像矢车菊一样,随着每一次变化,她进行了最精细的调节——皮肤、肌肉、肤色、心境、步态、姿势,等等。她像变色龙一样千变万化。没有人能说出她真正是什么样子,因为对每一个人来说,她都是一个完全不同的人。一段时间以后,甚至她自己也不知道自己是什么样子了。后来发现,在我遇见她以前,她就已经开始了这个变形过程。像那么多自认为丑的女人一样,她要使自己漂亮,漂亮得令人眼花缭乱。为了做到这一点,她首先抛弃了她的名字,然后是她的家庭、她的朋友,以及将她束缚于过去的一切。她充分利用她的聪明才智，一心一意要培养她的美、她的魅力，其实她已充分拥有这些东西，但她却相信它们是不存在的。她始终在镜子面前生活，研究每一个动作、每一个姿势、每一个最不引人注意的鬼脸。她改变她的整个说话方式、她的措辞、她的语调、她的重音、她的词汇。她表现得如此老练，以至于根本不可能把起源问题提出来进行讨论。她总是很警惕，甚至在睡梦里也这样。她像一位出色的将军，很快就发现，最好的防卫是进攻。她从不留下一个阵地不去占领；到处都驻扎着她的前哨、侦察员、步哨。她的脑子是一盏永不熄灭的旋转探照灯。

看不到她自己的美、她自己的魅力、她自己的个性，更不用说她的身份，她便致全力于制作一个神话人物，一个海伦①，一个朱诺②，她们的魅力，无论男女都无法抗拒。尽管对传说一无所知，但她自动地开始一点儿一点儿创造本体的背景，创造在意识到的起源之前的一系列神话事件。她无须记得她的谎言、她的虚构——她只须记住她的角色。再大的谎言她也能说出口，因为在她扮演的角色中，她绝对忠实于自己。她不必发明一个过去：她记得属于她的过去。她从来未被一个直截了当的问题难倒，因为除非是转弯抹角的，她从不在对手面前亮相。她只亮出不停转动的多面体的各种角度，令人目眩的三棱镜之光。她不是一种静态时可以最终捕捉到的存在，而是技巧本身，不屈不挠地操作着反映她所创造的神话的无数镜子。她一点儿也静不下来；她永远高于她在自我真空中的多重身份之上。她不打算使自己成为一个传说中的人物，她只要求她的美得到承认，但是，为了追求美，她完全忘记了她的探索，成为她自己创造物的牺牲品。她如此倾国倾城地美丽，以至于有时候她很吓人，有时候绝对丑于世界上最丑的女人。她能激起恐惧和

① 古希腊罗马神话中的美女。

② 古希腊罗马神话中的天后。

忧虑,尤其在她的魅力达到高峰的时候。就好像盲目的、不可控制的意志,照透了创造物,揭露出怪兽的本来面目。

锁在黑窟窿的黑暗中,没有世界可以让我们观看,没有对手,没有竞争者,意志的动力减弱了一点儿,给她一种熔化的铜一般的光辉,从她嘴里吐出来的话就像熔岩,她的肉体贪婪地要抓住什么,站到坚固、实在的东西上去,以便重新组合,并休息片刻。这就像沉船上发狂似的发出的远距离信号,一个求救信号。起初我将它误解为激情,误解为肉同肉摩擦产生的狂喜。我以为我发现了一座活火山,一座女性的维苏威。我绝没有想到,一条人类之船正在绝望的海洋,在阳痿的马尾藻海沉没。现在我想到那颗透过顶篷窟窿发着微光的黑星星,那颗悬挂在我们房事斗室上方的固定星星,比绝对的上帝更固定,更遥远,我知道这就是她,真正她自身的一切已化为乌有:一个没有外观的死亡的黑太阳。我知道,我们就像两个试图隔着铁格栅做爱的疯子,正在给"爱"这个动词变位。我说过,在黑暗中乱抓乱来一气的时候,我往往忘记她的名字,她的模样,她是谁。这是真的。我在黑暗中因求之过急而失败。我滑离肉轨,进入无边的性空间,进入某个人建立的轨道:例如,只在一起待了短短一个下午的乔治亚娜,埃及婊子特尔玛,六七岁的女孩子卡洛塔、阿拉娜、乌娜、莫娜、玛格达;飘流物、鬼火、脸、身体、大腿、擦身而过的地铁、一场梦、一个回忆、一种心愿、一种渴望。我可以先从一个星期日下午在铁道边的乔治亚娜讲起,她那带点点的瑞士连衣裙,她摇摆的屁股,她的南方腔调,她那挑逗性的嘴巴,她的酥胸;我可以先从乔治亚娜开始,性如同枝状烛台的无数分支,努力向外向上,通过窟窿眼儿的分流而进入到第 n 维的性空间,一个没有尽头的世界。乔治亚娜就像未完成的被称之为性的怪兽小耳朵的耳膜。她透明、活跃,按照关于大道上一个简短下午的记忆,她吸着做爱世界最初的确切气味和物质,这个世界实质上是一种无限的、不可界定的存在,就像我们人类世界一样。整个做爱世界跟我们称之为性的动物越来越增大的耳膜一样，像另一种存在长入我们自己的存在，并渐渐取而代之，以致人类世界最终仅仅成为对这种正在自生，又包罗万象、生育一切的新存在的模糊记忆。

正是在黑暗中的这种蛇一般的交媾，这种双重关节、双管齐下的勾搭，使我穿上了怀疑、忌妒、恐惧、孤寂的拘束衣。如果我从乔治亚娜和无数分支的性烛台开始一点儿一点儿进行描述的话，那我确信，她也在努力，正在建造耳膜，制造耳朵、眼睛、脚趾、头皮以及诸如此类的性东西。她会从强奸她的怪兽开始，假定故事里有实情；总之，她也在平行轨道上的某个地方开始，努力向上向外完成这种多重形式的非创造的存在，我们俩正拼命努力争取通过其主体相见。尽管只了解她的一点点生活，只拥有一袋谎言、一袋发明、一袋想象、一袋迷惑与欺骗，只是把支离破碎的东西、可卡因造成的幻觉、沉思、未完成的句子、混乱的梦话、歇斯底里的疯话、拙劣装扮成的幻象、病态的愿望拼凑在一起，不时遇到一个与肉体相应的名字，偷听到零零星星的谈话，观察到偷偷摸摸的眼光、半抑制状况的姿势，但我完全能够认为她拥有一个她自己的做爱之神的神殿，一个实在太生动活泼的血肉创造物的神殿，这些创造物便是那个下午的男人们。也许只是在一个小时以前，她的窟窿眼儿也许还堵塞着刚干完后留下的精子。她越是柔顺，越是表现得热情洋溢，越是显得没有约束，我就越变得反复无常。没有开始，没有个人的、个别的出发点；我们就像有经验的剑客在决斗场上相见，这决斗场现在挤满了胜利与失败的幽灵。我们对哪怕轻轻一击都很警惕，都很负责，这只有那些击剑能手可以做到。

我们在黑暗的掩护下与我们的军队会合。我们两面夹攻，强行将城堡大门打开。我们的血腥行为没有受到任何抵抗；我们不要求生命保障，我们也不宽恕。我们在血泊中游着泳会合到一块儿，同所有那些已经熄灭了的星星的一种血淋淋的苍白的重逢，除了像头皮一样悬挂在顶篷窟窿之上的那颗固定黑星星。如果她真正受了麻醉品的刺激，她会像吐神谕一般将它吐出来，一切，今天，昨天，前天，前年，直至她出生那天发生的一切。没有一句话，没有一个细节是真的。她一刻也没有停下，因为如果她停下来，她在飞行中造成的真空就会引起爆炸，会把世界炸得粉碎。她是世界在小宇宙中的说谎机器，用来对付同样无穷无尽的巨大恐惧，这种恐惧能使人们把他们所有的精力投入到死亡器械的创造上。看着她，人们会认为她是无畏的，会认为她是勇气的化身，不过她确实如此，只要她不必重蹈她自己的足迹。在她身后是一片宁静的现实，一个处处跟踪她的庞然大物。这个庞然大物一天天越变越大，一天天越变越可怕，越变越使人目瞪口呆。每天她都必须长出飞得更快的翅膀，更锐利的牙齿，更敏锐更有催眠作用的眼睛。这是朝世界最边缘处奔跑的赛跑，一种从一开始就失败的赛跑，没有人来阻止它。在这真空的边缘，站立着真理，准备以迅雷不及掩耳之势收复被窃取的地盘。它如此简单明了，竟使她发了狂。调遣上千种个性，强占最大的枪炮，欺骗最伟大的心灵，作最长的迂回——最终仍然是失败。在最后的会合中，一切注定要崩溃——狡猾、技巧、强力，一切。她将成为汪洋大海岸上的一粒沙子，格外糟糕的是，她跟大洋岸上的每一粒沙子一模一样。她将不得不承认到处都有她独一无二的自我，直至时间的终结。她为自己选择了一种什么样的命运啊！她的独一无二被吞没在普遍之中！她的强力被降至最为消极的消极状态！这是令人发疯、令人产生幻觉的。它不可能存在！它绝不能存在！前进！像黑色军团。前进！穿越各种程度的空前广阔的圈。前进，离开自我，直至灵魂的最后一粒物质被伸展到无限。在她惊慌失措的飞行中，她似乎在子宫里怀有整个世界。我们正被驱逐出宇宙的范围，被驱向一片没有一种工具可以使其显形的星云。我们被驱赶着在一个地方停下来，如此安静，如此长久，以至相比之下，死亡似乎成了一个疯女巫的狂欢。

早晨，注视着她死火山口似的苍白面孔。脸上没有一丝皱纹，没有一点儿瑕疵。造物主怀里天使的模样。*谁杀死了科克·罗宾？谁对易洛魁人*[①]*进行了大屠杀？*不是我，我可爱的天使会说，老天作证。注视着那张纯洁无瑕的面孔，谁又能拒绝相信她呢？谁能在那天真无邪的睡眠中看到，那张面孔的一半属于上帝，另一半属于魔鬼？那面具摸上去像死亡般光滑、冰凉、可爱，它是蜡制的，像迎着一丝微风开放的花瓣。它如此诱人地平静、坦诚，人们会在其中淹死，会全身心地深入其中，就像一个潜水员，再也不回来。直至眼睛朝世界睁开，她会就那样躺着，彻底熄灭，只发出反照的微光，就像月亮那样。在她天真无邪的死一般昏睡状态中，她更加迷人；她的罪恶溶解，从毛孔渗出，她蜷缩着躺在那里，像一条钉牢在地上的睡眠中的大蛇。机体强壮、柔软，肌肉发达，像是具有非同寻常的重量；她有大于人类的重量，人们几乎可以说，是一具有热气的尸体的重量。人们可以想象，她就像美丽的奈费尔提蒂[②]在变成木乃伊的最初一千年之后的模样，一种完美丧葬的奇迹，一场保存肉体免于衰朽的梦幻。她蜷缩着躺在中空的金字塔基座上，裹在她自己创造的真空中，像过去的神圣遗迹。甚至她的呼吸也似乎停止了，她睡得那么死。她掉到了人类水平之下、动物水平之下，甚至植物水平之下：她已经下降到矿物世界的水平，在那里，生气只比死亡高一个档次。她已经将欺骗的艺术掌握得如此之好，即使梦幻也无力泄漏她心的真情。她已经学会如何不做梦：当她在睡眠中蜷缩起来的时候，她自动切断电流。如果人们能这样抓住她，打开她的脑壳，人们会发现它完全是空的。她不保留任何令人烦恼的秘密；可以按人的方

---

① 北美印第安人。

② 埃及王后，阿肯那顿国王（公元前1379至前1362年在位）的妻子。

式杀死的一切都被消灭。她可以无穷无尽地生活下去，像月亮，像任何死亡的行星，发出催眠的光辉，创造激情之潮，将世界吞没在疯狂之中，以其磁性的金属之光使地球上的一切物质改变颜色。她在使周围每一个人狂热到极点的同时也播下了她自己死亡的种子。在她睡眠的可怕寂静中，她通过同无生命的行星世界的冷却岩浆相结合，重新开始她磁性的死亡。她魔术般地保持原样。她的凝视具有穿透性地固定在一个人身上：这是月亮的凝视，通过这凝视，死亡的生命之龙喷发出冷火。一只眼睛是暖和的褐色，一片秋叶的颜色；另一只眼睛是淡褐色的，这是一只使指南针摇曳不定的磁性眼睛。就是在睡眠中，这只眼睛也还在眼皮底下摇曳不定，这是她身上唯一明显的生命标志。

她一睁开眼睛，就完全醒了。她猛地一下惊醒过来，好像看到世界及其人类道具会大为震惊。她立即充分活动起来，像一条大蟒似的爬来爬去。使她恼火的是光！她一边醒来，一边诅咒太阳，诅咒现实中炫目的强光。房间必须是黑洞洞的，点燃蜡烛，紧闭窗户，防止街上的嘈杂声渗透到房间里来。她裸露着四处转悠，嘴角叼着一支香烟。梳妆打扮是她十分偏爱的事情；就是穿一件浴衣，她也要在此之前留意上千个琐碎的细节。她就像一个田径运动员，准备参加当天了不起的比赛项目。从她专心致志研究的头发根，到她的脚指甲的形状和长度，她身上的每一个部分，都在她坐下来吃早饭以前被彻底检查过。尽管我说她像田径运动员，但是在脸上，她更像一个机械师为一次试飞而彻底检修一架高速飞机。一旦她穿上连衣裙，她就开始工作，开始飞行，这飞行也许最终会在伊尔库茨克或德黑兰告终。她在早餐时将装下足够的燃料，来维持整个旅行。早餐是一件漫长的事情：这是她闲混闲荡一天中的唯一仪式。它确实长得令人恼怒。人们很想知道，她是否还起飞；人们很想知道，她是否忘记了她发誓要每天完成的伟大使命。也许她正梦见她的旅程，或者，也许她根本没有做梦，而只是分配时间来进行她神奇机器的工作过程,以便一旦干起来,便不回头。她在当天的这个时刻非常沉着镇静,她就像空中的大鸟,栖息在山崖上,神情恍惚地俯瞰底下的地面。她不是从餐桌上猛扑到她的食物上。不,是从凌晨的高山之巅,她威严地慢慢起飞,使她的每一个动作都同马达有节奏的震动相一致。她面前有着所有空间,她反复无常地确定方向。要不是因为她的身体有着土星般的重量,她的翅膀有着异常的长度,她几乎可以说是自由的形象。无论她姿势如何,人们都会感觉到驱使她每天飞行的恐怖。她既顺从命运,又发狂地想要征服命运。她从高山之巅起飞,高高翱翔,如同在喜马拉雅山的某个山峰之上盘旋;她似乎总是想飞到某个未知的地区,如果一切顺利,她会永远消失在这个地区里。每天早晨,她似乎都带着这绝望的、最后一分钟的希望翱翔;她镇静、庄严地告别,就像一个准备进入坟墓的人。她从来不在飞行区域周围转圈;从来不回头看一眼那些她正抛弃的人。她不留下一丁点儿个性;她将她的所有全部带到空中。只要是能证明她的存在事实的任何一点点证据。她甚至没有留下一声叹息、一片脚指甲。一个干干净净的退场,就像魔鬼本人为了他自己的理由会退走那样。人们手上留下了大空白。人们被抛弃,而且不仅被抛弃,还被背叛,非人地背叛。人们不想留住她,也不想叫她回来;人们嘴上带着诅咒,带着使整个白天昏天黑地的黑色仇恨。后来人们在城市里到处奔走,慢慢地,以徒步行走的方式,像小虫爬行一般,收集着关于她的壮观飞行的谣言;她被看见绕过某一点,不知为什么这里下沉一下,那里下沉一下,在别的地方,她还失去控制,像彗星一样,一闪而过,在空中写下烟的字母,等等,等等。她所做的一切都像谜一般,令人恼火,显然是漫无目的地做出来的。这就像从另一维空间的角度,对人类生活、对蚂蚁般的人的行为做出的象征性、反讽性的评注。

在她起飞的时刻和她回来的时刻之间,我过着一种纯种鸟的生活。

消逝的不是一种永恒,因为在某种程度上,永恒同和平、同胜利有关,这是一种人为的东西,挣来的东西:不,我经历了一种幕间休息,在其中,每一根头发都变白,一直白到头发根;在其中,每一毫米的皮肤都在发痒、发热,直至整个身体变成了一种会行走的疼痛。我看见自己已坐在黑暗中的桌子前,手脚变得硕大无朋,好像象皮病正在飞快地侵蚀我。我听到血液涌向大脑,像喜马拉雅山的魔鬼用大锤敲打耳鼓;我甚至听到她在伊尔库茨克拍击她的巨大翅膀,我知道她正在不断推进,越来越远,越来越无法追寻。房间里如此安静,如此可怕地一无所有,以至我尖叫号叫,就为了弄出点儿声音,弄出点儿人的声音来。我设法从桌旁站起来,但是我的脚太沉重,我的手变得就像不匀称的犀牛脚一样。我的身体变得越沉重,房间里的大气就越轻;我要伸展,伸展,直至我使房间充满着一大片固态的胶粘物。就是墙上的缝隙我也要填补起来,我将像寄生植物一样长满墙壁,蔓延,蔓延,直至整个房子都成了一大堆难以描述的肉、毛发、指甲。我知道这是死亡,但是我无力消除对它的认知,也无力杀死知道它的人。我的某个小分子是活着的,某一点意识尚存,就像无法行走的尸体的膨胀,这生命的火花变得越来越清晰,在我体内像宝石的寒光一般发出闪烁。它照亮了整个胶粘的糊状体,以至我就像一个拿着火把的潜水员,在一只死亡的海洋怪兽的体内。通过一根隐蔽的细丝,我仍然同深海表面上的生活相联系,它如此遥远,这顶部世界,而尸体如此笨重,以至即使可能,也得好几年才能到达水面上。我在自己已经死亡的躯体内来回移动,勘察这无定形的庞然大物的每一个偏僻角落。这是一种无穷无尽的勘察,因为随着不停的发展,整个地形改变了,像地球滚烫的岩浆一样滑动,漂浮。没有一块坚实的土地可以持续一分钟,没有任何东西可以在一分钟内保持静止并被认出来:这是一种没有里程碑的发展,一种目的地随每一次最轻微抖动而改变的航行。正是这种对空间漫无止境的充填,扼杀了一切时空感;躯体越膨胀,世界就变得越小,直到最后,我感觉一切都集中在一根针头上。尽管我已经变成的那一大团死家伙仍在胡乱动弹,我感到,供养它的东西,它从中长出来的那个世界,不比针头更大。我在遗出的精液中间,就好像在死亡的心脏和内脏中,感觉到那颗种子,感觉到平衡世界的奇迹般的杠杆,这杠杆小到不能再小的地步。我像糖浆一样布满世界,世界之空虚是惊人的,但是仍有那种子的一席之地;那种子成了一小簇寒光,它吼叫着,就像那死尸的巨大洞穴中的太阳。

当那只大猛禽精疲力竭地飞行回来,她将发现我正处在我的一无所有之中,我,这不朽的鸟类,隐藏在死亡心脏中的一颗烈火般燃烧的种子。她每天都想找到另一种维持生计的手段,但是没有,只有这颗永恒的光的种子,通过每天的死亡,我重新为她发现这种子。飞吧,哦,贪食之鸟,飞向那宇宙的极限!这里有你的养料,在你创造的令人作呕的空空如也之中发出白热光辉!你将再一次回来死在这黑窟窿之中;你将一而再,再而三地回来,因为你没有将你带出这个世界的翅膀。这是你能居住的唯一世界,这个黑暗统治着的蛇的坟墓。

突然,毫无任何理由地,在我想到她回到她的巢中的时候,我记起了在公墓附近那座古老的小房子里度过的那些星期天早晨。我记起我穿着睡衣坐在钢琴边,不停地用光脚丫踩着钢琴踏板,而家人们正躺在隔壁的床上互相取暖。房间都是一间间打通的,套叠望远镜的式样,就像那些古老的美国火车车厢式公寓单元。星期天早晨人们躺在床上,一直躺到舒服得想尖叫起来。十一点钟上下,家里人敲我卧室的墙,让我去为他们表演。我会像弗拉泰利尼兄弟①一样跳着舞来到他们的房间里,那么热烈,那么兴高采烈,好像能像吊车一样把自己举到天堂之树最高的树枝上。我可以单手做任何事情,同时又可以向任何方向弯

① 欧洲马戏家族,指保尔、弗朗索瓦、阿尔贝特三兄弟,他们扮演的丑角闻名遐迩。

曲关节。老人称我为“快活的吉姆”，因为我充满“活力”，精力充沛。首先我会在床前地毯上为他们表演几个翻手动作；然后我会用假声唱歌，设法模仿口技艺人的木偶；然后我会跳一些轻快的幻想舞步，来表示风如何吹动，如何嗡嗡作响！我像一阵轻风一样坐到琴凳上，进行速度练习。我总是以车尔尼[①]练习曲作为开始，为的是做好演出前的准备。老人讨厌车尔尼，我也是，但是车尔尼是当时菜单上的当日推荐菜，于是就弹车尔尼，直弹到我的关节发麻。车尔尼使我模糊地想到后来所发生的一无所有。我被固定在琴凳上，却发展了一种什么样的速度啊！这就像一口吞下一瓶补药，然后让人把你捆在床上。在我演奏了大约九十八支练习曲之后，我准备来一点儿即兴之作。我常常敲出大量和弦，把钢琴从这一头砸到那一头，然后沉闷地转调，弹起《罗马的燃烧》或《本·胡尔战车赛》，每一个人都喜欢后一首曲子，因为它是可理解的嘈杂声。在读维特根施泰因的《逻辑哲学论》之前，我早就在樟木键上为它作曲。我当时精通科学和哲学，精通宗教史，精通归纳逻辑和演绎逻辑，精通占卜，精通脑壳的形状和重量，精通药典和冶金，精通一切无用的分支学科，它们让你未老先衰，消化不良，得忧郁症。急于把这些博学的废物吐出来，这想法已在我肚子里憋了整整一星期，就等着星期天的到来，好给它们谱曲。在《午夜火警》和《军队进行曲》当中，我会获得我的灵感，就是要破坏一切现存的和谐形式，创造我自己的不和谐音。想象一下，天王星同火星，同水星，同月亮，同木星，同金星，相互处于良好位置。这是很难想象的，因为天王星在它位置不好的时候，也就是说在它“苦恼”的时候，却运行得最好。而我星期日早晨发出的那种音乐，一种安乐的音乐，深深绝望的音乐，源于非逻辑地处于良好位置的天王星，它牢牢地固定在七号房子里。我那时候不知道它，不知道有

① 车尔尼(1791—1857)：奥地利钢琴家、作曲家。

天王星的存在,而我的无知倒是一种幸运。但我现在能看到它,因为这是一种侥幸,一种假安乐,一种破坏性的火一般的创造物。我的情绪越高涨,家里人就越安静。甚至我的疯妹妹也变得镇静自若。邻居们常常站在窗户外边听着,我不时会听到一阵喝彩,然后砰,嘘嘘!我像火箭一样,又重新开始——速度练习第九百四十七又二分之一号。如果我碰巧看见一只蟑螂在墙上爬,我就有福了:这将丝毫也不变调地把我引导到我那架可悲的起皱的古钢琴弹出的伊西之曲。有一个星期天,就像那样,我作了可能想象的最可爱的谐谑曲之一——《致虱子》。这是"源泉",我们大家都在进行硫疗;我将整个星期都倾注在但丁的英语版《地狱》篇上。星期日像融雪一般到来,鸟类被突然到来的高温热疯了,在窗户里飞进飞出,对音乐无动于衷。有一个德国亲戚刚从汉堡或不来梅来,一个未结婚的姑妈,样子像一个女相公。仅仅靠近她,就足以使我发狂。她常常拍拍我的脑袋,说我会成为另一个莫扎特。我过去恨莫扎特,现在仍然恨他,所以为了向她报复,我就故意演奏得很糟糕,弹出我所知道的所有刺耳的音调。然后,如我所说的那样,来了一只小虱子,一只真正的虱子,它藏在我冬天穿的内衣里。我把它抓出来,轻轻放在黑键末端,然后我用右手在它周围弹起了吉格舞曲;噪音也许在黑键末端把它震聋了,然后,它似乎对我心灵手巧的卖弄着迷。它这样精神恍惚,一动不动,终于使我心烦起来。我决定用我的中指全力给它来个半音阶。我大大方方地捉住它,但是用力过猛,它粘在了我的指尖上。这使我得了圣维特斯舞蹈症。从那时候起,谐谑曲开始了。这是一首被遗忘的旋律的大杂烩,加上芦荟和豪猪精的作料,有时候同时用三个键来弹奏,始终像一只华尔兹鼠,围绕着纯粹的概念转圈。后来,当我去听普罗科菲耶夫[1]的作品时,我理解他正在遭遇着什么;我理

① 普罗科菲耶夫(1891—1953):前苏联作曲家。

解怀特海[①]、罗素[②]、金斯爵士[③]、埃丁顿[④]、鲁道夫·倭铿[⑤]、弗洛比尼斯[⑥]、林克·吉莱斯皮;我懂得,如果从来不曾有过二项式定理,为什么人们也会发明出它来;我懂得,为什么会有电和压缩空气,更不必说喷泉和火山泥外敷药了。我必须说,我十分清楚地懂得,人类血液中有一只死虱子;当有人给你一首交响乐、一幅壁画或一包烈性炸药时,你真的会得到命运菜单上所没有的一种吐根剂[⑦]的反应。我也明白,为什么我没有成为我实际上是的音乐家。我头脑里创作的所有曲子,所有这些由于圣希尔德加德[⑧]、圣布里奇特[⑨]、十字架的圣约翰[⑩]以及天知道什么人而使我私下里听到的艺术作品,是为未来世纪而写的,一个有更少乐器,却有更强的直觉、更强的耳鼓的世纪。在这样的音乐能得到欣赏之前,必须经历一种不同的痛苦,贝多芬找到了这个新的领域——当人们感情爆发的时候,当人们在极端的寂静中精神崩溃的时候,人们便意识到它的存在。这是一个由各种新的振动组成的领域——对我们来说只是一团雾状的星云,因为我们还必须超越我们自己的痛苦概念。我们还必须容纳这个星云世界,容纳它的痛苦,它的运行方向。我被允许俯躺着倾听一种难以置信的音乐,对我周围的悲伤无动于衷。我听到一个新世界在酝酿,江河在奔腾,火星在飞溅,宝石泉在喷涌。一切音

---

① 怀特海(1861—1947):英国数学家、哲学家。

② 罗素(1872—1970):英国哲学家、数学家、逻辑学家,分析哲学主要创始人。

③ 金斯爵士(1877—1946):英国物理学家、数学家。

④ 埃丁顿(1882—1944):英国天文学家、物理学家,相对论、宇宙论等领域的先驱。

⑤ 鲁道夫·倭铿(1846—1926):德国唯心主义哲学家。

⑥ 有两位弗洛比尼斯,一位名叫莱奥,是德国探险家、人种学家;另一位叫费迪南格奥尔格,德国数学家。不知作者指哪一位。

⑦ 有祛痰催吐作用的一种药剂。

⑧ 圣希尔德加德(1098—1179):德意志女修道院院长,多次见异的神秘主义者。

⑨ 圣布里奇特(1303—1373):瑞典国的主保圣人,神秘主义者,幼年常见异象。

⑩ 十字架的圣约翰(1542—1591):西班牙基督教奥秘神学家、诗人、教义师。

乐仍然受老的天文学支配，是温室产品，是厌世病的万灵药。音乐仍然是难以形容的罪恶的解毒药，但这还不是音乐。音乐是整个星球之火，是一种势头永不减弱的熊熊大火；这是神的石板书写魔术，是由于松开了轴，学问家和无知者都同样领会不了的咒语。当心肠胃，当心无法安抚、不可避免的事情！什么也没有决定，什么也没有解决。所有在进行的一切，所有音乐、所有建筑、所有法律、所有政府、所有发明、所有发现——所有这一切都是黑暗中的速度练习，有着一个大写字母Z，在一瓶胶水中骑着一匹疯狂白马的车尔尼。

我之所以在这讨厌的音乐上没有取得任何成就，是因为它总是和性混合在一起。我一能够弹奏一支歌曲，就有各种窟窿眼儿像苍蝇一样围着我转。首先，这主要是洛拉的过错。洛拉是我的第一位钢琴教师。洛拉·尼森。这是一个滑稽可笑的名字，具有我们当时居住的那一地段的典型特点。它听起来就像一条臭咸鱼，或一只生了虫的窟窿眼儿。说真的，洛拉严格讲起来不算一位美人。她的模样有点儿像卡尔梅克人①或奇努克人②，灰黄色的肤色，眼睛里透露出暴躁的性情。她长着一些小鼓包和粉刺，更不用说唇须了，然而，使我兴奋不已的是她浓密的毛发；她有美丽神奇的黑头发，她把头发在她蒙古人般的脑壳上弄成了上上下下的许多卷儿。她在颈背上把头发挽成了一个蛇形结。尽管她是一个认真的白痴，可她总是迟到，在她到达的时候，我总是因为手淫而软弱无力，但是，她一坐到我旁边的凳子上，我就又兴奋起来，一半是因为她腹下洒满了臭烘烘的香水。夏天她穿着宽松式袖口的衣服，我可以看到她胳膊底下一簇簇的腋毛。一看到这毛就叫我发狂。我想象她全身都长毛，甚至肚脐上也长。我想要做的事就是在毛发里

---

① 居住在高加索东北部和中国新疆北部的蒙古人。

② 居住在美国西北部哥伦比亚河沿岸的印第安人。

翻滚，把我的牙齿埋到毛发里。如果毛发上还带有一点儿肉，我就能把洛拉的毛发当作美味来吃。总之，她是多毛的，这就是我所要说的。她毛多得就像一只猩猩一样，这使我的心思离开了音乐，转到了她的窟窿眼儿上。我他妈的一心想看她的窟窿眼儿，终于有一天我贿赂了她的小弟弟，让我偷看她洗澡。这比我想象的还要不可思议：她从肚脐到胯部长着一簇蓬松的毛，厚厚的一大簇，像是苏格兰高地人系在短裙前的毛皮袋，又浓又密的毛，简直是一小块手工织成的地毯。当她用粉扑向上面的时候，我想我快要昏过去了。下一次她来上课时，我裤子上的几颗纽扣没有系。她似乎没有注意到任何不正常。再下一次，我把裤子上所有纽扣全解开。这一次她明白了。她说："我想，你忘记了什么事，亨利。"我看着她，脸像胡萝卜一样红。我无所谓地问她什么？她一边用左手指着那玩意儿，一边假装看别的地方。她的手伸过来，伸得这么近，我忍不住抓住它，塞进了我的裤裆。她迅速站起来，脸色苍白，惊恐万状。我逼近她，伸手掏到她的裙子底下，够着了我从钥匙孔里看到的那块手工织成的地毯。突然，我扎扎实实地挨了一巴掌，然后又一巴掌。她揪住我的耳朵，把我带到屋角里，让我的脸朝着墙，对我说："现在把你的裤子系好，你这个傻小子！"一会儿以后，我们回到钢琴旁——回到车尔尼和速度练习上。我再也分不清半音和降半音，但是我继续弹琴，因为我害怕她会把这件事告诉我母亲。幸好这并不是一件可以随便告诉别人母亲的事。

这件事尽管令人难堪，但是却标志着我们之间关系的一个决定性变化。我原以为她下一次来的时候会对我很严厉，但是相反：她似乎是把自己好好打扮了一番，身上洒了更多的香水。她甚至有点儿高高兴兴的样子，这在她是非同寻常的，因为她是一个忧郁、孤独型的女人。我不敢再不系裤子扣了，但是我还是要勃起，而且一堂课都硬邦邦的。她一定对此很欣赏，因为她总是偷偷地斜眼朝那个方向看。当时我只有十五岁,而她很可能已经二十五或二十八了。我不知如何是好,除非是哪一天趁我母亲不在,故意把她撞翻在地。有一段时间,我真的在晚上她独自外出的时候盯她的梢。她有晚上外出作长途散步的习惯。我常常跟踪她,希望她会走到公墓附近的某个偏僻地方,我在那里好尝试使用某种鲁莽的手段。有时候我有一种感觉,好像她知道我在跟踪她,而且对此很欣赏。我想她是在等我截住她——我想那正是她想要的事情。于是,有一天夜里,我躺在铁轨附近的草中;这是一个闷热的夏夜,人们像喘着气的狗一样满地乱躺。我压根儿没有想到洛拉——我只是在呆呆地出神,天气太热了,热得什么也不想。突然我看见一个女人沿着狭窄的煤渣路走来。我正伸开手足躺在铁路路基上,周围没有什么人引起我的注意。那女人慢慢走来,低着头,好像她在梦中一般。她走近时,我认出她来。"洛拉!"我喊道,"洛拉!"她看到我在那里似乎真的很吃惊。"嘿,你在这里干什么?"她一边说着,一边坐到我旁边的路基上。我懒得回答,一言不发——我只是爬到她身上,让她平躺下来。"请不要在这儿。"她求我,但是我不予理睬。我把手伸到她两腿之间,她那厚厚的毛皮袋里。老天,这是我第一次做爱,可是有一辆火车开过来,把烫人的火星雨点般地撒到我们身上。洛拉吓坏了。我猜想,这也是她第一次做爱,她也许比我更需要做爱,但是当她感到有火花时,她想要挣脱开来。这就像试着按住一匹狂野的母马。无论怎么与她拼搏,我都按不住她。她站起来,把衣服抖整齐了,并把颈背上的发卷整理了一下。"你必须回家。"她说。"我不想回家。"我说,同时挽起她的胳膊,开始走起来。我们在死一般的寂静中往前走了好长一段路。我们两人好像谁也没有注意到我们正往何处去。最后我们上了公路,在我们上方是水库,水库旁边有一个池塘。我本能地朝池塘走去。我们走近池塘时,得从一些低垂的树底下走过。我正帮着洛拉弯下腰,她突然滑了一下,也把我随她拽了下去。她不想爬起来,相反,却抓住我,紧紧抱住我。使我十分吃惊的是，我还感到她的手悄悄溜进我的裤裆，然后她拿起我的手放在她两腿之间。她十分自在地仰面躺着，张开她的双腿。我俯身亲吻她，她呻吟着，两手疯狂地乱抓；她的头发完全散开，一直披到她赤裸裸的小肚皮上。长话短说，我坚持了好长一段时间，她他妈的一定对此很感激，因为我不知道她有多少回达到高潮——就像引发了一包鞭炮，同时她还咬我，把我的嘴唇都咬伤了，还抓我，撕我的衬衣，以及别的什么。当我回到家，在镜子里端详自己的时候，我就像一头小公牛一样，身上打满了印记。

这种事持续下去很是妙不可言，但好景不长。一个月以后，尼森一家搬到另一个城市去了，我再也没有见到过洛拉，但是我把她的毛皮袋挂在床上方，每天夜里向它祈祷。无论什么时候我弹起车尔尼的玩意儿，都会勃起，想起洛拉躺在草中，想起她长长的黑头发，颈背上的发卷，她发出的呻吟，她倾注的汁液。弹钢琴对我来说只是一次长时间的替代性做爱。我不得不再等上两年，才又把老二放进去，像他们所说的那样，然而却不怎么好，因为我因此而染上了漂亮的花柳病，而且，这不是在草中，不是夏天，干得也不热烈，只是在肮脏的小旅馆里为了挣一美元而进行的冷冰冰的机械动作，那杂种拼命假装她的高潮正在到来，但却像圣诞节的到来一样遥远。也许并不是她让我染上了淋病，而是她在隔壁房间里的伙伴。她的伙伴正和我的朋友西蒙斯躺在一起。就像这样——我如此快速地结束了我的机械动作，于是就想进去看看我的朋友西蒙斯那里搞得怎么样。嘿，看哪，他们还在搞着，干得正酣。她是一个捷克人，他的妞，并有点儿感情脆弱；显然她干这种事并不很久，她常常玩得很开心，很忘我。看着她把那玩意儿拿出来，我决定等以后跟她亲自搞一下。我就这样做了。在那个星期过去以前，我有机会打了一炮，在那以后，我猜想会因为长时间得不到发泄而睾丸疼痛，或者腹股沟胀得难受。

又过了一年左右，我自己也授课了。碰巧，我教的那个女孩的母亲是头号的婊子、荡妇、妓女。她和一个黑人同居，这是我后来发现的。看来她苦于没有一个足够大的家伙来满足她。于是，我每次准备回家的时候，她都要在门口拦住我，用那玩意儿蹭我的身子。我害怕跟她搞在一起，因为有传言说她满身梅毒，然而当那样一个热辣辣的婊子紧贴着你的身子，舌头都快伸到你喉咙里的时候，你究竟还能干什么呢？我常常站在门厅里干她，这样做并不难，因为她很轻，我可以把她像洋娃娃一般抱在手里。有一天夜里，正当我那样抱着她的时候，我突然听到钥匙插到锁孔里的声音，她也听到了，吓得一动不动。没有地方可以溜走。幸好有一块门帘挂在门口，我就躲到那后面。然后我听到她的黑男人亲吻她，说你好吗，宝贝？她说她如何一直不睡，等着他，最好马上上楼去，她等不及了，等等。在楼板不再嘎吱嘎吱响了之后，我轻轻打开门，冲了出去。那时候，老天作证，我真的很害怕，因为如果让那黑家伙发现了，我的脖子就会给拧断，那是不会有错的。所以我不再在那个地方教课，但是不久那女儿找到我——刚刚十六岁——问我愿不愿意到一个朋友家里给她上课呢？我们又从头开始车尔尼的练习曲，从火花到一切。这是我第一次闻到新鲜窟窿眼儿的味道，妙不可言，就像新刈下的干草。我们接连干了一堂又一堂课，在课与课之间也时而干些。然后有一天，这是一个伤心的故事——她肚子大了，如何是好？我只得找了一个犹太小伙子来帮助我解决难题，他开口要二十五美元，我一生中还没有见过二十五美元哩。此外，她年纪太小。此外，她会血液中毒。我给了他五美元作为部分付款，然后溜到阿迪朗达克待了好几个星期。在阿迪朗达克我遇到一个中学教师，拼命想要我上课。又是速度练习，又是避孕套和猜不透的谜。每次我接触到钢琴，都似乎会把一只窟窿眼儿震得淫荡起来。

第十六章

如果有聚会,我就得把操他妈的乐谱卷起来带着前往,对我来说这就像把我的生殖器裹在手帕里,夹在胳膊底下一样。在假期里,在总是有剩余的窟窿眼儿的农舍或客栈里,音乐有着非同一般的效果。假期是我一年里所盼望的时期,与其说是因为窟窿眼儿,不如说是因为它意味着不用工作。一旦不用工作,我就成了一个小丑。我精力充沛,好像自己要从躯壳中跳出来一般。我记得有一个夏天在卡茨基尔遇见一个叫弗朗西的姑娘,她漂亮、淫荡,有着壮实的苏格兰人的奶头和一排平整洁白、闪闪发光的牙齿。事情是从我们一块儿游泳的河里开始的。我们抓着小船边上,她的一个奶子滑出界外。我帮她把另一个也滑出来,然后解开背带。她装作害羞似的突然潜入水中,我跟着她,当她升上来呼吸空气的时候,我把她他妈的游泳衣也从她身上脱下来,她在那里像美人鱼一般漂浮着,壮实的大奶子上下浮动,像是水里泡涨的软木塞。我脱掉紧身衣裤,我们开始像海豚一样在船边的水中玩耍。不一会儿,她的女朋友坐着一只独木舟过来。她是一个很健壮的姑娘,一个长着略带金黄的红色头发的女孩,长着玛瑙色的眼睛,满脸雀斑。她看到我们一丝不挂，大吃一惊，但是我们马上就让她从独木舟上掉到水里，把她剥了个精光，然后我们三人就开始在水下玩捉人游戏，但是很难捉到她们，因为她们像鳝鱼一样滑溜。我们玩够以后，就跑到一个像没人用的岗亭似的矗立在野地里的小更衣室那里。我们拿着自己的衣服，三个人就准备在这个小房子里穿衣服，天气非常闷热，乌云密布，快要下大雨了。阿格尼丝——这是弗朗西的朋友——急于想穿上衣服。她赤身裸体地站在我们面前，开始感到羞愧，而弗朗西则不然，她显得十分自在。她坐在长凳上，跷着二郎腿抽烟。正当阿格尼丝套上她的无袖衬衣时，一道电光一闪，紧接着就是一声可怕的霹雳。阿格尼丝尖叫起来，扔下了衬衣。几秒钟之后又是一道闪电，又是一阵隆隆的雷声，就像近在眼前一般危险。周围的空气变得紧张不安，飞虫开始咬人，我们感到不安，浑身发痒，还有一点儿恐慌。尤其是阿格尼丝，她害怕闪电，更害怕死后被人发现我们三个人赤身裸体地躺在那里。她要穿上她的衣服，跑回家去，她说。她刚把这话讲出来，就下起了倾盆大雨。我们以为它几分钟后会停止，于是就赤裸裸地站在那里，从半开的门里往外看着那条冒着热气的河。天上就好像在下石头，闪电不停地在我们周围来回乱闪。现在我们都彻底吓坏了，不知如何是好。阿格尼丝绞着自己的手，大声祷告；她的样子就像乔治·格罗斯[①]画的白痴，那些倾斜着身子的婊子之一，脖子上挂着一串念珠，而且还患有黄疸。我以为她会晕倒在我们身上。突然我有了一个好主意，想在雨中跳一个模拟作战的舞蹈——来分散她们的注意力。正当我跳出去开始我的盛大舞会时，一道闪电一亮，劈开了不远处的一棵树。我他妈的魂都吓掉了。每当我吓坏了的时候，我就大笑。于是我大笑起来，一种野性的、令人毛骨悚然的笑，使得姑娘们尖叫起来。当我听到她们尖叫时，

① 乔治·格罗斯（1893—1959）：达达派画家。

我不知道为什么，但是我想到了速度练习，接着我就感到自己正站在真空当中。周围空气紧张不安，雨点紧一阵慢一阵地打在我的嫩肉上。我的所有感觉都集中在皮肤表面上，在最外面一层皮肤底下，我是空的，像羽毛一样轻，比空气、烟、滑石、镁，或你知道的任何该死的东西都轻。突然，我是一个奇珀瓦人①，这又是樟木键弹出的调子。我才不管姑娘们尖叫、晕倒，还是屙屎屙在裤子里，不管怎么说，她们没有穿裤子。脖子上挂着念珠的阿格尼丝，拿着她的大面包筐，吓得脸色发青，疯了一般。我看着她，想起了要跳一个亵渎神圣的舞蹈，我一只手托着睾丸，另一只手用拇指揿着鼻子，对雷电做蔑视的手势。雨下得紧一阵，慢一阵，草中似乎都是蜻蜓。我像袋鼠一般四处蹦着，使足了劲头大喊——“哦，天父，你这卑鄙的婊子养的，收住你那操蛋的闪电，要不然阿格尼丝就不再相信你了！你听见我的话吗？你这天上的老东西，收起你的鬼把戏……你快把阿格尼丝逼疯了。嘿，你聋了吗？你这老混混？”嘴上不断唠叨着这渎神的废话，我围着更衣处跳舞，像瞪羚一般又蹦又跳，发出可怕的咒骂，恶毒到了极点。当闪电闪过的时候，我蹦得更高，当霹雳打来的时候，我像狮子一般吼叫，然后我做前手翻腾跃，然后我像幼兽一般在草里打滚，我嚼着草，吐着口水，像黑猩猩一样捶打自己的胸膛。在这整个时间中，我都看见放在钢琴上的车尔尼练习曲，白纸上满篇都是升半音和降半音，以及那个操蛋的白痴，我暗想，他竟想象那是学会如何熟练使用那好脾气的古钢琴的方法。我突然想到，车尔尼现在也许就在天上，往下看着我，于是我就尽可能高地朝空中啐唾沫。当雷声又隆隆作响的时候，我用足力气喊道——“你这杂种，车尔尼，在天上的你，愿闪电把你的球拧掉……愿你吞下你弯弯扭扭的尾巴，把你噎死……你听见我的话吗，你这傻蛋？”

---

① 北美印第安人的一支。

然而，尽管我做了各种努力，阿格尼丝却越来越神志不清。她是一个沉默寡言的爱尔兰天主教徒，以前从来没有听到过有人对上帝这样说话。突然，当我正在更衣处背面跳舞的时候，她朝河边飞跑而去。我听见弗朗西尖叫——“让她回来，她会淹死的！让她回来！”我去追她。大雨倾盆，我叫她回来，但她却像着了魔似的继续盲目飞跑。当她跑到河边的时候，一个猛子扎进去，往小船那边游去。我跟在她后面游，来到小船边，我害怕她会把船弄翻，就用一只手搂住她的腰，同她说起话来。我哄她，安慰她，好像正在同一个小孩子说话。“走开，”她说，“你是一个无神论者！”天哪，听到这话，我惊奇得不得了。原来如此，所有那些歇斯底里，就因为我侮辱了万能的主。我真想给她眼睛上来上一拳，让她清醒清醒，但是我们脑袋都露在外面，我真怕如果不把她哄好了，她会做出什么疯狂的事情，比如把船拉翻了扣在我们脑袋上。于是我假装非常抱歉，说我根本不是这个意思，我是吓糊涂了，等等，等等。当我轻声轻气地安慰她，同她说话的时候，我的手从她腰上偷偷溜下来，抚摸她的屁股。这正中她的下怀。她哭着告诉我，她是怎么样的一个好天主教徒，她如何努力不犯过失。也许是她太热衷于她的谈话，而不知道我在干些什么，但是当我把手放到她的胯部，说着我能想到的所有那些动听的话，谈论上帝、爱、去教堂、忏悔以及诸如此类的废话时，她一定感觉到了。“抱着我，阿格尼丝，”我轻声说，悄悄将手拿出来，把她往我身边拽……“嘿，这才是好孩子……现在放宽心……雨马上就会停的。”我一边仍然谈论着教堂、忏悔、上帝之爱以及他妈的所有那些乱七八糟的东西，一边设法把那玩意儿放进她里面去。“你对我真好，”她说，就好像不知道我在同她干什么似的，“我很抱歉，我刚才像个疯子似的。”“我知道，阿格尼丝，”我说，“没问题……听着，把我抓得再紧些……行，就这样。”“我怕船会翻过来。”她说着，尽最大努力，用右手搅水，使她的屁股保持适当位置。“好吧，让我们回到岸上去。”我说着，开始抽回身子。“哦,不要离开我,”她说,手把我抓得更紧了,“不要离开我,我会淹死的。”正在这时候,弗朗西跑着来到水边。“快,”阿格尼丝说,“快……我要淹死了。”

我必须说,弗朗西是一个好人。她当然不是一个天主教徒,如果说她有道德的话,那也只是属于爬行动物的那一类。她天生就是要做爱的那种女孩子。她没有目标,没有伟大的愿望,不忌妒,不抱怨,总是高高兴兴,一点儿也不乏才智。夜间我们坐在黑暗中的走廊上同客人谈话时,她会走过来坐在我的腿上,裙子底下什么也没穿。在她笑着同别人谈话时,我就会把那玩意儿放到她里面。我想她要是有机会在教皇面前也会厚着脸皮干下去的。回到城里,我到她家里拜访她,她在她母亲面前耍同样的花招,幸好她母亲的视力已模模糊糊了。如果我们去跳舞,她裤裆里发起烧来,她就会把我拽到电话亭子里。她真是个怪妞,她会一边耍那花招,一边同别人,例如阿格尼丝,在电话上聊天。她似乎有一种专门的乐趣,就是在人们的鼻子底下干这种事;她说如果你不太想这种事情,那你干这种事的时候就有更多的乐趣。比方说,在从海滨回家的拥挤的地铁里,她会悄悄把裙子转过来一点儿,让开衩正好在中间,抓住我的手,把它径直放到她的裤衩里。有时候她顽皮起来,会把我那玩意儿掏出来弄硬之后,把她的包挂在上面,好像要证明没有丝毫危险似的。她还有一点是从不假装我是她操纵的唯一小伙儿。我不知道她是否把一切都告诉了我,但她确实告诉了我许多许多。她笑嘻嘻地一边趴在我身上,一边把她的好事告诉我。她告诉我他们如何做这事,它们如何之大,或如何之小,当他们兴奋起来时说些什么,等等,等等,尽可能详细地讲给我听,就好像我要写一本有关这个主题的教科书。她似乎对她自己的身子、自己的感情,或同她自己有关的任何东西丝毫没有神圣感。“弗朗西,你这个讨厌的家伙,”我常常说,“你真是厚颜无耻。”“但是你喜欢,不是吗?”她会回答。“男人喜欢干,女人也喜欢。这不伤害任何人，并不是说你必须爱你干的每一个人，不是吗？我不想恋爱；总是同一个男人做爱，一定很可怕，你不这样认为吗？听着，如果你总是只干我一个人而不干别人，那你很快就会厌倦我，不是吗？有时候，被一个你根本不认识的人干是一件美事。是的，我认为那是最好的，"她补充说，"没有纠纷，没有电话号码，没有情书，没有吵架，不是吗？听着，你认为这很糟糕吗？有一次我还试着让我弟弟来干我哩；你知道他是什么样的一个胆小鬼——他让每一个人都很痛心。我记不清当时的确切情况了，但是不管怎么说，当时只有我们两人在家，我那天被情欲所支配。他来到我卧室向我要什么东西。我撩起裙子躺在那里，想着这事，想极了，他进来时，我不管他是不是我的弟弟，就把他看作一个男人。所以我撩起裙子躺在那里，告诉他我感觉不舒服，肚子痛。他想要马上跑出去为我取东西，但是我叫他不要去，给我揉一会儿肚子就行了。我解开腰部，让他揉在我的光肚皮上。他竭力让眼睛望着墙上，这大傻瓜，他揉着我，就好像我是一块木头。'不是那儿，你这块木头，'我说，'还在下面呢……你怕什么？'我假装很痛苦。最后他偶尔碰到了地方。'对了！就是那里！'我叫道，'哦，就揉这儿，真舒服！'你知道，这大笨蛋真的按摩了我五分钟，却不明白这全是要的把戏。我怒不可遏，让他他妈的滚蛋，留下我一个人待着。'你是一个太监。'我说，但他是这样一个笨蛋，我想他连这个词是什么意思都不知道。"想着她弟弟是什么样的一个笨蛋，她笑了。她说他也许还从来没有搞过。我怎么想这个问题呢——非常糟糕吗？当然，她知道我不会那样想的。"听着，弗朗西，"我说，"你把这故事告诉过跟你谈恋爱的那个警察了吗？"她说还没有。"我猜想也是这样，"我说，"要是他听到那个故事，他会揍得你屁滚尿流。""他已经揍过我了。"她迅速回答。"什么？"我说，"你让他揍你？""我没有请他揍我，"她说，"但是你知道他性情多么急躁。我不让别人揍我，但是他揍我，我就不太介意。有时候这倒使我内心感到舒服……我不知道，也许一个女人应该偶尔挨一次揍。如果你真喜欢一个家伙，就不会感到那么痛。后来他他妈的那么温柔——我几乎都为自己感到羞愧了……”

你碰到一只窟窿眼儿来向你承认这样的事情，这是不常见的——我的意思是说正常的窟窿眼儿，而不是一个性欲反常者。例如，有一个特丽克丝·米兰达和她的妹妹科斯特洛夫人。她们真是一对宝贝。特丽克丝在同我朋友麦格雷戈谈恋爱，但她却竭力在同她住在一起的妹妹面前自称同麦格雷戈没有性关系；而妹妹则向所有人声称，她在性的问题上很淡漠，她即使想要，也不可能同一个男人有任何关系，因为她“体格如此瘦小”。而同时，我朋友麦格雷戈却干得她们俩晕头转向，她们俩都了解各自的情况，但仍然像那样相互撒谎。为什么呢？我搞不懂。科斯特洛那婊子很是歇斯底里；无论什么时候她感到麦格雷戈分配的交媾百分比不公平，她就会假装癫痫大发作。这意味着将毛巾敷到她脑袋上，拍打她的手腕，敞开她的胸口，擦她的大腿，最终把她拖到楼上，在那里我的朋友麦格雷戈把另一位一打发睡觉，就立即来照顾她。有时候姐妹俩会在午后躺在一起小睡一会儿；如果麦格雷戈在那里，他就会到楼上躺在她们中间。他笑眯眯地把这事说给我听，他的诡计是假装睡觉。他会躺在那里呼吸沉重，一会儿睁开这只眼，一会儿睁开那只眼，看看哪一个真的睡着了。一旦他确信其中一个睡着了，他就会对付另一个。在这样的场合，他似乎更喜欢歇斯底里的妹妹，科斯特洛夫人，她丈夫大约每隔六个月来看她一次。他说，他冒险越大，就越痛快。如果是同他正在求爱的姐姐特丽克丝在一起，他就得假装害怕让另一位看到他们在一起搞那种事。同时，他向我承认，他总是希望另一位会醒过来捉住他们，但是那位结过婚的妹妹，常常自称“体格太小”，是一个狡猾的婊子，而且她对姐姐有负罪感，如果她姐姐当场捉住她，她也许会假装正在发病，不知道自己在干什么。世上没有东西能使她承认,她事实上允许自己得到被男人干的快乐。

我相当了解她,因为我给她授过一段时间课。我常常拼命要让她承认,她有一只正常的窟窿眼儿,如果她时常干的话,她就会喜欢干个痛快。我常给她讲疯狂的故事,实际上这只是稍加掩饰地叙述她自己的行为,但她仍然无动于衷。有一天我甚至让她到了这样一种地步——而且这压倒了一切——她让我把手指放到她里面。我想问题无疑解决了。她确实是干的,而且有点儿紧,但是我把这归因于她的歇斯底里。请想象一下,同一只窟窿眼儿到了那样的地步,然后却让她一边疯狂地把裙子往下拽,一边冲着你的脸说——"你瞧,我告诉过你,我的体格不对劲儿么!""我并不那样认为,"我气冲冲地说,"你指望我做什么——把显微镜用到你身上吗?"

"我喜欢那种事!"她说,假装趾高气扬。"你怎么同我说话的!"

"你完全知道你在撒谎,"我继续说,"为什么你像那样撒谎呢?你不知道人人有一只窟窿眼儿,而且要偶尔使用一下吗?你要它在你身上干掉吗?"

"什么话!"她说,一边咬着下嘴唇,脸红得像胡萝卜。"我老以为你是一位绅士呢。"

"那么,你也不是淑女,"我反唇相讥,"因为甚至一位淑女也偶尔承认有一次做爱,而且淑女从不要求绅士把手指伸到她们里面,看看她们体格有多小。"

"我从来没有要求你碰我,"她说,"我无论如何不会想到要求你把手放到我身上,放到我的私处。"

"也许你以为我是在给你掏耳朵吧?"

"那一刻我把你看作医生,就是这么回事。"她生硬地说,竭力使我冷却下来。"听着,"我说,抓住狂热的机会不放,"让我们假装这完全是一个误会,什么事也没有发生,什么也没有。我太了解你了,绝不会想到像那样侮辱你。我不会想到对你做一件那样的事情——不,要想的话就天诛地灭。我只是很想知道你说的话是否有道理,你是否长得很小。你知道,事情来得太快,我无法说出我的感觉……我并不认为我甚至把手指放到你里面。我一定只是碰到了外面——那就是一切。听着,在这睡榻上坐下……让我们重新成为朋友。"我把她拉到我身边坐下——她显然在软化下来——我用手臂搂住她的腰,好像要更温柔地安慰她。"老是像那个样子吗?"我天真地问,接着我几乎笑出来,因为我明白这是多么愚蠢的一个问题。她忸怩作态地低着头,好像我们正在涉及一场说不出口的悲剧。"听着,也许如果你坐到我腿上……"我轻轻把她举到我腿上,同时体贴地把手伸到她裙子底下,轻轻放在她膝盖上……"也许你像这样坐一会儿,你会感觉好一点儿……对,就那样,就偎依在我怀里……你感觉好点儿了吗?"她没回答,但是她也没有反抗,她只是软弱地往后躺着,闭上眼睛。渐渐地,我把我的手很轻很平稳地往她大腿上部移动,始终低声低气地用一种安慰的口气同她说话。当我的手指探入她下体的时候,她已经湿得像一块洗碗布。我仍然对她施心灵感应术,告诉她女人有时候会误会自己,她们有时候如何以为自己很小,而实际上她们很正常。我这样持续越久,她就越来越湿漉漉的,越来越张开。她有一只巨大的窟窿眼儿。我望她一眼,看看她是否仍然紧闭双眼。她张开嘴,喘着气,但双眼紧闭,好像她在对自己假装这全是一场梦。我现在可以剧烈地把她动来动去——没有任何引起丝毫抗议的危险。也许是我怀着恶意,毫无必要地把她推来推去,就为了看一看她是否会醒过来。她像羽绒枕头一样柔软,甚至脑袋碰在沙发扶手上也没有一点儿激怒的表示。好像她已经把自己麻醉起来,准备好一场免费的做爱。我把她的衣服全扒光,扔在地板上。我在沙发上给她试着来了几下之后,就把她放平在地板上她的衣服上面,然后又溜进去,她用她十分熟练使用的吸人阀把它吸得紧紧的,尽管外表上她像是处于昏迷状态。

我感到很奇怪的是，音乐总是进行到最后就变成了性。晚上，如果独自出去散步，我肯定要随便结识某一个人——一个护士，一个从舞厅出来的小妞，一个售货女郎，只要是穿着裙子的随便什么人。如果我和朋友麦格雷戈坐他的车出去——他会说，就到海滨去兜一小圈——到午夜我会发觉自己坐在某个陌生地段的某个陌生大厅里，有个小妞坐在我腿上，通常我对这样的小妞不怎么挑剔，因为麦格雷戈比我更饥不择食。往往我跨进他的汽车时会对他说——"听着，今天夜里不找娘儿们，行吗?"他会说——"天哪，不找，我已经够多的了……就开车在什么地方转一圈……也许去羊头湾，你说怎么样?"我们还没有走出一英里路，他就会把车停在人行道边上，用肘推我。"看一下那个，"他会指着一个漫步在人行道上的女郎说，"天哪，多美的大腿!"要不就是——"听着，我们请她一块走，怎么样？也许她还能找来一个朋友。"我还没来得及说话，他就会向她打招呼，说出一套千篇一律的行话。十有八九女孩会跟着来。我们还没有走得很远，他就会一边用那只空着的手在她身上摸起来，一边问她是否能找到一个朋友来和我们作伴。如果她大惊小怪，如果她不喜欢太快就被那样乱抓乱摸，他会说——"好吧，那就他妈的滚出去……我们不可能在你这一类人身上浪费时间!"接着他就放慢车速，把她推出去。"我们不能同这样的窟窿眼儿纠缠不休，是吧，亨利?"他会咯咯地轻声笑着说，"你等着，我保证你在今夜过去之前有好戏。"如果我提醒他我们今天说好要歇一晚上的，他会回答："行，随你便……我只是想让你更快活。"然后他会来个急刹车，对黑暗中飘然而来的穿丝绸衣服的黑影说——"喂，妹妹，你在干什么——散步吗?"也许这一回是个有刺激的家伙，一个兴奋的小婊子，除了撩起裙子，把那玩意儿交给你以外，再没有别的事情好做。也许我们都不必给她买杯饮料，就停在一条小道上的某个地方，在汽车里一个接一个地干将起来。如果她是那种常常会碰到的傻窟窿眼儿，他甚至都不愿费神开车把她送回家。“我们不去那个方向，”他这个杂种会说，“你最好就在这里跳下去。”说着他就会打开车门让她下去。当然，他的下一个念头就是：她干净吗？回去时他会一路上都想着这个问题。“天哪，我们应该多加小心，”他会说，“你不知道你像这样同她们交往会遇到什么麻烦。自从那最后一个以来——你记得，就是我们在大道上认识的那一个——我就痒得要命。也许这只是神经过敏……我想得太多了。为什么一个小伙儿就不能老盯着一只窟窿眼儿呢？告诉我，亨利。比如现在特丽克丝，她是一个好孩子，你知道。在某种程度上，我也喜欢她，但是……见鬼，谈这些有什么用？你了解我——我是个饕餮之徒。你知道，我变得越来越坏，甚至有时候在去幽会的路上——注意，是同一个我想要干的妞，而且一切都安排好了——正当我驱车前去的时候，也许从眼角里我瞥见一条正在穿过马路的大腿，于是就不知不觉把她弄上了车，而另一个妞就见鬼去吧。我一定中了窟窿邪了，我猜想……你怎么想？不要告诉我，”他会迅速补上一句，“我了解你，你这个鸡奸贼……你会告诉我最不中听的东西。”然后，停了一会儿之后——“你是一个有趣的家伙，你知道吗？我注意到你从来不拒绝什么事情，但不知怎么的，你一直似乎并不对此感到担忧。有时候你使我觉得好像你有点儿满不在乎。你也是一个古板的杂种——我要说，几乎是一个一夫一妻制的倡导者。你怎么能同一个女人维持这么长久，真叫我纳闷。你不感到厌倦吗？天哪，我很了解她们会说什么。有时候我想要说……你知道，就是突然出现在她们跟前说：‘听着，宝贝，一句话也不要说……只要把它掏出来，张开你的双腿就行。’”他开心地笑着。“如果我对特丽克丝说那样一些话，你能想象她脸上的表情吗？我告诉你，有一次我就差一点儿要这样做。我没有脱下大衣，摘下帽子。她很恼火！

她不怎么在乎我穿着大衣，然而帽子则不然！我告诉她我怕穿堂风……当然，并没有什么穿堂风。实情是，我他妈的急于要走，所以我想，如果我戴着帽子，我就可以走得快一点儿，然而，我却在那里同她待了一整夜。她大吵大闹，我无法让她安静下来……但是，听着，那算不了什么。有一次我同一个喝醉的爱尔兰婊子在一起，她有一些怪念头。首先，她从来不要在床上干那种事……总是在桌子上。你知道，偶尔为之还可以，但是经常这么干，能把你累死。于是有一天夜里——我猜想，我有一点儿醉醺醺的——我对她说，不，什么也别干，你这醉鬼……你今晚同我一块儿上床。我需要真正的做爱——上床。你知道，我不得不同那婊子养的吵了差不多一个小时，才说服她同我一块儿上床，只是有一个条件，我得戴着帽子。听着，你能想象我戴着帽子爬到那傻妞身上去吗？而且身上一丝不挂！我问她……'你为什么要我戴着帽子呢？'你知道她说什么？她说这显得更有绅士风度。你能想象那只窟窿眼儿是怎样一种心理吗？我常常恨自己同那个婊子搞在一起。我从来不清醒着到她那里去，那便是一例。我得先用老酒灌饱了，有点儿瞎，有点儿神志不清——你知道我有时候会成什么样子……”

我很了解他的意思。他是我最老的朋友之一，我熟人中脾气最坏的杂种之一。“执拗”一词还不足以形容他的脾气。他像一头毛驴——一个顽固的苏格兰人。他的老头子更糟糕。如果他们俩发起火来，那就好看了。老头子常常手舞足蹈，是气得手舞足蹈。如果老娘来劝架，她就会眼睛上挨一拳头。他们经常把他赶出去。他会带着全部所有物出走，包括家具，也包括钢琴。大约一个月以后，他又会回来——因为在家里他们总是相信他。然后在某个晚上，他会醉醺醺地带着在某个地方勾搭上的女人回家，留她过夜，但是他们真正反感的是，他竟脸皮厚到要他母亲给他们俩把早饭端到床上来。如果他母亲想要痛骂他，他就会把她关起来说——“你想要告诉我什么？如果你不是因为肚子搞大了，你才不会结婚呢！"老太太拧着自己的手说——"什么儿子！什么儿子！老天帮帮忙，我干了什么，要得这种报应？"他会还嘴说："呀，忘了它吧！你只是一个老笨蛋！"他的妹妹往往前来设法平息事端。"天哪，沃利，"她会说，"你做什么，不关我的事，但你跟母亲说话时不能更尊重些吗？"于是麦格雷戈会让他妹妹坐在床上，开始哄她把早饭拿来。通常他不得不问他的同床伙伴叫什么名字，以便把她介绍给他的妹妹。"她不是一个坏孩子，"他会说，指的是他妹妹。"她是家里唯一还不错的人……现在听着，妹妹，拿点儿吃的来，行吗？拿些美味的火腿鸡蛋来，呃，怎么样？听着，老头子在吗？你今天情绪怎么样？我想借几块钱使使。你想办法慢慢从他那里骗出来，行吗？我将给你搞点好东西过圣诞节。"然后，好像一切都摆平了，他会把被子往后一扯，亮出他身边的那个婊子。"看看她，妹妹，她不漂亮吗？看那两条腿！听着，你应该给自己找个男人……你太瘦了。你瞧帕特茜这儿，我打赌她不缺这个，呃，帕特茜？"说着，在帕特茜屁股上用力拍了一掌。"现在快去，妹妹，我要些咖啡……不要忘记，把火腿炸得脆一点儿！不要拿隔夜火腿……拿新的。快一点儿！"

我喜欢他身上的东西，是他的弱点；像所有那些有实践意志力的男人一样，他内心十分软弱。没有一件事他不愿做——出于软弱。他总是很忙，而实际上从来不做任何事情。他总是专心致志于某件事，总是试图改进他的想法。例如，他会拿起足本的大词典，每天撕下一页，在上下班往返的路上虔诚地通读一遍。他满脑子事实，事实越荒诞，越不合理，他就越从中得到乐趣。他似乎专门要向所有人证明，生活是一场闹剧，不值得为之拼搏，总是一件事把另一件事抵消掉，等等。他是在纽约北区长大的，离我在那里度过童年的那个地段不远。他也完全是北区的产物，这是我之所以喜欢他的原因之一。例如，他用嘴角说话的方式，他同警察说话时使用的强硬态度，他厌恶地啐唾沫的样子，他使用的独特的诅咒话，他的多愁善感，有限的见识，对打落袋台球与吹大牛的强烈爱好，整夜的神聊胡侃，对富人的蔑视，同政治家的亲近，对无价值事物的好奇，对学问的尊重，对舞厅、酒吧、脱衣舞的迷恋，谈论见世面却从未出过纽约市，崇拜任何显示出“勇气”的人，诸如此类的种种特点、特征，使他同我亲密无间，因为正是这些特性，标志着我小时候熟悉的伙伴。那个地段似乎只是由可爱的失败者组成的。成年人的举止像小孩，小孩则是不可救药的。没有人高出他的邻居许多，否则他就会受到私刑的惩罚。如果有人竟然成为医生或律师，这是很令人吃惊的。即使如此，他也得当个好好先生，说起话来装得和别人一样，还得投民主党一票。听麦格雷戈谈论柏拉图或尼采，例如，听他对好朋友谈这些，是难忘的事情。首先，为了要得到允许来对伙伴们谈论柏拉图或尼采之类的问题，他得装作他只是偶然遇到了他们的名字；要不他也许会说，有一天夜里他在酒吧的后间遇到了一个有趣的醉鬼，这个醉鬼开始谈论起尼采和柏拉图这些家伙。他甚至会假装完全不知这些名字如何发音。他会辩解说，柏拉图并不是这样一种愚蠢的杂种。柏拉图脑袋里有一两个理念，是的，先生，是的，老先生。他愿意看到华盛顿那些愚蠢的政治家设法同柏拉图那样的家伙好好斗一斗。在这绕圈子的话里，他会继续用讲究事实的方式，向他那些侃哥儿们解释，柏拉图在他那个时代是怎样一种聪明鬼，又如何可以同其他时代的其他人相比。当然，他也许是一个太监，他会补充说，为的是要给所有那种博学泼点冷水。他巧妙地解释说，在那些日子里，那些大人物，那些哲学家，往往让人把自己的睾丸割掉——这是一个事实！——以便不受一切诱惑。另一个家伙尼采，他是一个真正的怪人，一个疯人院的怪人。他被认为同他的妹妹恋爱。神经过敏的类型。不得不生活在特殊的气候中——他想是在尼斯。他一般不太喜欢德国人，但是尼采这个家伙不同。事实上，他——这个尼采——恨德国人。他声称自己是波兰人，或诸如此类的人。他也对他们绝对公平。他说他们愚蠢贪婪。老天作证,他知道自己在说什么。总之,他揭穿了他们。简言之,他说他们都是臭狗屎。老天啊,难道他说得不对么?你看到那些混蛋搞到一剂他们自己的药时掉头就跑的样子吗?"听着,我认识一个在阿戈纳地区清除一窝那些混蛋的家伙——他说他们如此该死的低贱,以至于他都不愿啐他们。他说他甚至不愿把一颗子弹浪费在他们身上——他只是用大棒把他们的脑袋打烂。我现在忘记了这个家伙的名字,但是不管怎么样,他告诉我,他在那里的几个月中见得多了。他说他从整个操蛋事情中得到的最大乐趣是杀死他自己的少校。并不是他对他有什么特别的怨恨——他只是不喜欢他的嘴脸。他不喜欢那家伙发号施令的方式。他说,大多数被杀死的军官都是在背后被杀的。他们也是活该,这些操蛋玩意儿!他只是一个来自北区的小伙儿。我想他现在在华拉鲍特市场附近经营一家弹子房,一个安静的家伙,不管闲事,但是如果你同他谈起战争来,他就会火冒三丈。他说如果他们试着发动另一场战争,他会去刺杀美国总统。是的,我告诉你,他会这样做的……不过见他妈的鬼,我干吗要跟你们谈论柏拉图呢?嗨……"

其他人走了以后,他会突然改变腔调。"你不相信那些话,是吗?"他会开始说。我不得不承认我不相信。"你错了,"他会继续说,"你得不断迎合他们,你不知道哪天你会需要这些家伙中的某一个。你设想你是自由的、独立的!你做得好像你高于这些人。嗨,你在这里就犯了一个大错误。你怎么知道五年以后,或者就六个月以后你在哪里?你也许会变成瞎子,你也许会被卡车轧死,你也许会被关进疯人院;你不可能说出你将要发生什么事,没有人可能。你会像一个婴儿一样不能自助……"

"那又怎么样?"我会说。

"嗨,你不认为在你需要朋友时就有朋友在你身边很好吗?你也许会不能自助到他妈的这步田地,只要有人来帮你穿过马路你就很高兴。你认为这些家伙没有价值;你认为我同他们在一起是浪费时间。听着,你绝不知道一个人哪天会为你做些什么,没有人会单独成就什么事……"

他因为我的独立性而生气,他称之为我的冷漠。如果我不得不问他要点儿钱,他就很高兴。这给了他一个机会来大谈友谊。"所以你也得有钱吧?"他会说,满意地满脸堆着笑。"所以诗人也得吃饭吧?嗯,嗯……幸好你来找我,亨利,我的年轻人,因为我对你很随便,我了解你,你这没良心的婊子养的。没问题,你要多少?我没有很多,但我可以和你对半分。这够公平的了吧?是不是你还认为,你这杂种,我该全部给你,然后自己出去借钱花呢?我想你要吃一顿好饭,呃?火腿鸡蛋不够好,是吧?我猜你也很想让我开车把你送到餐馆去,呃?听着,从那把椅子上起来一分钟——我要放个垫子在你屁股底下。嘿嘿,那么你一个子儿也没有了?天哪,你总是一个子儿也没有——我从不记得看见你有钱在口袋里。听着,你对自己不感到羞愧吗?你谈论那些和我鬼混的浪荡鬼……那么听着,先生,那些家伙从来不像你那样跑来问我要一文钱。他们有更多的自豪——他们宁愿去偷,也不来掏我的钱包。而你,呸,你满脑子自大的念头,你要改造世界,废话连篇——你不想干活挣钱,不,不。你……你指望有人把钱放在银盘子上端给你。嚯!幸亏身边有我这样的家伙理解你。你需要了解你自己,亨利。你在做梦。每一个人都要吃饭,你不知道吗?大多数人愿意干活挣饭吃——他们不像你那样整天躺在床上,然后突然穿上裤子,跑到手头上的第一个朋友那里去。假如我不在这里,你会干什么?不要回答……我知道你要说什么。但是听着,你不能一生都像那个样子。当然,你说得好极了——听你说话是一种乐趣。你是我认识的人当中唯一我真正喜欢一起聊天的家伙,但是这会使你成功吗?总有一天他们会因为流浪罪把你关起来。你只是一个流浪汉,你不知道吗?你甚至都不如你说教中谈到的其他那些流浪汉。我陷入困境的时候你在哪里?你找不到了。你不回我的信,不回我的电话,有时候我来看你,你甚至躲起来。听着,我知道——你不必向我作解释。我知道你一直都不想听我的故事。可见他妈的鬼,有时候我真的不得不同你说话,而你却他妈的不闻不问。只要雨淋不着你,肚子里有顿饱饭,你就很快活。你不考虑你的朋友——除非你自己有危急。这样做是不厚道的,是吧?你要承认,我就给你一块钱。他妈的,亨利,你是我交的唯一真正的朋友,但是如果我知道我在谈论的东西,那你就是一个无赖的婊子养的。你只是一个天生的婊子养的饭桶。你宁愿饿死也不愿意着手做点儿有益的事情……"

当然我会笑着伸出手去要他答应我的那一美元。这又重新激怒了他。"只要我给你我答应你的那一美元,你就准备说些什么,是吗?好家伙!谈论道德——天哪,你有响尾蛇的伦理观。不,以基督的名义,我还不想把它给你。我要先折磨你一番。如果可能的话,我要让你挣这钱。听着,给我擦皮鞋怎么样——给我擦鞋,行吗?如果你现在不擦,它们就永远不会被人擦了。"我拿起鞋,问他要刷子。我不介意给他擦鞋,一点儿也不,但是那样也似乎刺激了他。"你要擦鞋,是吧?行,天啊,那干起来又快又利索。听着,你的自豪感到哪里去了——你不是有自豪感吗?而且你是无所不知的家伙。这是很令人吃惊的。你懂得他妈的那么多,竟还得靠擦你朋友的皮鞋来骗一顿饭吃。真是个好小伙!给,你这杂种,给你刷子!你擦的时候,把另一双也擦一擦。"

暂停一会儿。他在水斗那儿洗了洗,哼了一会儿曲子。突然,用欢快的腔调说——"今天外面天气如何,亨利?太阳好吗?听着,我想到一个最适合你去的地方了;蛋黄沙司浇扇贝熏肉,你说怎么样?这是一个小地方,在海湾附近。像今天这样的日子,正是吃扇贝熏肉的日子。

呃，怎么样，亨利？不要告诉我你有事要做……如果我拉你到那里，你就得花点儿时间同我在一起，你是知道的，是吧？天啊，我真希望有你的性情。你只是一分钟一分钟地放任自流。有时候我认为你他妈的过得比我们谁都好得多，尽管你是一个臭烘烘的婊子养的，一个叛徒，一个贼。我和你在一起的时候，日子过得就好像做梦一般。听着，我说我有时候不得不见你，难道你不明白我的意思吗？我总是一个人，简直就要发疯。为什么我拼命到处追娘儿们？为什么我整夜玩牌？为什么我同那些流浪汉鬼混？我需要同某个人说话，就是这样。"

一会儿之后在海湾，坐在水边，他肚子里灌了一杯黑麦威士忌，等着海鲜端上来……"如果你能做你想做的事情，那么生活就不算太坏，呃，亨利？如果我赚了一点儿钱，我就要去环球旅行——你跟我一起去。是的，虽然你是无功受禄，但是我还是准备有一天真正花些钱在你身上。我要看看，如果我给你充分自由的话，你会怎样表现。我要给你钱，瞧……我不会假装把它借给你。我们将看看，在你有了一些钱在口袋里的时候，你那些了不起的念头会有什么结果。听着，那一天我谈论柏拉图的时候，我是想问你一件事的。我想问问你，是否读过他关于亚特兰蒂斯①的故事。你读过吗？读过？那么，你怎么想？你认为这只是一个故事，还是你认为曾经有过那样一个地方？"

我不敢告诉他，我怀疑有成千上万个大陆，其过去或未来的存在，我们都还没有开始梦想过。于是我干脆说，像亚特兰蒂斯那样的地方曾经存在过，这是完全有可能的。

"嗯，我猜想，这在某种程度上讲并不十分重要，"他继续说，"但是我要告诉你我怎么想。我认为一定曾经有过那样一个时代，那时候的人跟我们不一样。我不能相信，他们过去就一直是他们现在的那副猪

① 传说中的岛屿，据说位于大西洋直布罗陀海峡以西，后沉入海底。

样，而且最近几千年来一直是那样。我认为很可能有一段时期人们懂得如何生活，懂得如何自由自在，享受生活。你知道是什么东西逼得我发疯吗？是看到我的老父亲。自从他退休以后，他就整天坐在火炉跟前闷闷不乐。像一只奄奄一息的猩猩坐在那里，这就是他终生做牛做马得来的一切。他妈的，如果我认为我也会那样的话，我会现在就把我的脑浆打出来。看看你周围……看看你认识的人……你认识一个值得交往的人吗？我很想知道，所有那些大惊小怪是要干什么？*我们必须活着，他们说。为什么？*这正是我想要知道的。他们全是该死的可笑的东西，死了反而更好。他们都只是一大堆臭大粪。战争爆发时，我见他们奔赴战壕，我就对自己说，好，也许他们回来时会通情达理一点儿！当然，他们当中许多人没有*回来*，但是其他人！——听着，你猜想他们会变得更人道、更体贴人吗？一点儿也不！他们本质上全是屠夫，当他们面临困难时，他们就发牢骚。他们让我恶心，他们这整个一帮操蛋家伙。我明白他们是些什么玩意儿，每天都得保释他们出去。我是从栅栏的两方面来看问题。在另一方面，更是臭不可闻。嘿，如果我告诉你我知道的一些事情，让你看看判这些可怜的杂种有罪的法官是些什么玩意儿，你一定会痛打他们。你要做的一切就是看看他们的嘴脸。是的，亨利，我愿意认为，曾经有一个时代事物是另外一个模样。我们还没有见到任何真正的生活——我们也不打算见。如果说我多少了解一点儿情况的话，那么就是说，这情况还要维持好几千年。你认为我唯利是图。你认为我疯狂地想挣许多钱，是吗？那我告诉你，我要挣一小堆钱，以便摆脱这臭屎。如果我能摆脱这环境，我就会独自去和一个黑婊子住在一起。我拼命努力达到我现在的地步，其实，这离原来的地方并不很远。我并不比你更相信工作——我是那样被培养起来的，那就是一切。如果我能用不正当手段搞到许多钱，如果我能从我打交道的这些臭杂种中的哪个人那里骗到一堆钱，我会心安理得地去做的。我太了解法律了，这就是麻烦事，但是你会看到，我还是要诈取他们的钱财。当我搞成功的时候，我将搞大的……”

海鲜端上来，又一杯威士忌下肚，他又重新开始。“说起让你跟我一起去旅行，我就是那个意思。我的考虑是认真的。我想你会告诉我你有老婆孩子要照顾。听着，你什么时候才能和你那个母夜叉一刀两断？你不知道你必须甩掉她吗？”他温和地笑起来。“嗬！嗬！想一想，是我为你挑的她！谁曾想你会笨到同她结婚？我想我只是给你介绍了一个漂亮的屁股，而你，你这可怜的笨蛋，你娶了她。嗬嗬！亨利，在你还没有完全丧失理智的时候，且听我一句：不要让那驴脸婆把你的生活搞得一团糟，你明白我的意思吗？我不管你干什么或者去哪里。我会讨厌你离开城市……坦白告诉你，我会想你的，但是，天啊，如果你必须去非洲，那你也赶紧屁颠屁颠去，逃出她的手心，她不适合你。有时候，我手头有一只好窟窿眼儿，我就暗想，现在有好东西给亨利了——我心里想着要把她介绍给你，然后，当然我就忘记了。不过，小伙子，天下有成千上万只窟窿眼儿你可以跟她们一起过。想一想你却不得不挑中那样一个下贱的婊子……*你还要熏肉吗？*你现在最好还是想吃什么就吃什么，你知道以后就没有钱了。*再喝一杯，呃？*听着，如果你今天试着从我这儿溜走，我发誓绝不借给你一分钱……我刚才在说什么来着？哦，是的，你娶的那个疯婊子。听着，你打不打算那样做？每次我见到你，你都跟我说打算逃走，但是你从来没有那么干过。我希望你不是认为你在供养她吧？她不需要你，你这笨蛋，难道你不明白吗？她只是要折磨你。至于小孩……嗨，见他妈的鬼，我要是你，我就把她溺死。那听起来有点儿卑鄙，不是吗？不过你知道我的意思。你不是父亲。我不知道你他妈的是什么玩意儿……我只知道你是他妈的一条好汉，不会把一生浪费在她们身上。听着，你为什么不设法有所成就呢？你还年轻，长相也不错。去个什么地方，离得远远的，一切从头开始。如果你需要一些钱，我会给你筹的。这就像把钱扔到阴沟里，我知道，但我仍然会为你筹的。事实是，亨利，我非常非常喜欢你。我从你那里得到的，比从世界上任何人那里得到的都多。我猜想，我们来自那个老城区，有许多共同之处。奇怪的是，在那些日子里我竟然不认识你。见鬼，我变得感伤起来了……”

第十七章

日子就像那样过去。带着许多好吃好喝的，阳光明媚，一辆小汽车带着我们到处转，不时抽支雪茄，在海滩上打一会儿盹，研究过往的窟窿眼儿，又说又笑，还唱了一会儿小曲——这就是我和麦格雷戈度过的许多许多日子中的一天。像那样的日子真的似乎使轮子停止转动。表面上快快活活，时间就像梦一般糊里糊涂地过去。但是实际上，却有一种宿命感，有一种不祥的兆头，使我第二天萎靡不振，心中不安。我很想知道有一天我会不得不停顿下来；我很想知道我正在浪费我的时间，但是我也知道我无能为力。必须发生某件事，某件大事，某件会将我横扫在地的事情。我需要的一切就是推我一下，但必须是我的世界之外的某种力量，才能真正推动得了我，我确信这一点。我不能忧伤过度，因为这不是我的性格。我一生中的事情总是——到最后——很顺当。我不可能需要花大力气。必须由天意来决定某些事——在我的情况中，就是全部听天由命。尽管从表面看来，有多少不幸，有许多事没处理好，我却知道自己生就的富贵命，而且天生是双冠王。我承认外部情况很糟糕——但更使我担心的是内部情况。我真的很害怕我自己，害怕我的胃口、我的好奇心、我的柔性、我的渗透性、我的可塑性、我的和蔼可亲、我的适应能力。没有一种情况本身能吓倒我:我不知怎的,总是看见自己过舒服日子,就好像在花朵里啜饮蜂蜜。即使我被投入监狱,我也感到我会过得很好。我想,这是因为我知道如何不作反抗。其他人连拉带拽地拼命干,搞得精疲力竭;我的策略是随大流。人们对我做的事,几乎还不如他们对人对己所做的事那样叫我操心。我内心真的感觉他妈的很好,所以我必须接受全世界的问题。这就是我为什么一直处于混乱之中。也就是说,我和我自己的命运不同步。我竭力实践世界的命运。例如,如果我有一天晚上回到家,家里没有吃的,甚至连给小孩吃的东西也没有,我就会马上到处去寻找吃的,但是我发现自己刚一匆匆来到外面寻找食物,就立刻又回到了世界观上面,这使我困惑不解。我没有想到专门给我们吃的食物,我想到的是一般意义上的食物,是那一时刻世界各地处于各个阶段上的食物,它如何被得到,如何被准备好给人用餐,如果人们没有食物,他们做些什么,也许有一种方法可以使每一个想得到食物的人都得到它,不再把时间浪费在这么简单的问题上。无疑,我为老婆孩子感到遗憾,也为霍屯督人,为澳洲森林居民感到遗憾,更不用说饥饿的比利时人、土耳其人、亚美尼亚人。我对人类,对人类的愚蠢,对人类想象力的贫乏感到遗憾。吃不上一顿饭并不那么可怕——使我深感不安的是街上死一般的空寂。所有那些讨厌的房子,一模一样的,一切都如此空寂、如此凄凉的样子。脚下有漂亮的铺路石,街中间有柏油马路,各家门前有既美又丑的雅致的褐砂石台阶,然而一个家伙竟会整天整夜在这昂贵的材料上到处奔走,寻找一块面包干。是这种状况使我感到不安。这太不谐调了。如果人们能摇着开饭铃冲出去喊"听着,大家听着,我饿着肚子。谁需要擦皮鞋?谁需要倒垃圾?谁需要清洗排水管?",那就好了。如果你能走到街上,像那样对他们说清楚就好了。然而不,你不敢张开你的嘴。如果你在街上告诉一个家伙你肚子饿,你就把他的屎都吓出来了,他像见了鬼似的逃走。那是我以前从不理解的事情,现在还是不理解。全部事情其实很简单——某个人来到你跟前时,你只要说一声“行”。如果你不能说“行”,你可以挽住他的胳膊,请另一个人帮助你们摆脱困境。你为什么要穿上制服,去杀死你不认识的人,就为了得到那块面包干,这对我来说是个谜。我考虑的是这些,而不是食物吃到了谁的嘴里,或者它卖多少钱。我为什么要去管一样东西值多少钱呢?我在世上是要活着,而不是计算,而这正是那些杂种不要你做的事——*活着*!他们要你花费整整一生来增加数字。那对他们有意义。那是合理的。那是明智的。如果我来掌舵,也许事情不会这样有条有理,但是却更加轻松愉快,耶稣作证!你不必为一些小事搞得屁滚尿流。也许不会有碎石铺的道路、长蛇阵的汽车、高音喇叭以及亿万种新鲜玩意儿,也许甚至窗上没有玻璃,也许你不得不睡在地上,也许不会有法国烹调、意大利烹调、中国烹调,也许人们的耐心消耗殆尽的时候就会互相残杀,也许没有人会阻止他们,因为不会有任何监狱、警察、法官,当然也不会有任何内阁大臣或立法机构,因为不会有他妈的任何法律让人遵守或不遵守。也许从一个地方到另一个地方要走好几个月、好几年,但是你用不着签证、护照、身份证,因为哪儿也用不着登记,你也用不着身份证号码;如果你想每星期改一次名字,你尽管改,这是无所谓的,因为除了你能随身携带的东西,你不拥有任何东西,在一切都自由的时候,你为什么还要拥有任何东西呢?

在这个时期,我走了一家又一家,干了一个又一个工作,交了一个又一个朋友,吃了一顿又一顿饭,但是我还是为自己圈出一些空间作为抛锚地;这更像是湍急的水道中的救生圈。进入我周围一英里范围内,就会听到一座巨大的钟在悲鸣。没有人能看见抛锚地——它深深埋在水道底下。人们看见我在水面上上下浮动,有时候轻轻摇摆,要不就前后颤动。安全地牵制着我的是我放在客厅里的那张有分类格子的大书桌。这张书桌曾经在老爷子的裁缝铺里放了十五年，靠它赚来了许多钱，也因做活而使它吱嘎作响，抱怨不止。在它的分类格子里，还放着一些古怪的纪念品。我最后是趁老爷子生病，把它从店铺里偷着搬出来的；现在它就立在布鲁克林最受人尊敬地段的正中心处一座受人尊敬的褐砂石房子的三层楼上我们阴郁的客厅地板的中央。我得费好大劲才能把它放到那儿，但是我坚持必须放在全部家当的最最中间。就像把一只乳齿象放到一间牙齿诊室的正中央。但是由于老婆没有朋友来做客，而即使它悬挂在吊灯上，我的朋友也无所谓，于是我就把它放在客厅里，把我们拥有的所有多余的椅子全放在它周围，摆成一大圈，然后我舒适地坐下来，把脚跷到书桌上，梦想着如果我能写作的话将写些什么。在书桌旁边我还放了一只痰盂，一只很大的铜痰盂，也是从店铺里拿来的，我不时朝里面吐一口痰，提醒自己它就在那里。所有的分类格子都是空的，所有的抽屉也都是空的；书桌上书桌里全一无所有，只有一张连垫放在S形锅钩底下都嫌太小的白纸。

当我想起我所做的巨大努力来疏导在我内心沸腾冒泡的熔岩，想起我重复了成千上万次的努力来安放好漏斗，来捕获一个词、一个词组时，我必然想到旧石器时代的人们。十万、二十万、三十万年来关于旧石器的想法产生了。如同幻觉一般，因为他们没有料想旧石器这样的东西。它不费力气就来了，一眨眼工夫便诞生了，你会说这是一个奇迹，只是发生的一切都是奇迹般的。事情发生或者不发生，这就是一切。没有事情是由汗水与拼搏来完成的。几乎每一件我们称之为生活的东西，都只是失眠，是一种痛苦，因为我们已经失去了睡着的习惯。我们不知道如何洒脱。我们像安在弹簧顶上的匣中小丑，我们越挣扎，就越难回到匣中去。

我想，如果我疯了，我除了把这原始人的用品放在客厅中央，就不会想到更好的计划来巩固我的抛锚地。我的脚跷到书桌上，增加血液流速，我的脊柱舒服地埋在厚厚的皮垫子里，我同在我周围漂浮旋转的零碎物处于理想的关系。因为我的朋友们疯了，是血液异常流出的部分，他们就竭力让我相信，这些零碎物就是生活。如此说来，我清楚地记得，通过我的脚所实现的同现实的第一次接触。我写过一百万字左右，请注意，写得有条有理，结构很好，对我来说却等于零——旧石器时代的原始密码——因为接触是通过头脑来进行的，而头脑是无用的附属物，除非你在水道中央深深地抛锚在泥中。我以前写的一切都是老古董，现在的大多数写作仍是老古董，这便是为什么没有烧起来，没有使世界燃烧的原因。我只是古人类的传声筒；甚至我的梦也不可靠，不是真正的亨利·米勒之梦。安静地坐着，想着一个由我、由救生圈产生的念头，是赫拉克勒斯[①]式的艰巨任务。我不缺乏思想，也不缺乏词汇和表达能力——我缺乏更重要得多的东西：切断电流的工具。讨厌的机器停不下来，这便是难题。我不仅处于潮流当中，而且潮流流遍我的全身，我一点儿也控制不了它。

记得那一天，我让机器彻底停下来，也记得另一个机械装置，上面签着我自己姓名的首字母，用我自己的双手和鲜血制成的那个机械装置，慢慢开始运行。我曾到附近的剧院去看一场轻歌舞剧表演；这是日场演出，我买了楼厅的票。排队站在大厅里等候的时候，我就已经体会到一种奇怪的坚实感。就好像我在凝结，明显成为一块坚实的胶冻。这就像伤口治愈过程中的最后阶段一样。我处于最高的正常状态，这倒是十分异常的情况。霍乱会来临，将它污浊的气息吹进我口中——没有关系。我会弯腰去吻麻风病人手上的溃疡，不可能对我自己有任何伤害。我们大多数人所希望的一切，便是在健康与疾病之间这种永

① 希腊神话传说中的英雄，建立了十二项伟大的功勋。

恒的冲突中有一种平衡，而我不仅有这种平衡，而且血液参数是正整数，这意味着，至少暂时，疾病被完全打垮了。如果有人在这时候聪明地扎下根，他就永远不会再生病、不幸，甚至死亡。但是要跃向这样的结局，就要奋力一跳，跳回到比旧石器时代更久远的年代。在那一刹那，我甚至不梦想扎根；我一生中第一次体会到奇迹的意义。当我听到我自己的齿轮啮合的时候，我是如此吃惊，以至愿意为了这种体验的特权而当场死去。

发生的事情是这样的……当我手里拿着撕过的票根从门卫面前走过时，灯光暗下来，幕布升起。黑暗突然降临，使我的眼睛微微发花，我就站了一会儿。当幕布冉冉升起时，我有一种感觉，好像在所有的年代里，人类总是被壮观场面之前的这个简短时刻搞得默不作声。我可以感觉到幕布正在人类中升起。我也立即明白，这是一个象征，它在人类睡梦中不断出现在他们面前；我明白，如果他们醒着，登上舞台的绝不会是演员而应该是他们，人类。我不是这样想——我说，这是一种理解，它如此简单，如此绝对清晰，以致机器立即死死停住，我正沐浴着现实的光明，站在我自己面前。我把眼光从舞台上转开去，注意看通向楼厅座位的大理石楼梯。我看见一个人慢慢登上台阶，他的手横放在栏杆上。这人一定是我自己，自从我出生以来一直在梦游的那个旧自我。我的眼睛没有看见整段楼梯，只看见那个人已经爬过，或当时正在爬的那几级楼梯。这人从来没有爬到楼梯顶上，他的手也从来没有从大理石栏杆上拿开。我感到帷幕降下来，一会儿工夫，我又到了布景后面，在道具中走来走去，就像道具管理员突然从睡梦中醒来，不知道是在做梦呢，还是看着正在舞台上演出的一场梦。它明朗、清新、新奇。我只看见活生生的东西！其余的消失在阴影中。正是为了使世界永远活生生，我没有等着看演出，就跑回家去。坐下来，着手描写那一截不朽的楼梯。

正是在这个时候,达达主义者盛行一时,不久又出现了超现实主义者。这两个流派我从来没有听说过,直到大约十年以后才听说;我从来没有读过一本法文书,也从来没有法国式的念头。我也许是美国独一无二的达达主义者,而我却不知道。尽管我同外界有各种接触,我却像一直生活在亚马孙丛林中一般。没有人理解我正在写的东西,或者我为什么要那样写。我神志如此清醒,以至于他们说我发疯。我在描述新世界——不幸的是太早了一点儿,因为它还没有被发现,谁也不会被你说服,相信它的存在。这是一个卵巢世界,还隐藏在输卵管里。自然还没有任何东西清楚地显现出来:只能看见一根脊柱模模糊糊的少许迹象,当然没有胳膊,没有大腿,没有头发,没有指甲,没有牙齿。性是最不会被梦见的东西;这是柯罗诺斯①及其卵一般的后代的世界。这是小不点儿的世界,每一个小不点儿都是必不可少的,吓人地合乎逻辑的,绝对不可预言的。没有一件事物这样的东西,因为"事物"的概念正在消失。

我说我描述的是一个新世界,但是像哥伦布发现的新世界一样,结果它是一个比我们所知道的任何世界都远为古老的世界。我在皮包骨头的外观底下,看到了人类总是在内心携带的那个不可摧毁的世界;真的,它既不是旧的,也不是新的,而是无时无刻不在变化的永恒真实的世界。我看到的一切都是擦去后重写的,没有哪一层书写的文字让我感到太古怪而破译不了。我的伙伴们晚上离开我之后,我会经常坐下来,给我的朋友,澳洲丛林居民,密西西比河盆地的筑堤人②,菲律宾的伊哥洛特人等写信。当然,我必须写英语,因为这是我说的唯一语言,

---

① 希腊神话中的一位原始神,代表着时间。

② 指史前在密西西比河盆地及邻近地区筑护堤的北美印第安人。

但是在我的语言和我的好朋友们使用的心灵感应术之间有一个差异世界。任何原始人都会理解我,任何古代人都会理解我;只有我周围那些人,也就是说,一个大陆上的一亿人,理解不了我的语言。为了写得让他们明白,我不得不首先杀死什么东西,其次阻止时间进程。我刚刚弄明白,生活是不可摧毁的;没有时间这样东西,只有现在。他们指望我否认一个我花了终生时间来窥一眼的真理吗?他们肯定这样指望。他们不想听到的一件事是,生活是不可摧毁的。他们宝贵的新世界不是建立在无辜者的毁灭,建立在强奸、掠夺、折磨、蹂躏之上的吗?两个大陆都遭玷污;两个大陆都被剥夺了一切宝贵的东西——*以物的形式*。我认为,没有人比蒙提祖马①受到过更大的羞辱;没有一个种族比美国印第安人更无情地遭到消灭;没有一块土地像加利福尼亚那样以肮脏血腥的方式遭到淘金者的糟蹋。我想到我们的由来就脸红——我们的双手浸泡在鲜血与罪恶中。通过直接去全国各地旅行,我发现,屠杀和掠夺一点儿也没有停止。每一个人都是潜在的凶手,甚至最亲密的朋友也不例外。往往不必拿出枪、套索、烙铁——他们已经发现更阴险、更穷凶极恶的方法来折磨和屠杀他们自己。对我来说,最难以忍受的痛苦是我话还未出口,就让人把它消灭了。通过痛苦的经验我学会了保持沉默;我学会了默默坐着,甚至笑眯眯的,而实际上我嘴上冒泡。我学会同所有这些看上去天真无邪的恶魔握手,并对他们说:"你们好!"而他们却只是在等着我坐下来,好吸我的血。

当我在客厅里我的史前书桌前坐下来的时候,怎么可能使用这种强奸与谋杀的代用语言呢?我孤身一人在这伟大的暴力半球中,但是就人类而言,我不是孤身一人。我在闪着磷光的残酷之火所照亮的物的世界中很孤独。我让一种无法释放的能量搞得神志不清,要释放能

① 蒙提祖马二世(1466?—1520):墨西哥阿兹台克皇帝。

量除非去效力于死亡和无益之事。我不能一开始就作一个详尽的声明——这意味着穿拘束衣或者上电椅。我就像一个在地牢中监禁了太久的人——不得不缓慢地、踉踉跄跄地摸索着走路,免得跌倒,被人踩上;我不得不逐渐习惯于追求自由所带来的惩罚;我不得不长出一层新表皮,保护我不受天上这种灼热光线的伤害。

那个卵巢世界是生命节奏的产物。小孩子一生下来,就成为世界的一部分,在这个世界上不仅有生命节奏,而且有死亡节奏。活着,不惜一切代价地活着的狂热愿望,不是我们身上生命节奏的结果,而是死亡节奏的结果。不仅没有必要不惜一切代价来继续活着,而且如果生活令人讨厌,那它就是绝对错误的。这种出于战胜死亡的盲目冲动而要使自己继续活下去的做法,本身就是一种播种死亡的手段。每一个没有充分接受生活,不增长寿命的人都在帮着以死亡充满世界。做最简单的手势可以传达最高的生命意识;以全身心说出的一个词可以赋予生命。活动本身没有意义:它常常是一个死亡标志。由于简单的外部压力,由于环境和榜样的力量,由于活动造成的社会趋势,人们会成为可怕的死亡机器的一部分,例如,像美国。一个精力充沛的人对于生活、和平、现实等知道些什么?美国任何一个精力充沛的个人对于智慧、能量,对于一个衣衫褴褛、正坐在树下沉思的乞丐知道些什么?什么是能量?什么是生活?人们只须读一读科学课本和哲学课本里那些愚蠢的废话,就能明白,这些精力充沛的美国人其智慧多么一钱不值。听着,他们让我运转,这些疯狂的马力恶魔;为了打破他们的疯狂节奏,他们的死亡节奏,我不得不采取一种波长,在我自己的内部找到真正的支持以前,这种波长至少可以破坏他们定下的节奏。当然,我不需要放在客厅里的这张笨重且奇形怪状的古老书桌;当然,我不需要成半圆形摆在其周围的十二把空椅子;我只需要可以在其中写作的小天地,以及第十三把椅子,把我带出他们使用的黄道十二宫图,将我放在天外天里。但是，当你逼得一个人几乎发疯的时候，当他自己很惊奇地发现他仍然具有某种抵抗力，某种他自己的力量时，你就会发现这样一个人的行为非常像原始人。这样一个人不仅容易变得冥顽不化，而且迷信，相信魔术，施行魔术。这样一个人已经超越了宗教——他吃苦头就吃在他的笃信宗教上。这样一个人成为一个偏执狂者，只专心做一件事，这就是冲破施于他的邪术。这样一个人已经超越了扔炸弹，超越了反叛；他要停止做出反应，无论是惰性的反应还是凶猛的反应。这个世上的人中之人要使行为成为生命的表现。如果在实现他的可怕需求的过程中，他倒行逆施起来，变得孤僻，说话结结巴巴，被证明完全不适应社会，因而无法挣钱活命，那么，你知道，这个人已经找到了回到子宫去，回到生命之源去的方法；明天，他不是作为一个你使他成为的那种可鄙的嘲笑对象，而是作为一个凭自己真本事的人站出来，这时候，世界上的所有力量都将对付不了他。

从他在史前书桌上用来同世界上的古人交流的原始密码，产生了一种新的语言，它穿过当时的死亡语言，就像无线电穿过暴风雨。在这个波长中没有魔术，就像子宫中没有魔术一样。人们很寂寞，无法相互交流，因为他们的所有发明只表达死亡。死亡是统治行为世界的自动机。死亡是沉默的，因为它没有嘴；死亡从不表达任何事。死亡也是神奇的——*在生命之后*。只有一个像我这样的人才张开嘴说话，只有一个说“是”，“是”，“是”，一个一再说“是”的人才能张开双臂，拥抱死亡而不知害怕。死亡是一种报偿，是的！死亡是完成的结果，是的！死亡是冠与盾，是的！但是，使人孤立的，使他们痛苦、恐惧、寂寞的，给他们没有结果的能量的，让他们充满只能说“不”的意志的，却根本不是死亡。任何人在发现了自己，发现了自己的节奏，也就是生命节奏的时候写下的第一个字就是“是”！他此后写的一切都是“是”，“是”，“是”——以亿万种方法表达的“是”。没有一种精力，无论有多么巨大——甚至一亿死魂灵的精力——可以同一个说“是”的人相对抗。

战争在进行,人们正被屠杀,一百万,两百万,五百万,一千万,两千万,最终一亿,然后十亿,每一个人,男女老少,直到最后一人。“不!”他们在喊,“不!他们不准通行!”然而每一个人都通行无阻;每一个人都有一条自由通道,无论他喊“是”还是“不”。在这种精神上的破坏性渗透的成功显示当中,我坐在大书桌旁边,脚跷在上面,试图同亚特兰蒂斯之父——宙斯,同他失去的后代交谈,一点儿也不知道,阿波利奈尔[①]将在停战前一天死在一所陆军医院,一点儿不知道在他的“新作”中,他已经写下了这儿句不可磨灭的诗行:

宽容吧!当你将我们
同代表完美秩序的人们相比。
我们到处寻找冒险,
我们并非你的仇敌。
我们将给你一大片陌生领地,
在那里神秘之花正等人来摘取。

我一点儿不知道,在这同一首诗中,他还写道:

同情我们吧!我们始终战斗在
无垠未来的边陲,
同情我们的过失,同情我们的罪孽。

我一点儿也不知道,当时活着一些叫作布莱兹·桑德拉尔、雅克·

---

① 阿波利奈尔(1880—1918):法国现代主义诗人。

瓦谢[①]、路易·阿拉贡[②]、特里斯坦·查拉[③]、勒内·克勒韦尔[④]、亨利·德·蒙泰朗[⑤]、安德烈·布雷东[⑥]、马克斯·恩斯特[⑦]、乔治·格罗斯等稀奇古怪名字的人;一点儿也不知道,1916 年 7 月 14 日在苏黎世的瓦格礼堂发表了第一份达达宣言——“安替比林先生的宣言”——在这份奇怪的文件里这样说道:“达达是没有拖鞋或类似物的生活……没有纪律或道德的纯必然,我们唾弃人性。”我一点儿也不知道 1918 年的达达宣言中包含这些词句:“我正在写一份宣言,我什么也不想要,而我还是说某些事情,我反对作为原则的宣言,因为我也反对原则……我写这个宣言来说明,单单做一次呼吸,人们就是做了两个相反的动作;我反对动作;赞成连续的矛盾,也赞成肯定,我是既不赞成也不反对,我不做解释,因为我恨解决实际问题的智慧……有一种文学,它到不了贪得无厌的大众那里。创作者的作品来自作者方面的真正需要,是为他自己而创作的。一种最高的自我中心主义的意识,在它面前,星星也暗淡无光……每一页都必然要爆炸,不是塞满十分严肃、沉重的东西,旋风,令人头昏眼花的东西,新事物,永恒的事物,就是塞满绝对的欺骗,塞满对原则的热情,塞满排印方式。一方面:一个摇摇晃晃消失的世界和整个地狱的钟声相伴;另一方面:新的存在……”

三十二年后,我仍然说着:是!是,安替比林先生!是,特里斯

---

① 雅克·瓦谢(1895—1919):法国文坛上不太出名的怪人,但对超现实主义很有影响。

② 路易·阿拉贡(1897—1982):法国诗人、小说家。

③ 特里斯坦·查拉(1896—1963):法国诗人,曾倡导达达主义。

④ 勒内·克勒韦尔(1900—1935):法国作家。

⑤ 亨利·德·蒙泰朗(1895—1972):法国小说家、剧作家。

⑥ 安德烈·布雷东(1896—1966):法国诗人、超现实主义运动创始人之一。

⑦ 马克斯·恩斯特(1891—1976):德裔法国画家、雕刻家、超现实主义画派创始人。

坦·比斯塔诺比·查拉[①]先生！是，马克斯·恩斯特·格布尔特先生！是！勒内·克勒韦尔先生，你自杀而死，是，世界疯了，你很对。是，布莱兹·桑德拉尔先生，你杀人杀得对。是在停战那天，你发表了你的小书——《我杀了人》吗？是的，"接着干，小伙子们，人性……"是，雅克·瓦谢，完全正确——"艺术应该是有趣的东西，有一点儿烦人。"是，我亲爱的死瓦谢，你多么正确，动人的、柔情的、真实的东西是多么有趣又多么烦人："具有象征性是象征的本质。"请从另一个世界里对我们再说一遍！你那里有麦克风吗？你找到了混战中炸飞的所有那些腿和胳膊吗？你能把它们再安到一起吗？你记得 1916 年在南特同安德烈·布雷东的会晤吗？你们一起庆祝了歇斯底里的诞生吗？他，布雷东，是否告诉你，只有各种不可思议的东西，除了不可思议的东西外什么也没有，而不可思议的东西始终是不可思议的——又听到这样的话不是不可思议吗？尽管你的耳朵已经堵住。在继续说下去以前，我要在这里为我布鲁克林的朋友们加上埃米尔·布维耶对你作的一番小小描述，他们也许当时从中认不出我来，但我相信，他们现在能……

"……他没有全疯，必要时还能解释他的行为，但他的行为仍然像雅里最糟糕的怪癖一样令人难堪。例如，他刚出医院，就去当码头搬运工，于是他每天下午就在卢瓦尔河沿岸的码头上卸煤。而晚上，他会穿着入时，不断更换行头，逛遍咖啡馆、电影院。而且，在战时，他会有时穿着轻骑兵中尉的制服，有时穿着英国军官、飞行员、外科军医的制服，神气活现地走来走去。在平时，他十分自由自在，对借用安德烈·萨尔蒙[②]的名字来介绍布雷东不以为然，同时他又毫无虚荣心地给自己加上了最了不起的称号，自称从事过最了不起的冒险活动。他从来不说'早

① 这里作者又在一些人的名字中间任意加了一个词。

② 安德烈·萨尔蒙(1881—1969)：法国诗人、小说家、艺术批评家。

上好’，也不说‘晚上好’，也不说‘再见’，从来不注意来往信件，除非是在向母亲要钱的时候留意母亲的来信。他隔了一天就不认识最好的朋友……”

你们认出我了吗，小伙子们？我不过是一个同祖尼人①地区的红头发白化病患者交谈的布鲁克林男孩。脚跷在书桌上，准备写“强烈的作品，永远不被人理解的作品”，这是我死去的朋友们所断言的。这些“强烈的作品”——如果你看见，你会认出这些作品吗？你知道，被杀死的成百万人中，没有一个人的死必然会产生“强烈的作品”吗？新的存在，是的！我们仍然需要新的存在。我们可以不要电话，不要汽车，不要高级轰炸机——但是我们不能没有新的存在。如果亚特兰蒂斯被淹没在海底，如果狮身人面像和金字塔仍然是永恒的谜，这是因为不再有新的存在诞生。把机器停一会儿！倒回去！倒回到 1914 年，回到骑在马上的德皇陛下那里。让他用干枯的胳膊抓住缰绳在马上坐一会儿吧。看他的小胡子！看他神气活现的傲慢样子！看他的以最严格的纪律整好队列的炮灰，全准备好服从口令，被击毙，被炸飞肠子，被生石灰烧死。现在停一下，看另一方面：我们伟大、光荣的文明的捍卫者，那些以战争消灭战争的人。换掉他们的衣服，换掉制服，换掉马，换掉旗帜，换掉场所。哎呀，那就是我看见骑在白马上的那位德皇陛下吗？那些就是那可怕的德国兵吗？贝尔塔巨炮在哪里？哦，我明白了——我原以为它正对准了巴黎圣母院呢！人性，我的伙伴们，总是冲锋在前的人性……而我们正在谈论的强烈的作品呢？强烈的作品在哪里？打电话给西方联合公司，派一个快腿的送信人——不要瘸子或八十多岁的老人，要一个年轻的！让他去找到那伟大的作品，把它带回来。我们需要它。我们有一个崭新的博物馆，准备好收藏它——还有玻璃纸和杜威十进分

① 居住在美国新墨西哥州西部的印第安人。

类法将它归类存放。我们所需要的一切便是作者的名字。即使他没有名字,即使这是一部匿名作品,我们也无所谓。即使它有一点儿芥子气在里面,我们也不在乎。死活把它取回来——谁取回来就得两万五千美元奖金。

如果他们告诉你,这些事情必然这样,事情不可能有另外的样子,法国尽了最大努力,德国尽了最大努力,小利比里亚、小厄瓜多尔和所有其他联盟也都尽了最大努力;自从战争以来每一个人都在尽最大努力去弥补或忘却,那你就告诉他们,他们的最大努力还不够好,我们不想再听到"尽最大努力"这样的逻辑;告诉他们,我们不要劣质便宜货中最好的东西,我们不相信便宜货,无论好坏,我们也不相信战争纪念碑。我们不要听到事情的逻辑——或任何一种逻辑。"Je ne parle pas logique,"蒙泰朗说,"je parle générosité."我认为你没有听清楚,因为这是法语。我将用女王陛下的御用语言向你重复:"我不谈逻辑,我谈慷慨。"这是拙劣的英语,女王陛下也许就是这样说话的,但是它很清楚。慷慨——你们听到了吗?你们从不施行慷慨,你们任何人,无论是在和平时期还是在战争中。你们不知道这个词的意义。你们认为向胜利一方提供枪支弹药就是慷慨;你们认为派红十字会的护士或救世军到前线去就是慷慨。你们认为发放晚了二十年的退伍军人费就是慷慨;你们认为给一点点抚恤金和一辆轮椅就是慷慨;你们认为把一个人以前的工作还给他就是慷慨。你们不懂得那操蛋的战争意味着什么,你们这些杂种!要做到慷慨,就是要在别人张嘴以前就说"是"。要说"是",你首先得成为一个超现实主义者或达达主义者,因为你已经明白了说"不"意味着什么。如果你超出对你的期待,你甚至可以同时说"是"和"不"。在白天当码头搬运工,晚上当花花公子。穿任何制服都行,只要它不是你的。你给母亲写信时,让她抠出一点儿钱来好让你有一块干净的布条擦你的屁股。如果你看见邻居拿着一把刀追赶他的老婆,你不要感到不安：他也许有足够的理由追赶她，如果他杀了她，你也可以相信，他确信他知道为什么这样做。如果你设法改善你的智力，请停下来！智力无法改善呀，看看你的心和内脏——大脑是在心里的。

啊，是的，如果我那时候就知道有这些家伙存在——桑德拉尔、瓦谢、格罗斯、恩斯特、阿波利奈尔——如果我当时就知道，如果我知道，他们以他们自己的方式，想的正是我在想的东西，那么，我想我会气炸的。是的，我想我会像炸弹一样爆炸，但是我一无所知。一点儿也不知道几乎在五十年以前，一个南美洲的疯犹太人发明这样的惊人妙语："怀疑是长着苦艾酒嘴唇的鸭子"或"我看见一只无花果吃一头野驴"——不知道差不多同时，还只是孩子的一个法国人说："找到是椅子的鲜花"……"我的饥饿是黑色空气的剩饭"……"他的心脏，琥珀，火绒"。也许在同时，或者前后，雅里一边在说"吃飞蛾的声音"，阿波利奈尔跟着他重复"在一个吞吃自己的绅士旁边"，布雷东轻声喃喃"夜晚的踏板动个不停"，也许还有那个孤独的犹太人在南十字星座下发现的"在美丽的黑色空气中"，另一个有着西班牙人血统、同样孤独的人，正被流放，他正准备在纸上写下这些难忘的话："总而言之，我试图安慰自己，为我的流放，为我从永恒中被放逐出来，为出土，我喜欢用这个词来表示我失去的天堂……现在，我认为写这部小说的最佳方法是告诉人们，它应该如何来写。这是小说的小说，创作的创作，或上帝的上帝，Deus de Deo①。"如果我知道他要加上下面这些话，我一定会像炸弹一样爆炸的……"发疯的意思就是失去理性。是理性，而不是真理，因为有些疯子说出来的是真理，而其他人却保持沉默……"说起这些事情，说起战争和阵亡军人，我忍不住要提到，大约二十年以后，我偶然看到了一个法国人写的这句法文。哦，奇迹的奇迹！"Il faut le dire, il y a des

---

① 拉丁文，意为"关于上帝的上帝"。

cadavres que je ne respecte qu'à moitié."[①]是,是,再一次是!哦,让我们做一些鲁莽的事吧——纯粹为了寻开心!让我们做一些活生生的辉煌大业吧,哪怕是破坏性的呢!那位疯鞋匠说:"一切事物都产生于大神秘,由一种程度进入到另一种程度。一切事物的进行都有自己的范围,同样的东西排斥异物。"

任何时候,任何地方,同样的卵巢世界宣告自己的存在,而伴随这些宣告,还有这些预言,这些妇科的宣言,同时还有新的图腾柱,新的禁忌,新的战舞。一方面,人类同胞们,诗人们,未来的挖掘者们,把他们带魔力的词句吐到又黑又美的空中;另一方面,哦,深刻而错综复杂的谜!另一些人在说:"请到我们的弹药厂工作。我们保证给你最高的工资,最卫生的条件。工作非常简单,小孩子都会做。"如果你有姐妹,有妻子,有母亲,有姨妈,只要她们能使用自己的双手,只要她们能证明,她们没有坏习惯,你就被邀请带她或她们一起来弹药厂。如果你羞于玷污你的人格,他们就会十分有礼貌、十分明智地向你解释,这些精密机械装置是如何操作的,它们爆炸时是什么样子,你为什么连垃圾都不要浪费,因为……以及根据事实,合众为一。我在到处寻找工作的时候,给我留下深刻印象的事情与其说是他们每天使我呕吐(假如我有幸喂了点儿东西在我肚子里的话),不如说是他们总是要求知道,你是否有好的习惯,你是否可靠,你是否饮食有度,你是否勤奋,你以前是否工作过,如果没有,那为什么没有。甚至当我得到了为市政当局清扫垃圾的工作时,这垃圾对他们,对他们这些杀人凶手来说也是宝贵的。我站在齐膝深的粪堆里,低贱者中的最低贱者,一个苦力,一个不受法律保护的人,但我仍然是死亡考验的一部分。我试着在夜里读《地狱》,但是这是英文版的,英语不是一种适合于天主教作品的语言。"无论什么东

---

① 法文,意为"必须说,有一些死尸,我只会给它们一半敬意"。

西实质上都进入到自我中，也就是说进入到其自己的 lubet 中……”Lubet！如果我当时有这么一个词的话，我对我清扫垃圾的工作就会十分心平气和了呢！夜晚，在手头没有但丁作品，而手上又散发着烂泥气味的时候，拿这个词送给自己是再甜蜜不过的了。这个词在荷兰语中的意思是“欲望”，在拉丁语中的意思是“意欲”或神圣的“愉悦”。有一天我站在齐膝深的垃圾里，说出了据说埃克哈特大师①早就说过的话：“我真的需要上帝，但是上帝也需要我。”有一项屠宰场的工作在等着我，一项蛮不错的整理内脏的工作，但是我筹不到车费去芝加哥。我待在布鲁克林，待在我自己的内脏之宫里，在迷宫的台基上转来转去。我留在家里寻求“胚泡”、“海底的龙宫”、“天上的竖琴”、“平方英寸的田野”、“平方英寸的房子”、“黑暗的状况”、“以前天堂的空间”。我一直被关着，是门神福库鲁斯的囚犯，合叶神卡耳迪亚的囚犯，门槛神利闷蒂努斯的囚犯。我只同他们的姐妹说话，叫作“恐惧”、“苍白”、“狂热”的三女神。我并不像圣奥古斯丁那样看到或想象看到“亚洲的奢华”。我也没有看到“两个双胞胎小孩生下来挨得这么紧，以至第二个生下来时抓着第一个的脚后跟”。但是，我看见一条叫作默特尔大道的街，从区政厅到新池路。在这条街上，没有一个圣徒曾经走过（要不然它就会崩溃毁掉），在这条街上，没有出现过奇迹，没有出现过诗人，没有出现过任何一种人类的天才，这里连花都不长，太阳也照不进来，雨水也从不冲洗它。我推迟了二十年才给你们描述的真正地狱就是默特尔大道，由钢铁怪物走出来的无数通往美国空虚心脏的马路之一。如果你只见过埃森、曼彻斯特、芝加哥、勒瓦卢瓦-佩雷、格拉斯哥、霍博肯、卡纳西、贝永，你就根本没有看到进步与启蒙的辉煌空虚。亲爱的读者，你必须在死之前看一看默特尔大道，你就会明白但丁的预见性有多强。你必须

① 埃克哈特·霍赫海默（1260—1327）：德意志神秘主义神学家。

相信我，在这条街上，在街上的房子里，在铺路的鹅卵石上，在将它分成两部分的高架铁路线上，在任何一个有名字、生活在那街上的人身上，在任何经过这条街被送去屠宰或已经被屠宰的动物、鸟类、昆虫身上，都没有 lubet、“升华”、“厌恶”的希望。这不是一条悲伤的街，因为悲伤还是有人性的，可以认得出来，它是一条纯粹空虚的街：它比头号死火山更空虚，比真空更空虚，比无信仰者口中的“上帝”一词更空虚。

第十八章

我说过，我那时候一个法语词也不认识，这是真的，但是我正要作出一个伟大的发现，这个发现将弥补默特尔大道和整个美洲大陆的空虚。我几乎已经到达了被叫作埃利·富尔[①]的法兰西大海洋的岸边，这是法国人自己也几乎没有航行过的一个大洋，他们还似乎错把它当成了内陆海。甚至读着他用类似于英语的一种已经凋谢了的语言写的作品，我也能明白，这位在袖口上描绘人类光荣的人，就是我一直在寻找的亚特兰蒂斯的宙斯父亲。我称他为海洋，但他也是一首世界交响曲。他是法国人造就的第一位音乐家；他兴奋而有节制，一个破例，一个法国的贝多芬，一位伟大的心灵医生，一根巨大的避雷针。他也是随太阳旋转的向日葵，总是畅饮阳光，总是生气勃勃，光焰照人。他既不是一个乐观主义者，也不是一个悲观主义者，人们也不能说这海洋是仁爱或恶毒的。他相信人类。他使人类恢复了尊严，恢复了力量，恢复了对创造的需求，从而使人类又高大了一点儿。他把一切都看作创造，看作阳

① 埃利·富尔(1873—1937)：法国艺术史家。

刚的欢乐。他没有把这以有条不紊的方式记录下来，而是用音乐的方式。法国人没有音乐感，他也无所谓——他同时也在为全世界谱曲。几年后，我来到法国，看到没有人为他立一块纪念碑，也没有一条街以他的名字命名，我有多么吃惊！更糟糕的是，在整整八年当中，我一次也没有听到一个法国人提到他的名字。他不得不死去，为的是要被放在法兰西神明们的先贤祠里——在这光焰照人的太阳面前，他那神圣的同时代人一定显得多么病态！如果他不是一个内科医生，因而被允许另外谋生，他有什么事情不会遇到哩！也许是又一个清扫垃圾的能手呢！使埃及壁画在这些火焰般的色彩中栩栩如生的人，可能也会为了观众所喜欢的一切而饿死。但是他是海洋，评论家淹死在这海洋里，还有编辑、出版商、读者观众。他永远也干涸不了，蒸发不完，而法国人也永远不会有音乐感。

如果没有音乐，我就会像尼金斯基[①]一样到疯人院去（大约就在这个时候，他们发现尼金斯基疯了）。人们发现他把钱分发给穷人——始终是一个不祥之兆！我的心中充满神奇的珍宝，我的鉴赏力敏锐而挑剔，我的肌肉十分强健，我的胃口极好，我的心肺正常。我没有别的事好做，只有改进自己，由于我每天做的改进，我都快要发疯了。即使有一个工作让我去做，我也不能接受，因为我需要的不是工作，而是更充裕的生活。我不能浪费时间当一个教师、一个律师、一个医生、一个政治家，或社会可以提供的任何其他什么。接受卑下的工作更容易些，因为这使我的思想保持自由。在我被开除清扫垃圾的工作之后，我记得我同一个福音传教士交往密切，他似乎十分信任我。我做类似于招待员、募捐人、私人秘书的工作。他让我注意到整个印度哲学的世界。晚上我有空时，我就会同朋友们聚在埃德·鲍里斯家里，他住在布鲁克林

① 瓦斯拉夫·尼金斯基（1890—1950）：俄国芭蕾舞演员、舞剧编导。

的贵族区。埃德·鲍里斯是一个古怪的钢琴家，他一个音符也读不上来。他有一个好朋友叫乔治·纽米勒，他们经常一起弹二重奏。在埃德·鲍里斯家聚会的有十二个人左右，几乎个个都会弹钢琴。我们当时都在二十一岁至二十五岁之间；我们从不带女人来，在这些聚会中也几乎从不提到女人的话题。我们有大量啤酒可喝，有整整一大幢房子供我们使用，因为我们聚会是在夏天，他家里人都外出了。虽然还有一打其他这样的家我可以谈论，但是我提到埃德·鲍里斯的家是因为它代表了我在世界其他地方从未碰到过的东西。埃德·鲍里斯和他的朋友们都不怀疑我正读着的那一类书，也不怀疑正在占据我思想的那些东西。当我突然来到的时候，我受到热情的问候——作为小丑。大家期待我来开场。整个大房子里大约分放着四架钢琴，更不用说钢片琴、管风琴、吉他、曼陀铃、小提琴等等。埃德·鲍里斯是一个疯子，而且是一个非常和蔼可亲、非常富于同情心的慷慨疯子。三明治总是最好的，啤酒喝也喝不完，如果你想过夜，你可以在长沙发上把自己安顿好，要多舒服有多舒服。走到街上——一条宽大的街，倦怠而又奢华，一条全然与世隔绝的街——我可以听到一楼大厅里钢琴的叮咚声。窗户敞开着，当我进到视力所及的范围内时，我可以看到阿尔·伯格或康尼·格里姆伸开四肢躺在大安乐椅里，脚跷在窗台上，手里拿着大啤酒杯。也许乔治·纽米勒脱掉了衬衣，嘴里叼着一支大雪茄，正在即兴弹着钢琴。他们又说又笑，而乔治则急得团团转，寻找着一个开头。他一想到一个主旋律，就立即叫埃德，而埃德就会坐到他旁边，以他非专业的方式推敲一下，然后，突然猛击琴键，作出针锋相对的响应。也许在我进门的时候，有人正在隔壁房间里试着倒立——一楼有三间大房子，一间通另一间，房间后面是一个花园，一个巨大的花园，有花、果树、葡萄藤、塑像、喷泉等等。有时候天气太热，他们就把钢片琴或小风琴搬到花园里（当然还有一桶啤酒），我们就坐在黑暗中又唱又笑——直到邻居强迫我们停下来。有时候每一层楼的音乐同时响遍全屋。那时候真是很疯狂，令人陶醉，如果有女人在周围，就会把事情搞糟。有时候就像看一场耐力竞赛——埃德·鲍里斯和乔治·纽米勒坐在大钢琴前，每个人都试图使对方精疲力竭，连交换位子也不停下，还相互交叉着手弹琴，有时候干脆用食指弹奏筷子曲，有时候把钢琴弹得像一架沃利策[①]。始终有令你发笑的东西。没有人问你干什么，想什么，等等。你到埃德·鲍里斯家里时，就核对一下你自己东西的特征。没有人管你戴多大的帽子，或你花多少钱买的。一说开始，大家就寻欢作乐——三明治和饮料都是免费的。开始以后，三四架钢琴、钢片琴、管风琴、曼陀铃、吉他，同时响起，啤酒流得到处都是，壁炉架上放满了三明治和雪茄，一阵阵微风从花园里吹来，乔治·纽米勒上半身一丝不挂，像魔鬼般抑扬顿挫地弹奏着，这比我看到过的任何演出都强，而且一分钱不用花。平时我从未见过他们当中的任何人——只有在整个夏天的星期一晚上，当埃德敞开家门的时候。

站在花园里听着这喧嚣的声音时，我几乎不能相信这是在同一个城市。如果我张开嘴，把我心里想的事讲出去，那就全完了。世人认为，这些家伙中没有一个算得了一回事。他们只是些棒小伙儿，小孩子，一些喜欢音乐、喜欢快活的家伙。他们对这些东西喜欢得不得了，有时候我们都不得不叫救护车。例如有一天晚上，阿尔·伯格给我表演他的一种绝技，扭伤了腿。每个人都这么快活，沉浸在音乐中，脸上放光，以至他花了一个小时才说服我们，他真的很痛。我们试图把他送到医院去，但是医院太远了，而且，我们觉得很好玩，不时把他掉到地上，弄得他像疯子一样叫喊。于是，我们最终就在报警亭打电话请求帮助，救护车来了，同时也来了巡逻车。他们把阿尔送到医院，我们其余

① 一种管风琴，因乐器制造商沃利策家族而得名。

的人则被送到班房去。在路上,我们扯着嗓子唱歌,在我们被保释出来后,我们仍然感觉很好,警察们也感觉很好,于是我们都集中到地下室,那里有一架破钢琴,我们就接着又弹又唱。这一切就像历史上公元前的某个时期,它的结束不是因为战争,而是因为一个像埃德·鲍里斯家那样的地方甚至都不能免受周围环境渗出的毒汁的影响。因为每一条街都正在变成一条默特尔大道,因为空虚正从大西洋到太平洋充满整个大陆。因为,在待一段时间之后,你在全国各地哪个地方也不可能走进一幢房子,看见一个人倒立着唱歌。不再有这样的事。哪儿也没有两架钢琴同时弹奏,没有两个人愿意整夜弹琴,只为了取乐。能像埃德·鲍里斯和乔治·纽米勒一样演奏的两个人,都被广播电台或电影业雇去了,他们的天才只用上了一小点儿,其余的都被扔到垃圾桶里去了。根据公开的展示来判断,在偌大一个美洲大陆,竟没有人知道可以使用什么样的天才。后来,我就听专业人员扮着怪脸的演奏来消磨下午的时光,这就是我之所以常常坐在锡盘巷住家门前台阶上的原因。那音乐也很美,但是不一样。其中没有乐趣,这是一种永久的演习,只是为了挣钱而已。在美国的任何一个人,只要有一点点幽默,他就把它积累起来,以表达自己的思想感情。他们当中也有一些了不起的疯子,一些我永远不会忘记的人,一些没有留下姓名的人,他们是我们造就的最优秀人才。我记得凯思夜总会有一个无名的表演者,他大概是美国最疯狂的人,也许他为此每周挣五十美元,一个星期里,他每天都演出,而且一天三次,他的演出使观众目瞪口呆。他不按场次来表演——他只是即兴表演。他从不重复他的玩笑或绝技。他十分投入,我也不认为他是吸了毒才这样投入的。他天生像只秧鸡模样,他身上的能量和欢乐是那样强烈,没有什么东西能包容得住它们。他会演奏任何乐器,跳任何舞步,还能当场编出故事,一口气讲出来,一直讲到铃响。他不仅满足于自己的表演,而且也会帮助别人摆脱困境。他会站在舞台两侧,等待适当时机,闯入到另一个家伙的演出中。他就是整个演出,这种演出包含着的治疗方法比现代科学的整个军械库都多。他们应该把美国总统拿的工资付给这样一个人。他们应该解雇美国总统和整个最高法庭,确立这样的人当统治者。这个人可以治疗有史以来的任何疾病,而且,他也是那种有求必应、不取报酬的人。这是一种能腾空疯人院的人。他不建议治疗——他使每一个人发疯。在这种解决方法和一种永久的战争状态即文明之间,只有一条其他出路——这就是我们每个人最终要走的道路,因为其他的一切都注定要失败。代表这唯一道路的那种象征物长着一颗有六张脸、八只眼睛的脑袋;脑袋是一座旋转的灯塔,顶上不是可能会有的三重冕,而是一个洞,给那里很少的一点儿脑髓通气。我是说,只有很少脑髓,因为只有很少行李可以带走,因为生活在全意识中,那灰色的物质就变成了光。这是人们可以置于喜剧演员之上的唯一一种类型的人;他既不笑也不哭,他超越了痛苦。我们还不认识他,因为他离我们太近,事实上,就在皮肤底下。当喜剧演员使我们捧腹大笑的时候,这个人,我猜想他的名字也许叫上帝,如果他必须有一个名字的话,他大声说起话来。当整个人类都笑得前仰后合,我意思是说,笑得肚子痛,那时候,每个人便上了正道了。那一时刻,每一个人既是上帝,也是任何别的什么。那一时刻,你消灭了二元、三元、四元、多元意识,那是使那灰色物质以丝毫不差的褶层在脑壳顶部盘绕起来的东西。在那时,你会真正感到头顶的那个洞,你知道你曾经在那里有过一只眼睛,这只眼睛能同时将一切尽收眼底。这只眼睛现在不在了,但是当你笑到眼泪直淌、肚子直痛的时候,你真的是在打开天窗,给脑髓通风哩!在那时,没有人能说服你拿起枪来杀死你的敌人,也没有任何人能说服你打开厚厚的一卷书,来读里面形而上学的世上真理。如果你知道自由意味着什么,我指的是绝对自由而不是相对自由,那么你必须承认,这是你达到自由的最近的捷径。如果我反对世界的状况，这不是因为我是一个道德家——而是因为我要笑得更多。我不是说上帝是一阵大笑，我是说，在你能成功接近上帝以前，你必须放声大笑。我的整个生活目标是接近上帝，也就是更接近我自己。这就是为什么走哪条路对我来说无所谓，然而音乐十分重要。音乐是松果腺的滋补剂。音乐不是巴赫，不是贝多芬，音乐是灵魂的开罐器。它使你内心十分平静，使你意识到，你的存在有一个归宿。

生活中令人寒心的恐惧不包含在祸患与灾难之中，因为这些东西唤醒人们，人们变得十分熟悉它们，亲近它们，于是它们最终又变得驯顺了……这更像是在一个宾馆的客房里，比如说在霍博肯，口袋里的钱只够再吃一顿饭。在一个你绝不指望再来的城市，你只须在你的房间里度过一个晚上，然而要在那房间里待着，却须要拿出你拥有的所有勇气和精神。某些城市，某些地方，激起如此的厌恶与畏惧，一定是有理由的。一定有某种永久的谋杀在这些地方进行。和你属于同一种族的人们，他们像任何地方的人们一样做生意，他们盖同一种房子，也不更好，也不更坏，他们有同样的教育体制，同样的货币，同样的报纸——然而他们绝对不同于你认识的其他人，整个环境不同，节奏不同，张力不同。这差不多就像看自己以另一个肉体出现。最令人烦恼的是，你确切知道，支配生活的不是金钱，不是政治，不是宗教，不是训练，不是种族，不是语言，不是习俗，而是别的东西，你一直试图扼杀的东西，它现在实际上正在扼杀你，因为否则你就不会突然被吓坏，而想知道如何逃走。有些城市，你甚至不必在其中过夜——只要过一两个小时就足以使你精神失常。我想起贝永就是那个样子。我带着别人给我的几个地址在夜里来到那里。我胳膊底下夹着个文件包，里面装着《大不列颠百科全书》的简介。我被指望趁着黑夜去把那讨厌的百科全书推销给几个想要改善自己的可怜人。如果我被扔在赫尔辛基，我也不会像在贝永街上行走那样感到不安。我觉得这不是一个美国的城市。这根本就不是一个城市，而是在黑暗中蠕动的一条大章鱼。我来到的第一家看上去如此令人生畏，我甚至都没有自找麻烦去敲门，我就像那样走了好几家，才终于鼓起勇气去敲门。第一个地方，我看了一眼，差点儿没把我的屎吓出来。我的意思不是说我胆小或不知所措——我指的是恐惧。这是一张泥灰搬运工的脸，一个无知的爱尔兰人，他会欣然用斧子把你砍倒，就像往你眼睛里吐唾沫那么轻松。我假装是我把名字搞错了，匆匆前往另一家。每次门开的时候，我都见到另一只怪兽。然后，我终于来到一个可怜的糊涂虫那里，他真的要改善自己，这使我哭了起来。我真为自己，为我的国家，为我的种族，为我的时代感到羞愧。我很难过地劝他不要买这他妈的百科全书。他天真地问我，那我为什么要到他家里来呢——我毫不犹豫地向他撒了一个弥天大谎，这谎言后来被证明是一个伟大的真理。我告诉他，我只是假装来推销百科全书的，为的是要多接触人，好写关于他们的事情。这使他十分感兴趣，甚至胜于百科全书。他想要知道，如果我肯说的话，我将怎么来写他。回答这个问题花了我二十年的时间，但是现在有了。贝永城的约翰·多伊，如果你还想要知道的话，那么这就是……我欠了你很多很多，因为在我对你撒了那个谎之后，我离开你家，把《大不列颠百科全书》的简介撕得粉碎，扔在水沟里。我对自己说，我再也不以假借口到人们那里去，哪怕是去送给他们《圣经》。我就是饿死也绝不再推销任何东西。我现在要回家去坐下来，真正写关于人们的事情。如果有人来推销什么东西，我会请他进来，说："你为什么要做这事呢?"如果他说，这是因为他必须要谋生，我就会把我手头的钱给他，再一次请他想一想他在做什么。我要阻止尽可能多的人假装他们因为必须谋生而不得不做这做那。*这不是真的*。一个人可以饿死——这好得多。每一个自愿饿死的人都多少减缓了那个自动过程。我宁愿看到一个人为了得到他需要的食物而拿枪杀死他的邻居，也不愿看到他假装不得不谋生而保持那个自动过程。这就是我想要说的，约翰·多伊先生。

我继续说。不是对灾难和祸患的令人心寒的恐惧，我说，而是那自动的大倒退，是灵魂返祖挣扎的大暴露。北卡罗来纳的一座桥，在田纳西州的边境附近。在茂盛的烟草地里，到处冒出矮小的木屋和新木材燃烧的气味。在一个混浊的泛着绿波的湖里度过了一天。几乎看不到一个人，然后，突然有一块空旷地，我面对一个很大的峡谷，上面有一座摇摇晃晃的木桥。这是世界的尽头！以上帝的名义，我是怎么到这里来的。为什么我到这里来，我都不知道。我怎么去吃饭呢？即使我吃了能想象到的最丰盛的一顿饭，我也仍然会很悲哀，十分悲哀。我不知道从这里去哪儿。这座桥就是尽头，我的尽头，我的已知世界的尽头。这座桥是愚顽；它没有理由要立在那里，人们没有理由要从桥上过。我拒绝再挪动一步，不敢走上那座疯狂的桥。附近有一堵矮墙，我靠在上面，试图考虑干什么，去哪里。我平静地认识到，我是多么可怕的一个文明人——我需要别人，需要谈话、书籍、戏剧、音乐、咖啡馆、饮料，等等。当文明人是可怕的，因为你来到世界的尽头，你没有东西可以经受得起孤独的恐怖。文明也就是有复杂的需求，而一个人在充分发展的时候，是不需要什么的。我整天都在穿越烟草地，变得越来越不耐烦。我跟所有这些烟草有何相干？我正一头扎进什么里面？到处的人们都在为别的人们生产庄稼和商品——我像一个幽灵似的不知不觉地陷入所有这些愚蠢的活动中。我要找某种工作，但是我不要成为这事情的一部分，这地狱般的自动过程。我经过一个城市，翻看报纸想知道那城里及其近郊发生的事情。我觉得似乎什么也没有发生，钟停了，但这些可怜虫却不知道。而且，我有一种强烈的直觉，有谋杀即将发生。我可以闻到它的味道。几天前，我经过想象中的南北分界线。我不知道，直到一个黑人赶着一辆马车前来；当他和我肩并肩的时候，他在座位里站起来，十分尊敬地脱帽示意。他有一头雪白的头发，一张非常严肃的脸。这使我感到可怕:这使我认识到仍然有奴隶。这人不得不向我脱帽表示敬意——因为我是白种人,而我本应该脱帽向他表示敬意的!他作为一个白人加于黑人的恶毒折磨的幸存者,本该我来向他致意的。我应该先脱帽致敬,让他知道,我不是这制度的一部分,我请求他原谅我所有的白人同胞,他们太无知,太残酷,无法老老实实作出公开的姿态。今天,我感到他们的眼睛一直盯着我,他们从门背后、树背后注视我。一切似乎都很平静,很安宁。黑鬼从来不说什么。黑鬼总是唯唯诺诺。白人认为黑鬼知道自己的地位。黑鬼什么也不学习。黑鬼等着。黑鬼看白人做一切。黑鬼什么也不说,不,先生,不,先生。**但是黑人也同样把白人杀光!**每次黑鬼看到一个白人,他就把匕首刺进他的胸膛。正在消灭南方的,不是热天气,不是钩虫,不是庄稼歉收——而是黑鬼!黑鬼正在有意无意地散发毒气。南方受到黑鬼毒气的刺激和麻痹。

继续说……坐在詹姆斯河旁的一个理发店外面。我是坐下来歇歇脚的,只在这里待十分钟。我对面有一家旅馆和几家商店;一切都迅速变小,像开始那样而告结束——不为任何理由。我打心底里同情这些在这里出生而后死去的可怜虫。没有世俗的理由说明为什么这个地方会存在。任何人都没有理由要穿过街道,刮刮脸,理理发,甚至要一块嫩牛排。人们听着,给你们自己买把枪,互相残杀吧!把这条街从我心目中永远消灭掉——它毫无意义。

同一天,在夜幕降临以后,继续苦干,越来越深入到南方。我正离开一个小城镇,走上一条通向公路的近道。突然我听到身后有脚步声,不久有一个年轻人急匆匆从我身边经过,呼哧呼哧喘着气,以他全部的力气诅咒着。我在那儿站了一会儿,很想知道这是怎么回事。我听到又一个人急匆匆过来;他年纪较大,还拿着一把枪。他呼吸相当轻松,嘴里一言不发。正当他进入视野的时候,月亮从云里钻出来,我清楚地看到了他的脸。他是一个追捕逃犯的人。当其他人来到他后面时，我往后站。我怕得直发抖。这是警长，我听到一个人说，他正去抓他。可怕。我向公路走去，等着听将结束这一切的枪声。我什么也没听到——只有那年轻人沉重的呼吸和跟在警长后面的那一群人迅速急切的脚步声。正当我接近干道的时候，一个人从黑暗中走出来，十分安静地来到我跟前。“你去哪儿，小子？”他说，相当平静，几乎很温柔。我结结巴巴地说去下一个城镇。“最好就待在这里，小子。”他说。我二话没说。我让他把我带回城里，并把我像贼一样移交给当局。我和其他大约五十个家伙一起躺在地板上。我做了一个奇妙的性爱梦，最后以断头台告终。

我继续苦干……回溯同前进一样艰难。我不再有是一个美国公民的感觉。我来自美国的那一部分，在那里我有某些权利，在那里我感到自由，而现在，它在我身后这么遥远的地方，以至它开始在我的记忆中变得模模糊糊。我感觉好像总有个人拿着一把枪在背后顶着我。不要停下来，这似乎是我听到的一切。如果一个人同我说话，我就竭力显得不太聪明。我竭力假装我对庄稼、对天气、对选举十分感兴趣。如果我站住，他们就看我，白人和黑人都看我——他们彻底看透了我，好像我水淋淋的，可以食用。我不得不再走一千英里左右，好像我有一个遥远的目的，好像我真的要去某个地方。我也不得不做出感激涕零的样子，为的是不至于有人想用枪打我。这既令人沮丧又令人振奋。你是一个被监视的人——然而没有人扣动扳机。他们让你平平安安地直接走进墨西哥湾，你可以在那里自溺而死。

是的，先生，我到达墨西哥湾，我直接走进去，溺死自己。当他们将尸体捞出来的时候，发现它标明布鲁克林默特尔大道，船上交货；它被送回去，货到付款。我后来被问到，我为什么要自杀，我只能想了想说——因为我要电击宇宙！我说那话只是指一件非常简单的事情——

特拉华、拉克万纳和西部遭过电击，沿海航空公司遭过电击，但人类的灵魂却仍然有车篷遮挡。我出生在文明当中，我接受文明十分自然——还有什么别的好干呢？但可笑的是，其他人没有一个认真对待它。我是公众当中唯一真正文明化了的人，可至今没有我的位置。然而我读的书、我听的音乐使我确信，世界上还有其他像我一样的人。我不得不去墨西哥湾自溺而死，为的是有一个借口，继续这种假文明的存在。我不得不像除去虱子一样除去我自己鬼魂般的身体。

当我意识到，只要事物的这一体制在运转，我就狗屎不如时，我真的变得相当快活。我迅速失去了一切责任感。要不是因为我的朋友们厌烦了，不愿再借钱给我，我也许还在继续不断地浪费时间。世界对我来说就像一个博物馆：我看不到有什么事情好做，除了吃掉前人扔到我们手上的这块奇妙的巧克力夹层蛋糕。看到我美滋滋的，谁都会恼火。他们的逻辑是，艺术是很美的，哦，是的，不错，但是你必须干活谋生，然后你会发现你太累了，不可能去考虑艺术。但是，当我威胁着要依靠自己给这块奇妙的巧克力夹层蛋糕增加一两层的时候，他们却冲我大发雷霆。这是最后的关键。这意味着我肯定疯了。首先，我被视为一个无用的社会成员；然后有一段时间，我被认为是一具粗心大意的、随遇而安的、有着惊人胃口的行尸走肉；现在我已经变疯了。（听着，你这个杂种，你给自己找了份工作……我们和你断绝关系！）在某种程度上，这是令人精神振作的，这种看法上的改变。我可以感觉到风从门厅里吹过来。至少“我们”不再因风平浪静而停滞不前。这是战争，我作为一具新的尸体，还足以让一场小小的战斗留在我身上。战争使人恢复生气。战争激荡着血液。正是在我已经忘记的那场世界大战当中，发生了这内心的改变。我一夜之间结了婚，要向所有人显示，我什么也不顾。在他们心目中，结婚很好。我记得，借助结婚广告，我立即筹到了五美元。我的朋友麦格雷戈付了结婚证书的钱，甚至还付了理发刮脸的钱。为了结婚，他坚持要我去理发刮脸。他们说你不刮脸是不行的；我不明白为什么你不刮脸理发就不能结婚，不过，由于不用我付钱，我就认了。看到大家都如何迫切地要为我们的生计做点儿什么，这是很有趣的。突然，就因为我流露出一点儿意思，他们就成群结队来围着我们——他们能为我们做这做那吗？当然，假设的前提是，现在我肯定要去工作，现在我明白生活是严肃的事情。他们从来没有想到，我会让我老婆为我工作。开始我确实对她还不错。我不是严厉的监工。我要求的一切就是车费——为了寻找神话般的工作——和一点点零用钱，好买香烟，看电影，等等。买重要的东西，如书、音乐唱片、留声机、上等牛排等，我发现，既然我们结了婚，就可以赊账。分期付款是专为我这样的家伙发明的。现付的那部分很容易，其余的我就听天由命了。人必须得活，他们总是这样说。现在，上帝作证，这也是我对自己说的话——人必须得活！先活着后付钱。如果我看见一件我喜欢的大衣，我就去把它买来。我还要比当季提前一点儿买，表明我是一个态度认真的家伙。妈拉巴子，我是一个结了婚的男人，不久也许就要当爸爸了——我至少有资格要一件过冬的大衣，不是吗？当我有了大衣的时候，我就想到要配上耐穿的皮鞋——一双我梦寐以求却从来买不起的高级厚牛皮鞋。当天气寒冷刺骨，我还要外出寻找工作的时候，我往往会饿得不得了——像这样一天又一天在城里风里来，雨里去，哪怕下雪下冰雹，也不停地奔波，这真是很有益于健康的——于是我时常光顾一家舒适的小酒馆，给自己要一份鲜美的上等牛排加洋葱和法国式炸土豆。我还加入了人寿保险和事故保险——你结婚以后，做这种事情很重要，他们这样告诉我。假如我有一天倒毙——那时候怎么办呢？我记得那家伙那样对我说，为的是要使他的论据更加无可怀疑。我已经告诉过他，我会签约，但他一定是忘记了。我由于习惯的作用，已经告诉过他，是的，立即就告诉了，但是正如我所说，他显然忽略了这个——

要不然，在把宣传动员加入保险的话充分说清楚以前就让一个人签约承担责任，是违背准则的。总之，我正准备问他，需要多久你才能按保险契约给贷款，他却提出这个假设性的问题：假如有一天你倒毙——那时候怎么办呢？我对这个问题笑成那种样子，我猜他认为我有点儿疯了。我笑得泪流满面。最后他说——“我并没有说过什么事，会那么有趣吧？”“那么，”我说，变得严肃了片刻，“好好看一看我。现在告诉我，你认为我是那种管他妈的死后发生什么事的人吗？”他显然对此十分吃惊，因为他接下去说的是：“我不认为这是一种非常合乎道德的态度，米勒先生。我相信你不会要你的妻子……”“听着，”我说，“假如我告诉你，我不管我死后老婆会遇到什么事——那又怎么样？”由于这话似乎更加伤害了他的道德感情，我另外加上了几句——“就我而言，你不必在我嗝屁的时候支付赔偿金——我加入保险只是为了使你感觉良好。我正努力促进世界的发展，你不明白吗？你必须得活，是不是？好，我只放一点点吃的在你嘴里，就这样。如果你还有什么别的东西要推销，就请便吧。我买任何听起来似乎不错的东西。我是一个买主，不是一个卖主。我喜欢看到人们高高兴兴的样子——这是我买东西的原因。现在听着，你说每个星期的金额是多少？五十七美分？很好。五十七美分算什么？你看那架钢琴——那是每星期大约三十九美分，我想。看看你周围……你看到的一切每星期都值那么多。你说，如果我死了，那时候怎么办？你认为我会死在所有这些人手里吗？开玩笑！不，我宁愿让他们来把东西搬走——我的意思是说，如果我付不起账的话……”他坐立不安，眼睛瞪得木呆呆的，我想。“对不起，”我说，打断了自己的念头，“你不想喝点儿什么吗？——来庆祝保险契约？”他说他不想，但是我坚持要喝，此外，我还没有签署文件，我的尿必须拿去检查，得到认可，还得盖各种各样的图章和印鉴——我打心眼里知道所有这些玩意儿——所以我想咱们还是先喝两口，以此来延长这严肃的买卖,因为老实说,买保险或买任何东西,对我来说都是一种真正的乐趣,使我感到,我就像每一个其他的公民一样,是一个人,怎么样！不是一只猴子。于是我取出一瓶雪利酒(这是我能有的一切),慷慨地为他斟上满满一杯,暗想,看到这雪利酒被喝掉真是好极了,因为也许下一次他们会为我买更好的东西。“以前我也推销保险,”我说,将酒杯举到嘴边,“当然,我可以推销任何东西。只是——我很懒。拿今天这样的日子来说——待在家里,看看书,听听留声机,不是更好吗？为什么我要出去为一家保险公司奔波呢？如果我今天一直在工作,你就碰不上我了——不是吗？不,我认为最好安下心来,当人们前来的时候,就帮助他们解决问题……例如,就像你的情况。买东西要比卖东西好得多,你不这样认为吗？当然,如果你有钱的话。在这幢房子里,我们不需要很多钱。正如我刚才所说的,钢琴每星期付大约三十九美分也许四十二,而……”

“对不起,米勒先生,”他打断我,“你不认为我们应该认真着手签署这些文件吗?”

“嘿,当然。”我快活地说,“你把文件都带来了吗？你认为我们应该先签哪个？顺便问一下,你没有一支想要卖给我的自来水笔吗?”

“就请签在这儿,”他说,假装没有听到我的话。“还有,在这儿,行。那么现在,米勒先生,我想我要说再见了——几天后听公司的消息吧。”

“最好快一点儿,”我说着,把他领到门口,“因为我会改主意,会自杀的。”

“嗨,当然,嗨,行,米勒先生,我们当然会快的。那么再见了,再见!”

第十九章

当然,分期付款的计划最终失败了,即使你是一个像我这样殷勤的买主。我当然是尽了最大努力来使美国的制造商和广告商忙忙碌碌,但是他们似乎对我很失望。每个人都对我失望。尤其有一个人对我格外失望,这是一个真正努力同我交朋友的人,而我却使他失望。我想起他以及他雇用我作为他助手的样子——那么痛快,那么宽厚——因为后来,当我像一支 42 式大口径左轮手枪一样让人雇进来轰出去的时候,我到处遭背叛出卖,但是到那时候,我已经打够了预防针,对什么都无所谓了。然而这个人却不怕麻烦地向我表明,他相信我。他是一家大邮购商社商品目录册的编辑。这是一年出版一次的狗屁玩意儿的一大堆概要说明,要花整整一年时间做准备。我一点儿也不知道这工作的性质,不知道为什么那天我会走进他的办公室,无非是因为我想要找个核验员之类的工作,在码头附近奔忙了一整天之后,想去那里暖暖身子而已。他的办公室很暖和舒适,我向他高谈阔论,为的是让冻僵的身子暖和起来。我不知道要求什么样的工作——只要是一个工作,我说。他是一个敏感的人,心地善良。他似乎猜到我是一个作家,或想要成为一个作家，因为一会儿以后他问我喜欢读什么书，我对这个作家、那个作家有什么看法。我碰巧口袋里有一张书目——我正在公共图书馆寻找的一些书——于是我拿出来给他看。“天哪！”他喊道，“你真的读这些书吗?”我谦虚地摇摇头，表示肯定，然后像我经常被那一类蠢话触动起来的情况那样，我谈论起我一直在阅读的汉姆生的《神秘》。从那时候起，这人就像我手中的腻子，易被摆布。当他问我是否愿意当他的助理时，他为给我提供这样一个低级职位而道歉；他说我可以用我的时间来学习这项工作的各方面情况，他相信这对我来说将是一项容易做的工作，然后他问我是否能在我拿到薪水以前，先用他自己的钱借给我一些。我还没来得及说行还是不行，他就取出一张二十美元的票子塞在我手里。自然，我很受感动。我准备像婊子养的一样为他干活。助理编辑——这听起来很不错，尤其对我周围的债权人来说更是如此。有一阵子我很快活地吃起烤牛肉、烤鸡、烤猪腰肉，假装很喜欢这个工作。实际上我很难保持清醒。我必须学的东西，我在一个星期的时间里就学会了。而那以后呢？那以后我看到自己在服终身劳役监禁。为了尽量过得好一点儿，我就写小说、随笔，给朋友写长信，以此打发时间。也许他们以为我在为公司琢磨新的想法，因为有好一阵子没有人管我。我认为这是一个了不起的工作。我几乎整天都可以做自己的事，写我的东西。我十分热衷于我自己的事，我吩咐我的手下在规定的时间以外不要来打搅我。我像一阵轻风一般飘飘然起来，公司定期付我工资，而监工们做我为他们规定的工作。可是有一天，正当我专心致志地写一篇论《反基督》的重要文章时，一个我以前从未见过的人走到我桌子前，在我身后弯下腰，用挖苦的语调大声朗读我刚写下的文字。我不用问他是谁或他是干什么的——我脑子里的唯一想法是——会多给我一个星期的工资吗？我狂热地对自己重复着这个问题。我要向我的恩人告别了，我有点儿为自己感到羞愧，尤其是在他，可以说是一下子，说出下面这些话的时候——"我设法让你多拿一个星期的工资,可是他们不愿意。我希望能为你做点儿什么——你知道,你只是耽搁了你自己。说真的,我仍然对你抱有最大的信心——只是恐怕你得有一段艰难时光。你在哪儿也不合适。有一天你会成为一个大作家的,我相信。好吧,对不起了,"他补充说,热情地同我握手,"我得去见老板了。祝你好运!"

对这件事,我有点儿感到痛心。我真想当场就向他证明,他的信心是有道理的,真想当时就在全世界面前为自己辩护:要是能使人们相信,我不是一个没有良心的婊子养的,我情愿从布鲁克林大桥上跳下去。不久我就要证明,我的良心像鲸鱼一样大但是没有人来调查我的良心。每个人都非常失望——不仅分期付款的公司,而且房东、卖肉的、面包师以及气、水、电等有关人员,每一个人。但愿我能相信这种工作职责哩!我看不出它能救我的命。我只看到人们拼命工作,因为他们没有更清楚地了解情况。我想起帮我争取到工作的那次高谈阔论。在某些方面,我很像纳格尔先生[①]本人。不要一刻不停地告诉我要做的事。不知道我是洪水猛兽还是圣人。像我们时代那么多了不起的人一样,纳格尔先生是一个不顾一切的人——正是这种不顾一切,使他成了这样一个可爱的家伙。汉姆生自己也不知道如何来理解这个人物:他知道他存在,他知道他不仅仅是一个小丑和使人困惑不解的人。我想他喜爱纳格尔先生甚于他塑造的任何其他人物。为什么呢?因为纳格尔先生和每一个艺术家一样都是那种未被承认的圣人——这种人受到嘲笑,因为他解决问题的方法,尽管实际上很深刻,但在世人眼里却似乎太简单了。没有人想要成为艺术家——他被迫去当艺术家,因为世人拒绝承认他的真正的领导地位。工作对我来说意味着零,因为真正

---

① 挪威作家汉姆生的作品《神秘》中的主要人物。

要做的工作正在被避开。人们认为我懒惰，得过且过，然而相反，我是一个格外积极的人。即使是猎取一截尾巴，那也是了不起的事情，很值得，尤其是如果同其他形式的活动相比的话——如制造纽扣或拧螺丝，或者甚至切除阑尾。那么我申请工作时，人们为什么这么乐意听我说话呢？为什么他们认为我有意思呢？无疑是因为我总是把我的时间花得有所收获。我给他们带来了礼物——来自我在公共图书馆耗费的时光，来自我在街上的闲逛，来自我同女人的暧昧经历，来自我看脱衣舞表演消磨掉的下午，来自我参观博物馆和艺术画廊的收获。如果我是个不中用的东西，只是一个老实的、可怜巴巴的废物蛋，为了每星期这么一点点钱就想拼命干活，他们就不会把已给我的那些工作提供给我了，他们也不会像他们经常做的那样递给我雪茄，带我去吃饭，或借钱给我了。我一定有某种可以提供的东西，也许他们无意中对此比对马力或技术能力更为看重呢。我自己不知道这是什么东西，因为我既不自豪，也不虚荣，也不忌妒。大事上我一清二楚，但是碰到生活小事我就很难堪。在我理解所有这一切是怎么回事以前，我不得不目睹大量这同样的难堪。普通人往往更快地估计出实际形势：他们的自我同针对自我提出的要求是相称的；世界并不十分不同于他们想象的样子。但是一个和世界格格不入的人不是因自我的巨大膨胀而痛苦，就是自我被淹没，乃至实际上不存在。纳格尔先生不得不冒险去寻找他的真正自我；对他自己，也对每一个其他人来说，他的存在是一个谜。我无法让事情那样悬着——谜太能引起好奇心了。即使我不得不像一只猫一样朝每一个碰到的人蹭自己的身子，我也要蹭到底。蹭得够久够狠，直到蹭出火花来！

动物的冬眠，某些低级生命形式所具有的生命延缓，长久地躲在墙纸背后的臭虫的惊人生命力，瑜伽信奉者的入定，病人的僵住症，神秘主义者同宇宙的结合，细胞生命的不朽，所有这一切，艺术家都要学会，为的是要在适当的时机唤醒世界。艺术家属于X人种后代;他就好像是精神的微生物,从一代传到另一代。不幸压不垮他,因为他不是物质的、种族的格局中的一部分。他的出现总是和灾难与死亡同步;他是小循环过程中的循环体。他获得的经验从来不用于个人目的;它为他从事的更大目的服务。他身上不会失去任何东西,哪怕是再鸡毛蒜皮的小东西。如果他读一本书被打断了二十五年,他也会从他搁下的那一页继续往下读,就好像其间什么也没有发生。其间发生的一切对大多数人来说是"生活",在他的前进周期中却只是一个中断。他自我表现时,其功效的永恒性只是他不得不在其中蛰伏的生活自动作用的反映,他是一个在睡眠之外的睡眠者,等待着宣告降生时刻到来的信号。这是大事,我总是一清二楚,甚至在我否认它的时候也如此。驱使人们不断地从一个词走向另一个词、一个创造走向另一个创造的不满情绪,只是对延迟的无用性的抗议。一个人,一个艺术微生物,他越清醒,就越不想做任何事情。完全清醒时,一切都是合理的了,因而没有必要从昏睡状态中走出来。在创作一部文艺作品时所表现出来的行为是对自动的死亡原则的让步。将我自己溺死在墨西哥湾,我就能分享积极的生活,它允许真正的自我冬眠,直至我成熟而诞生。我十分理解这一点,虽然我的行为是盲目而混乱的。我游回到人类活动流中,直至我到达一切行为之源,我强行进入到那里面,称自己为电报公司的人事部主任,让人性之潮像带白色泡沫的大海浪拍打着我。先于最终绝望的行为,所有这一切积极生活引导我从怀疑走向怀疑,使我越来越看不到真正的自我,这自我就像被伟大而繁荣的文明之明证所窒息的大陆,已经沉入海面以下。巨大的自我被淹没,人们观察到在海面之上狂热地动来动去的东西,是搜索其目标的灵魂的潜望镜。如果我能再升到海面、踏浪前进的话,一切进入射程的东西,都必须被摧毁。这个怪物不时升起,死死地瞄准目标,然后又重新潜入水中,漫游,不停地掠夺,一旦时机到来，它就会最后一次升出水面，显现为一片方舟，把一切都成双成对地放到舟上，最后，当大洪水消退时，它会在高山之巅靠岸，敞开舱门，把从灾难中抢救出来的一切还给世界。

如果我想到我的积极生活时就时常发抖，如果我做噩梦，这可能是因为我想起在白日梦中被我抢劫和谋杀的所有那些人。我做我的本性吩咐我做的一切。本性永远在一个人的耳朵里小声说——“如果你要活下去，就必须杀人!”作为人类，你杀起人来不像动物那样，而是自动地杀人；杀戮被伪装起来，其后果无穷，以致你连想都不想就杀人，而不是因为需要才杀人。最体面的人是最大的杀戮者。他们相信，他们是在为人类服务，他们真诚地这样相信，但是他们是残酷的凶手。有时候他们醒过来，明白了自己的罪行，就狂热地以堂吉诃德式的善行来赎罪。人的善比人身上的恶更臭不可闻，因为善不是公认的，不是对有意识自我的肯定。在被推下悬崖之际，很容易在最后时刻交出一个人的全部财产，然后转过身去最后拥抱留在后面的所有人。我们怎么来阻止这盲目的冲动？我们怎么来阻止每一个人将他人推下悬崖的自动过程？

我在书桌上挂起一块牌子：“进到这里来的人们，请不要放弃一切希望!”当我坐在书桌旁的时候，当我坐在那里说“是”、“不”、“是”、“不”的时候，我带着一种正转变为狂乱的绝望，明白自己是一个傀儡，社会在我手中放了一把格林机枪。最后，我做好事和做坏事没有什么区别。我就像一个等号，大量代数式般的人性都要经过这等号。我是一个相当重要、正在使用着的等号，就像战时的一个将军，但是无论我变得如何胜任，我也绝不可能变成一个加号或减号。就我所能确定的情况而言，任何别人也不可能。我们的全部生活就是建立在这个等式原则上的。整数变成为了死亡而被调来遣去的符号。怜悯、绝望、激情、希望、勇气——这些是从各种不同角度看等式所引起的暂时折射。

你通过不予理睬或直接面对并写下来，从而阻止这无穷无尽的把戏，然而这也于事无补。在一个镜子宫殿中，你无法不看自己。*我不要做这件事……我要做某件别的事情！*很好。但是你能什么也不做吗？你能停止对什么也不做的考虑吗？你能绝对停下，不假思索地放射出你所知道的真理吗？这便是留在我脑海中的想法，它燃烧着，燃烧着，也许在我最豪爽、最精力充沛、最具同情心、最心甘情愿、最乐于助人、最真诚、最好的时候，正是这种固定的想法使我豁然开朗，我自动说——"嗨，不必客气……小事一桩，我向你保证……不，请不要谢我，这算不了什么"等等，等等。由于一天开成千上万次枪，也许我就再也不注意枪响了；也许我认为我是在打开鸽笼，让空中飞满乳白色的鸟禽。你在银幕上看到过一个假想的怪物，一个有血有肉的弗兰肯斯坦吗？你能想象他如何被训练得会在扣动扳机的同时却看鸽子在飞吗？弗兰肯斯坦不是神话：弗兰肯斯坦是一个非常真实的创造，诞生于一个敏感的人的个人体验。怪物总是在不采用人类的大小比例时才更真实。银幕上的怪物无法同想象中的怪物相比；甚至跑到警察局去的现存病理怪物也不过是病理学家所处的怪异现实的微弱显示。但是同时做怪物和病理学家——这是为某一种人保留的，他们装扮成艺术家，再清楚不过睡眠是一种比失眠更大的危险。为了不睡着，为了不成为被称作"活着"的那种失眠的受害者，他们诉诸无穷无尽地拼凑字眼的药物。他们说，这不是一个自动过程，因为总是存在着他们能随意阻止这过程的幻觉，但是他们无法阻止；他们只是成功地创造了一个幻觉，它也许是某个脆弱的什么东西，但是这远不是完全的清醒，既不是活跃的，也不是无生气的。*我要完全清醒，不议论不写作，为的是要绝对接受生活。*我提到在世界远方的古人，我经常与他们交流思想。为什么我认为这些"野蛮人"比我周围的男男女女更能理解我呢？我相信这样的事情是发疯了吗？我认为一点儿也不是。这些"野蛮人"是早期人类蜕化的残余，我相信,他们对现实一定有更大的把握。从这些在消退的光辉中流连不去的往昔标本身上,我们不断看到了人类的不朽。人类是否不朽我并不关心,但是人类的生命力对我来说确实有某种意义,它是正在发挥作用,还是处于休眠状态,其意义更加重大。由于新人种的生命力下降,旧人种的生命力对清醒的头脑来说就显示出越来越大的意义。旧人种的生命力甚至在死亡当中仍流连不去,而正在死亡中的新人种的生命力却似乎已经不存在了。如果一个人将满满的一窝蜜蜂拿到河里去淹死……这是我自己身上到处带着走的形象。但愿我是那个人,而不是蜜蜂!我有点儿模模糊糊、莫名其妙地知道,我就是那个人,我不会像其他人那样在蜜蜂窝里被淹死。我们成群结队而来时,我总是得到信号,让我不要混杂其中;从出生时起,我就得到那样的恩宠,无论我经历什么苦难,我都知道这不是致命的,也持久不了,而且,无论什么时候我被叫出来,就有另一件怪事发生在我身上。我知道我比召唤我的那个人优越!我表现出来的巨大谦卑不是虚伪,而是理解了境遇的命中注定性质而造成的一种状况。我甚至作为小伙子所拥有的理解力也已经吓坏了我;这是一个"野蛮人"的理解力,它在更适应环境要求方面总是比文明人的理解力更优越。这是一种生命的理解力,尽管生命似乎已经离他们而去。我感觉几乎好像被抛射到一个其他人类尚未跟上其充分节奏的存在范围里。如果我要和他们待在一起,不被转到另一个存在领域去,我就不得不原地踏步。另一方面我在许多地方不如我周围的人类。这就好像我从地狱之火中出来,尚未完全洗涤罪过。我仍然有一条尾巴,两只角,当我的激情被唤起时,我吐出毁灭性的含硫毒气。我总是被称为"幸运魔王"。我碰到的好事被称作"幸运",坏事则总是被看作是我的缺点造成的。更确切地说,看作是我的盲目的结果。很少有人发现我身上的恶!在这方面,我像魔鬼本人一样心灵手巧。要不是因为我常常盲目行事,每个人都能看到那一点。在这样的时候,我孑然一身,我像魔鬼一样让人避之唯恐不及。然后我离开世界,回到地狱之火——出于自愿。这些来来去去,对我来说,像那其间发生的任何事一样真实,甚至更为真实。那些自以为认识我的朋友对我一无所知,因为真正的我曾无数次转手。那些感谢我的人也好,诅咒我的人也好,谁也不知道他们在同谁打交道。没有人发展同我的关系,因为我不断抹杀我的个性。我把所谓的"个性"搁置起来,让它凝结,直到它采取适当的人类节奏。我正藏起我的脸,直到我发现与世界同步。当然,这一切是一个错误。在原地踏步的时候,甚至艺术家的角色也是值得采纳的。行为是重要的,即使它需要的是无用的活动。一个人即使坐在最高的位置上也不应该说"是"、"不"、"是"、"不"。一个人不应该被淹死在人类的浪潮中,即使他想成为一个大师。一个人必须使用他自己的节奏——不惜一切代价。我在短短几年中积累了几千年的经验,但是经验被浪费了,因为我不需要它。我已经被钉在十字架上,并有十字架作为标志;我生出来是不用受苦的——然而除了重演旧戏以外,我不知道还有什么其他方法来奋力前进。我的全部理智都反对这样。痛苦是无用的,我的理智一而再,再而三地告诉我,但是我却继续自愿受苦。痛苦从来没有教会我一件事;对其他人来说,它也许仍然是必要的,但是对我来说,它不过是精神上无法适应的一种代数式显示。今天的人通过受苦而演出的这一整部戏剧,对我来说是不存在的:实际上,它从来就不存在。我的骷髅地①都是玫瑰色的苦难,是为了真正的罪人而使地狱之火不断熊熊燃烧的假悲剧,这些罪人正处于被遗忘的危险中。

另一件事……我越接近同母异父的亲戚圈,围绕着我的行为的神秘色彩就越浓厚。我从母亲的肚子里钻出来,可她对我来说却完全是一个陌生人。首先,在生我之后,她又生了我妹妹,我通常把她说成我

① 古耶路撒冷附近的一座骷髅形小山,耶稣在这里被钉死在十字架上。

弟弟。我妹妹是一种无害的怪物,一个被赋予了白痴肉体的天使。作为一个男孩,同这个注定要终生当精神侏儒的人肩并肩地成长发育,我有一种奇怪的感觉。当她的哥哥很让人受不了,因为很难把这个返祖的躯壳看作“妹妹”。我想象,她在澳洲土人中会做得很完美的。她甚至会拥有权力,出人头地,因为,正如我说过的,她是善的精华,她不知道恶。但是就过文明生活而言,她是无能为力的;她不仅没有杀人的愿望,而且也没有损人利己的愿望。她不能工作,因为即使他们能训练她,例如为烈性炸药制造雷管,她也会在回家的路上心不在焉地把工资扔到河里,或者把工资送给街上的乞丐。在我面前,她经常像一条狗一样被鞭打,就因为她心不在焉地做了大好事,他们就是这样说的。我小时候就懂得,没有什么事比没有理由地做好事更糟糕的了。开始,我像妹妹一样,受到同样的惩罚,因为我也有拿东西送人的习惯,尤其是刚给我的新东西。我五岁的时候就挨过一次打,因为我劝母亲把她手指上的肉赘剪掉。她有一天问我有了这肉赘怎么办,我的医学知识有限,就让她用剪刀把它剪掉,而她却像个白痴似的真的剪了。几天以后,她得了血液中毒症,然后她抓住我说——“是你让我把它剪掉的,是不是?”她响亮地抽了我一下。从那天起,我知道自己生错了人家。从那天起,我学得像闪电一样快。谈谈适应性吧!到我十岁的时候,我已经实践了全部进化论。我的进化经历了动物生活的所有阶段,然而却被拴在这个叫作我“妹妹”的人身上,她显然是一个原始人,哪怕到九十岁也不会认识字母表的。我没有长成一棵高大健壮的树,却开始倒向一边,完全藐视万有引力定律。我没有长出枝叶,却长出了窗户和角楼。整个存在物在成长时变成了石头,我长得越高,就越藐视万有引力定律。我是风景中的一个奇迹,一个吸引人、赢得称赞的奇迹。只要生我们的母亲再作另一次努力,也许会生出一头大白牛,我们三个会永远被陈列在博物馆里,受到终生保护。在比萨斜塔、鞭笞柱、吸食机和人形翼龙之间发生的谈话至少有点儿古怪。任何事情都可以成为话题——"妹妹"在刷桌布时没有注意到的一粒面包屑，或者约瑟夫的花花绿绿的大衣，在老爷子当裁缝的头脑里，这大衣要么是双排扣，要么是燕尾服，要么是礼服。如果我从溜了一下午冰的冰湖上回来，重要的事情不是我免费呼吸了新鲜空气，也不是我强健肌肉的曲线美，而是冰鞋夹板底下的一个小锈点，如果不马上擦掉，它就会损坏整只冰鞋，造成实用价值的丧失，这对于我那挥霍的思想倾向来说是不可理解的。举一个小例子，这个小锈点会导致最引起幻觉的结果。也许"妹妹"在寻找煤油桶的时候会碰倒正炖在火上的梅脯罐，因剥夺了我们早餐中所需要的热量而危及我们所有人的生命。必须得好好揍一顿，但不发怒，因为发怒会扰乱消化器官。得悄悄地揍，揍得见效，就像一个化学家打蛋白来准备进行一次较小的分析。但是"妹妹"不懂得这种惩罚的预防性，会发出杀猪似的尖叫，这会使老爷子受不了，于是就到外面去散步，两三个小时以后烂醉如泥地回来，更糟糕的是，他在蹒跚中蹭掉了转门上的油漆。他刮下来的那一小块油漆会引起一场混战，这对我的梦幻生活来说非常糟糕。因为在我的梦幻生活中，我经常同我的妹妹交换位置，接受施加于她的折磨，用我过分敏感的大脑来滋补这些痛苦。正是在这些总是伴随着打碎玻璃、尖叫、诅咒、呻吟、呜咽等声音的梦幻中，我积累了不系统的古代宗教仪式的知识、入会仪式的知识、灵魂轮回的知识，等等。开始也许是现实生活的场景——妹妹站在厨房里的黑板旁边，母亲拿着一把尺子高耸于她之上，说：二加二等于几？妹妹尖叫五。啪！不，七，啪！不，十三，十八，二十！我会坐在桌子旁，做我的功课，就像在现实生活中的这些场景里一样，也许是在我看到尺子落到妹妹脸上去的时候，轻轻一扭或一动，我就突然到了另一个天地，那里没有人知道玻璃，就像基卡普人[1]或勒纳佩人[2]不知道玻璃一样。我周围那些人的脸是熟悉的——他们是我的同母异父亲戚，因为某种神秘的理由，他们在这新环境中没有认出我来。他们穿着黑衣服，皮肤的颜色铁青，就像魔鬼似的。他们都配备了刀子和其他刑具；他们属于祭品屠夫的等级。我似乎有绝对自由和神的权威，然而由于事情变化无常，结果会是我躺在案板上，我那迷人的同母异父亲戚之一会朝我弯下腰，拿一把明晃晃的刀子来割下我的心脏。我吓得大汗淋漓，在感觉刀子正在搜寻我心脏的时候，高声尖叫着背诵“我的功课”，越背越快。二加二等于四，五加五等于十，地球，空气，火，水，星期一，星期二，星期三，氢，氧，氮，中新世，上新世，始新世，圣父，圣子，圣灵，亚洲，非洲，欧洲，澳洲，红，蓝，黄，酢浆草，柿子，木瓜，梓树……越来越快……奥丁[3]，沃坦[4]，帕西法尔[5]，艾尔弗雷德大王[6]，腓特烈大帝[7]，汉萨同盟[8]，黑斯廷斯战役[9]，塞莫皮莱[10]，1492 年[11]，1786 年[12]，1812 年[13]，法拉格特海军上

---

① 北美阿尔冈昆印第安人。

② 北美阿尔冈昆印第安人的一个部落。

③ 北欧神话中的主神，世界的统治者。

④ 日耳曼神话中的主神，相当于北欧神话中的奥丁。

⑤ 亚瑟王传奇中寻找圣杯的英雄人物。

⑥ 英格兰西南部韦塞克斯王国国王，871 至 899 年在位。

⑦ 即腓特烈二世（1712—1786），普鲁士国王。

⑧ 中世纪北欧城市结成的商业同盟，以德意志诸城市为主。

⑨ 1066 年 10 月英格兰国王哈罗德二世和诺曼底公爵威廉一世之间进行的一场战争。

⑩ 希腊东部一多岩石平原。

⑪ 该年哥伦布发现新大陆。

⑫ 该年美国爆发谢斯起义。

⑬ 该年拿破仑侵俄战争失败。

将[1]，皮克特冲锋[2]，骑兵旅，我们今天聚集在这里，主是我的牧师，我不，不可分割的整体，不，十六，不，二十七，救命哪！杀人啦！警察！——喊得越来越响，进行得越来越快，我完全发疯了，不再有痛苦，不再有恐怖，即使他们用刀子浑身上下地捅我。突然，我绝对平静下来，躺在案板上的身子，正被他们快乐地、狂喜地在上面凿着洞眼，它没有感觉，因为它的主人已逃之夭夭。我变成了一座石塔，朝前倾斜，并带着科学的兴趣注意一切。我只要屈服于万有引力定律，就能倒塌在他们身上，把他们消灭掉，但是我没有屈服于万有引力定律，因为我太着迷于这一切所造成的恐怖。事实上，我着迷得不得了，以至我长出越来越多的窗户。当光线照射到我的存在的石墙内部时，我可以感到，我在大地中的根活了，有一天我能随意摆脱自己被固定在其中的这种昏睡状态。

我无依无靠地扎根其中的梦就到此为止。但实际上，当亲爱的同母异父亲戚们来的时候，我像鸟儿一样自由，又像磁针一样来回跳动。如果他们问我一个问题，我会给他们五个答案，一个回答胜过另一个；如果他们请我演奏一曲华尔兹，我就用左手同时演奏一首奏鸣曲；如果他们请我再吃一只鸡腿，我就把盘子打扫干净，连浇汁带一切；如果他们催我去街上玩，我就会疯得不得了，用锡罐打烂我堂弟的脑袋；如果他们威胁要痛打我一顿，我就说，来吧，我不在乎！如果他们因为我在学校有很大进步而拍拍我的脑袋，我就往地上啐口水，表明我仍然有东西要学习。我夸张地做他们希望我做的一切。如果他们希望我保持沉默，什么也不说，我就变得像石头一般沉默：他们同我说话时我一句不听，他们碰我时我一动不动，就是掐我，我也不叫唤，推我，我也不动弹。如果他们抱怨我冥顽不化，我就变得像橡皮一样柔顺。如果他们希望

① 法拉格特（1801—1870）：美国南北战争时期的一位海军将军。

② 以美国南北战争时期的南方军将领皮克特（1825—1875）的名字命名的一种冲锋。

我疲劳不堪，不要表现得精力充沛，我就让他们给我各种各样的工作做，我做得十分卖力气，最终像一袋小麦一样倒在地上。如果他们希望我有理性，我就变得超理性，把他们逼得发疯。如果他们希望我顺从，我就不折不扣地顺从，从而引起无穷无尽的混乱。所有这一切都是由于兄妹的分子生命期不适应于分配给我们的原子量。因为她一点儿也不长，我便像雨后春笋般生长；因为她没有人格，我便成了巨人；因为她摆脱了恶，我就成了一只有三十二个分支的邪恶烛台；因为她无求于他人，我就要求一切；因为她到处引起嘲笑，我就激起恐惧与尊敬；因为她遭受羞辱与折磨，我就向每一个人报复，朋友和敌人一视同仁；因为她无能，我就使自己无所不能。我患的巨人症，可以说，纯粹是一种努力的结果，就是企图清除附着在全家冰鞋上的那个小锈点。那个夹板下面的小锈点就使我成为一个滑冰冠军。它使我滑得如此之快，如此之疯狂，以至在冰融化之后我还在滑，我滑过泥地，滑过沥青地，滑过江河小溪，滑过瓜地，滑过经济学理论，等等。我可以滑过地狱，我就是那么迅速，那么灵巧。

但是这整个奇特的滑冰毫无用处——那泛美的挪亚考克斯神父总是把我叫回到方舟。每次我停止滑冰，就总有一场大洪水——大地张开嘴，将我吞噬。我是每一个人的兄弟，同时又是我自己的叛徒。我做出了最惊人的牺牲，结果却发现这些牺牲毫无价值。在我不想成为任何这些名堂的时候证明自己不负众望又有什么用呢？每次你达到要求的极限，你就面对同一个问题——做你自己！随着你朝这个方向迈出的第一步，你明白了既没有加也没有减；你把冰鞋扔掉，游起泳来。再没有任何痛苦，因为没有任何东西能威胁你的安全。甚至没有愿望要帮助别人，因为，为什么要剥夺他们必须挣得的特权呢？生命无时无刻不在向无限伸展。没有任何东西能比你的猜想更真实。你认为宇宙是什么样子，它就是什么样子，只要你是你，我是我，它就不可能是别的样子。你生活在你行为的结果中,你的行为是你思想的收获。思想和行为是一回事,因为你是在这里面游泳,也属于它,它就是你想要它成为的一切,不多,也不少。每一个动作都有永恒的价值。加热系统和冷却系统是一个系统,巨蟹座和摩羯座只是由一条想象的界线分开。你没有欣喜若狂,也没有陷入强烈的悲伤;你不祈求降雨,也不跳快步舞。你生活得像是海洋中一块欢乐的岩石:你周围的一切都汹涌澎湃,而你却岿然不动。有一种想法认为没有一样东西是固定的,甚至最欢乐最强有力的岩石有一天也会被彻底溶解成为液态,像它诞生于其中的海洋一样。

这就是音乐生活,我刚开始滑冰,就像一个从外到内走过门厅走廊的狂人一般接近这音乐生活。我的奋斗从来没有使我接近过它,我的积极主动,我拥有的人性,也都没有使我接近它。所有那一切都只是在一个圆中从矢量到矢量的运动,这个圆的直径无论怎么扩张,却总是和我说起的那个领域平行不悖。命运之轮在任何时刻都可以被超越,因为在它表面的每一点上,它都接触到现实世界。只要有一个光亮的火花,就可以造成奇迹,把滑冰者变成游泳者,把游泳者变成岩石。这岩石只是阻止轮子无用的旋转,把存在投入到全意识中去的行为意象。全意识实在很像一个无穷无尽的大海洋,它献身于太阳、月亮,又包含太阳、月亮。一切存在都诞生于无限的光的海洋——黑夜也不例外。

有时候,在轮子的不断旋转中,我瞥见了必然要做出的跳跃的性质。跳出时钟体系——是令人解放的想法。要胜过地球上最辉煌的狂人,要不同于地球上最辉煌的狂人!世人的故事令我厌烦。征服,甚至是对邪恶的征服,令我厌烦。传播善是奇妙的,因为这就是滋补剂,令人强健,令人生气勃勃,但是,存在仍然更为奇妙,因为这是无穷无尽的,不需要证明。存在就是音乐,它是为了沉默的利益而对沉默的一种亵渎,因而超越了善恶。音乐是没有能动性的行为的显示。它是俯身游泳的纯粹创造行为。音乐既不驱赶,也不防卫;既不寻求,也不解释。音乐是游泳者在意识大海洋里发出的无声的声响。它是只能由人们自己给予的报偿。它是神的赋予,而人们自己就是神,因为人们已经不再考虑神的问题。它是上帝的预言者,每一个人在适当的时候,当存在的一切超越想象时,他就会成为上帝。

第二十章

尾声

不久以前,我走在纽约的街道上。亲爱的老百老汇。这是夜间,天空一片东方式的湛蓝,像机器开动时,巴比伦街上宝塔顶篷上的金子一样闪闪发光。我在那里站了一会儿,看着橱窗里的红色灯光。音乐一如既往地响着——轻快,刺激,迷人。我孑然一身,而我周围却有成百万的人。我站在那里,突然感到我不再想念她;我在想我正写着的这本书。这本书对我来说,已经变得比她,比我们周围发生的一切都更加重要。这本书说的将是真话吗?全部都是真话吗?除了真话没有别的吗?老天爷作证!我一边拼命想着这个关于"真话"的问题,一边一头扎回到人群中去。我一再向别人叙述我们的生活环境。我总是说真话,但真话也可能是谎言。真话是不够的。真理只是不可穷尽的总体的核心。

我记得我们第一次分开的时候,这个关于总体的想法揪住了我的头发。她离开我的时候,假装这对我们的幸福是必要的,也许她真的相信。我心里知道,她试图要甩掉我,而我却太懦弱了,不敢向自己承认这一点。但是当我明白，她没有我也行，哪怕是在有限的一段时间内时，我试图阻挡的真理开始以惊人的速度增长。这比我以前经历的任何事情都痛苦，但是它也有治疗作用。当我空空如也时，当孤独已经到了无法再孤独的地步时，我突然感到，为了继续活下去，这种不能忍受的真理必须合并到大于个人不幸的范围中。我感到我已经不知不觉地转入到另一个领域，一个质地更加坚韧、更富有弹性的领域，就是最可怕的真理也无力摧毁它。我坐下来给她写一封信，告诉她，我一想到失去她，就感到如此痛苦，以至我决定开始写一本关于她的书，使她不朽。我说，这将是一本以前没有任何人见过的书。我欣喜若狂地漫笔纸上，写得正来劲的时候，我突然停下来问自己为什么如此高兴。

经过舞厅底下时，我又想起这本书，我突然明白，我们的生活已经结束；我明白，我正在计划写的这本书不过是一个坟墓，用来埋葬她——以及曾经属于她的我。那是好些时候以前的事，从此以后，我就一直在试图把书写出来。为什么这事如此困难呢？为什么？因为我无法忍受“结束”的想法。

真理在于这种关于结束的知识中，它是残酷无情的。我们可以了解真理并接受它，要不我们可以拒绝了解真理，既不死亡，也不再生。以这种方式，就可能永远活着，这是一种像原子一样完整、完全，或者一样分散、破碎的消极生活。如果我们走这条路走到一定程度，连这种原子般的永恒性也会让位于虚无，宇宙本身就会崩溃。

几年来，我一直在试图讲这个故事；每次一开始，我都选择了一条不同的路线。我就像一个想要环航地球，却认为没必要带罗盘的探险家；而且，由于如此长久的渴望，故事本身就已经像一个巨大无边的筑了堡垒的城市。一再梦见这个故事的我在城外，是一个流浪汉，来到一个又一个城门跟前却因精疲力竭而无法进入。我的故事就在城里，可是这个城市却永远将我这个流浪汉拒之门外。尽管始终看得见，却永远到不了，这是一座在云中缥缈的鬼堡。从高耸入云的雉堞上，稳定不变地成楔形队形飞下成群结队的白天鹅。它们以青灰色的翅膀尖掸去了使我眼花缭乱的梦幻。我双脚乱动，刚站住就又不知所措。我无目的地漫游，试图站稳了不再摇晃，从而可以好好看一眼我的生活，但是我身后留下的只有一大堆乱七八糟的足迹，这是刚被砍掉了脑袋的鸡一阵乱扑腾乱转圈所留下的。

无论何时我试图向自己解释我独特的生活方式，就好像回到了第一推动力，必然要想起我初恋的女子。我感到好像一切都是从那件夭折的事情开始的。这是一件性虐待狂式的不可思议之事，同时又很可笑、很可悲。也许我有幸吻了她两三次，这是一个人专门为女神保留的吻。也许我单独见过她几次。她当然连做梦也没有想到，有一年多的时间，我每天夜里从她家门前走过，就希望能在窗户上看她一眼。每天晚上吃完饭，我从饭桌上站起来，走好长的路到她家去。当我经过她家门前时，她从未在窗前出现过，而我则从来没有勇气站在她房子前面等待。我来回从窗前走过，来来回回，但是连她的影子也没有见着。为什么我不给她写信呢？为什么我不给她打电话呢？我记得有一次我鼓起足够的勇气请她去看戏。我带着一束紫罗兰到她家，这是我第一次，也是唯一的一次为一个女人买花。在我们离开剧院时，紫罗兰从她胸口掉下来，我慌乱中踩到了花上。我请求她不要管这些花了，但是她坚持把它们捡起来。我在想，我有多么笨拙——只是在很久以后我才回想起她俯身捡紫罗兰时向我投来的嫣然一笑。

这是一场彻底的惨败。最终我逃走了。实际上我是在逃避另一个女人，但是在离开城市的前一天，我决定再见她一次。那是下午三四点钟，她出来在街上，在有栅栏挡开的通道上，同我说话。她已经同另一个男人订婚;她假装对此很高兴,但是,尽管我很盲目,我也能看出,她并不像她假装的那样高兴。只要我发话,我肯定她会甩掉那个家伙,也许她会跟我私奔,但我宁愿惩罚自己。我若无其事地说了再见,像死人一样走过街去。第二天早晨我前往西海岸,决定开始新的生活。

新的生活也是一败涂地。我死在了丘拉维斯塔的一个大农场上,我这个走遍大地的最悲惨的人。一边是这个我爱的姑娘,另一边是我只对她感到深深怜悯的另一个女人。这另一个女人,我同她生活了两年,但却像过了一生的时间。我二十一岁,她承认是三十六岁。每次我看见她,我就对自己说——在我三十岁的时候,她将是四十五岁;在我四十岁的时候,她将是五十五岁;在我五十岁的时候,她将是六十五岁。她眼睛底下有细绸的皱纹,是笑纹,但终究是皱纹。在我吻她的时候,这些皱纹就成十倍地增加。她容易发笑,但她的眼神很哀伤,十分哀伤。这是亚美尼亚人的眼睛。她的头发曾经是红色的,现在成了用过氧化氢漂白的冒牌金发女人。除此之外,她是极可爱的——一个维纳斯式的身体,一颗维纳斯式的灵魂,忠实,讨人喜爱,知恩图报,总之是一个真正的女人,*只是她年长十五岁*。这十五岁的差异使我发疯。我和她一起出去时,我只想——十年以后会是什么样呢?要不然就是:她现在看上去有多大年纪呢?我看上去年龄可以和她相配吗?一旦我们回到房子里,一切就都没有问题了。上楼梯的时候,我会把手指伸到她的裤裆里,这常常使她像马一样嘶叫。她的儿子已经差不多有我的年纪,如果他躺在床上,我们就会关上门,把我们自己锁在厨房里。她会躺在狭窄的厨房桌子上,真是妙不可言。使这更加妙不可言的事情是,我每干一次,就总是对自己说——*这是最后一次……明天我就要溜之大吉!*然后,由于她是看门人,我会下到地下室,为她把垃圾桶滚出去。早晨,她儿子去上班,我就爬到屋顶上晒被子。她和她的儿子都有肺结核……有时候没有桌上的较量;有时候,由于对一切感到无望而像被掐住了脖子一般，我会穿上衣服到外面散步。我时常忘记回来。而当我忘记回来的时候，我比往常更加痛苦，因为我知道，她会睁着两只伤心的大眼睛等我回来。我会像一个有神圣职责要履行的人那样回到她身边，我会在床上躺下，让她抚摸我。我会研究她眼睛下面的皱纹和她正在变红的头发根。像那样躺在那里，我会经常想到另一个人，我所爱的那个人，我会很想知道，她是否也躺着干这事，或者……那一年里我三百六十五天都要走那么长一段路！——躺在另一个女人身边，我会在脑子里把那时走的路再走一遍。后来有多少次我重新体验了这些散步！人类所创造的最乏味、最凄凉、最丑陋的街道。我痛苦地重新体验这些散步，这些街道，这些最初就粉碎的希望。窗户还在那里，但是没有梅丽桑德；花园也在那里，但是没有金子的光彩。一遍又一遍走过，窗户上始终空荡荡的；晚星低垂着；特里斯坦①出现了，然后是菲岱里奥②，然后是奥伯龙。九头狗用它所有的嘴吠叫。虽然没有沼泽地，我却听到青蛙到处叫。同样的房子，同样的电车路线，同样的一切。她躺在窗帘后面，她等着我经过，她正在做这做那……但是她不在那里，从不，从不，从不。这是一场大歌剧呢，还是街头艺人的手摇风琴演奏？这是扯破金嗓子的阿马托；这是《鲁拜集》；这是珠穆朗玛峰；这是无月亮的夜晚；这是黎明时分的抽泣；这是装模作样的男孩；这是《穿靴子的猫》③；这是冒纳罗亚④；这是狐皮或阿斯特拉罕羔皮。它不由任何材料构成，不属于时间范畴，它是无穷无尽的，它周而复始，在心底里，在喉咙的背部，在脚底心，为什么不就一次，就一次，看在基督的分上，就露出个人影，哪怕就轻轻动一下窗帘，要不在窗户玻璃上哈口气，不管什

---

① 中世纪西欧爱情传说中的人物。

② 贝多芬作曲的歌剧中人物。

③ 意大利民间故事集作者斯特拉帕洛拉（约1480—1557）的故事作品之一。

④ 美国夏威夷岛中南部火山。

么，只要有那么一次，哪怕是谎言，只要能止住痛苦，使这来来回回的徘徊停下……走回家去。同样的房子，同样的灯柱，同样的一切。我走过我自己的家，走过墓地，走过汽油罐，走过电车库，走过水库，来到开阔的乡村。我坐在路边，双手抱着头抽泣。我真是个没用的家伙，我无法拼命压抑我的情感，从而使血管爆裂。我愿意痛苦得窒息过去，然而却生出了一块石头。

这时候，另一个正等待着。我会再次看到她坐在门前低矮的台阶上等我的样子，她的眼睛大而忧伤，她的脸色苍白，她因企盼而颤抖。我总认为是怜悯把我带回来的，可现在当我朝她走去，看到她的眼神时，我再也不知道到底是什么把我带了回来，只知道我们将到里面去躺在一起，她将半哭半笑着爬起来，变得十分沉默，看着我走来走去，细细地研究我，她从来不问我是什么在折磨我，从不，从不，因为这是她害怕的一件事情，是她害怕知道的一件事情。*我不爱你！*她能听见我正尖叫着这句话吗？*我不爱你！*我再三地喊叫着这句话，嘴唇紧闭，心中带着仇恨，带着绝望，带着绝望的怒火。但是我从未把话说出口。我看着，一言不发。我不能说……时间，时间，我们手上有无限的时间，却没有东西用来充实时间，只有谎言。

好了，我不想复述我的整整一生，一直到命中注定的时刻——它太长，太痛苦了。此外，我的生活真的到了这最后时刻了吗？我表示怀疑。我认为有无数时刻我都有机会做出一个开端，但是我缺乏力量和信念。在我说到的那个晚上，我故意遗弃自己：我走出旧的生活，进入到新生活中。我一点儿也没有费劲。当时我三十岁。我有老婆孩子，以及一个所谓“负责任的”职位。这些是事实，事实算不了什么。真实情况是，我的愿望如此强烈，以至它变成了一种现实。在这样的时刻，一个人做什么无关紧要，重要的是他是什么。正是在这样的时刻，一个人变成了天使。这正是我的遭遇：*我变成了天使。*天使的价值不在于纯洁，而在于能飞。天使可以在任何地方，任何时刻，冲破形式，找到它的天堂；它有本事下降到最低等的事情中而又随意脱身。在我说到的那个晚上，我完全理解这一点。我纯洁无瑕，没有人性，我超然于人之上，我有了翅膀。我没有了过去，不关心未来。我超越了狂喜。当我离开办公室的时候，我折叠起我的翅膀，把它们藏在我的大衣底下。

舞厅就在剧院的边门对面，我常常在下午坐在剧院里而不去寻找工作。这是一条剧院街，我常常在那里一坐好几个小时，做着最充满暴力的梦。好像纽约的整个舞台生活都集中在这条街上。这就是百老汇，这是成功、名誉、奢华、油彩、石棉幕布以及幕布上的窟窿。坐在剧院的台阶上，我常常凝视对面的舞厅，凝视甚至在夏天的下午也点着的一串大红灯笼。每一扇窗户里都有一个旋转的排气风扇，似乎把音乐也吹送到街上，消失在交通的刺耳喧闹声中。在舞厅的另一边的对面，是一个公共厕所，我也常常坐在这里，希望搞个女人，要不就搞点儿钱。在厕所上面的街面上，有一个报亭，出售外国的报纸杂志；一看到这些报纸，看到报纸上印刷的陌生语言，就足以使我一天都不得安宁。

没有一点点预先考虑，我走上了通向舞厅的楼梯，径直来到售票亭的小窗户跟前，希腊人尼克坐在那里，面前放着一卷票。像楼下的小便池和剧院的台阶一样，这只希腊人的手在我看来像是一件独立存在的东西——从某个可怕的斯堪的纳维亚神话故事中搬来的一个吃人妖魔的毛茸茸的大手。总是这只手对我说话，这只手说“玛拉小姐今晚不在这里”，或者“是的，玛拉小姐今晚会晚些来”。我的卧室有带格栅的窗户，我在里面睡觉，睡梦中总把这只手当作一个孩子。我会狂热地梦见这窗户突然被照亮，映出正趴在格栅上的吃人妖魔。一夜又一夜，这毛茸茸的怪物来找我，趴在格栅上咬牙切齿。我会在冷汗中惊醒，房子一团漆黑，房间里寂静无声。

我站在舞池边上，注意到她朝我走来；她仪态万方，一张大圆脸漂亮地在圆柱形的长脖子上保持平衡。我看见一个女人，也许是十八岁，也许是三十岁，有着深黑色的头发，一张白净的大脸庞，一张白白胖胖的脸庞，一双眼睛炯炯有神。她穿一身时髦的蓝毛绒套装。她那丰满的身体，她那像男人头发那样在一边分开的又细又直的头发，我现在都历历在目。我记得她朝我嫣然一笑——会意的，神秘的，稍纵即逝的——一种突然出现的微笑，像是一阵风。

全部存在都集中在脸上。我真想就把脑袋取下来，拿回家去；夜里把它放在我旁边，放在枕头上，同它做爱。当嘴张开、眼睛睁开的时候，全部存在都从其中焕发出照人的光彩。这是从一个未知的光源，从一个隐藏在大地深处的中心发出的光彩。我想到的只有这张脸，这像子宫一般奇异的微笑及其绝对的直觉性。这种微笑稍纵即逝，像刀光一闪那样快得令人痛苦。这微笑，这脸，高高架在一个白净的长脖子上，极度敏感者的强健的、天鹅般的脖子——也是绝望者与被罚入地狱者的脖子。

我站在红色灯光下的拐角处等她下来。这大约是凌晨两点，她正要离去。我站在百老汇大街上，纽扣孔里插着一朵鲜花，感觉身心十分洁净，却又非常孤独。几乎整个夜晚我们都在谈论斯特林堡，谈论他笔下的一个叫作亨丽埃特的人物。我十分留神地听着，竟然入了迷。就好像从一开始，我们就进行了一场赛跑——朝相反的方向。亨丽埃特！刚一提到这个名字，她就几乎立即开始谈论起她自己，而又没有完全撒手放开亨丽埃特。亨丽埃特被她用一根无形的长绳子牵着，她用一根手指神不知鬼不觉地操纵着这根绳子，就像沿街叫卖的小贩，站在离黑布稍远一点儿的人行道上，表面上对在布上轻轻摇晃的小机械装置漠不关心，实际上却用牵着黑线的小手指一阵一阵地牵动着这玩意儿。亨丽埃特就是我，是我的真正自我，她似乎在说。她要我相信，亨丽埃特真的是恶的体现。她说得如此自然，如此天真无邪，带着一种几乎低于人类的坦率——我怎么会相信她就是这个意思呢？我只能微笑，似乎向她表明我相信。

突然我感觉她来了。我转过脑袋。是的，她径直走来，仪态万方，眼睛炯炯发光。我现在第一次看到她有着什么样的仪表。她走过来就像一只鸟，一只裹在一大张松软毛皮里的人鸟。发动机开足马力：我要喊叫，要发出一声吼鸣，让全世界都竖起耳朵。这是怎么走的！这不是走路，这是滑行。她高大，端庄，丰满，镇定自若，从烟雾、爵士乐以及红色灯光中显现，就像所有滑头的巴比伦妓女的太后。这是在百老汇大街的拐角，就在公共厕所的对面。百老汇——这是她的王国。这是百老汇，这是纽约，这是美国。她是长着脚，有翅膀，有性别的美国。她是欲望，是厌恶，是升华——加入了少量的盐酸、硝化甘油、鸦片酊，以及缟玛瑙。她富饶、豪华：这不管怎么样就是美国，一边一个大洋。我一生中第一次被整个大陆重重地击中，正好击在鼻梁正中，这就是美国，不管有没有野牛，美国，这希望与幻灭的金刚砂轮，构成美国的一切也构成了她：骨骼，血液，肌肉，眼球，步态，节奏；沉着；信心；金钱与空腹。她几乎就在我跟前，圆脸上放射出银白色的光芒。那一大块松软毛皮正从她肩上滑落下来。她没有注意到。她似乎并不关心她的衣服是否掉下来。她百事不管。这就是美国，像一道闪电射向狂热歇斯底里的玻璃库房。亚默利加，不管有没有毛皮，有没有鞋。亚默利加，货到付款。*滚开，你们这些杂种，要不就开枪打死你们！*我肚子上挨了一下，我抖动着。有什么东西冲我而来，无法躲闪。她迎面过来，穿过厚玻璃窗户。只要她停一秒钟，只要她让我安静片刻。但是不，她连片刻工夫也不给我。就像命运女神亲临，她飞快地、残忍地、专横地扑到我身上，一把利剑将我彻底刺穿……

她抓住我的手，紧紧抓住。我无畏地走在她身边。在我心中，星光闪烁；在我心中，有一个蓝色的大天穹，一会儿工夫之前那儿还有发动机发出疯狂的轰鸣哩。

一个人可以花整整一生时间来等待这样的时刻。你绝不期望遇见的女人现在就坐在你面前,她谈论着,看上去就像是你梦寐以求的那个人。然而最奇怪的是,你之前从未意识到你曾梦见过她。如果没有梦,你的整个过去就像一段会被遗忘的长时睡眠。如果没有记忆,梦也会被忘记,而记忆是在血液中,血液就像一个大海洋,一切在其中都被冲刷干净,除了新的和甚至比生命更实在的东西:**现实**。

我们坐在马路对面那家中国餐馆的火车座里。我从眼角看出去,看到闪烁发光的字母在满天乱舞。她还在谈论亨丽埃特,或者,也许是在谈论她自己。她的小黑帽、手包、皮衣放在她旁边的长凳上。每过几分钟,她就重新点燃一支香烟,她谈话时,香烟就白白燃尽。既没有开头,也没有结尾,就像火焰一般从她口中喷出,将够得着的一切全部燃尽。不知道她怎么开始,或从哪里开始的。突然她就在一个长篇叙述中间,一个新的故事,但始终都是一回事。她的谈话像梦一样是无定形的:没有常规,没有范围,没有出口,没有停顿。我感觉被深深淹没在语言之网里,我痛苦地爬回到网的顶上,看着她的眼睛,试图在那里找到她的话的意义的某种反映——但是我什么也找不到,什么也没有,只有我自己在无底般深的井里摇晃的形象。虽然她只说她自己,我却不能对于她的存在形成一点点起码的印象。她的胳膊肘支在桌上,身子前倾,她的话淹没了我;一浪又一浪向我滚滚而来,然而在我心中却没有建立起任何东西,没有任何东西可以羁留心中。她告诉我她父亲的事情,他们在她生于那里的舍伍德森林边上所过的奇怪生活,或者,至少她是在告诉我这些,然而现在却又成了在谈论亨丽埃特,要不就是陀思妥耶夫斯基?——我不敢肯定——但是不管怎么说,我突然明白,她已不再是在谈论任何这些事情而是在谈论一个有一天晚上送她回家的男人,他们站在门前台阶上说再见的时候,他突然把手伸到底下,撩起她的裙子。她停了片刻,好像是要让我明白,这就是她打算要谈论的事情。我困惑地看着她。我不能想象,我们是怎么谈到这个问题上的。什么人?他在对她说什么?我让她继续说,心想她也许会回到这一点上的,但是不,她又走到我前头去了,现在似乎是这男人,这一个男人,已经死了;一场自杀,她试图让我明白,这对她是一次可怕的打击,但是她真正要说的似乎是,她把一个男人逼得自杀,她为此而感到骄傲。我不能想象这个人死的样子;我只能想象他站在她家门前台阶上撩她裙子的样子,一个没有姓名的男人,然而活生生的,永远做着弯腰撩裙子的动作。还有另一个男人,这是她父亲。我见他牵着一群赛马,或者有时候在维也纳郊外的小客栈里,更确切地说,我看见他在小客栈的屋顶上放风筝消磨时光。这个男人和那个男人:一个是她的父亲,一个是她疯狂地爱着的人,这两个人我无法区分。他是她生活中某个她不愿谈论的人,但她还是总回到关于他的话题上,虽然我不敢肯定,这是不是那个撩她裙子的人,我也不敢肯定,这是不是那个自杀的人。也许这就是我们坐下来吃东西时她就开始谈论的那个人。我现在记起来,就在我们坐下来的时候,她相当激动地谈起她刚才走进自助餐馆时见到的一个人。她甚至提到过他的名字,但我立刻就忘记了。不过我记得她说,她跟他同居过,他做了她不喜欢的事情——她没有说是什么事情——于是她抛弃了他,不作一句解释就断然离去。而那时候,正当我们走进炒杂碎饭馆的时候,他们又互相撞上了,直到我们在火车座里坐下的时候,她还在为此事发抖……有很长一段时间我感到十分不安。也许她说的每一句话都是谎言!不是普通的谎言,不,是更加糟糕的东西,无法描述的东西。只是有时候真实情况结果也会是那个样子,尤其是在你认为你绝不会再见这个人的情况下。有时候你会将你绝不敢对最亲密的朋友透露的事情告诉给一个十足的陌路人。这就像聚会到了高潮时你去睡觉一样;你变得只对自己感兴趣,就上床睡去。当你熟睡时，你就开始同某个人说话，某个一直和你在同一房间里，因而即使你讲一句从中间开始的话他也全明白的人。也许这另一个人也睡了，或者始终熟睡着。这就是之所以很容易碰上他的原因。如果他不说任何话来打搅你，那你就知道你正在说的话是真实的，你完全清醒，除了这种完全清醒的熟睡以外，没有任何其他现实。我以前从来没有如此完全清醒，同时又如此熟睡。如果我梦中的吃人妖魔真的把格栅掰开，抓住我的手，我就会被吓死，因而现在就是死人，也就是说，永远熟睡，因此始终逍遥自在，没有什么东西再会是奇怪的，即使发生过的事情没有发生，也不会是不真实的。发生过的事情一定是发生在很久以前，无疑是在夜里。而现在正发生的事情也发生在很久以前，也在夜里，这不比关于吃人妖魔与坚固格栅的梦更加真实，只是现在格栅被折断，我害怕的她抓住我的手，在我害怕的东西与实际存在的东西之间没有区别，因为我熟睡了，现在我完全清醒地熟睡，再没有任何东西可以害怕，可以期待，可以希冀，只有这实际的存在和这没有尽头的一切。

她要走了。要走……又是她的屁股，她从舞厅下来，朝我而来的那种滑行。又是她那些话……“突然，他毫无理由地弯下腰，撩起我的裙子。”她把皮衣悄悄披到肩上；小黑帽把她的脸衬托得就像有侧面浮雕像的徽章。丰满的圆脸上，长着斯拉夫人的颧骨。我从来没有见过这张脸，怎么会梦见它呢？我怎么知道她会这样站起身，这么亲近，这么丰满，脸又圆又白，像一朵盛开的木兰花呢？当她丰满的大腿擦着我的身子时，我战战兢兢。她似乎比我高出一头，但事实上并非如此。这是因为她那样翘着下巴。她不在意去哪里。她踩着东西往前走，走，走，眼睛睁得大大的，凝视着空间。没有过去，没有未来。甚至现在也似乎很可疑。自我似乎已离她而去，身子直冲上前，脖子胖乎乎，紧绷绷，像脸一样白，像脸一般丰满。谈话继续着，发出低低的喉音。没有开端，没有结尾。我不知道时间，也不知道时间的流逝，只知道永恒。她让喉咙里的小子宫同骨盆里的大子宫挂上钩。出租车就在马路边上,她还在咀嚼着外在自我的宇宙论废话。我拿起话筒,同双重子宫接通。喂,喂,你在那里吗?让我们走!让我们开始——出租车、船、火车、汽艇;海滩、臭虫、公路、偏僻小路、废墟;遗迹;旧世界、新世界、码头、防波堤;镊子;高空秋千、沟渠、三角洲、短吻鳄、鳄鱼;谈话,谈话,更多的谈话,然后又是道路、眼中更多的沙子、更多的彩虹、更多的大暴雨、更多的早餐食品、更多的牛油、更多的浴液。当所有的马路都被穿过,只有我们狂热的脚上留下的尘土时,你那张白净丰满的大脸庞,那张开着两片鲜红嘴唇的嘴,那洁白完美的牙齿,依然历历在目。在这记忆中,没有任何东西可能改变,因为这是完美的,就像你的牙齿……

这是星期天,我新生活中的第一个星期天。我戴着你系在我脖子上的项圈。一场新的生活伸展在我面前。它是以休息日作为开始的。我躺回到一片宽大的绿叶上,注视着太阳光闯入到你的子宫。它制成了怎样的凝乳和喧闹呀!所有这一切都专门为了我,是吗?但愿你身上有一百万个太阳!但愿我永远躺在这里,欣赏天上的烟火!

我悬空躺在月亮表面,世界像子宫一样恍恍惚惚:内在自我与外在自我处于平衡状态。你拼命向我保证,我是否来自其中,这没有什么区别。我似乎觉得,自从我在那性的黑色子宫中熟睡以来,正好已过了两万五千九百六十年。我似乎觉得,我也许多睡了三百六十五年,但是无论如何,我现在是在正确的房子里,在许多"6"中间,在我身后的东西很好,在我前面的东西也很好。你装扮成维纳斯来到我面前,然而你是利莉思①,我知道。我的全部生活都在平衡中;有一天我将欣赏这种奢侈。明天我将使天平倾斜。明天这平衡将结束;如果我再次找到它,它将会

① 中世纪鬼魔学中的著名女巫。

在血液里，而不是在星星里。你拼命向我保证，这很好。我几乎每一件事都要得到保证，因为我生活在太阳的阴影中过于长久。我要光和贞洁——以及肚子里的阳光。我想要受骗与幻灭，以便我可以完成三角形的上部，而不用不断飞离行星，进入空间。我相信你告诉我的一切，但是我也知道，到头来，全都会是另外一个样子。我把你看作一颗星和一个陷阱，看作使天平倾斜的一块石头，看作一个受蒙骗的法官，看作让你掉进去的一个窟窿，看作一条步行道，看作一个十字架和一支箭。直到现在，我都是走的和太阳相反的路程；因此我双向旅行，作为太阳，又作为月亮。因此我接受两性，两个半球，两个天空，一切都是两套，因此我将是双关节，两性人。发生的一切将发生两次。我将作为一个对这地球的访问者，分享它的祝福，带走它的礼物。我将既不为人服务，也不被人服务。我将在自己身上寻求结尾。

我又朝外看太阳——我第一次全神贯注地注视。它血一般鲜红，人们在屋顶上走来走去。地平线以上的一切我看得清清楚楚。这就像是复活节。死亡在我身后，诞生也在我身后。我现在打算生活在终生疾病中。我打算去过侏儒的精神生活，过灌木荒野中小矮人的精神生活。里外交换了位置。平衡不再是目标——天平必须摧毁掉。让我听见你再次保证，你的内心携带着所有这些阳光充足的东西。让我有一天试着相信，当我在露天休息时，太阳会带来好消息。让我在辉煌中腐烂，而太阳则照进你的子宫。我绝对相信你所有的谎言。我把你看作恶的化身，看作灵魂的摧毁者，看作夜的女王。把你的子宫钉到我的墙上，以便我会记得你。我们必须走了。明天，明天……

1938 年 9 月

巴黎　舍拉别墅